조선 3대 정승으로 꼽히는
청렴결백한 선비 이준경의 생애

청풍신명

조선 3대 정승으로 꼽히는
청렴결백한 선비 이준경의 생애

청풍신명

초판 1쇄 인쇄일 2016년 10월 10일
초판 1쇄 발행일 2016년 10월 17일

지은이 이용두
펴낸이 양옥매
디자인 남다희
교 정 조준경

펴낸곳 도서출판 책과나무
출판등록 제2012-000376
주소 서울특별시 마포구 방울내로 79 이노빌딩 302호
대표전화 02.372.1537 **팩스** 02.372.1538
이메일 booknamu2007@naver.com
홈페이지 www.booknamu.com
ISBN 979-11-5776-267-5(03810)

이 도서의 국립중앙도서관 출판시도서목록(CIP)은 서지정보유통지원 시스템
홈페이지(http://seoji.nl.go.kr)와 국가자료공동목록시스템
(http://www.nl.go.kr/kolisnet)에서 이용하실 수 있습니다.
(CIP제어번호 : CIP2016023875)

조선 3대 정승으로 꼽히는
청렴결백한 선비 이준경의 생애

청풍신명

책과나무

조선 3대 정승으로 꼽히는 청렴결백한 선비 이준경의 생애 | 4

　이 이야기는 연산군 시대에 태어나 갑자사화 때 어린 나이에 귀양을 가서 고초를 겪으며 죽음을 간신히 모면한 두 형제의 이야기로부터 시작된다. 조선시대가 잇따른 사화로 파탄의 난국을 맞이할 때, 죽음에 부딪치면서 살아가는 동고 이준경 선생의 총총한 마음을 담은 생애의 실상을 그렸다. 여기에 나오는 연대는 추정한 연도이니 맞지 않을 수도 있고, 이야기가 사실이 아닐 수도, 다를 수도 있다. 그리고 흘러나오는 이야기를 추정해서 덧붙이기도 했다.

　경기도 양평에는 동고 이준경 선생의 묘가 있다. 그곳에는 선생의 신도비와 함께 묘 안내판, 행적 개요가 적혀 있는데, 이를 쉽게 풀어 쓰면 다음과 같이 요약할 수 있다.

　동고 이준경 선생은 1499년 기미해인 12월 27일에 한양 연화방에서 태어났다. 그가 겪은 격한 세월 속에 끝까지 자신의 욕심을 버리고 총체 형국을 타결하는 데 많은 세월을 참고 기다리며 최선을 다하고도, 될 수 없는 것은 하늘에 계신 분께 업명을 넘기고 천명의 고귀함을 따르고 섬기며, 거기에 그의 뜻을 빌었다. 그것은 그의 어머니 신 씨도 그리하였다. 갑자사화, 기묘사화, 을사사화의 처형의 분란 속에서 사심과 사욕을 버리고 가까스로 그의 삶과 뜻을 신중히 처리하고, 일생을 학문에 몰두하며 도학을 전수받고 심취하여서, 심신수련을 하여 높은 경지에 이르렀다는 이야기는 많이 나와 있다.

　그 당시, 즉 분란이 많은 시대의 탐관오리 '이기'란 자에 대한 사료를 보면 "이기는 사사로운 원한이라도 있으면 바로 앙갚음을 하였으므로 조정의 대소 관료들도 그를 두려워하여 함부로 공격하지 못했다. 모든 정사가 이기(李芑)에게서 나왔고, 권세는 임금을 능가하였다. 기세가 불길 같아 죽이고 빼앗는 것을 마음대로 하였으므로 조정의 벼슬아치들이 모두 그의 명령에 움직였다. 모든 화복은 그의 기분에 좌우되고 원수 갚는 일에 사소한 것도 빼지 않았다. 안 그런 체하면서 철저히 보복하여서 살해당한 사람이 매우 많았다. 이기의 집으로 사방에서 실어 오는 물건이 임금에게 들어오는 공물보다 많았다. 이기는 끝내 흉측한 몸이 되고, 풍현증을 일으켜 보전하다가 그대로 제집에서 죽으니 사람들이 모두 분개하여 그의 고기를 먹고 가죽을 깔고 자지 못하는 것을 통탄해하였다."

　또한 그때에 명종임금의 외척이 되는 윤원형은 자신의 사리사욕을 채우며 횡포가 날로 심해 갔다. 동고 이준경은 윤원형의 유혹을 멀리하고 욕심이 없으며 언제든지 관직을 떠날 준비를 하였다. 그러나 맡은 일이 주어지면 앞날을 내다보며 염려하고 충심을 다하여 일하였다.

동고 이준경 선생은 큰 변이 생길 때마다 사람들의 목숨이 끊겨서 수없이 죽어 나가는 것을 싫어하고 인명을 아끼고자 하였다. 그리고 서책을 즐기고 글을 쓰고 마음을 수련하는 것에 심취하였다. 이준경 선생은 죽으면서까지 나라를 걱정하여 곧 당쟁분파가 일어날 것을 크게 염려하였다. 그래서 임금께 진서를 올렸지만 이율곡이 노인이 망령이 들어 별소리를 다한다고 하여 일축하였으니, 당시 앞날을 준비하는 태세가 아쉬웠다고 한다.

동고 이준경의 뜻에 따라 묘비에서 십 리가 떨어진 묘를 이듬해 귀여운 외손자묘가 있는 곳에 합장하였는데, 후손이 다시 옮겨서 부인의 묘소에 합장하였다. 왜적이 쳐들어와 묘소를 파헤치려고 찾으려다가 혼비백산하여 물러갔다고 했다.

하여튼 500년이 지난 현재와 같은 시대에서는 그 당시의 일화거리가 점차 잊히고 사라졌지만 다시금 어릴 때 어렴풋이 들었던 이런저런 이야기를 되살려서 근거가 많이 희박하지만 재생해 보았으니, 그 시대를 추정해 보는 독자들에게 흥미를 가져다주었으면 한다.

2016년 가을

이 용 두

The Happiness of God
– Based on a true story –

There was a man who looked for God around 500 years ago in the Joseon Dynasty period in korea. He was exiled to the remote area with his brother by the vicious and tyrannical king Yeonsangun. Lee Jun gyeong was five years old at that time. He experienced a lot of torment and faced a bumpy road. He persevered for 60 years.

He was very humble. But He fell for the minister's cunning trickery. He longed for God to help people enter the sanctuary of God. He got a feeling that God was in the sky above. He Kept praying to God. A sly fellow at court disregarded, blamed and slandered him. The court gave him a stinging rebuke. But God supported him.

| 목차

조선 3대 정승으로 꼽히는
청렴결백한 선비 이준경의 생애

청풍신명

생사의 흥고

1504년 연산군의 포악한 횡포는 극도에 달하고 있었다. 성종임금 때 당시 어명을 받아서 연산군의 어머니 폐비 윤씨에게 사약을 전달하는 자가 말을 타고 궁궐에 오는 도중에 말에서 넘어져서 수행을 못하게 되었다. 그래서 이를 대신하여서 사약을 가져간 자가 이세좌인데, 연산군은 이에 극도로 격분하고 이세좌를 증오하여 그를 먼 곳에 유배시켰다.

그러다가 연산군은 1504년 4월 4일 이세좌의 유배지를 더 험한 곳으로 옮기는 도중에 남해안 량포를 지나갈 때 자진하여 죽으라는 명을 내렸다. 그래서 이세좌는 군관이 보는 앞에서 임금이 있는 한양을 향하여 배를 거듭 올리고 내 몸이 토막으로 잘려 나가지 않고 붙어서 죽도록 해 줘서 임금님께 감사하다는 말을 남기고 스스로 나무에 목을 매었다.

그런데 한양에서 이세좌의 며느리 신씨는 시아버지의 죽음에 대한 전갈을 받고 어린아이를 남겨 두고 서둘러 시아버지 이세좌의 시신을 수습하기 위하여 남쪽의 량포를 향하여 떠났으나 허사가 되고 말았다. 떠나는 도중에 연산군은 또다시 1504년 5월 2일 의금부에 명을 내려 "이세좌의 머리와 사지를 베어서 사방에 매달고 찌를 붙여 흩날리도록 하라."는 명을 내렸기 때문이다.

그리고 얼마 안 되어서 1504년 5월 13일에 연산군은 다시 명을 내려 감옥에 갇힌 이세좌의 아들들을 끌어내어 참혹한 형극을 벌이기 위해 "이세좌의 아들을 모두 극한 참형에 처하고 3일간 효수한 뒤에 시체를 돌리도록 하라."는 명을 내렸다. 그리고 재촉하여 "죄인들의 집은 못을 치게 하고 죄명을 새기게 하며 종친들을 참혹하게 형벌하여 죽이고 출가한 여식의 사촌까지 모두 연좌하여 형벌하고 재산을 적몰하라." 하였다. 이리 하여서 이세좌가 연산군의 생모 폐비 윤씨에게 사약 배달을 대신하여 심부름한 것이 큰 화근이 되어서 온 집안에 멀쩡한 남자가 하나도 없을 정도로 모두 파족이 되었다.

한편 이세좌의 아들 네 명을 감옥에 투옥하라는 어명이 내려진 가운데 며느리 신씨의 부군인 막내아들 이수정은 생포되어서 아직 포졸들에게 호송 도중에 있었다. 이수정은 끌려오면서 가급적 부인 신씨를 더 많이 보고 싶었다. 그래서 군관에게 말할 기회를 찾았다. 이수정은 군관에게 "내가 의금부로 끌려 들어가기 전에 내 부인을 마지막으로 잠깐이라도 볼 수 있으면 좋겠소이다." 하며 군관에게 간청을 했다. 그러자 군관은 "나리의 말을 내가 알겠소이다. 내 그렇게 해 드오리다. 하지만 잠깐이요. 대감의 형님들은 벌써 모두 옥에 갇혀 있습니다. 빨리 데려와 투옥하라는 어명이 내려졌소이다. 알겠소이까?" 하며 소리를 높여 외쳤다.

이수정이 집으로 들어가니 유모가 놀라서 고했다. "마님! 나리님이 오셨습니다." 이에 이수정의 부인이 문을 열고 나와 남편을 보고 오랜만에 매우 반갑고 기뻤으나, 초췌해진 남편을 보고 눈물이 핑 돌았다. 그러자 이수정이 말했다. "부인! 나에겐 지금 시간이 별로 없소! 내 이제 가 봐야 하는데 마지막으로 부인과 애들을 보고 싶어서 군관에게 간청하여 들렀소이다." 그리고 방으로 들어온 수정은 부인에게 말했다.

"부인에게 너무 미안하오. 나를 많이 원망하시오! 그때 내 아버님이 장인어른 댁에 들르지만 않았더라면 나와 부인과 만나는 인연이 없었을 텐데! 아버님이 처음에 장인과 함께 나오는 부인을 보고 마음에 쏙 들었나 봅니다. 부인이 참하고 예쁘다고 막내아들인 나의 혼인을 서두르자고 하셨습니다. 돌아가신 어머님께서는 형수님들보다 부인이 가장 마음에 들고 예쁘다고 기뻐하셨습니다. 그런데 내가 먼저 가니, 참으로 부인을 볼 면목이 없소!" 하며 이수정은 눈물이 핑 돌아 고개를 떨구었다.

그러자 부인이 이수정의 초췌해진 얼굴을 보고는 놀라며 말했다. "서방님! 이제 이것이 마지막인가요?" 이수정 부인 가이도 흐르는 눈물을 닦았다. 그리고 다시 한 번 이수정을 쳐다보며 말을 이었다. "내가 마지막으로 서방님께 식사를 차려 드리고 싶습니다. 그렇게 해 주십시오." 이에 이수정이 "아니오! 시간이 급하오!"라고 답했으나, "아니 되옵니다. 서방님을 이대로 보내드릴 수가 없습니다."라고 간청했다. 그러나 문밖에 멀찌감치 군관들이 대기하고 있어 이수정에겐 그럴 여유가 없었다.

"내 떠나기 전에 부인을 안아 보고 싶소! 이리 가까이 오시오. 부인과 오래 살고 싶었는데 이제 와서 어찌할 수가 없구려!" 부인은 수정의 품에서 눈물이 자꾸 흘러 내렸다. 이수정이 말했다. "애들을 어디 있소? 아이들을 데려오시오." 잠시 후 애들을 데려올 때 부인은 아이들에게 "아버지가 오셨다. 어서 들어가서 인사드리거라! 아버지가 매우 힘드시다. 아버지에게 많은 것을 여쭈지 말거라! 시간이 없으시다. 이제 집에 못 오시게 될지 모른다. 그리고 너의 아버지를 모습을 잘 기억해 두거라!" 하고 말하였다.

문을 열고 들어온 아이들은 아버지 이수정에게 절을 올렸다. 이수정이 말했다. "가까이들 오거라. 너희들의 손을 잡아 보고 싶다." 이수정을 아이들의 손을 잡으면서 두 아이들의 머리를 껴안고 쓰다듬었다. "너희들이 어머니를 잘 보살펴야 한다. 어머니 말씀을 잘 듣거라!" 아이들은 눈물을 글썽이며 "아버지!" 하면서 머리를 아버지 가슴에 파묻었다.

이수정이 떠나면서 말했다. "내가 죽을 때 형장에 나오지 마시오. 그리고 나의 참혹한 모습을 아이들에게 보이고 싶지 않소!" 때마침 멀리서 소리가 들려왔다. 군관 포졸이 외치는 소리였다. "나리! 빨리 가셔야겠습니다."

다른 한편, 의금부 감영에서는 이세좌의 아들 형제들이 각기 옆으로 붙어 있는 감옥의 조금 큰 칸 안에 함께 들어가 있었다. 이수정이 감옥으로 병졸들에게 밀려 들어섰다. 그러면서 먼저 온 형님들을 쳐다보면서 말했다. "형님들께서 먼저 오셔서 고생이 많으셨습니다." 그러자 수원 형님이 들어오는 이수정을 쳐다보면서 말했다. "어서 오시게! 수정 동생!" 그러자 다른 형님들도 이수정을 보고 일어서서 이수정의 손을 잡고 말했다. "막내 동생도 몸이 많이 상했네 그려! 고생이 너무 심했네! 그래 아버님 시신은 어떻게 됐나?"

그러자 이수정이 "어쩔 도리가 없었습니다. 아버님의 시신이 사방으로 나뉘어 효수되고 방치된 지가 벌써 열흘이 지났습니다. 여기로 들어오기 전에 멀리 피하여 숨어 있는 우리 집의 곡사종을 만나서 아버님의 흩어진 시신을 다시 모아서 흙을 덮어 장소를 표시해 두라고 부탁했습니다. 곡사종은 우리 집에서 일을 맡기면 반드시 일을 잘 처리하는 사람입니다. 그러나 지금은 어떻게 되었는지 지금은 확실히 알 수 없습니다. 우리가 죽기 전에 아버님을 시신만이라도 수습을 해 드려야 하는데! 이렇게 우리가 손을 쓸 수 없으니 한탄스러울 뿐입니다. 큰일입니다. 우리가 효수되면 머지않아 형님들 애들도 곧 참수될 것입니다. 그리고 형수님들도 마찬가지입니다. 아직은 어떤 형벌이 떨어질지 모르는 일입니다." 하며 안타까워했다.

며칠이 지나 이수정이 처형되는 날, 부인 가이는 방 안에서 한참 동안 구슬프게 울었다. 너무 흐느낀 나머지 소리가 저 멀리까지 들렸다. 비통은 창자를 꺾고 슬픔은 마음을 잘랐다. 건넛방에서는 아이들이 어머니의 울음소리를 듣고 아이들도 따라 소리를 내고 엉엉 울고 있었다.

다음 날 아침이 되자, 어머니는 아이들에게 "오늘은 너희들 방에서 절대 나오면 안 된다."고 말했다. 그런데 두 아들 윤경과 준경은 다시 또 어머니의 울음소리에 마음이 아파서 견딜 수가 없었다. 이윽고 아이들 둘은 서로 꼭 껴안고 그 방에서 "어머니! 어머니!" 하고 울기 시작했다. 한 시가 지난 후에 아이들의 방문이 열리고 어머니가 들어왔다. 어머니는 쓰러져 흐느끼고 있는 두 아들을 껴안았다. 두 아들은 어머니 품에서 어머니와 함께 엉엉 울었다. 부인은 말하였다. "너희들은 오늘부터 밖에 나가지 말고 집안에 있어야 한다. 지금은 너희들은 많이 조심하여야 한다."

하지만 그 일이 있은 후 3일이 채 못 되어서 의금부에서 명을 가지고 왔다. 아이들을 머나먼 괴산 청풍에 유배시켜야 한다는 것이었다. 수정 부인은 천지가 폭삭 꺼져 내려앉는 것 같았다. 그래서 전갈을 가져온 의금부 관리에게 간청을 했다. "아이들이 너무 어린데 어떻게 유배를 보낸다 말인가요? 아이들을 그대로 그런 곳에 방치해 두면 얼마 안 되어 병들어 죽고 말 것입니다. 당장 죽지 않는다면 그곳에 가서 그대로 죽게 내버려 둘 수 없습니다. 우리 아이들이 너무 불쌍합니다. 저를 따라가도록 해 주십시오." 수정 부인은 아이들을 안고 눈물을 흘렸다. 이것을 지켜본 의금부 관리가 "의금부에 내가 가서 다시 말씀을 올려 보겠습니다." 하였다.

수정 부인은 마음이 아프고 안절부절못하여서 견딜 수가 없었다. "아, 하나님! 천도를 믿을 수가 없습니다. 이게 무슨 날벼락 같은 일인가요? 저희 애들을 살려 주십시오! 하나님!" 하며 아이들을 부둥켜안고 울었다. 그런데 다시 의금부 관리가 와서 말하였다. "아직 죽이지 않는 것만도 다행이요. 아마도 머지않아 죽을 것입니다. 나이가 어리니 곧바로 죽이지 말라고 했습니다. 그리고 아이가 너무 어리니 당분간만 어머니를 딸려 보내라고 했습니다."

어머니와 아이들은 곧바로 보따리 짐을 싸서 유배를 가게 되었다. 그리고 노비가 되어 종살이가 시작되었다. 그러나 넉 달이 안 되어서 신씨 부인에게는 "어머니가 아이들과 있으면 안 된다."는 명이 떨어지고, 어머니는 내자시 노비가 되어서 다시 한양의 집으로 돌아와야 했다. 집은 거의 쓰러져 있었고, 신씨 부인은 온몸이 많이 지쳐 있었다. 마음이 쓰라리고 아파 그대로 방바닥에 드러누워 버렸다. 그리고 의식이 가물가물하여지더니 신음하며 점차 희미해져 갔다.

이때 방문을 두드리는 소리가 들리고 방문이 열렸다. "아씨! 마님 계세요?" 다름 아닌 아버님이 보낸 시종이었다. 아버님이 걱정

청풍신명 — 17

이 되어서 시종을 시켜 살펴보고 오라고 해서 온 것이다. 방 안에서 신음소리를 들은 시종은 방으로 들어와서 아씨를 보고 크게 놀랐다. 거의 인사불성이었다. "아씨! 정신 차리세요! 저 아단이예요!" 시종은 밖으로 나가 샘물을 떠다가 입에 부었다.

얼마가 지나고 흐릿하게 정신이 조금 돌아온 부인은 "그래, 네가 여기에 웬일이냐?"고 물었다. "아씨 정신 차리세요 이러다가 큰일 나겠어요! 아씨! 창동에 아버님의 보내서 왔어요!" 그러자 부인이 "그러냐? 아버님께서!" 하며 신음하며 아단이에게 말했다. "지금 내가 나를 잃어버렸다. 더 이상 삶을 지탱할 수가 없구나!" 그러자 아단이 놀라며 "아닙니다! 아씨! 사셔야 합니다. 어떤 일이 있어도 버티셔야 합니다. 아직 아이들이 멀리 있지 않습니까? 아버님이 걱정을 많이 하고 계십니다."고 대답했다. "그러냐! 그래 아버님은 어떻게 지내시느냐?"고 되묻는 부인의 말에 아단이가 답했다.

"아버님도 많이 힘드십니다. 곧 집이 헐리게 될 것입니다. 연산 임금이 명을 내려서 장녹수의 측근의 집을 넓히고 있습니다. 아마 다른 데로 거처를 옮겨야 한다고 했습니다. 나라에서 아직 아씨 아버님께는 처벌을 내리지 않고 있습니다. 아마 임금님 비위에 걸리면 아씨 아버님도 무사하지 못할 것입니다. 제가 지금 생각하니 아씨가 혼인하기 전에 저 아단이와 함께 있는 그때가 제일 좋았던 것 같습니다. 하지만 지금 아씨마저 혼전하시어 어떻게 되면 저도 살고 싶지 않습니다."

그러자 부인이 "그래, 네 말이 맞다. 내가 지금 이러고 있으면 아버님께 무뢰를 짓는 것이다. 하지만 아이들이 걱정이 많이 되는구나! 내 지금 무엇을 할 수 있다는 말인가?" 하며 다시 눈물을 흘렸다. 아단이가 다시 말했다. "아씨 마님, 한 가지 더 안 좋은 소식이 있을 것 같습니다." 이에 부인이 "무엇이냐?" 하며 묻자 아단이가 말했다. "임금이 명을 내리어 형벌을 당한 관리의 부인과 관련된 처자들을 노비로 끌어내라는 전갈을 알고 계시지요? 이미 정한 대로 곧 조만간 군졸들이 몰아닥쳐서 아씨 마님을 데려갈 것입니다. 아마도 궁궐 근처로 갈지도 모르겠습니다." 그러자 수정 부인이 말했다. "나도 여기 올 때 그 명을 받아 듣고서 집으로 왔다. 너는 내 걱정을 하는구나! 나는 지금 아이들이 너무 걱정이 되어 견딜 수가 없다." 그러자 아단이가 말했다.

"아씨 마님이 아시는 바와 같이 지금은 장녹수의 세상입니다. 임금님이 장녹수에 빠져 모든 것을 들어주고 있습니다. 장녹수는 지금 집터를 대궐 못지않게 넓히고 일가친척에 호의를 베풀고 있습니다. 집을 짓고 일하는 많은 사람이 필요한데, 처벌받은 사대부 집안의 부인과 여자를 노비로 쓰고 있다고 합니다. 그러니 아씨가 어떻게 될지 모르겠습니다. 하여튼 아씨! 아버님이 말씀하셨습니다. 어떤 일이 있어도 정신 차리고 살아가셔야 한다고, 절대 삶을 포기하거나 좌절하지 말고 일단 순응하시라는 말씀을 하셨습니다."

그러자 수정 부인은 잠시 아버님의 모습을 떠올렸다. "아버님이 그렇게 말씀하셨단 말이지!" 그러자 아단이가 "예 아씨! 그리고 제가 며칠간 여기 있다가 가겠습니다." 하였다. 신씨 부인은 다음 날부터 매일 아침마다 일어나서 뒤뜰에 나가 그릇에 찬물을 떠 놓고 정성을 다하여 하나님께 빌었다. 그리고 매일 밤에도 계속해서 빌었다. 그러나 그것도 오래 가지 못했다. 관가에서 나와서 집을 반을 허물고 사람의 출입을 금하는 명을 붙여 못을 박아 버리고 신씨 부인을 끌고 나갔다.

신씨 부인은 결국 한성의 서부 인달방에 있는 내자시의 노비가 되었다. 그러나 매일 하는 일이 만만치가 않았다. 처음 내자시에 들어갈 때, 그곳에는 새로 들어온 노비가 된 자들이 여기저기 모여 있었다. 끌려와서 모여 있는 노비들을 향하여 내자시 노비를 관리하는 총관이란 자가 와서 말을 전하였다.

"오늘부터 여기 모인 사람들은 한배를 탄 똑같은 노비이다! 여기에서는 과거에 자신이 누구였던들 차별하거나 묻거나 따지지 않는다. 맡은 일을 배정하면 충실하고 확실히 일을 잘 완수해야 된다. 알겠는가? 그러니 일을 지정받으면 아무런 반문을 하지 말고 그곳의 분장에게 지시를 받아야 한다. 그리고 지금 여기서는 모두 다 잠을 자면서 이곳에서 지낼 수 없다. 이번에 많은 노비가 된 자들이 몰려와서 모든 사람이 지낼 방이 많이 부족하니 순번을 정하여 집이 있는 자는 교대하여 집으로 보낼 수가 있다. 그리고 이곳에서 사정이 급한 자만 허락을 받고 집에 다녀올 수 있으니 용무가 급한 자는 반드시 허락을 받아야 한다. 그리고 어떤 일이 있더라도 반드시 지정한 시간 안에 들어와야 한다. 알겠는가?"

사실 들어온 노비들이 많아서 모두 함께 지낼 만한 장소가 부족했다. 하지만 하는 일은 만만치가 않았다. 매일같이 궁중에서는 연회 횟수가 잦아 힘들게 하루하루를 보내야 했다. 그곳에는 온 많은 노비를 감시하고 지키는 포졸이 있고, 간혹 궁궐의 제조상궁과 시종들이 드나들었다. 매일같이 그릇을 닦고 궁중으로 들어가는 곡식과 부식, 궁중연회를 위한 음식 재료 같은 것을 골라서 분리하고 옮기며 청결히 하여 보관하는 것을 수도 없이 일을 하였다.

신씨 부인은 일을 해야 하면서도 윤경과 준경이 생각을 많이 했다. 그러던 어느 날, 군관이 와서 유모를 불러서 다시 데려 간다고 했는데 언제 어떻게 아이들이 별안간 죽을지 모르는 일이었다. 불쌍한 것들 아비 어미를 잘못 만나서 제대로 크지도 못하고 처참히 죽을 것을 생각하니, 부인의 마음이 아프고 아이들이 가엽고 불쌍했다. 아이들이 많이 보고 싶어 일이 손에 안 잡혔다. 그래서 마음이 사무쳐서 있을 땐 지나가던 상궁 시종에게 핀잔을 받기도 했다.

한편 아버지 신승연은 딸이 매우 걱정되었다. 신씨 부인이 어쩌다가 간혹 집에 올 때를 기다려서 아버님께서 집에서 일하는 심종을 보내어 뒤를 보살피도록 했다. 신씨 부인은 허물어진 집으로 심종을 따라 집으로 돌아왔다. 마음이 너무나 아파서 견딜 수가 없었던 부인은 그냥 그대로 방에 누워 잠이 들었다. 그리고 이른 새벽에 문득 잠이 깨어 뒤뜰로 나가서는 그릇에 물을 떠 와서 나무 아래 평평한 바위에 올려놓고 하늘에 기도를 했다.

한 해가 흐르고 1505년의 여름이 지나갔다. 그러던 어느 날, 가을에 접어들어서 신씨 부인이 오후에 집에 왔을 때 뜻밖에 아이들의 유모가 찾아왔다. 너무 반가워 가슴이 뛴 신씨 부인은 유모의 손을 잡아 붙들고 방으로 얼른 들어갔다. 신씨 부인은 유모에게 아이들이 그동안의 지나온 소식을 들으며 아직까지 무사하다는 것을 알고는 크게 마음의 한숨을 놓았다. 그러나 앞으로는 아이들이 유모와 같이 지낼 수 없다는 이야기를 듣고 더욱 크게 상심을 하였다. 아이들의 앞날이 더욱 많이 걱정되었다. 밤늦게까지 그동안의 이야기를 하다가 날이 새었다.

신씨 부인은 아침이 되어 다시 내자시로 가야만 했다. 그녀는 유모를 집에서 지내도록 하였다. 그리고 신씨 부인은 열흘이 지난 후, 다시 집으로 왔다. 그녀는 돌아오자마자 곧바로 밀지를 써서 심종을 시켜 아버지께 보냈다. 아이들에게 일어날 앞날을 염려하는 내용의 글이었다. 그리고 유모를 다시 괴산 청안으로 다녀오도록 보내었다.

1505년 9월 하순이 되면서 연회가 자주 있게 되자 일거리가 많아져 많이 분주했다. 그만큼 보내야 하는 식재료를 내자시에서는 많이 충족해야 했다. 그러던 어느 날, 큰일이 벌어졌다. 음식 재료 정리를 하던 중에 창고에 보관 중인 과일과 꿀단지가 많이 없어졌다는 사실이 발견되었다. 진상 조사가 진행되고, 이 도난에 관한 사건 내용이 제조상궁을 통해서 연산군에게 보고되어 들어갔다. 도둑을 잡기 위해서 내자시에서 일하고 있는 노비들의 신상을 보고받은 연산군은 내자시에 있는 이수정의 아내가 명단에 들어 있는 것을 보고 크게 노하였다.

"참수한 이수정의 처자가 궁중음식 재료를 만들고 보급하는 곳에 있다니 고약하구나! 어찌 이곳에다 수정의 아내를 노비로 배분하였는가? 아주 뻔한 일이다. 그러니 음식 재료가 제대로 되겠는가? 앙심을 품고 안 좋은 식재료를 넣는다면 음식이 제대로 맛을 내겠는가 말이다. 내가 생각만 해도 보기가 싫으니 당장 연산군은 이수정의 아내 가이를 장녹수의 몸종으로 당장 내려 보내라."

그렇게 수정 부인은 하루아침에 장녹수 집의 몸종이 되었다.

장녹수의 몸종이 되어

신씨 부인은 포졸들의 손에 끌려서 장녹수의 집에 들어갔다. 커다란 대문으로 들어서자, 어마어마하게 큰 장녹수의 집에는 넓은 앞뜰과 곳곳에 텃마당이 많고 나무들이 심어져 있었다. 안채, 건너채와 사랑채뿐만 아니라 곳간과 같은 것들이 여기저기 있었고 알 수 없는 별채들이 많았다. 아직도 뒤편에 확장 공사를 하여 대궐의 모습을 닮아 가고 있었다. 그리고 서편과 뒤쪽에는 공사가 한창이었다. 그곳에서도 많은 노비들이 끌려와 있었다. 알고 지내는 대감댁 부인과 며느리들도 보였다.

서른 살이 갓 넘은 장녹수는 온갖 수단을 통해 몸치장을 하고 재산과 패물을 축적하면서 앙탈을 연산군에게 다 부렸다. 연산군의 마음을 사로잡기 위해서 할 수 있는 것이 있다면 모든 것을 동원하고 계략과 염태를 다 부리었다. 장안에서 장녹수의 말 한마디면 모든 것이 무사통과이고 안 되는 일이 없었다. 그뿐만 아니라 연산군은 각지에서 채홍사가 뽑아 온 많은 기생들을 '운평'이라고 개칭하여 부르고 장녹수가 이에 대하여 관여하도록 하였다.

연산군의 총애를 받은 장녹수의 위세는 날마다 하늘을 치솟았다. 장녹수는 연산군의 여흥을 돋기 위해서 '흥청락'이라는 것을 만들어 그곳에 각지에서 들어온 운평 중에서 미녀들을 추려서 모아 놓고 대기시켜서 장녹수가 연산군에게 가지 못할 때는 흥청락에서 미녀를 뽑아 연산군에게 보내었다. 따라서 많은 운평들이 흥청락에 들어가기 위해 서로 경쟁을 하며 지내고 있었다.

포졸들은 신씨 부인을 장녹수 집 본채의 뒤편으로 끌고 갔다. 포졸은 장녹수 집 본채 안으로 들어갔다가 잠시 후에 나타났다. 그리고 신씨 부인이 해야 할 일을 정하였다. 그곳에서 장녹수보다 다섯 살이나 적은 신씨 부인은 몸종으로서 장녹수 집안에서 갖은 고충을 겪어야만 했다.

부인 신가이는 장녹수의 안채의 뒤쪽을 닦고 청소하는 일을 배정받았다. 온종일 쓸고 닦고 인부들의 옷을 빨기도 하고 침구 정리를 했다. 하루하루 반복되는 생활은 고통스러웠다. 며칠을 뒤채의 허름한 방에서 잘 씻지도 못하고 여러 명이 뒤섞여서 잠을 잤다. 시간의 틈이 나면 신씨 부인에게는 윤경이와 준경이의 모습을 떠올렸고, 아이들이 눈에 선해 마음이 매우 아파 왔다. 이곳에서는 집에 가는 일이 허용되지 않았다. 모두 다 건너채의 궁상진방에서 여러 명씩 잠을 자야 했다. 그리고 누구라도 감히 장녹수의 비위에 거슬리거나 어긋난 일을 하고 눈 밖에 날 때는 큰 곤욕을 치러야 했다.

부인 신씨가 장녹수 집에 들어온 후 얼마 안 되어서 우괴한 일이 있었다. 연산군의 유흥을 위하여 동원된 기생 중에 하급 기생인 운평 옥지화가 장녹수의 치마를 밟았다는 것 때문에 대관 신료들이 모두 나서서 "옥지화가 만상 불경하다" 하여 참형에 처해야 한다는 것을 이구동성으로 진언하였다. 연산군은 도승지 강혼을 시켜서 형신하였고, 옥지화는 장녹수의 치마를 한번 밟았다는 죄로 결국 목이 베어졌다. 그 후 장녹수 집의 분위기는 더욱 살벌하여졌다.

장녹수 집의 노비를 관리하는 집사가 노비들을 모아 놓고 큰소리로 다시 주지시켰다. "지금 이곳은 장숙용 마마의 댁이요! 장숙용 마마가 어느 분이신지 모르는 자는 없을 것이요. 그분의 비위에 어긋나면 목숨을 내놓아야 할 것이오. 그러니 잘 알아서 충실이 진정으로 맡을 일을 잘하여 주기를 바라오. 그리고 보고 있다시피 현재 뒤쪽에 별채가 많은 공사 중이고, 또 별채와 여러분이 있을 곳도 더 지어야 하오."

윤경과 준경의 어머니 신씨 부인은 하루 일을 마치고 조용히 눈을 감았다. 아이들의 모습이 눈에 선하였다. 오직 험한 산간에서 떨고 있는 어린아이들 생각뿐이었다. 그리고 다시 하루하루의 일이 시작되었다. 여기저기서 가끔 공사 작업 분장의 고함치는 소리가 들려왔다.

힘이 들고 지치는 하루하루가 흐르고 또 며칠이 지나서 모처럼 몸을 씻고 새로 나온 옷으로 갈아입고 뒤쪽의 작업장으로 가는 중이었다. 그때 별관의 관리가 말을 타고 서서히 본채 장녹수가 있는 방으로 가고 있었다. 신씨 부인은 피하여 길을 비켜섰다. 옆에서 걸어가는 군졸이 소리쳤다. "비켜서시오, 길에서 물러서시오." 걸어가던 여자들이 길을 비켰다. 말에 탄 관리가 말했다. "왜 이렇게 많은 여인네들이 아침에 걸어가느냐?" 군졸이 대답했다. "아침에 각기 일자리를 찾아 나가는 중입니다. 홍사님이 둘러서 보시지요! 혹시 맘에 드는 운평을 찾을 수도 있지 않겠습니까?"

그러자 채홍사가 '그런가!' 하면서 어렴풋이 둘러보더니 신씨 부인과 서로 마주쳤다. 그리고 주시하면서 이렇게 말하였다. "그래, 상당히 괜찮은 처자가 있을 수도 있겠다. 매일 아침에 이때쯤에 여인네들이 이 길을 걸어서 나가고 있느냐?" "예! 홍사나리! 매일 이 시각에 일을 하기 위해서 이곳을 지나갑니다." 그러자 채홍사가 "내 요사이 아침에 장숙용 마마를 볼일이 있으니 지나가면서 다시 둘러봄세!" 하였다.

채홍사는 거의 매일 아침 같은 시간에 지나갔다. 어쩌다가 한 명씩을 지적하여서 병졸을 시켜서 지나가고 있는 여자를 나중에 별채로 데려오도록 했다. 그러자 채홍사에게 데려간 처자는 운평이 된다는 소문이 떠돌았고, 일부러 뽑히기 위해 말끔히 몸단장을 하고 아침에 바삐 나가는 처자도 있었다. 부인 신씨는 평소대로 그냥 남루하게 아침에 나갔다. 그런데 채홍사가 지나가다가 부인과 다시 또 주시하며 부딪혔다. 신씨 부인은 빨리 몸을 돌려서 빠져나왔다.

그런데 며칠 후, 다시 또 부딪혔다. 채홍사는 신씨 부인을 지목했다. 채홍사는 장녹수 방에서 나온 다음에 병졸을 시켜 신씨 부인을 별관으로 데려오라고 했다. 신씨 부인은 마음속이 불안하여 크게 걱정이 되어, 이 상황을 빨리 어떻게든 모면하고자 계책을 세웠다. 머리를 더욱 흩뜨리고 얼굴에 흙과 주위에 검정을 바르고는 옷을 일부러 더욱 더럽혔다.

이윽고 한 시쯤 지나자 병졸이 찾아왔다. 그리고 별관으로 데리고 갔다. 채홍사가 고개를 갸우뚱하더니 말했다. "이름이 뭐냐?" 신씨 부인은 대답을 하지 않았다. 그러자 옆에 있던 병졸이 말했다. "이름이 뭐냐고 묻고 있지 않소!" 신씨 부인은 어리숭하게 눈을 찌그리며 퉁명하게 목쉰 목소리로 나직이 대답했다. "신-괴-

이입니다." 채홍사는 쳐다보다가 그대로 말했다. "그 얼굴이 밝지가 않고 말씨가 매끄럽지 못하고 얼굴과 다르게 행동이 느리고 게으르게 보인다. 내가 뭘 잘못 본 것 같다. 멀리서 보면 예쁜데 가까이 보면 눈이 찌부러지고 혹독하다. 돌아가도록 하라." 그렇게 신씨 부인이 나오는 중에 말끔히 옷을 입은 두 명의 여자가 순서를 대기하고 있었다.

그날부터 신씨 부인은 계속 얼굴을 씻지 않고 머리를 대충 빗고 다녔다. 며칠이 지나자, 채홍사는 아침에는 오지 않았다. 한참 지나서 낮에 가끔 지나갔다. 그래도 신씨 부인은 계속 얼굴을 닦지 않고 머리를 흩뜨리고 일하는 옷을 바꾸지 않았다. 하는 일이 추가되어 오후에는 장녹수가 지내는 안채 뒤편의 입구의 새로 수리한 기둥과 바닥을 닦아야 했다.

그러던 몇 달이 지난 어느 날, 연산군이 장녹수 집으로 갑자기 들어왔다. 장녹수가 몸이 아파 불편하여 연산군에게 가지 않았기 때문이다. 연산군은 장녹수의 방으로 들어가면서 주위에서 일하는 노비 여자들을 둘러보다가 신씨 부인을 보고 인상을 찌푸렸다. 그리고 한참 후에 장녹수 방에서 나오면서 장녹수와 내관에게 "일하는 여자들이 거지꼴이다. 보기가 싫으니 노비들을 옷을 잘 입혀서 일하도록 하시오."라고 지시를 내리었다.

그리고 며칠 후에 연산군이 거지처럼 하고 다니는 시종과 하녀들이 옷을 잘 입도록 하라는 어명이 각지에 떨어졌다. 그때부터 신씨 부인은 옷을 깨끗이 입었다. 하지만 가급적이면 채홍사의 눈에 띄지 않게 몸을 피해 다녔다.

한편 신씨 부인의 아버지 신승연은 딸 가이가 몹시 걱정되고 불안하였다. 1505년 11월 늦은 가을날, 이수정의 부인 신씨의 아버지 신승연은 부친상을 당한 의금부사 박원종을 다시 찾아갔다. 지난해 박원종 대감의 부친상을 당하여서 신승연이 문상을 갔다 온지 한 해가 훨씬 지났기 때문에 오고가며 드나드는 사람들이 거의 없었다. 이번에는 한가한 시간을 택하여 박원종의 집안으로 들어갔다. 마당에 있는 하인이 박원종에게 알렸다. "감찰나리님께서 오셨습니다."

그러자 박원종이 안에서 나오면서 예를 올리며 말했다. "관공형님이 저의 집에 찾아주셔서 반갑습니다. 요즈음 마음이 힘들고무거우실 텐데 어쩐 일인가요!" 그러자 신승연이 말했다. "지난번에 문상을 하고 경황이 없었지만 이번엔 문상도 드리고, 동생께부탁이 있어 왔네! 우선 아버님 영정을 먼저 뵙고 보세." 신승연은먼저 박원종 아버지의 영정을 뵙고 예를 올렸다. 잠시 후에 두 사람은 건넛방으로 갔다.

박원종이 말했다. "바쁘신데 또 이렇게 와 주시니 고맙습니다.형님!" 그러자 신승연이 말했다. "뭐가 그런가! 예전에 우리가 가까이 살았을 때는 서로 많이 오가며 재미있게 지내지 않았는가! 동생의 아버님도 그땐 내가 많이 뵙고 절을 드렸는데 이렇게 가시다니 세월이 아쉽고 참 빠르기만 하네 그려." 그러자 박원종이 말했다. "그땐 그랬지요. 처음 형님이 저의 집에 와서 아버지 앞에서 붓을 들고 글을 쓰시는 솜씨를 보고 저와 아버지가 감탄했습니다." 신승연이 대답했다. "그땐 나도 많이 놀랐네! 이사를 와서 나의 종숙과 처음 이곳에 집에 들렀을 때 집안 곳곳에 활과 창과 무기들이 많아서 많이 겁이 나더군!" 그러자 박원종이 말했다.

"그랬던가요! 같이 이웃에 지낼 때가 엊그제 같은데 형님! 다시한 번 뭐라고 말씀을 못 드리고 죄송합니다. 형님의 사돈 영감 집안이 그토록 처참하게 되었으니, 저로서 송구할 따름입니다. 제가 의금부에 있으면서도 아무런 도움을 드릴 수가 없었습니다. 지금은 주상전하의 괴팍한 역정과 신경을 거슬리는 노여움을 막을 수 있는 사람은 궁중에 아무도 없고 대책도 없습니다." 그러자 신승연이 대답했다. "어찌 동생의 탓인가 동생! 어떻게 어명을 거역하겠는가? 동생의 직함이 오직 어명을 받들어서 행하는 일을 하는 사람이 아닌가?" 이에 박원종이 "그래요! 형님 하고자 하시는 말씀이 무엇인가요?"라고 말하자 신승연이 "그래서 내가 또 동생을 찾아왔네!"라고 말하였다. 이에 박원종이 "어서 말씀하시지요!"라고 재촉하면서 신승연을 쳐다봤다.

"동생이 내 사돈댁 사정을 잘 알고 있으니까 고맙네. 모두가 참살 당했으니 어떻게 하겠나? 나도 지금 내 형편이 말이 아닐세! 지금 거의 몸을 바짝 숙이고 지낼 수밖에 없으니 많이 위태로움을 느끼네. 그런데 또 일이 터졌네. 나에게 하나밖에 없는 여식이 큰일이네! 처형당한 정재 이수정의 처 말이네. 출가외인이라지만 명을 받아 출입을 금하고 많이 힘들게 지내고 있었는데, 이번에 장녹수의 사리 탐욕에 따른 어명으로 장녹수 집 노비가 되어 버렸네. 그래서 말이지만 젊은 내 딸이 많이 걱정이 되네. 어떤 수모를 겪을지, 누구에게 무슨 행패를 당할지, 아비로서 참아내기가 힘드네!"

"아, 그러신가요? 제가 어떻게 해 드릴까요? 해 드릴 수 있다면 제가 도와드리겠습니다."라는 박원종의 말에 신승연이 다시 박원종을 바라보며 "임금의 총애를 받는 지금, 장녹수가 있는 한 어쩔 수가 없네! 나는 내 딸자식이 그 넓고 큰 장녹수의 집에서 앞으로 혹독한 생활을 할 것이라고 생각하네. 하지만 큰 변을 당하지 않고 안전하게 지낼 수만 있다면 지금 나로서는 더 이상 바랄게 없네!" 하면서 한숨을 쉬었다. 그러자 박원종이 그 말을 듣고 말했다.

"아, 그러신가요? 그러면 형님, 내가 이렇게 해 드리겠습니다. 제가 암암리에 장녹수 집에 내가 믿음이 두터운 듬직하고 날쌘 포졸을 배치하여 형님의 딸을 아무도 모르게 떨어져서 보살피라고 하겠습니다." 신승연이 박원종의 손을 잡고 "고맙네! 동생 정말 고맙네!" 했다. 박원종이 신승연에게 "형님, 그리 말하시지 마세요! 제가 아직도 형님께 많이 돕지 못한 것이 송구합니다." "아닐세! 동생이 없으면 내가 누구한테 부탁을 하겠나! 그리고 동생이 그렇게 하여 장녹수 집에서 지내는 포졸을 정하게 되면 나에게 만나게 해 줄 수 있겠나? 내가 내 딸의 소식을 들을 수가 있으면 좋겠네!" "네, 만나게 해 드리겠습니다."

신승연이 막 일어서려고 할 때, 박원종이 말했다. "형님께 지금 말씀드려야 할 것이 있습니다." "뭣인가?" "형님의 사돈대감의 시신에 관한 것입니다." "그런가? 지금 사돈댁 일가가 모두 몰살을 당하여 아무도 손을 댈 수 없고, 어명으로 벌써 효수된 지가 오래되지 않았는가? 나도 지금 그곳을 가 볼 수가 없네!" 라고 말하자, 이에 박원종이 답했다.

"예! 형님의 사돈 대감 시신을 가져올 때 저도 아버님의 상중이라서 가 볼 수가 없었습니다. 하지만 제가 군졸들에게 시켜서 식별할 수 있도록 했는데, 군졸이 와서 고하기를 이미 시신이 흩날리어 식별이 어렵다고 했습니다. 그리고 이세좌 대감의 자제분들의 시신은 어명으로 묘를 세우지 못하도록 했으므로 따로 덮고 묻어서 표시해 두라고 했습니다. 그런데 한 가지 더 말씀드릴 것은 사실은 이세좌 대감의 시신을 귀양지에서 가져오는 때에 벌써 많이 부패되어 형상을 알아보기 어렵다는 전갈을 받고 제가 이세좌 대감의 시신을 몰래 다른 것과 바꾸라고 했습니다. 그런데 중간에 그 명을 받은 자가 죽었는지 행방이 없습니다. 그래서 지금 확인할 방도가 없습니다."

이 말을 전해 듣고 신승연은 박원종에게 다시 손을 잡고 "아, 그런가! 자네의 정성이 참으로 고맙네 그려! 내 자네의 사려 깊은 마음을 잊지 못할 걸세!"라고 말하고는 박원종의 집을 나왔다.

1506년, 새봄이 되었다. 새로 임명된 채홍사가 장녹수의 집을 드나들기 시작하였다. 얼굴과 형체가 괴질하게 생겼고, 술을 많이 마시고 가끔 많이 취해서 다니는 자였다.

그러던 어느 날, 그 채홍사는 장녹수에게 가다가 이수정의 부인 신씨와 마주쳤다. 그러자 채홍사가 옆에 포졸관리 부장에게 말했다. "내가 보기엔 이곳에도 예쁜 노비들이 있어 보인다. 그렇지 않느냐? 저기 앞을 지나가는 여자 말이다. 모습이 내가 보니 예쁘다. 내 자네 군관에게 일러두니 오늘 내가 궁중 연회를 갔다 와서 이곳으로 올 걸세! 그러니 군관 자네가 저 처자를 밤에 보쌈해서 별관으로 데려와라."

군관은 "예 알겠습니다. 홍사님!" 하고 대답했지만 크게 걱정되었다. '그 처자는 박원종 대감이 나에게 각별히 부탁한 이수정 대감의 아내가 아닌가! 이것 큰일 났구나! 어떻게 해야 되는가?' 그러나 아무리 생각해도 해답이 안 나왔다. 군관은 하루 종일 고민을 하였다.

그리고 그날 밤, 채홍사가 밤이 좀 늦게 들어왔을 때에는 이미 술에 많이 취해 있었다. 그제야 곧 생각이 떠올랐다. 군관은 예전에 운평이 되고자 하였다가 탈락한 여자를 보쌈 했다. 그리고 가는 도중에 자루 안에 들어있는 여자에게 말했다. "채홍사 영감이 자네를 데려오라고 했네. 하지만 오늘 밤이 자네에게 중요하네! 별관에 들어가면 오늘 밤은 절대 아무 말과 대답을 하지 말고 잘 모시게. 그리고 내일 해가 뜨기 전에 그곳에서 빨리 빠져나와야 한다. 알겠는가!"

이윽고 다음 날 아침, 채홍사는 늦게까지 잠에 들어 있었다. 해가 뜬 지 오래되어 벌써 중천으로 가고 있었다. 그런데 장녹수가 시종을 시켜 채홍사를 불러 오도록 하고는 이렇게 말했다. "아니, 아침에 일찍 나에게 들러야 할 자가 아직도 오지 않고 있다니! 그렇게 게을러지고 정신이 해이해지다니! 내가 그 자에게 한마디하고 크게 질책을 할 것이다. 여기는 내 집이고 내가 관여하는 곳이다. 누구든지 내 명을 어기면 안 되는 곳이다."

그런데 채홍사가 있는 별채에 다녀온 남자 시종이 장녹수에게 아뢰었다. "채홍사님이 아직 계속 잠을 자고 있습니다." 화가 난 장녹수는 더 이상 기다리지 못하고 그곳 별채로 갔다. 남자 시종을 불러서 방 밖에서 채홍사를 깨우게 하고 잠시 후 종과 함께 안으로 들어갔다. 채홍사가 일어나 앉아 있었는데, 방 한쪽 구석에 여자의 옷고름이 떨어져 있는 것을 발견했다. 그리고 채취가 풍기어 전해졌다.

장녹수가 채홍사에게 말하였다. "어젯밤에 외딴 일을 벌이셨군요. 내가 지난번에 이야기했는데, 내 집에서는 절대 안 된다고 말하지 않았습니까? 내 이런 일을 주상전하께 달리 전하여 고할 수도 있소이다." 이에 채홍사가 크게 일어나서 엎드려 절하면서 "숙원마마, 큰 잘못을 저질렀습니다. 다시는 이런 일이 없을 터이니 저의 무례한 죄를 용서하여 주십시오." 했다. 그러나 장녹수는 화가 치밀어서 채홍사를 크게 꾸짖고는 그곳을 나왔다. 곧바로 채홍사가 머무는 별관은 폐쇄되어서 채홍사는 장녹수의 집에서 한시도 머무르지 못하고 나가게 됐다.

그날 장녹수는 군관에게 일하는 노비들을 집합시키게 하여서 크게 주지시켰다. "이곳은 내가 살고 있는 곳이고 내가 주인이다. 간혹 주상전하가 이곳에 행차하실 때가 있다. 행차할 때 많은 궁녀와 내관이 따라온다. 그때 누구에게라도 내 집에서 일어난 사소한 일이라도 절대 입 밖에 내어서는 안 된다. 발설하는 자가 있으면 그날 죽음을 면치 못할 것이다. 알겠느냐? 내 말을 명심하거라!"

청풍의 고난과 시련

1504년 5월, 산기슭 길을 통하여 아이들이 끌려가고 있었다. 조금 뒤에는 어머니가 보따리를 들고 따라오고 있었다. 얼마 전까지만 해도 달구지를 타고 왔으나 길이 물에 많아 잠겨 있으니 더 이상 가지 못하고 산등성이를 통하여 걸어서 올라 넘어가야 했다. 윤경과 준경을 질질 끌고 가는 포졸 두 명이 아직 하루를 더 가야 한다는 이야기를 나누고 있었다. 포졸 하나가 산을 넘으면 어두워지는데, 넘어가면 오래된 외딴 주막이 있는데 거기서 밤을 쉬어 가야 한다고 했다. 그러나 그곳은 인적이 드물어 지금도 있는지 확인이 안 된다고 하였다.

산기슭을 겨우 넘어서자, 날이 어두워져서 도저히 걸을 수가 없었다. 어디선가 멀리서 이따금씩 알 수 없는 짐승 소리가 들려왔다. 시간이 많이 걸려서 산 아래를 내려갔는데, 무너진 주막에는 사람이 아무도 없었다. 사방이 칠흑같이 캄캄 한 가운데, 포졸이 이곳에서 밤을 쉬어 가야 한다고 했다.

처마 밑에 자리를 잡고 보자기를 서너 개 깔고 어머니가 가져온 주먹밥을 겨우 하나씩 나누어서 먹었다. 포졸 하나가 방문도 없는 흙 방바닥에서 부싯돌로 불을 켜려고 하다가 겨우 켰는데 잘 보이지가 않아, 잠시 후에 곧 꺼 버렸다. 그리고 아이들을 지켜보았다. 짐승 소리가 좀 더 많이 들리었다. 사방이 캄캄하고 차가운 냉기가 몸에 배어 갔다. 아이들의 몸이 으스러지면서 아파 왔다.

아이들이 몸을 떨면서 졸려 각기 떨어져 그대로 눈을 감았는데 갑자기 '어흥' 하는 커다란 호랑이 소리가 들려서 모두 잠에서 깨어났다. 모두들 소스라치게 깜짝 놀랐다. 이윽고 다시 한 번 커다란 소리가 들리자, 포졸들은 사방을 주시 경계하고 서로 무서운 나머지 붙었다. 아이들도 어머니도 떨어져 있다가 서로를 꽉 껴안았다. 으스스하고 캄캄한 밤이 흐르면서 호랑이 소리는 더 이상 들리지 않았다. 어머니는 아이들을 꽉 껴안고 매섭게 차가운 냉기를 서로 녹이며 다시 잠을 청하였다.

시간이 얼마나 흘렀을까? 새벽 햇살이 보이자 포졸들이 아이들을 깨웠다. "자, 일어나거라. 어서 가야 한다."며 재촉했다. 반나절을 걸어서 도착한 곳은 멀리서 호수가 있고 물길이 많이 흐르는 사람들이 조금 많은 마을의 관아였다. 그곳은 괴산에서 상당히 떨어져 있는 '청풍'이란 고을이었다. 이곳에 도착한 준경 형제는 청풍 부사의 명을 받아 고을의 현감이 다스리는 곳에서 서북쪽으로 많이 떨어진 큰 산기슭 부락으로 들어가서 옹기종기 집들이 있는 한 곳에 들어가서 맡겨졌다.

현감은 어떤 노비가 사용하는 집을 나누어서 일부를 내보내고, 그 집에 윤경과 준경, 어머니가 들어가도록 했다. 현감은 방을 하나 내어주고 뒤쪽에 조각방을 주어 들어가게 했다. 본래 이 집은 예전에 김 진사가 있는 집의 바깥 별채들이었으나 김진사가 죽고 난 다음 그대로 방치되어 노비들에게 맡겨져 있었다. 그러나 오랫동안 비워 두었기 때문에 비가 오면 초가지붕이 줄줄 새어서 툇마루에 빗물이 고였다. 현감은 이방을 시켜 병졸이 지키도록 하고 오늘은 나이 어린애들이니 당분간 식량과 생활품을 갖다 주고 동태를 살피도록 했다.

윤경과 준경은 어머니와 함께 종살이를 하게 되었다. 곧바로 내일부터 아이들은 마을 아래쪽에 있는 적사지를 만드는 곳으로 가서 잡일을 하며 농부일도 도와야 한다고 했다. 어머니가 식량을 받아 어린 형제들의 끼니를 마련하고 있었으나 식사는 보리밥에 개떡을 겨우 먹을 정도이고 반찬은 매우 형편없었다. 어머니는 마을 뒤편의 길쌈을 하는 곳으로 일을 나갔다. 윤경과 준경은 일을 하고 날이 저물어지면 그래도 어머니가 가까이 함께 있으니 마음이 가벼워졌다.

어머니가 따로 나가 일하면, 윤경과 준경은 뜨거운 볕 아래서 시키는 대로 다른 아이들과 함께 개간한 밭에서 자갈을 줍고, 풀을 뽑았다. 특정한 날에는 노비들이 일하는 집신 작업장에 나가서 시키는 대로 돕고, 항아리를 닦고, 만들어 놓은 적사지를 모아서 맞춰 묶어 담았다. 함께 일하는 다른 아이들도 있는 가운데, 형 윤경은 어른이 시키는 대로 묵묵히 일을 했다.

그러던 어느 날, 만들어 놓은 적사지를 크기별로 따로따로 구분하여 모아서 하루 분량을 완수하는 작업을 하다가 윤경과 준경이가 잠깐 멀리 떨어져 나가 있는 사이에 다른 쪽의 애들이 몰래 와서 모아 놓은 적사지를 훔쳐서 가져갔다. 그 모습을 본 윤경과 준경이 다시 돌아와서 가까이 갔을 땐, 그들은 이미 가 버려서 너무 늦은 후였다. 그래서 그날 적사지가 부족해서 모으는 하루 분량을 완수하지 못했다. 그러자 작업장을 맡은 사람이 와서 말했다. "너희들은 이미 벌칙을 명한 대로 늦게까지 남아야 한다. 그래서 재료를 더 가져와서 더 만들 때까지 기다려야 한다."

이에 준경이 "이것은 저기 있는 애들이 가져갔기 때문입니다." 라고 큰소리로 작업장의 막장에게 말하고 따졌다. 그러자 저쪽에 있던 패거리들이 몰려들어 와서 '제대로 하지도 못했으면서 핑계를 댄다.'고 눈을 부릅뜨고 준경이를 노려봤다. 그러면서 "남의 집에 살고 있는 사람의 방을 빼내고, 얹혀서 사는 거지같은 놈이 별소리를 다한다."며 욕설을 퍼부었다. 이준경은 그들에게 앞으로 나가서 "내가 보았는데 왜 거짓말을 하냐?"고 따지자, 작업장 막장 어른이 저쪽 아이들을 편들며 "일을 완수하지 못했으면 책임을 지고 벌을 받아야지. 따지지 말고 다음부터 일을 잘하라!" 하고 윤경과 준경을 나무랐다.

그러자 동네 아이들 열댓 명이 달려들어 둘러싸고 "저애를 더 많이 혼내 주시오! 그렇지 않으면 우리가 저기 준경이를 데려가서 아주 혼내 주겠습니다." 하며 분노가 넘쳐서 눈을 부릅뜨고 소리를 질렀다. 그것을 본 형 윤경은 상황이 심상치 않게 돌아가고 준경이가 위험하다는 것을 알아차렸다. 그래서 나가서 말했다. "막장 어른, 우리가 잘못 본 것인지도 모르겠습니다. 떼를 쓴 것이 잘못되었습니다. 그러니 남아서 잔일을 하고 돌아가겠습니다."

저녁에 돌아와서 준경이는 윤경 형에게 마구 따지며 밀고, 울컥 화가 나서 생떼를 부리고 대들었다. 형은 왜 같이 봤으면서 모르는 척했냐는 것이었다. 사실 윤경도 마음속에 크게 울화가 치밀었지만 동생 준경에게 이렇게 말했다. "준경아! 내가 지금 너에게 잘못했으니 나에게 그만 따져라!" 그러면서 "너는 아직 뭘 모르니 가만히 있어라!"고 하였다.

밤이 되면서 어머니가 돌아오셨다. 윤경이가 어머니께 낮에 있었던 이야기를 말씀드렸고, 이야기를 다 들으신 어머니는 준경이에게 이렇게 말했다. "준경아, 윤경 형이 너를 얼마나 아껴 주고 위한다는 것을 아느냐? 너의 형이 언제 너를 무시하고 짓궂게 대한 적이 한 번이라도 있었느냐? 준경아, 너는 왜 그것을 모르느냐? 너희들은 이 세상에서 단 둘밖에 없는 형제다. 너를 위하는 형의 마음을 알아주어야 한다. 윤경아, 너는 내일 가서 어제 일을 따진 것이 잘못되었으니 죄송하다고 말씀드리고, 아이들에게 어제 일은 잘못 본 것 같으니 꼭 미안하다고 말하거라!" 하였다.

다음 날 윤경은 막장 어른께 공손히 죄송하다고 말씀드리고 깍듯이 돌아다니며 아이들에게 미안하다고 말하였다. 준경이는 형의 뒤를 따라다니며 고개만 숙이었다.

그런 생활을 한 지 몇 개월이 안 되어서 현감이 전갈을 가지고 왔다. "극도의 처벌을 받는 자들이 부모와 같이 있으면 안 된다. 아이들이 큰 고통을 겪도록 해야 하는데 어머니가 돌보고 있다니 아이들이 아무래도 편하게 지내는 것 같다. 그게 될 말인가? 아이들을 어머니에게서 떨어뜨려 놓아야 한다."는 것이었다. 그 말을 들은 어머니 신씨 부인은 그날 저녁, 식음을 전폐하고 방에 쓰러져 누워 버렸다. 눈에서 피눈물이 쏟아져 나왔다. "아! 하나님 이제 저는 어떻게 해야 하는 건가요?" 자꾸자꾸 하늘을 원망했다. 사지가 굳어져 움직일 수가 없었다. 떨어져야 하는 아이들의 얼굴 모습을 떠올리고, 돌아가신 서방님의 얼굴이 떠올랐다. 수정 부인은 큰 한숨을 거듭 쉬었다.

윤경과 준경을 두고 떠나는 날 포졸을 데리고 온 군관이 말했다. "우리들도 아이들이 앞으로 어떻게 될지 모르겠으나, 어머니는 아이들과 떨어져서 내자시로 보내져서 일을 하도록 한다."는 것이었다. 그러나 그동안 생활의 정상을 참작하여 어머니를 떨어 뜨리고 대신 유모가 내려온다고 했다. 곧이어 포졸들이 신씨 부인을 끌고 갔고, 부인은 계속해서 뒤를 돌아보며 눈물을 흘렸다. 윤경과 준경은 어머니를 떠나보내면서 엉엉 울었다.

어머니가 떠나가신 지 얼마가 안 되었는데 이준경은 벌써부터 어머니가 보고 많이 보고 싶었다. 그리고 마음이 서글프고 눈물이 났다. 다른 아이들과 이야기도 잘 나누지 않았다. 윤경과 준경은 밤에 잠을 이루지 못하고 밖으로 나왔다. 멀리서 포졸들이 가끔 보였으나 밤이 되면 너무 고요하고 인기척도 없었다. 이따금씩 멀리서 짐승 울음소리가 밤의 적막을 깨고 들려올 뿐이었다.

어머니가 떠난 후에 보름이 지나니 유모가 왔다. 평소에 어머니와 함께 집에서 읽은 천자문을 유모가 몰래 보따리 속에 가져온 것을 보여 주었다. 준경 형제는 이미 모두 외웠기 때문에 관심이 없었고, 뒤 다락 처마 돌 밑에 숨겨 두었다. 어머니가 보고 싶은 마음에 어머니의 모습이 눈에 떠오르고 너무나 울적하고 외롭고 괴로웠다. 그러나 다행히 의지가 되어 말을 주고받을 수 있는 형제가 있어 다행이었다. 저녁에 배가 고프면 두 형제는 서로를 붙들고 잠을 청했다.

그런데 얼마 되지 않아서 청풍부사가 이 고을에 방문하여 현감과 함께 아이들이 있는 곳으로 와서 둘러봤다. 현감이 부사에게 말했다. "아이들이 힘이 들어도 매우 양호하게 잘 지내고 있습니다. 그런데 이곳을 비워 주어야 합니다. 멀리 갔던 김 진사 가족이 이곳으로 내려온다고 합니다. 그러니 아이들의 거처를 옮겨야 할 것 같습니다." 그러자 청풍부사가 말했다. "내 생각에는 이곳은 괴산에서 너무 멀리 떨어진 외딴 곳입니다. 그리고 아이들이 지내기에는 많이 참혹한 곳이고 집이 낡아 수리를 해야 한다고 하니, 내가 관찰사에 전갈을 올려서 상의할 것이니 아이들을 잘 보살펴 주시오."

그 후로 윤경과 준경은 괴산의 청안 고을로 거처를 옮겨야 했다. 청안은 나무가 빽빽하게 우거졌으나 유배된 아이들이 있는 곳의 집 뒤쪽에는 산이 가로막히고 앞이 트이고 멀리까지 보이는 곳이었다. 청풍보다 큰물이 없고 앞쪽에 계곡으로 통하는 개울물이 흐르고 있었다. 그곳에서 윤경과 준경은 또다시 하루하루를 보내야 했다. 때가 되면 나가서 고을에서 하는 잡일을 했다.

아침에는 개울물에 세수를 하면 유모가 밥상을 가져왔다. 유모는 두 형제에게 말했다. "도련님들! 어머니가 보고 싶어도 참으셔야 합니다. 다행이 살아 있는 게 어머니께 효도하는 길입니다." 어린 준경이 유모에게 물었다. "언제까지 여기에 있어야 해요?" 유모가 대답했다. "지금은 나에게 아무것도 묻지 마시고 그저 건강하게 버티고 지내세요. 먹는 음식을 불평하지 말고 열심히 드셔야 합니다."

한 해가 지나고 1505년 새봄이 되었다. 이곳의 고을에 원님이 바뀌었다. 새로 부임한 원님은 최 현감이었다. 최 현감이 준경 형제가 있는 곳을 둘러보았다. "불쌍한 애들이나 어쩔 수가 없구나! 조만간 애들을 처형하라는 명이 내려올 텐데 애석하구나!" 하였다. 그런데 여름이 시작될 무렵, 나라에서 귀양을 간 아이들이 있는 곳에 일가친척이나 유모를 곁에 두지 말고 직접 고을 관아에서 귀양을 온 자들을 감시하고 지키도록 명이 내려왔다. 그리하니 유모는 애들에게서 여름이 가기 전 9월까지 이곳을 떠나야 했다.

유모가 현감에게 엎드려서 고했다. "나리님! 저희 도련님들은 아직 나이가 어린데 어떻게 버려두고 떠난단 말입니까? 제가 떠나면 애들은 곧 병이 나 죽고 말 것입니다. 제가 도련님들 곁에 있게 해 주세요." 이에 원님이 대답했다. "네 말 뜻을 잘 안다. 그러나 상부의 말이니 내 어쩔 수가 없구나. 자네가 떠나면 종지기를 시켜 식음을 해결하도록 하고 또 보살필 테니 그렇게 하게나!" 그러자 유모가 "그러시다면 제가 도련님의 안부를 알고자 하여 다음에 잠깐 다시 찾아와도 되겠습니까?" 하고 여쭈었다. 그러자 원님이 대답했다. "사정이 그러하면 내 그때에 허락을 해둠세!"

유모는 준경 형제에게 떠나기 전 생활 방식을 지키며 해야 할 일을 일러 주고 떠났다. 하지만 유모가 떠난 다음에 아이들은 유모가 없으니 마음이 울적했다. 배가 고플 땐 간간히 유모가 마을에 내려가 먹을 것을 갖다 주었는데, 이제는 배가 많이 고팠다. 그리고 아궁이에 불을 지필 나무도 많이 모아 두어야 했다. 개울 쪽에 가서 물도 길어 와야 했다. 밖에 나가 일을 하고 돌아오면 몸이 아프고 피곤하여 그냥 그대로 잠에 떨어졌다.

1505년 늦가을이 되어 유모가 돌아왔다. "유모님이 다시 오셔서 정말 좋아요." 하며 아이들은 기뻤다. 그러자 유모가 "도련님들이 아직 무사히 계신 것을 보니 마음이 참으로 안심이 됩니다. 겨울이 되면 눈이 너무 많이 오고 날씨가 추워서 길이 끊기고 사람들이 오도 가도 못합니다. 그래서 겨울이 오기 전에 서둘러 왔습니다. 그동안 많이 걱정을 했습니다. 도련님! 어머님도 몹시 걱정하고 계십니다."라고 말했다. 다시 아이들이 유모에게 말했다. "빨리 어머니가 보고 싶어요. 어머니는 어떻게 지내세요?"

"도련님들 근심에 많이 야위셨습니다. 매일매일 새벽에 물을 떠

놓고 도련님들을 생각하며 하늘에 빌고 계십니다. 도련님! 아마 곧 나라에서 곧 처형하라는 명이 내려올 줄 압니다. 도련님들은 어떻게든 살아나셔야만 합니다. 어머님이 말씀하셨습니다. 마을에 군관들이 오고 가면 위험이 온다는 소식이니, 항상 주변을 살펴야 한다고 하셨습니다. 만약 큰일이 오면 뒷산으로 피신하세요. 별일이 없으면 내려오고 만약 뒷산을 타고 넘어서 계속하여 가서 충주로 가는 길목의 마을에 '김유손'이라는 첨지를 찾으세요. 찾기가 어려울 테니 산을 넘으면 절이 3개가 있는데 절에 숨어 있으세요. 요즈음 같은 나라가 어수선한 때에는 도주한 귀양자들을 병사들이 핑계를 대고 끝까지 추적하여 찾지 않고 내버려둡니다. 여기 오기 전에 관아에서 원님에게 들렀는데 원님이 말하기를, 애들이 크고 많이 적응을 했으니 이제는 마냥 밥거리를 대어 줄 수가 없다며 스스로 먹을 것을 가꾸어 나가도록 하고 아이들에게 일러두고 떠나라고 했습니다. 그러니 내일부터 모퉁이 텃밭에 콩과 가지를 심고 가꾸는 법을 알려 드리겠습니다. 잘 알아 두었다가 내년 봄이 되면 잘 심어서 가꾸어 따서 식사 때 드세요! 그리고 부락에 가서 내가 작은 포도나무를 한 그루 옮겨 놓겠습니다. 내년 여름이 지나면 수확을 할 수 있을 것입니다. 내가 떠나면 잘 가꾸어서 배고플 때 참지만 말고 식량으로 귀히 삼으세요. 그리고 도련님, 어머님께서 이 책을 주셨습니다. 도련님이 가끔 보셨던 『사자소학』입니다. 어머님께서 글을 잊어서는 안 된다고 말씀하셨습니다. 숨겨 놓고 관원이 없을 때만 몰래 보셔야 합니다. 읽다가 들키면 큰일이 납니다."

유모는 사흘이 지나서 그곳을 떠났다. 1505년 겨울 어느 매서운 추운 날이 지나면서, 몸에 이가 끓어서 형제는 잠을 설쳤다. 관원이 아이들에게 도외시하고 갈아입을 옷을 지급하지 않았다. 형은 옷을 벗어 이를 잡느라 애를 쓰는데, 그런 형에게 준경은 "어차피 우리는 죽을지도 몰라. 이 때문에 더욱 고생하고 잠을 잘 수가 없는데, 이렇게 사는 것보다 얼어 죽는 것이 더 나을 거야!" 하면서 좋은 방법이 있다며, 함께 아궁이로 가서 옷가지를 모두 모닥불에 태워 버린 채 나와서 벌벌 떨고 앉아 있었다. 마침 그들을 살피던 관원은 옷도 없이 벌벌 떨고 있는 아이들의 모습을 보았다. 그리고 조정에서 임금의 명령이 떨어지기 전에 아이들이 죽게 되면 자신이 책임을 면하지 못한다는 생각을 하여 그때서야 새 옷을 입혀 주지 않을 수 없었다.

그해 겨울이 지나고 새봄이 왔다. 준경 형제는 어느 날 배가 몹시 고팠다. 점심으로 가져다준 보리밥에 하얀 김치와 간장이 전부였다. 준경이 형 윤경에게 말했다. "형, 배 안 고파? 우리 저기 군사 병관이 없을 때 개울로 가서 가재를 잡아서 먹자!" 그래서 때를 봐서 두 형제는 뒷산 개울로 가재를 잡으러 갔다. 날씨가 늦봄 치고 꽤 더웠다. 준경이 형 윤경에게 말했다. "형! 유모가 와서 말한 게 생각나지? 여기 뒷산을 넘어서 가면 절이 나온다던데 얼마나 멀까? 만약 우리가 그곳에 가면 살아남을 수 있을까? 아마 가기도 전에 붙잡힐 거야! 그러니까 우리 그냥 한번 길을 알아보는 게 어때?" 그러자 윤경이 "그래, 좋은 생각이야. 그럼 군관병사 없는 때 한번 가 보자." 이렇게 두 사람은 약속을 했다.

그리고 며칠 후, 잡일이 없고 군관이 일찍 돌아가 버린 날을 택하여 뒷산으로 올라갔다. 만일을 대비하여 먹지 않고 미리 준비해 둔 개떡을 보자기에 쌌다. 날이 차츰 어두워지고 있었다. 얼마나 숲길을 헤치고 걸어 올랐을까. 돌아보면 저 만치 마을이 보이며 작아졌다. "형! 이제 너무 어두워 내려가야 할 것 같아!" 그러자 윤경이 말했다. "아니야. 저쪽 꼭대기까지는 가야 여러 군데의 방향을 알 수 있을 것 같아! 돌아가는 길을 잘 기억하고 알아 두어야 해!"

그러나 두 사람은 길을 잃고 말았다. 길을 헤매다가 예전에 밤에 들었던 늑대 소리를 들었다. "형, 유모가 말씀하셨는데 늑대는 자기보다 크면 덤비지 않는다고 하는데 늑대가 오면 어떻게 하지?" "그래, 나도 기억나! 저기 큰 나무 덩치 막대기를 높이 들고서 이 바위 위에서 서로 꽉 붙어 있자!" 하면서 두 사람은 마른 나무둥치를 높이 올려 서로 같이 붙잡고 바위 앞쪽으로 올라섰다. 팔이 아팠지만 잠시 내려놓다가 다시 올렸다.

그때, 늑대 한 마리가 나타났다. 늑대가 와서 그들을 쳐다보자, 무서운 긴장감이 돌았다. 늑대는 나뭇가지 덩치를 들고 있는 아이들을 한참 노리고 쳐다보더니 어슬렁어슬렁 가버렸다. 두 사람은 어찌할 바를 몰랐다. 준경이 말했다. "이 나무덩치를 무거워서 오래 들고 있을 수는 없어!" 그때 늑대 울음소리가 멀리서 다시 많이 들려왔다. "아마 늑대들이 다시 몰려올 거야! 어떻게 하지? 빨리 저 높은 나무로 올라가자!"

두 사람은 서로를 잡아 주고 힘을 당겨서 나무 위로 올라갔다. 두 손이 다 찢기고 무릎에 상처가 난 그들은 너무 지쳤다. 그때 늑대들이 여기저기서 몰려 나왔다. 늑대들은 높이 있는 두 사람을 쳐다보고는 나무 아래에서 뛰면서 왔다 갔다 했다.

시간이 얼마나 지났을까! 숨죽이는 시간이 흘렀다. 두세 마리의 늑대들이 그대로 남아 있었다. 그런데 어디선가 포효하는 소리가 들려왔다. 커다란 호랑이 소리였다. 그제 서야 늑대들은 슬금슬금 모두 가버렸다. 두 사람은 손에 땀을 쥐고 아래를 계속 쳐다보았다. 새벽 햇빛이 내려오고 있었다. 그때 형 윤경이 "저쪽을 쳐다봐! 이 나무에 높이 있으니까 우리 마을 쪽이 보인다. 군관병사가 오기 전에 빨리 돌아가자!"라고 말하였다.

준경 형제는 서로를 의지하며 외로움을 달래며 시간을 보냈다. 나무를 하러 가면 같이 가고, 물도 함께 길렀다. 어느 날 읽을 마음도 내키지 않은 구겨진『사자소학』책을 뒤 담돌 밑에서 가져와서 준경이가 먼저 보자, 형 윤경도 같이 보았다.『사자소학』에 나온 문구를 보고 준경이 형에게 물었다. "왜 나라 임금이 우리 아버지, 큰아버지, 할아버지 모두를 그렇게도 많이 죽일까? 형, 임금님이 왜 그러는 거야?" 형이 대답했다. "나도 잘 몰라. 임금님이 너무 우리 식구들을 많이 미워하는 것 같아!"

윤경과 준경은 밖으로 나왔다. 심어 놓은 포도나무에서 꽃이 피어나고 있었다. 윤경과 준경은 포도나무에 물을 갖다 주었다. 그리고 멀리 하늘을 보았다. 어머니가 많이 보고 싶어서 견딜 수가 없었다.

어머니와 상봉

1506년 9월 2일 중종반정이 일어나고, 준경 형제는 9월에 괴산 청안에서 한양의 옛집으로 돌아왔다. 집의 형체는 옛날의 모습이 아니었다. 황폐되고 기울어져서 보기 흉측하게 잡초가 우거져 있었다. 윤경과 준경 형제는 무엇보다도 어머니의 모습이 그리웠다. 데려다준 병사가 건넛방으로 안내해 주면서 그곳에 어머니가 계신다고 하였다. 어머니도 노비 신분에서 해제되고 장녹수의 몸종에서 풀려나와서 건넛방에서 머무르고 계셨다. 두 형제는 "어머니!"라고 크게 불렀다.

밖에서 나는 소리를 듣고 어머니가 나왔다. 어머니는 돌아온 어린 자식들을 보자마자 웅크린 가슴이 터지도록 뛰어나오며 눈이 휘둥그레졌다. 어머니와 두 형제는 서로 반가워 부둥켜안고 눈물을 흘렸다. 윤경이와 준경이는 어머니를 보고 눈을 흘리며 소리 내어 엉엉 울었다. 어머니의 눈에서도 눈물이 한없이 흘러 내렸다. "어머니, 그동안 많이 보고 싶었습니다." "내가 너희들을 다시 보다니 꿈만 같구나!" 하며 어머니는 아이들을 껴안고 감격의 눈물을 흘렸다.

한양으로 돌아온 준경 형제의 집은 황폐되고 살림살이가 말이 아니었다. 아직 생활이 안정되지 못하여 윤경과 준경 형제는 책을 읽을 준비는커녕, 먹을 것과 입을 것을 마련하는 것이 시급했다. 어머니는 아이들의 외조부가 되는 신승연에게 전갈을 올렸고, 곧 외조부님이 오셨다. 신승연은 외손주를 다시 보고 너무나 반가웠다. "아! 모두들 이렇게 살아서 만나다니, 내 이제 살 것 같구나!" 하며 감격에 눈시울이 뜨거워졌다. 외조부 신승연은 연산군 때 집이 헐리고, 그 후에 파직되어서 간신이 은신하다시피 목숨만 겨우 살아오신 분이었다. 다시 수습이 되면 내년에 관직을 복귀할 것이라는 말씀을 하셨다.

유모도 소식을 듣고 달려왔다. "도련님들이 무사히 돌아오셔서 정말로 기쁘고 하늘에 감사드립니다." 유모는 멀리 다른 고을에 살고 있었다. 그러나 세간 살림이 말이 아니니 유모를 붙잡아 둘 수가 없었다. 하여튼 가족들은 부서진 집을 가능한 한 수선하고 정리하였다. 그래도 가끔 유모가 윤경과 준경 형제를 보기 위해서 다녀갔고, 윤경과 준경 형제도 가끔 집 밖으로 나가서 동네를 돌아다녔다. 그리고 동네 아이들과 어울려서 놀았다.

그러자 어머니 신씨는 아이들이 많이 걱정되었다. 어떻게 해서든지 가계를 세우고 아이들을 다시 옛날의 제자리로 가도록 키워 나가야 한다는 일념뿐이었다. 그래서 아이들이 나가서 거지처럼 구걸하다시피 돌아다니자 마음이 매우 아팠다. 그래서 신씨는 두 아들을 불러 놓고 엄하게 항상 타이르기를, "과부의 아들은 보잘것없으니 벗으로 사귀지 말라는 말이 있으니, 너희는 부지런하고 나가서 사람들에게 공손하지 않으면 볼 것 없는 사람이 될 것이다." 하였다.

살아가는 생활이 정말 어려웠다. 굶주림이 닥치니 아이들이 가장 불쌍하였다. 그러나 신씨 부인은 오직 남편을 생각하면서 절조를 지키고 가난과 싸우면서 초근목피로 연명하며 두 아들의 교육에 전력을 기울였다. 신씨 부인은 두 아들에게 『소학』과 『효경』을 가르쳐 효가 백행의 근본이 됨을 깨우쳐 주고, 『대학』을 가르치어 수기치인의 지침을 터득케 하여 세상에 올바르게 쓰일 수 있는 인물로 기르는 데 전력을 다하였다.

외조부는 아직 관직이 들어가지 않아서 생활이 어려웠으나 가끔씩 들러 식량을 가져다주었다. 생활의 어려움 속에도 외조부 신승연은 부서진 마루를 고치고 허물어진 벽을 수리하여 주었다.

그러던 차에 한 달이 지나 10월이 다 지나갈 때에 조식의 가족이 연화방의 윤경과 준경이 사는 건넛집으로 이사를 왔다. 조식의 부모는 합천의 삼가 현에 살고 있었으나, 아버지가 과거급제를 하여서 한양으로 이사를 하게 된 것이다. 조식은 준경이보다 한 살이 적은 6살이었다. 조식의 어머니는 윤경과 준경의 어머니에게 와서 인사를 청했다. 그때부터 조식은 거의 날마다 윤경과 준경의 집에 와서 함께 공부를 했다. 아이들은 건너채의 작고 많이 기울어진 방을 수리를 조금하여서 그곳에서 글을 쓰며 읽고 함께 지냈다. 때로는 윤경과 준경 형제가 조식의 집에 가서 공부를 하기도 했다.

조식의 집은 비교적 넓었으나 조식의 식구들이 많아서 공부하기가 적당하지 않아 조식이 거의 준경이의 집으로 왔고, 조식의 어머니는 가끔 먹을 것을 애들이 공부하는 곳에 보내왔다. 이준경의 집은 형편이 매우 어려웠다. 어머니가 집안일을 거의 다해 가며 텃밭을 가꾸고 적당한 일거리가 있으면 찾고자 하였으나 마땅치가 않았다. 그래도 외조부는 가끔 시종을 보내서 겨우 먹을 식량을 갖다 주었다.

그렇게 윤경, 준경 형제와 조식은 1506년 10월부터 1507년 8월까지 어린 시절을 연화방에서 함께 지냈다.

외조부를 따라 상주에서

그렇게 생활하면서 해가 바뀌어서 1507년 가을이 들어서는 9월에 외조부 신승연이 상주 목 관아의 교수로 임소를 받게 되었다. 외조부는 그동안 파직이 되어서 힘들게 지냈으나, 불과 석 달 전에 복직이 되었다가 곧바로 이번에 상주 목으로 가게 되는 것이다. 이준경 형제의 외조부는 오랫동안 선친들의 제사를 모셔 왔으나 아들이 없어서 제사를 이어 갈 후사가 걱정이 되었다. 그러던 차에 경상도 상주에서 지난날에 김윤호 판관이 상주목사와 관련되어서 물의를 일으켰던 여러 관리들과 함께 체직되었다. 그래서 적합한 인사를 고려하던 중에 박원종의 권유로 외조부 신승연은 상주의 교수직에 임소 되었다. 박원종과 신승연은 오래전에 서로 형제처럼 친해, 박원종은 신승연을 형님과 같이 모시고 지내고 있었다.

경상도 상주 목으로 떠나기 전에 박원종이 외조부 신승연에게 말했다. "요즈음 형님께서 한양에 있는 사촌들과 왕래하는 것이 심기가 편하지 않으시며, 형님께서 아직까지 후사가 없는 것을 종친들이 걱정을 많이 하시는 것 같소이다. 그런데도 형님은 항상 마음을 비워 두고 무탈하고 계시니 저로서는 안심이 됩니다만, 종친들 사이에서 오고가는 말들이 성가실 텐데 이번 차에 상주로 내려가서 마음 편히 일을 잘해 주셨으면 합니다. 그리고 지금 상주에는 손중돈 목사가 있습니다. 형님과 손 목사는 예전에 서로 친분이 있으니 아마 그곳으로 가서 있는 것이 형님에게 좋을 것 같습니다."

그러자 신승연이 대답했다. "동생이 내 마음을 알아주니 고맙네! 내가 이제 노령에 접에 들어 한양을 떠나서 이제 좀 더 여생을 지내보고 싶었는데 잘되었소! 마침 상주목의 아래쪽에는 여기와는 관계없는 다른 종친들이 사는 고을도 있는데, 나도 그곳을 한번 가 보고 싶었소. 그리고 한양에서 계실 때 내가 친분이 있는 손중돈 목사가 현재 상주목에 내려가 있다 하니 나로서는 더할 나위 없이 좋은 곳이라고 생각하네."

그 후로 외조부 신승연을 따라 어머니와 윤경, 준경은 경상도 상주로 갈 준비를 하였다. 그런데 마음을 다하지 못한 것이 있었다. 바로 상주에 가기 전에 윤경과 준경의 아버지 이수정의 묘를 바르게 세우는 것이었다. 그때까지만 해도 묘는 봉 없이 푯말만 세워져 있었다. 외조부는 가족들과 함께 이수정의 묘를 다시 세우고 묘비를 써서 올렸다.

윤경과 준경은 외조부를 따라 상주로 내려가게 되었다. 예전에 김윤호 판관 집이 아직 비어 있어서 그곳으로 거처를 정하여 들어가게 되었다. 외조부 신승연은 손중돈 목사를 찾아 인사를 드리고 가족을 소개하였다. 손중돈 상주 목사가 반겨서 맞아들였다. 그날부터 외조부 신승연은 상주관아에서 일을 하게 되었다.

상주에 온 후에도 아이들의 어머니 신씨 부인은 아버지 신승연을 보살펴 드리고, 윤경과 준경을 돌보며 틈틈이 『효경』과 『대학』을 입으로 외어서 가르쳤다. 그리고 공부를 가르칠 때마다 늘 이 말을 잊지 않고 덧붙였다. "옛말에 과부의 자식은 남들이 더불어 사귀지 않다고 한다. 그러니 너희들은 남들보다 학문을 열 곱절 더 부지런히 해 집안의 명성을 떨어뜨리지 마라!"

외조부는 교수직을 맡고 상주 상산관에서 조금 떨어진 향청에서 유생을 가르쳤다. 그리고 손중돈 목사를 도우며 이야기를 나누기도 하고 때로는 같이 다녔다. 손중돈 상주목사는 사람들에게 덕을 많이 베풀고 인정이 많아 칭송을 받고 있었다. 또한 부지런하고 청렴하고 공평하여, 백성의 근심을 생각하며 원망을 풀어 주었다. 생활이 어려운 자를 사제를 풀어서 돕고, 빈곤하여 생활의 여유가 없고 부모가 병이 들었는데도 치료를 못하고 있는 집에 의원을 데리고 찾아가서 돌봐 주었다. 손중돈 목사는 마음이 검소하여 자신의 부익을 쌓지 않고, 공무를 처리하는 데 빈틈이 없었다.

하루는 신승연은 다른 사람으로부터 이런 이야기를 전해 듣게 되었다. 오래전에 손중돈 목사의 동생 손윤돈이 찾아와서 손중돈 형님의 공무를 위안하며 "형님이 너무 검약하시고 곤궁하게 살고 있는데, 내가 혹시 내 집에다가 부익을 챙겨서 형님에게 누가 되는 일이 있는 것이 염려됩니다. 나도 재물이나 부익을 가졌다면 형님처럼 어려운 사람에게 나누어 주는 일을 하고자 합니다. 그리고 나도 고을에 가난한 사람이 많다는 것을 항상 생각하면서 형님의 뜻을 받아 그들에게 도움을 주고 형님 같은 심정으로 편안히 살고 싶습니다. 예전에도 그랬지만 형님이 집에 천장이 비가 새고 방자리가 해어져 떨어져 나가도 편안하였으므로 나도 그렇게 하고자 합니다."라고 말했다는 것이다. 신승연은 손목사의 동생이 참으로 마음이 깊고 예성이 높다고 생각하면서 지냈다.

신승연이 어느 날 손중돈 목사에게 말했다. "목사님 동생이 참으로 손 목사님과 같은 성향을 가졌다는 말씀을 들어 알게 되었습니다. 내가 이런 특이한 형제지간의 범절을 상주의 향도들에게 가르침을 주고자 합니다." 외조부 신승연은 손중돈 목사의 활동을 향도들에게 귀감이 되게 가르쳤다.

다음 해인 1508년 따뜻한 봄날이 되어 주변을 돌아보기 위해 외조부 신승연은 아이들을 데리고 밖으로 나갔다. 들과 산에는 나무와 풀이 제법 파랗게 짙어 가고 있었다. 산모퉁이를 돌아서자, 개울물이 흐른 곳에서 바위에 혼자 앉아 하늘을 바라보고 있는 젊은 이를 보고 준경이가 외조부에게 여쭈었다. "할아버지, 저기에 계신 저분은 누구신가요? 지난번에도 형과 제가 이곳으로 지날 때도 저기에 오랫동안 앉아 있는 것을 본 적이 있습니다."

외조부가 대답했다. "너희들도 본 적이 있었구나! 저기에 계시는 분은 손중돈 목사님의 생질이 되시는 이적(이언적)이라는 분이다. 아주 공부를 열심히 하시는 분이다. 너희들이 잘 보았구나! 어떨 때면 하루 종일 며칠간 저곳에 앉아 무엇인가를 쓰고 책을 보는 경우가 종종 있단다. 식사를 하는 것도 잊어버리고 저녁에야 돌아오니 손 목사님이 한동안 많이 걱정하셨다." 아이들이 여쭈었다. "할아버님, 생질이라고 하셨습니까?" "그렇다. 너희들은 생질이 무엇인지 아느냐?" 윤경과 준경은 고개를 갸우뚱했다. 알 수 없는 말이었다. 윤경과 준경에게는 어머니의 남동생이나 여동생이 없었기 때문이다. 외조부가 말했다.

"만일에 이 할아버지에게 아들이 있으면 너희에게는 외삼촌이 된다. 그러니까 너희 어머니의 남동생이지! 외삼촌이 너희를 부를 때 생질이라고 호칭을 쓰며, 조카라고 하여도 된다. 나는 지난번에 손 목사님으로부터 이적(이언적)을 소개받은 적이 있다. 이적(이언적)이 손 목사님을 따라 상주에 와서 손 목사님의 서책을 가지고 공부하면서 손 목사님에게 하문을 하고, 너무 열성으로 하여서 식음을 잊을 때가 있으니 손 목사님의 매우 걱정하며 이적(이언적)을 보살필 처자가 필요하다고 생각했다. 그래서 이적의 어머님께 기별을 하여 혼인을 시키는 것이 좋겠다고 하였는데 혼사일이 곧 머지않아 있게 될 것이다."

그러자 아이들이 말했다. "왜 그런데 저 선비님은 어머니와 멀리 떨어져서 있으면서 왜 함께 지내지 않나요?" 그러자 외조부 신승연이 말했다. "어머님은 그리 멀지 않은 곳에 계신데, 너희들처럼 아버님은 돌아가시고 이적의 동생과 함께 지내고 계신다. 이적 선비는 지난 명절에 어머니에게 다녀온 후로 아직까지 집에 가지 않았다고 들었다." 그러자 윤경이가 여쭈었다. "어머니가 많이 보고 싶을 텐데 어찌 저렇게 오랫동안 참고 있어요? "아마도 집에 가지 않으니 어머니가 보고 싶지 않으신가 봅니다."

이에 신승연이 "그러냐? 그러면 나는 이적의 동생이 어머니와 함께 살면서 떨어져 있지 않고 지내는 것을 봐서 이적의 동생이 어머니를 훨씬 많이 보고 싶기 때문에 그럴 것이라고 생각하는데, 너희들은 이적과 이적의 동생 중에서 어느 누가 더 어머니를 많이 보고 싶을 것이라고 생각하느냐?" 하며 반문했다. 그러자 곧바로 윤경과 준경이 동시에 대답했다. "이적(이언적) 선비님입니다." 신승연이 말했다. "왜 그렇게 생각하느냐?" 그러자 준경이 대답했다.

"어머니와 더 많이 떨어져 있으면 어머니가 정말로 더욱 생각나고 보고 싶습니다. 예전에 청풍에서 어머니가 너무 보고 싶어서 윤경 형과 저는 밤에 서로 부둥켜안고 엉엉 마구 울었습니다. 그러면서 만약에 어머니를 다시 만나게 된다면 무엇이든 잘해 드리자고 말하며 울면서 잠을 잤습니다." 이 말을 듣고 신승연은 "너희들은 생각과 마음이 참하고 기특하구나! 내가 거기까지 생각을 못 했는데 너희는 어떻게 일찍 그런 도리를 깨달았는가!" 하며 감격하였다. 그러면서 외조부가 아이들에게 말했다.

"사람이 사람다운 것은 짐승과 다르다는 것이다. 사람에게는 예의가 있고 은덕을 갖추고 도리를 안다는 것이다. 부모와 자식은 천륜이다. 부모가 아무리 잘못을 저지르고 못살아도, 심지어 나라의 임금이 부모 자식을 떼어 놓으려고 해도 그것은 될 수 없는 일이니 천륜의 도리는 사라지지 않는 것이다."

해가 바뀌어 1509년 정월 손중돈 목사는 곧 한양으로 부름을 받고 올라갔다. 손중돈 상주목사가 한양으로 올라간 뒤에 후임 상주목사가 부임하지 않고, 경상도 관찰사 강혼이 한동안 상주에 머무르면서 경상도 각 지역을 순회하였다. 그 후에 강혼 관찰사의 명을 받은 윤탕 경상도사가 상주관아에서 일을 보게 되었다. 경상도 관찰사 강혼은 상주 목뿐 아니라 경상도 지역의 백성들의 형편과 동향을 수시로 조정에 보고하였다. 또한 조정에서의 잇단 추정된 역모 관련 사건을 주시하고자 경상도 지역의 선비나 관리들을 탐색하고 있었다. 그러던 중에 한양뿐 아니라 상주 목 지역에서도 1509년 신창령 흔의 역모와 관련된 혐의로 조사가 이루어져서 강혼 관찰사와 윤탕 도사의 일이 바삐 움직였다.

1510년 봄이 되면서 많은 군인들이 상주로 몰려들고 남쪽으로 가고 있었다. 남쪽 삼포에서 왜인들이 난을 일으키고 대마도의 왜인들이 침범하여 들어왔다는 것이었다. 그런 소식이 있고 얼마 후에 피난민들이 상주로 몰려왔다. 그중에는 상처를 입은 사람들도 있었고, 병졸들도 또한 부상을 입고 상주로 많이 왔다. 모든 것이 상주 목에 머무르고 있는 도순찰사와 군인들의 통제에 놓이게 되었다. 외조부 신승연은 이런 상황에서 교수직을 멈추었다. 더 이상 상주에서는 공부를 할 수 있는 분위기가 아니었다. 아이들은 상주로 피신하여 부상당한 사람들의 이야기를 듣고서 그들이 많이 측은해 보였다. 신승연은 이런 사태에 대해 궁금해하는 아이들에게 조선을 자주 침입하는 포악한 왜구들에 대하여 설명해 주었다.

삼포왜란이 끝나고 다시 상주 지역에는 평온이 찾아왔다. 1510년 여름이 지나자, 지난해에 과거에 급제한 황여헌과 동생 황효헌 형제가 상주 관아를 방문하여 윤탕 도사와 인사를 나누었다. 그리고 윤탕 도사는 그들을 향청으로 데리고 와서 신승연을 만나고 다른 서생들을 인사시키고 소개하였다.

황효헌은 학식이 밝은 젊은 서생으로, 황희 정승의 후손이었다. 황효헌은 해마다 여름이 되면 한양에서 내려와 상주 근처의 백화산에서 머무르며 공부를 하다가 겨울이 되기 전에 떠난다고 하였다. 황여헌 형제와 이야기를 나눈 신승연은 딸 가이와 상의를 하고 1511년 여름에 황효헌이 오게 되면 윤경과 준경을 백화산으로 보내기로 했다. 그러던 중 외조부 신승연은 겨울이 되어 몸이 불편하여 교수직을 사임하였다.

한편 한양에서는 1507년 9월에 윤경과 준경 형제가 한양의 연화방을 떠나 경상도 상주로 가게 되자, 그때부터 조식은 아버지께 글을 틈틈이 배웠다. 하지만 조식은 몸이 약하였다. 조식의 어머니는 조식이 허약 체질인 것을 크게 걱정하였다. 너무 나가서 활

동을 앓고 집에서 책만 보고 있으니 몸이 튼튼하지 못했다. 1509
년 남명 조식은 결국 큰 병을 얻었으나, 꽤 오랜 투병 끝에 회복하
여 병상에서 일어났다. 조식이 병에서 나았다는 소식을 접한 합천
삼가면에 있는 외가댁 식구들은 크게 기뻐하였다.

1510년 가을, 조식은 한양에서 어머니와 조식의 외숙부, 외종
숙과 함께 경상도의 외조부 댁이 있는 합천으로 떠났다. 그동안
에 조식의 외조부가 조식이 병환을 앓고 있다는 소식을 접하고 무
척 많이 걱정하고 보고 싶어 했었기 때문에 외조부에게 인사를 가
는 것이었다. 조식 어머니는 옥교를 타고 갔고, 조식을 보고자 하
여서 합천에서 한양에 온 외숙과 외종숙은 말을 탔다. 하인들이 6
명이나 따라갔다. 조식은 활기차게 걷기를 좋아해, 간간히 외숙들
이 번갈아 말을 태웠지만 걷는 것을 고집하고 산새를 구경하며 즐
거워했다. 주막에 들러서는 밥을 평소보다 두 배로 먹었다. 하지
만 어린 나이에 건강을 염려하여 어머니가 틈틈이 옥교를 태웠다.

떠난 지 열흘이 되어서 상주 객사에 도착했다. 그리고 그들은
상주 경상 도사에 문안 인사를 드렸다. 경상도사는 윤탕이란 분이
었다. 그리고 신승연 공을 만나서 인사를 드리고 윤경과 준경과
어머니를 다시 만났다. 조식은 준경과 윤경 형을 다시 만나니 매
우 반가웠고, 아이들은 서로 지난 연화방에 있을 때 옆집에서 놀
던 때를 이야기하며 시간 가는 줄을 몰랐다.

그날 객사에서 하루를 쉬면서 윤경과 준경 형제가 내년 8월부터
늦가을까지 백화산에서 황효헌에게 가서 소학을 배울 계획이라는
것을 알게 되었다. 그리고 황효헌이 해마다 여름이 되면 한양에서
내려와 백화산에서 머물렀고, 겨울이 되기 전에 떠났다는 것도 알
게 되었다. 조식은 상주에서 하루를 묵고 다음 날 조식의 가족은

외조부 댁으로 떠났다.

　한 해가 지나고 1511년이 되었다. 조식은 일 년 만에 건강해지고 크게 성장하였다. 그리고 9월 가을, 조식은 다시 외숙과 함께 외조부 댁이 있는 합천으로 갔다. 11살이 된 조식은 말을 탔으며, 돌아다니기를 좋아했다. 남명 조식은 외조부 댁에서 많이 지냈으나, 이준경 형제와 함께 공부를 하고 싶은 마음에 외숙에게 말씀드렸다. "저도 상주 백화산에 가서 윤경 형과 준경이와 함께 공부를 하고 싶습니다." 그리하여 1511년 9월 조식의 외숙은 조식을 백화산으로 데려갔고, 조식은 백화산에서 공부 후에 11월이 되면 외조부 집으로 다시 내려갔다.

　그런데 1511년 상주 목의 상산관 내부의 장식 및 수리작업이 시작되었다. 경상도 관찰사 송천희는 상주목에 많이 머무르고 있었는데 공사가 진행되기 때문에 송천희는 상산관 객사의 자리를 비워 두고 아직 부임하지 않은 상주목사의 관아에서 기거를 하며 일을 보았다. 상산관은 오랫동안 내부의 보수를 하지 못해서 많은 장식물과 벽의 그림 장식이 낡았는데, 때마침 한양에서 도화서 별제를 지낸 권박이 부친상을 당하여 내려와 있었다. 경상관찰사 송찬희의 부름을 받은 권박은 도공들을 지휘하여 새로운 상산관을 꾸미는 데 크게 도움을 주었다. 상산관 보수 공사로 상주관아의 관리들의 주거지가 불가피하게 바뀌게 되자, 외조부 신승연은 조금 떨어진 다른 집으로 이사를 했다.

　1511년 여름, 백화산에서 윤경과 준경이가 황효헌에게 첫 공부를 시작한 후 어느 가을날 조식이 외삼촌과 함께 왔다. 그리고 윤경, 준경과 조식은 함께 『소학』을 공부하게 되었다. 1511년 초가을이 되어 상주 백화산의 작은 고을에는 황효헌과 그에 따른 서생들이 열심히 학문을 닦고 있었다. 황효헌은 풍채가 늠름했고 여유가 있었다. 황효헌이 내려와서 혼자 지내고 있는 것을 본 고을 사람들은 황효헌이 혼인을 했는지가 궁금했다. 모르는 사람들은 황효헌에게 자기 딸을 혼인시키려고 생각했으나 황효헌이 한양에 두고 온 처자가 있다는 것을 알고 그만두었다. 황효헌은 길을 걷다가 어쩌다 아낙네와 마주치면 고개를 숙여 묵례를 하고 지나갔다. 옆 부락에 사는 처녀가 황효헌을 좋아한다는 소식도 오고 갔다.

황효헌과 몇몇 서생들과의 공부는 오전과 오후로 나누어서 두 번 이루어졌다. 야밤에는 서생들의 글공부하는 소리가 문 밖까지 들리었다. 간혹 쉬는 날이 되면 황효헌은 글공부를 하다 말고 밖에 나와 밤하늘을 보았다. 그리고 다시 들어갔다가 다시 나와서 하늘을 보곤 했다. 황효헌의 종갓집에서 온 시종들이 식사를 마련해 주며, 종종 야참을 배달하여 주었다. 황효헌은 글을 가르치다가 옛날 이곳에서 젊은 시절의 황희 정승에 대한 이야기를 들려주었다. 그리고 과거에 상주 백화산에 있었던 사건도 전해 주었다.

그렇게 지내면서 윤경, 준경, 조식은 이따금 밤에는 밖으로 나와서 잠시 쉬면서 이야기를 하곤 했다. 어느 날 밤, 그날도 어김없이 윤경과 준경, 조식이 밤이 되어서 더위를 식히고자 서로 함께 밖으로 나왔다. 조식이 낮에 들은 옛날 고려조 때의 몽고에 대한 백화산에서의 전투 이야기를 했다. 그렇지만 자세한 내용은 들을 수가 없다고 했다. 저승골에서 크게 고려 승병이 몽고군을 물리쳤다고 하셨는데, 지금 백화산 산봉우리가 한성봉이며, 몽고군이 많이 죽고 한이 맺혀 통곡하며 퇴각을 해서 한성봉이라고 했다는 것이다.

모두들 침범한 몽고군을 맞아 우리 조선의 승려들이 정말 잘 싸웠다고 생각했다. 그런데 윤경이가 "승려들은 군사가 아닌데 어떻게 싸움을 해냈을까?"라고 말하자 모두가 서로들 매우 의아해하였다. 그러자 준경이 "나는 그때에 어떻게 했는지 많이 궁금해! 꼭 알고 싶으니, 어떻게든지 알아볼 것이다."라고 말했다. 그러자 조식이 말했다. "저쪽 저승산골을 지나면 크고 근사한 절이 있는데, 우리가 그 절을 구경을 가면서 그 골짜기를 가봤으면 좋겠다."

그때 밤하늘에 유성이 떨어졌다. 준경이가 외쳤다. "조식아! 저기 봐라! 별똥별이 떨어진다. 저기도 떨어진다." 서로가 밤하늘을 보았다. 밤하늘이 찬란했다. 조식이 말했다. "황 선비님이 밤에 나와서 하늘의 무엇을 보시는 것일까?" 그러자 준경이가 말했다. "예전에 나도 날씨가 좋은 날 밤에 나와서 별들을 많이 보곤 했었는데! 윤경 형도 함께 가끔 나와서 같이 봤지. 그땐 어머니 생각에 밤하늘의 별을 많이 본 것 같아. 하지만 난 지금도 밤하늘을 보는 것이 좋은 것 같아! 조식아, 저 하늘에 빛나는 별들이 너는 궁금하고 그냥 신기하지 않니? 그래서 나도 많이 쳐다볼 때가 많다." 그들은 서로가 밤하늘을 보면서 이야기하고 의아해했다.

늦가을이 되어서 조식은 합천 외삼촌이 찾아와서 말을 타고 돌아갔다. 1511년 늦가을, 백화산에서 돌아온 윤경과 준경은 외할아버지와 어머니께 예를 갖춰 공손히 절을 올렸다. 저녁식사를 마치고 외조부가 윤경과 준경을 불렀다. 그리고 말했다. "그래, 백화산에 공부한 이야기를 해 봐라." 이에 윤경이가 답했다.

"황효헌 선비님이 옛날에 백화산에 살았던 황희 정승에 대한 이야기를 하여 주었습니다. 황희 할아버지가 젊었을 때 길을 가다가 길가에서 쉬는데, 농부가 두 마리 소에 멍에를 걸어 쟁기로 밭을 가는 것을 보고 다가가서 묻기를 두 마리 소 중에서 어느 소가 더 나으냐고 물었습니다. 이에 농부는 곧바로 대답을 하지 않고 일하기를 멈추고, 황희를 조금 멀리 데려가서 귓속말로 누렁소가 좀 낫다고 했습니다. 황희가 왜 귓속말로 말하느냐고 묻자 농부가 말하기를, 가축일지라도 마음이 사람과 같아서 더 일을 못하는 소가 그 말을 듣게 되면 덜 일하고 불평을 할 것이라고 했습니다. 황희는 크게 깨달아서 훗날 남의 장단점을 말하지 않았다고 했다고 합니다.”

외조부 신승연이 말했다. “정성을 다하는 착한 마음은 어디에서도 통하는 법이다. 아무리 짐승이라도 마음을 갖고 있으니 칭찬을 해 주면 좋아하고 잘 자란다. 나무나 꽃도 관심을 갖고 매일 쳐다보며 가꾸고, 좋은 마음의 기운을 쏟아 주면 고마워하며 무럭무럭 잘 자란다. 그것이 이 세상의 생명들이 잘 살아가는 이치다.”

준경이가 말했다. “할아버지! 저는 사람들이 서로서로 좋은 마음을 갖고 잘 통하는 세상이 좋습니다. 그런데 착한 사람일지라도 사악한 사람들과 대화를 나누게 되면 다른 사람들이 볼 때에는 오해를 하여 두 사람이 사귄다고 말할 것입니다. 그러니 사악한 사람들과 말을 하지 않고서도 황희 정승에게 귓속말로 말해 준 소의 주인 농부처럼 서로가 상대방의 마음을 아는 것이 중요합니다.”

그러자 윤경이가 말했다. “사람은 태어날 때부터 사악한 자가 없다고 배웠습니다. 나중에 어찌하여서 그 사람이 사악한 자가 되었는지 말을 하여서 알아봐야 하지 않겠습니까? 그러니 이야기를 나누어 봐야 합니다.” 그러자 다시 준경이가 말했다. “마음도 미리 알고 서로가 이야기도 필요하다면 해야 합니다. 내가 나쁜 사람들만 있는 곳에서 산다면, 그때 나는 다른 길을 택하여서 멀리 떨어져서 아무리 저를 구슬리고 꾀어내어도 그들을 상종도 않고 관심을 끊고 지내겠습니다."

그러자 다시 윤경이가 말했다. "나는 마음이 나쁜 사람을 어떻게든 착한 사람으로 고쳐 주고 싶습니다! 사람들이 죄인이 되어서 살면 마음이 아프고 안 좋습니다. 그들을 깨우쳐 주어야 할 것입니다." 이에 준경이가 말했다. "할아버지, 예전에 어머니께서 하늘에 죄지은 것에 대하여 많이 말씀하셨습니다. 그런데 저는 마음속에서 이렇게 느낍니다. 걸어가다가 알지 못하고 개미를 밟아서 죽였는데 아직도 모르고 지내고 있는 사람은 마음이 나쁜 사악한 사람이라고 생각하지 않습니다. 그런데 예전에 개미들이 많은 곳에 쫓아가서 이유도 없이 마구마구 일부러 개미를 죽이는 아이들을 봤어요. 그 아이들은 아마 나중에 죄를 지은 것을 느끼고 하늘에서 벌을 받을 것입니다."

이 말을 듣고 윤경이가 "그런데 저는 모기는 개미와 다르다고 여깁니다. 모기는 사람이나 가축을 괴롭히고 쫓아다니며 못살게 굴어 댑니다. 모기처럼 사람을 괴롭히는 자는 이 세상에 있어서는 안 됩니다."라고 말했다.

이야기를 계속 듣고 있던 할아버지 신승연이 말했다. "나도 사람은 태어나서 착하다고 생각한다. 그러나 사람은 살면서 어려움을 겪게 되고 어려움을 벗어나고자 나쁜 마음이 생겨나고 나쁜 짓을 배우게 된다. 그러니 죽음을 앞두더라도 항상 착한 마음을 갖도록 하고 어려울 때 서로 도와 가며 글공부를 열심히 하라." 그리고 다음 날 아침에 외조부 신승연은 딸 가이에게 말했다. "아이들이 기국이 예사롭지가 않다. 앞으로 아이들이 봉추와 기자와 같이 세상에 이름을 떨칠 훌륭한 인물이 될 것이니 잘 키우도록 해라."

1512년 봄이 되었다. 외조부 신승연은 몸이 불편하여 교수직을 사임하여 지내고 있었다. 외조부는 그동안 간혹 몸이 많이 불편하였다. 그리고 오래전 한양에 박원종 대감이 세상을 떠났는데 몸이 많이 불편하여 문상을 가지 못한 것을 크게 한스러워 하셨다. 이준경은 어느덧 14세가 되었다.

날씨가 따뜻해지자, 벽송 스님이라는 분이 강원도에서 상주관아를 방문하셨다. 스님은 상주 근처의 황령사를 거쳐서 오늘아침 용흥사에서 왔다고 했다. 그리고 스님은 외조부와 인사를 나누었다. 외조부는 그동안 상주관아에 있었던 일을 설명해 주었다. "손중돈 목사가 체직되어 한양으로 떠난 일과 그 후에 삼포에서 왜란이 일어나고 상주 목 일원이 군사 지휘에 놓였다가 이제 제자리로 돌아왔으며, 아직 한양에서 신임 목사가 도임하지 않고 경상도 도사 윤탕과 함께 일을 같이해 왔는데, 삼포에서 왜란이 끝나고 1510년 경오 년 동짓달 말에 윤탕 경상도 도사가 한양에서 지평의 관직을 받고 떠났습니다. 당분간 잠시 내가 상주관아를 대직으로 지키고 있습니다. 하지만 내가 몸이 좋지 않아서 사직을 청하여서 올린 지가 오래되었습니다. 그래서 빨리 신임 상주 목사가 부임하기를 기다리고 있습니다. 새로 부임한 경상감사 안당이 경주에서 얼마 전에 다녀갔습니다. 나야 몸이 불편하지만, 지금 더 큰 걱정은 내 딸과 외손자들입니다. 조금 전 인사드린 그 아이들입니다. 앞으로 어떻게 살아가도록 해야 할지 많이 염려되고 조바심이 납니다."

그러자 벽송 스님이 말했다. "그 애들은 이미 큰 어려운 생활도 겪고 이겨 냈으니 염려를 놓으시지요. 이 아이들은 앞으로 크게 잘될 것입니다. 하지만 그러하자면 튼튼한 건강이 받쳐 주어야 합니다. 하루 종일 서책만 보다가는 병약해지기 마련입니다. 심신이 튼튼해야 앞으로 더 큰일도 버틸 수 있습니다. 마침 지금 봄이 무르익고 있는데, 아이들을 공부만 시키지 말고 격술을 배우게 하시지요. 나의 사제로서 젊은 스님이 용흥사에 있습니다. '지중스님'이라고 부르는데, 그 자도 나와 같은 무사 출신입니다. 지중스님은 요즈음에 천봉산을 많이 오갑니다. 아마 여름까지 시간이 많으니 아이들이 격술을 익히도록 해 드리겠습니다."

외조부 신승연은 벽송 스님의 말씀에 호의를 보이며 "그렇게 하겠습니다. 좋은 말씀을 해 주셨습니다."라고 하였다. 그리하여 벽송 스님이 떠난 지 이틀 후에 지중스님이 관아를 찾아와 외조부께 인사를 드리고 준경 형제를 천봉산 기슭으로 데려갔다. 천봉산은 관아에서 한 시간 정도가 걸리는 거리였다. 윤경과 준경은 매일 아침이면 천봉산에 가서 지중스님에게서 격술을 배웠다. 칠월 중순이 되면 백화산으로 가야 하는데 아직 시간이 여유의 시간이 많았다. 매일매일 땀을 흠뻑 적시고 돌아왔다. 어머니는 운동을 하고 돌아와서 배고파하는 아이들을 극진히 하며 음식을 준비해 주었다.

그러던 초여름 어느 날, 격술을 마치고 급히 내려오는 도중에 난감한 상황이 일어났다. 앞에 내려가던 할머니가 여자아이를 부둥켜안고 안절부절못하며 거의 움직이지 못하고 있었다. 할머니와 여자아이가 함께 천봉산 성황단에 다녀오다가 아이가 넘어져 다리를 다치는 바람에 큰 곤경에 처한 것이다. 준경은 윤경 형에게 말했다. "형, 어떻게 할까? 어머니가 집에서 기다리실 텐데 형이 먼저 집에 가서 있어! 내가 아이를 데려다주고 갈 테니까." 윤경 형이 말했다. "그래, 그럼 그렇게 해! 내가 어머니께 말씀을 드릴 테니까."

준경은 윤경 형을 먼저 보내고 여자아이를 엎고 할머니와 함께 집까지 데려다주었다. 여자아이는 할머니의 손녀였으며, 예전에 손중돈 목사와 같은 경주 손씨였다. 여자아이의 집은 상주 관아에서 다른 쪽 냇가 가는 곳에 위치하고 있었다. 준경은 빨리 아이의 어머니께 인사를 드리고 집으로 왔다.

그 후, 외조부가 군관에게 당부하여서 준경과 윤경은 오후가 되면 관아 뒤쪽 터전에서 간간이 말 타기와 활쏘기를 배웠다. 그러던 중에 어느 하루, 천봉산에서 격술을 배우고 내려오는 중에 다시 이번에는 여자아이와 어머니를 만났다. 여자아이의 어머니는 준경이가 땀을 뻘뻘 흘리고 있는 모습을 보고서 준경이에게 고마워서 집에 들러 음식을 먹고 가라고 했다. 준경은 말을 타는 시간이 촉박하여 사양하였으나 배가 고파서 윤경 형에게 같이 가자고 했다. 그러자 윤경 형이 "우리가 말 타기에 늦을 것 같다. 그러니 내가 먼저 가서 알리고 연습을 하고 있을 터니 빨리 와라." 하였다.

그래서 준경은 음식을 먹고 고맙다는 인사를 드리고 나왔지만, 늦어지는 바람에 말 타기에 늦게 도착하였다. 윤경 형은 거의 연습을 끝낸 것 같았다. 군관이 준경이에게 말하였다. "오늘은 연습 시간이 늦어서 더 연습을 못하고 그만 가겠다." 말을 타고 싶어 빨리 달려서 왔는데 그만 늦어버린 것이다. 준경은 간청했다. "군관 나리, 제가 오늘 사정이 있어서 차마 늦어서 달려왔습니다. 그런데 늦어 버렸으니 제가 잘못한 것이니 할 말이 없습니다. 그런데 저의 마음은 오늘 꼭 말을 한번 타 보고 싶습니다. 어떻게 할 수 있을까요?"

군관은 픽 웃으며, "규정은 규정이니 지켜야 하지 않겠느냐? 오늘은 그냥 넘기거라."고 말했다. 그러자 준경이 말했다. "정말 타고 싶었는데 혹시 이렇게 하면 말을 탈 수 있습니까? 내가 그동안 활쏘기를 배웠는데, 저쪽 과녁을 10개 중 5개를 맞추지 못하면 오늘 말 타기를 그만두겠습니다." 군관이 말했다. "아직 5개를 맞춘 적이 없는데! 그럼 한번 해 보거라." 준경은 촉박한 시간 가운데 심혈을 기울여 활시위를 당겼다. 마지막까지 하여 간신히 5개를 맞춘 준경은 허락을 받고 말 타기를 조금한 후에 집으로 돌아올 수 있었다.

1512년 여름, 7월에도 윤경과 준경 형제는 다시 백화산으로 공부하러 갔다. 외조부 신승연은 병세가 노환으로 교수직 사직을 올린 지가 오래되었으며 종종 밀양 근처의 종친이 살고 있는 곳에 다녀왔다. 그러던 중에 10월에 교수직이 사직되었다. 그리고 안당 경상 감사가 겸임도사를 내려 보내어 상주목사 대신 상주 관아를 대직하였다.

10월 중순, 백화산에 있는 윤경과 준경 형제에게 전갈이 왔다. 어머니가 그동안 지냈던 집을 비워 주고 한양으로 다시 떠나야 한다는 것이었다. 그래서 준경과 윤경은 황효헌 선생께 작별인사를 드리고 속히 상주로 돌아왔다. 윤경과 준경 형제와 백화산에서 헤어질 때에 조식은 합천에 있는 조식의 외조부집에서 지내다가 일년 후에 한양으로 올라온다고 하였다. 상주에서 한양으로 갈 짐을 꾸린 다음에 외조부는 좀 더 종친들이 있는 곳에 있다가 한양으로 나중에 올라온다고 하였다. 어머니와 윤경과 준경은 보따리에 짐을 싸서 발길을 한양으로 돌렸다.

외조부 신승연은 상주에서 몸이 불편하여 교수직이 사임되고, 딸 가이와 아이들이 한양으로 떠난 후에 1512년 늦가을 종친들이 사는 고을에 갔다. 외조부는 처음 박원종 대감의 권유에 따라 경상도 상주에 왔고, 그때 종친이 사는 남쪽 고을을 가보겠다고 박원종 대감에게 말을 했었다. 하지만 상당히 많은 시간을 보낸 후에 두 번 잠깐 종친이 사는 곳으로 가보았고, 그 이후에는 거의 갈 수가 없었다. 그런데 상주에 와서 지내는 동안 박원종 대감이 젊은 나이에 세상을 떠났다는 소식을 들어 많이 안타까워했는데, 2년이 지났다. 박원종 대감보다 아홉수나 많은 신승연은 벌써 오십 고개를 넘어서 몸이 쇠약해지고 있었다.

외조부 신승연은 종친이 사는 밀양에 도착하여 지내고 있었다. 그러던 어느 날, 외조부가 몸이 회복되고 술에 취했을 때 종친이 말하였다. "종친 어른을 승계하고 제사를 모실 수 있는 아들 후사가 없으시니 앞날을 내다보면 마음이 답답할 것 같습니다. 이제 이곳에 지내면서 건강도 많이 회복되신 것 같은데, 이곳 밀양이 종친어른에게 좋은 곳인 것 같습니다. 그러니 여기서 계속 오랫동안 지내시지요. 그리고 내가 종친어른을 모시기 위한 참한 처자를 데려왔습니다. 그러니 아무런 염려마시고 같이 지내십시오." 신승연도 술에 취해 기분이 흐뭇하여 대답했다. "그렇게까지 나에게 배려해 주니 이곳 종친들이 고마울 따름이오, 나도 이곳 밀양이 정말 좋은 것 같소!"

그날 밤, 술에 취한 신승연은 종친이 데려온 처자와 하룻밤을 지냈다. 처자는 고을 과부댁에서 사는 시종이었다. 주인인 과부는 여 시종을 오랫동안 데리고 있었으나 나이가 되어도 혼인을 못시키고 있었다. 다음 날 신승연은 종친에게 "내가 어젯밤 큰 실수를 한 것 같네. 내가 어떻게 하면 좋겠는가?" 하며 논의를 했다. "내가 처자를 달래고 방에서 나왔네만 지금 심정이 말할 수

없이 난감하네!" 그러자 종친이 말했다. "걱정하지 마십시오. 종친어르신! 내가 이미 모두 주인 과부댁을 통해 모든 일을 해결해 두었습니다."

그 후에 밀양에서 여 시종으로부터 외조부의 아들 신질이 태어 났다. 하지만 외조부 신승연이 세상을 떠난 뒤에 십여 년이 지나 서 신승연의 첩의 아들 신질은 관가에서 나와 술에 취해 행패를 부 리다가 행인이 크게 다치고 싸움이 벌어져 죽고 말았다.

복숭아밭에서 일어난 일

1512년 가을, 상주에서 한양으로 돌아온 준경 형제는 생활고에서 매우 극심한 시련을 겪었다. 남은 세간은 아무것도 없고, 다 쓰러진 집에 잡초만이 무성하였다. 며칠간 집안을 대충 정리하고, 어머니는 일거리를 찾아 나섰다. 그러나 마을 사람들의 쳐다보는 눈길이 말이 아니었다. 아는 사람에게 귀띔을 해 일자리를 구하고 겨우 품삯을 받아 끼니를 연명하였다. 하루에 제대로 밥을 먹지 못하여 거르는 경우도 많았다.

한번은 윤경이와 준경이가 동네 뒷산에 올라가서 나무를 하여 내다 판 적이 있었다. 그러나 어머니의 강력한 충고를 받아들여서 그만두게 되었다. "너희를 보살피는 일은 내가 한다. 나는 너희들이 나가서 일하는 것을 원치 않는다. 너희는 그동안에 하지 못한 글공부를 계속하여야 한다. 사내대장부가 되려면 큰 꿈을 키워야 한다. 너희 외조부님께서 말씀하지 않았느냐!"라고 하시는 어머니의 너무나 간곡한 말씀에 이준경은 방 안에 들어가서 어쩔 수 없이 서책을 펼쳤다. 하지만 서책이 눈에 잘 들어오지 않았다. 밖에서 어머니가 힘들게 고생하시는 것을 생각하니 마음이 아프고 정돈되지 않았다.

　그러나 어떻게든 완강하신 어머니 말씀을 들어야 했다. 이준경은 눈을 감고 마음을 다짐했다. "하늘에서 내가 잘하도록 힘을 줄 것이다. 그리고 나는 끝까지 분투하여 일어설 것이다. 신은 결코 나를 이대로 내버려 두지는 않을 것이다. 나는 완벽하지 않지만 이 세상은 나를 저버리지는 못할 것이다."라고 마음을 다시 세우며 다시 또 가다듬고 서책에 집중하여 공부하였다. 윤경과 준경 형제는 좁은 건넛방에 들어가서 글공부를 하였다.

　여름이 시작되고 약간 무더운 어느 날 밤, 준경과 윤경은 배가 고파 굶주린 배를 움켜쥐고 글공부를 계속하였다. 배에서 꾸르륵 소리가 났다. 준경은 참지 못하고 있다가 가만히 윤경 형의 얼굴을 보니 매우 안쓰러웠다. 준경은 형에게 말했다. "형, 난 공부가 안 되니 잠시 나갔다 올 거야! 어머니가 주무시니까 조용히 나갈 거야." 그리고 밖으로 나갔다. 구름에 초생달빛이 가려워져 매우 어두웠다.

　준경은 가끔 지나다니던 동네에서 조금 떨어진 복숭아 과수원으로 갔다. 그곳은 박 진사 할아버지와 일하는 나이 많은 종이 살고 있었다. 진사 아들은 연산군 때 죽고, 딸은 출가하여 멀리 살고 있었다. 진사 부인마저 몇 년 전에 돌아가셨다. 준경은 살금살금 과수원 기슭 울타리로 들어갔다. 달빛이 사라진 틈을 타서 안으로 들어가서 비교적 잘 익은 복숭아 서너 개를 따서 저고리에 담았다. 그리고 몰래 빠져나왔다.

　집으로 돌아온 준경은 윤경 형에게 말했다. "형, 나는 너무 배가 고파서 못 견디었는데 형을 보니 형도 배를 움켜쥐고 있더군. 그래서 내가 복숭아를 따 왔어. 그러니 우리 빨리 먹자!" 형이 말했다. "나도 배가 고파 잠도 못 잘 것 같더라. 그런데 어디서 복숭아를 가져왔니?" "알잖아. 예전에 형과 함께 지나갔던 그곳 복숭아밭!" 두 사람은 복숭아를 먹고 깨끗이 치워서 밖에 나가 버리고 잠을 잤다.

다음 날 아침 늦잠을 잤다. 어머니가 깨우기 위해서 방문을 열었다. 방문을 열고 아들들을 깨우던 어머니는 이상하고 달콤한 향기를 느꼈다. 분명히 복숭아 향기였다. 아들을 깨우고 밖으로 나가 울타리 밑으로 둘러보니, 복숭아씨가 버려져 있었다. 아침 식사를 보리 죽사발로 하여 먹었다. 그리고 방 안을 정리한 다음에 어머니는 아들들을 건너오라고 불렀다.

"어머니, 부르셨습니까?" "거기 너희 둘 앉아라! 내 말을 잘 들어라. 우리 집안은 너희 고조부 선대부터 한 번도 남의 물건을 탐하고 훔치거나 가져 본 적이 없다. 그리고 나는 지금까지 살아오면서 그런 말을 들은 적도 없다. 너희 방에서 나는 복숭아 냄새는 무엇이더냐? 어서 대답하여라." 준경과 윤경은 말을 하지 못했다. "아! 이 어미가 너희에게 생활이 어려워서 참으로 부끄러운 것이 많구나!" 어머니는 슬피 울기 시작했다. 어머니의 우는 얼굴을 본 준경의 눈에 갑자기 눈물이 마구 쏟아져 나왔다. 윤경도 눈물을 흘렸다. 세모자는 서로 껴안고 울음을 터뜨렸다.

얼마 후에 어머니는 아들들을 일으켜 세웠다. "너희에게 어젯밤 일어난 일을 나에게 소상히 말하여라." 준경이가 다시 무릎을 꿇었다. "어머니, 제가 잘못했어요. 모든 것은 저의 책임입니다. 형은 아무 잘못도 없어요! 모든 것 제가 저지른 일입니다. 어머니 저를 벌하여 주십시오." 그러자 윤경이가 "아니오! 어머니 저도 같이 먹고 동생에게 고마웠습니다. 저도 벌하여 주십시오." 하고 말하며 무릎을 꿇고 고개를 숙였다. 어머니가 재촉하여 말씀하셨다. "그래, 어젯밤 어떻게 했느냐?" 준경은 사실대로 어젯밤의 일을 말씀드렸다. 어머니는 눈물을 다시 또 흘리시며 "내 어미가 못 된 엄마가 되었구나." 한탄하였다.

그리고 잠시 후 어머니가 말씀하셨다. "내가 이제 이 사실을 알았으니, 돌아가신 너의 아버지를 보아서라도 너희들을 벌하지 아니할 수가 없다." 그리고 어머니는 마구 눈물을 흘리셨다. 준경이는 어머니 모습을 보고 마음이 아프고 눈물이 핑 돌아 견딜 수가 없었다. "준경아, 종아리를 걷어라!" 어머니는 회초리로 준경을 치기 시작했다. 준경이는 말했다. "어머니, 제가 잘못했습니다. 계속 저를 많이 때려 주십시오." 준경이의 눈에서 눈물이 계속 흘러 나왔다.

잠시 후, 준경이를 회초리로 때리던 어머니는 윤경이를 불러 세웠다. "너는 동생이 잘못을 저질렀으면 동생을 타일러 나무라야지! 어찌 동생이 한 일에 동조하고 복숭아를 먹었느냐? 형으로서 할 일을 다 못한 것이다. 너도 벗어 올려라." 윤경이가 말하였다. "예, 어머니 저도 크게 잘못하였습니다. 다시는 앞으로 절대로 이런 일이 없을 것입니다. 울면서 저를 많이 때려 주십시오."

얼마 후, 윤경과 준경을 앉게 하고 어머니는 말씀하셨다. "나는 내 아들이 잘못을 저지른 것은 덮어 두고 묻을 수가 없구나! 조상님과 하나님이 나와 너희들을 다 보고 계신다. 내가 앞으로 이 동네에서 살아가면서 견딜 수가 없다. 그러니 준경이 너는 나와 함께 과수원 댁에 가서 사죄를 드려야겠다." 그러자 준경이가 대답하였다. "어머니! 모든 것은 저로 인하여 이렇게 되었습니다. 어찌 어머니께서 그곳을 가십니까? 제가 혼자 가서 진사님을 찾아

뵙고 큰 사죄를 드리겠습니다." 어머니께서 말씀하셨다. "그렇게 할 수 있겠느냐?" "예, 어머니! 아무 염려하지 마십시오. 저 혼자서 다녀오겠습니다." "그래라, 그럼 진정으로 사죄하고 벌을 받아라." "예! 어머니 걱정하지 마십시오."

그날 오후, 준경은 박 진사 복숭아 과수원을 찾아갔다. 늙은 종이 과실들을 돌보고 있었다. 준경이가 말하였다. "진사 어른이 계신가요? 저는 이준경이라고 하는데, 진사 어른을 찾아뵙기를 원합니다." 그러자 종지기가 "진사 어른은 몸이 쇠약해서 편찮하시어 방에 누워 계십니다. 내가 방으로 안내하여 드리겠습니다." 하고는 "진사 어른! 마을에서 누가 찾아와서 뵙기를 원합니다." 하고 불렀다.

이윽고 방문이 열리고 박 진사가 나왔다. "넌 누군데 날 찾아왔느냐?" "예! 저는 마을에 살고 있는 이준경이라고 합니다." "그래 어쩐 일인가?" 준경은 박 진사 앞으로 다가가서 그 자리에 무릎을 꿇고 고개를 숙이고 "진사 어른께 제가 큰 잘못을 저질러서 사죄를 드리려고 왔습니다. 제 이야기를 듣고 저를 크게 벌하여 주십시오." 준경은 어젯밤의 일을 이야기하고 어머니에게 혼난 것을 모두 말씀드렸다.

이야기를 다 들은 박진사는 얼굴에 안색이 풀리더니 "네 이야기를 들으니 너의 집은 어려운 생활을 하면서도 애틋하고 참신하구나!" 하고 웃음을 보이면서 "내가 알지 못한 일을 제 발로 찾아와서 잘못을 고하니, 너와 너의 어머니의 투지와 심성이 내가 참 부럽구나! 그저 불과 복숭아 몇 개인데 그것도 도둑은 도둑이지 벌을 내려 받도록 할 것이다. 하지만 내가 너를 보니 형통한 기질을 가진 것 같구나! 그러니 죗값을 치루는 일을 이렇게 하자. 지금 보다시피 지금 내 집안이 일손이 부족하고 형편이 안 좋다. 네가 가끔 와서 과수원을 돌보는 일을 거들면 한다. 글공부를 하다가 벌로서 시간을 내어서 과수원 일을 해야 한다고 어머니께 말씀드려라." 그러자 준경은 대답했다. "네, 고맙습니다. 진사 어른, 제가 분부 대로 그렇게 하겠습니다."

어느 날, 어머니가 어제 일을 다녀와서 몸이 불편하여서 누워 계셨다. 그래서 어머니 대신에 준경이가 심부름을 하며 일을 하기 위하여 다녀오게 되었다. 조금 떨어진 윗동네 옛날 참판 댁에 가 서 어제 어머니가 끝내지 못한 일을 말씀드리고 대신 일을 해 드려 야 했다. 준경은 어머니께서 알려 준 대로 참판 댁으로 갔다. 참판 댁에는 큰 잔치가 벌어져 있었다. 참판 댁 며느리가 낳은 아들의 돌잔치였다. 준경은 참판 댁에서 잔심부름을 하며 참판 댁의 뒤편 에 있는 창고에 있는 모든 물품을 큰 창고로 옮기고 깨끗이 청소해 야 했다.

점심때가 되어 참판 댁 유모가 오고, 참판 댁 부인이 앞마당으 로 와서 모인 사람들과 식사를 하도록 했다. 동네 유생들과 식사 자리를 같이하게 되었는데, 그중에서 준경이가 가장 어려 보였다. 준경이가 동네 사람들에게 인사를 했다. "어르신들, 저는 아랫동 네에 사는 이준경이라고 합니다. 어머니 대신에 참판 댁에 일하러 왔습니다." 그곳에 모인 사람들이 아무도 준경이를 몰라보았다. 그리고 준경이의 모습이 많이 남루하니 사람들이 많이 꺼리는 눈 치였다.

그러자 그중 한 사람이 말하였다. "혹시 너의 아버님이 정재 어 르신인가?" "예! 제가 둘째 아들입니다." "아! 그렇구먼! 그래 잘 왔네, 참판 댁에 일을 도우러 온 건가?" "예! 저의 어머니 대신에 제가 일을 도우러 왔습니다." 하며 준경은 대답했다. "아, 그런가! 수고가 많네 그려. 내가 어릴 때 정재 어르신께 신세를 많이 졌네. 자네 아버님이 살아 계실 때가 많이 생각난다. 그때 참으로 안되었지. 그래, 지금 자네 집 생활 형편이 말이 아니겠구나!" 하면서 모인 사람들이 이야기를 나누었다.

식사를 마치고 다시 일을 하려고 일어설 때, 참판댁 유모가 왔다. "저와 함께 음식을 나르는 일을 해 주어야 합니다. 동네 저쪽에 젊은 애들이 모여 있습니다. 그들에게 나와 함께 음식을 갖다 주라는 마님의 분부이십니다." 준경과 유모는 각자 음식 보따리를 양손에 들었다. 유모가 앞장서며 준경이가 뒤를 따라갔다. 유모가 음식을 많이 들고 오자, 동네 아이들이 무척 좋아했다. 윗동네 아이들도 넉넉지 못한 생활에다가 불량배들이 매우 많이 있었다. 칠팔 명의 젊은 애들에게 배고픈 배를 채워 주기에는 음식이 조금 부족했다. 준경과 유모는 음식을 동네 애들이 다 먹을 때까지 멀리 떨어져 기다렸다.

그런데 그 가운데 세 명의 불량배 같은 애들이 유모 쪽을 지나서 나무쪽으로 갔다. 그리고 아무렇지도 않은 듯이 서로 웃으면서 떠들어 댔다. 준경은 그들의 말을 똑똑히 들을 수가 있었다. 내일 밤에 아래 동네 과수원에 복숭아 서리를 가자는 것이었다. 마치 즐거운 듯 서로 방법을 이야기했다. 준경이가 엿듣는 것에는 관심도 없고 별로 대단한 일이 아닌 것처럼 이야기를 주고받았다.

품삯을 받아 집으로 돌아온 준경은 다음 날 아침 박 진사 복숭아 과수원으로 갔다. 박 진사 어른을 찾아뵙고 어제 윗동네 불량배 같은 애들에게서 들은 말을 전했다. 그리고 준경은 이야기했다. "어르신, 걱정하지 마십시오. 제가 그들을 못하게 막고 처리하겠습니다. 제가 일처리가 다 끝나면 뒤에서 지켜보고 계시다가 나와서 그들을 크게 꾸짖어 주시면 됩니다. 그리고 제가 지금 과수원 울타리 주변을 잘 알고 있으므로 울타리는 다시 정비하여 두겠습니다. 틀림없이 과수원으로 들어올 곳을 짐작하고 있습니다. 정리가 끝나면 저하고 함께 둘러보십시오."

그날 저녁 어두워질 때, 준경은 멀찌감치 떨어진 높은 곳으로 가서 과수원을 바라보았다. 아니나 다를까, 세 명의 녀석이 나타났는데 먼저 한 명이 과수원 주위를 살피다가 한곳에 오래 머무르고 있다가 가 버렸다. 그곳은 몰래 과수원에 들어가기 좋고 잘 익은 복숭아가 많이 있는 곳이었다. 그날 밤 달빛이 캄캄할 때가 되자 이윽고 세 명이 나타났다. 각자 자루를 허리에 차고 있었다. 좁은 길 쪽에서 두 명이 울타리로 들어갔고, 한 명이 망을 보고 있었다.

검은 옷을 입고 검은 보자기로 복면한 준경은 뒤에서 망보는 녀석을 못 도망가게 정강이를 세게 차고 입을 막아 쓰러뜨렸다. 울타리로 들어가려던 두 명이 뒤돌아보고 캄캄한 곳에서 신음소리를 들었다. 그들이 가까이 와서 준경을 보고 덤벼들었다. 잠시 후, 두 명은 쓰러져서 뒹굴었다. 이때 뒤에서 큰소리가 들려왔다. 박 진사와 늙은 과수원 종이었다. 박 진사가 그들을 무릎을 꿇도록 하고 꾸짖었다. 과수원 종이 횃불을 켰을 때, 준경은 멀찌감치 서서 이 광경을 지켜보고 있다가 살그머니 사라졌다.

이런 일이 있은 후 윗동네 애들끼리는 이야기가 퍼져 나가고, 이 일에 오기와 분노가 더 생긴 성미가 급한 불량배들도 있었다. 그날 밤 복면을 쓰고 나타난 자가 누구인지 의심을 갖고 있었다. 불량배들은 그날 밤에 당한 복수심을 참지 못하고 더욱 갈수록 난

폭해졌다. 자기들을 해친 자가 누구인지 알고자 고심하였다.

그러던 어느 날, 한 젊은이가 윗동네에 이사를 왔다. 그 이름은 이항이었다. 이항은 정의심이 있고 잘못된 일이나 불쌍한 사람이 당하는 것을 그냥 보고 넘기지 못하고 도덕을 중시하는 성격을 지닌 양반집 아들이었다. 이항은 이사를 온 지 한 달 만에 동네 불량배들을 모두 진압하였다. 이항은 동네 패거리들이 저작거리에 나가 어린애를 시켜 물건을 훔치는 것을 몇 번 목격했다. 물건을 훔치는 것은 동냥을 하거나 구걸을 하는 것보다 훨씬 질이 나쁜 일이었다. 더군다나 불쌍한 어린애를 시켜 일을 저지르는 것은 더욱 용납할 수 없었다. 결국 이항은 동네 패거리 앞에서 우두머리와 결전을 벌여서 패거리 우두머리를 굴복시켰다.

조식이가 상주에서 헤어진 지 일 년 만에 경상도 합천 외조부 댁에서 다시 한양으로 올라왔다. 그리고 준경이에게 찾아왔다. 조식과 준경 형제는 그동안 다시 정담을 나누었다.

어느 날, 조식의 아버지는 이항의 아버지를 찾아갔다. 이항의 아버지는 호조에서 일하는 별제 관리였다. 조식의 아버지가 이항의 절윤과 기개를 알고 조식과 이항을 함께 지내게 하면서 공부시키기 위함이었다. 이때 조식 아버지의 전갈을 받고 준경 형제도 같이 가게 되었다. 이항의 아버지가 나와서 조식 아버지를 정중히 맞이하였다. 그곳에서 준경 형제와 이항과 조식은 서로 소개를 받고 인사를 나누었다. 그러나 이항은 예의를 지켜 인사를 드렸으나, 공부할 의사가 많이 없었다.

준경 형제는 조식을 따라 서산에서 독서를 했으나 가끔 나와서 이항과 함께 지냈다. 이항은 무술을 연마하고 있었다. 반면에 준경은 학문을 닦았다. 준경이 이항에게 "나는 자네가 부럽고 자네의 무술을 연마하는 기세에 감격했네! 나도 무술을 연마하고 싶지만, 완고한 내 어머니의 뜻을 받아들여서 무술에 포기하고 접기로 했네. 항이 자네의 무예가 날이 갈수록 출중해지니, 앞으로 이 나라에 큰 재목이 될 걸세."라고 말하며 이항을 칭찬하였다. 이항은 웃으며 "나를 그렇게 보니 고맙네!" 말하였다. 그리고는 준경이에게 "그 대신에 자네는 서책을 많이 공부하지 않는가!"라고 했다.

뜻밖의 성혼과 이항의 혈기

1514년 갑술년, 준경의 나이가 16세가 되었다. 짙은 가을이 한창일 때, 이준경은 조식과 공부를 마치고 서산에서 돌아왔다. 어머니가 밖에 일을 다녀오셔서 다시 텃밭에 나가서 일하는 형수님과 함께 집으로 오셨다. 준경이가 어머니께 안부 인사를 올렸다. 그러자 어머니가 들어오라고 하고는 긴히 말씀하셨다. 올봄에 윤경 형이 혼인을 했는데, 이번에 좋은 혼처를 찾아서 결혼을 시키겠다는 것이었다. 이유는 "우리 집의 어려운 형편에 살아가는 데 가사 보탬이 되고 이제는 너를 내조할 사람이 필요하다는 생각을 하였다. 그러니 너도 이제 혼인을 하여 너의 가정을 꾸려 나가야 할 시기라고 보여, 적당한 혼처를 알아볼 것이니 너는 이에 대비하라." 고 말씀하셨다.

그런데 얼마 전에 외조부 신승연이 한양으로 올라와 복직이 되어 계셨는데 찾아오셨다. 외조부 신승연은 밀양에서 몸을 쉬고 있었으나, 경상도 관찰사를 지낸 안당이 적극 추천하여 사재감에서 일을 하게 되었다. 그런데 내직에서 일을 하던 중에 뜻밖의 사람을 만났다. 그 사람은 다름 아닌 김양진이었다. 이준경이 외조부를 따라 경상도 상주에 처음 내려갔을 때, 김양진이 경상도 도사로서 경상관찰사 장순손을 따라 상주목사 손중돈이 있는 관아에 왔었다. 그때에 외조부 신승연과 김양진이 인사를 나누게 되었는데, 다시 외조부가 한양에 올라와서 오래간만에 김양진과 인사를 나누게 된 것이다. 그리고 가끔 만나게 되었는데, 서로를 잘 알고 있었으므로 이준경의 혼인 이야기가 나오면서 급진전하여 이준경 어머니가 때가 좋은 시기이니 서두르게 되었다.

장인이 되는 김양진은 성격이 활달하고 생활이 힘들 때나 업무에 어려움을 직면할 때에도 죽고 사는 것을 크게 문제 삼지 않고 호쾌하였다. 그리고 기꺼이 진솔한 마음으로 이것을 대처하였으며, 술을 매우 흔쾌히 잘 마셨지만 불의에 타협하지 않고 청렴하고 검소하였다. 장인어른은 그때 이준경의 형안을 보고 기꺼이 딸을 내주었으므로 이준경의 어머니가 많이 기뻐하였다. 또한 장인어른 김양진은 학문을 많이 하여 역수와 음양의 이치를 통한 복서의 서적까지 공부하였으며 효도와 우애를 중요시하였다. 장인어른은 혼인 후에 이준경에게 서책을 많이 건네주었다.

결혼식은 장인어른 김양진의 댁 앞마당에서 이루어졌다. 장소가 이준경의 집보다 훨씬 넓고 편안해 보였다. 결혼식은 간단히 이루어졌고, 신랑이 되는 이준경 측에서는 외조부를 비롯하여 어머니와 형 윤경, 조식과 조식의 아버지와 어머니, 이항도 참석하였다. 그리고 두세 명의 종친이 전부였다. 하지만 신부 측에서는 상당히 많은 하객과 동네 사람들이 이를 지켜보았다. 그날부터 김양진의 딸은 이준경의 부인이 되었다.

결혼식이 끝나고 며칠 후에 이준경은 형 이윤경과 함께 조식과 이항을 집으로 초대하여서 식사를 하기 위한 자리를 폈고, 술잔을 나누었다. 형수님과 어머니가 풍성하진 않지만 정성껏 음식을 준비하여 주셨다. 지난 이야기를 하면서 웃음을 띠었다. 이항은 술을 많이 마시지 않았지만 매우 강건하고, 듬직하였으며, 호탕하였다. 조식은 이러한 이항의 모습을 보고 많이 감개하였다. 그리고 조식은 마음 수련을 많이 한 사람처럼 목소리가 초롱초롱하며 잔치를 즐겼다.

옆에 있는 윤경 형이 말했다. "이제 우리 식구는 어머님의 간청에 의하였지만 모두 결혼을 했는데, 자네들은 언제 결혼을 할 것인가?" 그러자 이항이 깔깔 웃으며 "너무 다그치지 마시오. 윤경 형님! 결혼은 어떻게 하든지 큰 대사입니다. 기다려만 주십시오! 그건 그렇고 준경이가 나보다 먼저 결혼을 했으니 이제부터 나는 나중 된 사람으로서 준경이를 우대해 드리겠습니다. 이 사람 준경이! 자네와 나는 동갑이 아닌가? 그렇지만 이제부터 내가 깍듯이 모시고 대우하겠네?" 그러자 모두들 "하하하!" 하며 웃었다.

그러자 이준경이 말했다. "이제는 그렇게 많이 돌아다니기만 하지 말고, 이항 자네도 결혼을 해야 할 생각을 해야 않겠나?" 이에 이항이 말했다. "알았네! 내가 자네의 훈사를 담아 두겠네! 그런데 나는 아직 혼인 생각이 없네. 그리고 집에서 서두르지 않고 말씀을 하지 않으니 다행이네. 나는 좀 더 수련을 하고 무예를 닦아서 앞으로 무과 시험을 준비해 보려는 생각을 갖고 있네. 그리하자면 기회가 되면 궁마술을 더 많이 배울 생각이네!" 이 말을 듣고 윤경 형이 말했다. "그런가! 이항 자네는 본래 타고난 무예 기질이 정말 출중하네. 그런데 더 수련을 하겠다니, 내가 자네의 뜻을 바라보건대 앞날의 무예의 경지가 눈에 선하네!" 그러자 모두들 한바탕 깔깔 웃었다.

그런 시간을 보내고 이준경은 결혼을 한 후에도 거의 모든 시간을 서책을 가까이하며 지냈다. 이 무렵, 이항은 이곳저곳으로 한양 거리를 누비고 다녔다. 이항은 굳세고 호걸스럽고, 기략이 높고 용맹하였다. 한때 남치근이 위기에 처했을 때 구해 주어서 남치근의 패들이 이항을 형님으로 우대하고 따랐다. 이항은 수련장소로 좋은 곳을 찾아 나섰다. 이항의 관심은 무예 연마를 좀 더 하는 데 뜻을 두었다. 그래서 한양 근처의 산속 깊은 곳에 가서 하루 종일 지내다가 돌아오기도 하고, 무예 연습이 끝나면 한양의 동네를 다니며 살피고, 저잣거리를 활보하였다.

그러던 중에 이항이 수련을 위해 어느 절이 있는 숲 속을 들어갔는데, 근처에 이런 소문이 퍼져 있었다. "오래전에 이곳 산의 용응사라는 절에서 승려들이 고기를 먹고 쫓겨났다. 누군가 절의 입구 문에 '고기를 먹은 파괴 승이 있는 곳'이라고 써서 붙여 놓았는데, 그 후로 사람들이 오랫동안 그곳 절을 들어가지 않았고, 그곳 스님들은 절 밖의 출입을 금하고 불공을 드리고 나오지 않았다. 그런데 한 패거리들이 몰려와서 그곳 스님들을 절에서 나가라고 겁박하고, 중들이 나가지 않자 그들은 절에 있는 중들을 강제로 내쫓았다."는 것이었다. 그래서 절이 비어 있었고 사람들이 출입이 없고 한적한 곳이었다. 그리고 거의 1년이 지나서 소문이 잠잠해졌다.

그런데 어느 날, 이항이 수련을 할 수 있는 적당한 곳을 찾아다니다가 용응사 절로 들어가는 나무가 우거진 숲에서 쉬고 있었다. 그런데 절로 들어가는 길에 한 사람이 나타나서 바로 이항이 있는 옆을 지나갔는데, 포수 같은 복장을 하였고 손에는 토끼를 잡아 움켜쥐고 있었다. 이항은 살짝 그자의 얼굴을 보았는데, 수염이 없이 매끄러웠다. 그자는 절로 들어가고 있었다. 이항은 곰곰이 생각을 하였다. '저기 있는 절은 비어 있어 사람이 살지 않는다던데, 웬 사람이 저곳으로 들어가는가?'

이항은 그날 그냥 집으로 돌아왔고, 다음 날 그곳 절이 있는 곳으로 갔다. 그리고 절 안을 멀리서 살폈다. 그런데 스님복장을 한 사람과 민간인 복장을 한 두 사람이 어울려서 고기를 구워 먹고 있는 게 아닌가? 이항이 곧바로 "저 자는 사이비 중이다."라고 간파를 했다. 절이 비어 있는 줄 알았는데 중들이 오고 다니고 있는 것은 어찌된 일인지 궁금하여 한참 지켜보니, 그들은 절 안쪽으로 들어가서 어디론가 사라져 버렸다.

그리고 며칠이 지나서 이항이 한양의 저작거리를 지나갈 때의 일이다. 한 승복을 입은 중을 지나가며 보았는데, 바로 그자는 얼마 전에 보았던 토끼를 잡아가지고 절로 들어간 사냥꾼이었다. 이항은 그자를 미행하였다. 보따리에 무엇인가 물건을 사서 넣은 후, 절이 있는 곳으로 향했다. 그자는 숲 속으로 들어갔다. 그런데 숲 속에는 또한 명의 중이 기다리고 있었다. 그들은 그곳에서 평민 복장으로 옷을 갈아입었다. 그리고 그곳을 나와 절을 향하여 갔다.

계속해서 미행을 하던 이항은 곧 발각되고 말았다. 절 가까이 산길을 돌아가는데, 외길로 통하는 정자나무 아래에서 "네놈은 누구냐? 네놈이 어찌 우리를 따라 오느냐?" 하고 그들이 외쳤다. 그러자 이항이 말했다. "절에 스님이 떠나고 폐쇄된 절인데, 도대체 당신들은 누구요? 어찌 중이 승려복을 입지 않고 도포를 입고 다니오? 중의 복장을 하다가 변복을 하여서 돌아다니니, 당신들은 이 절의 스님이 아니오! 분명히 가짜 중이오. 그리고 내가 보니,

당신들이 옛날 이곳의 스님들을 고기를 먹었다고 소문을 내서 쫓아버린 것이오. 그렇지 않으면 어찌하여 스님 복을 입지 않고, 도포를 입는 것이오?"

그러자 "뭐라고? 어린놈이 못할 말이 없구나! 우리를 의심하고 정체를 아는 이상, 네놈을 내버려 둘 수 없다."하며 한 명이 재빨리 이항의 뒤쪽으로 가서 길을 막아섰다. 그러면서 품에서 제법 큰 단검을 뽑아 들었다. 그러자 앞쪽의 한 명도 단검을 뽑아들었다. 이항은 그들이 칼을 가지고 있는 줄을 몰랐다. 이항은 빈손이었으나, 그들은 매우 날렵한 무사들이었다.

이항은 한 명이 칼을 찌르자 간신히 피하였다. 그러자 또 한 명이 이항의 옆구리를 공격했다. 이항은 그자의 팔목을 잡고 발로 밀어 쳤다. 그자가 뒤로 넘어졌다가 다시 일어났다. 그리고 이번에는 두 명이 한꺼번에 덤볐다. 이항은 재빨리 피했으나 왼쪽 어깨를 칼에 스쳐 찔리는 바람에 피가 났다. 다른 한 놈이 칼로 이항의 목을 향해 찔러 들어왔다. 이항은 재빨리 몸을 날려 굴려서 옆에 있는 나무 뭉치로 한 놈의 머리를 내려쳤다. 그자는 그 자리에서 소리를 지르며 쓰러졌다.

그러자 다른 쪽 한 명이 "이놈이!" 하면서 이항을 정면에서 배를 찔러 왔다. 이항은 전광석화처럼 빠른 속도로 높이 뛰어올라 그 칼을 피하고는 그자의 손을 발로 힘껏 찼다. 그자가 신음을 하고 칼을 놓치자, 이어서 이항은 그자의 목과 가슴을 강하게 손으로 강타하여 쓰러뜨렸다. 이항의 실력은 대단했다. 이항은 쓰러져 있는 두 놈을 다시 힘껏 발로 차고 급소를 때렸다. 그리고 지쳐 비틀거리는 그자들을 일으켜 세워 관아로 질질 끌고 가서 신고하였다.

관아에서는 그 자들을 신문을 하며 가두고 조사를 했다. 잡힌

두 명은 부산에서 올라온 한국말을 잘하는 일본 사무라이의 첩자였다. 그들은 밀거래 상으로 궁중과 조선의 귀한 물건을 빼돌려서 부산으로 가서 일본으로 가져가고자 하였다. 이항은 한 명이 더 있다고 말했고, 관아에서는 그것을 밝히고자 그자들을 추궁하였으나 알 길이 없어서 잡을 수가 없었다. 그런데 사실은 잡히지 않은 자가 두목이었다.

그놈은 조선에서 오래 지낸 일본 놈으로, 그 절에 가끔 들렀다가곤 하였다. 그런데 그자가 자기 부하가 잡혔다는 소식을 듣고서 절 근처에 조심하여 나타나지 않자, 이항은 절에서 고기를 구어 먹는 세 명이 있었다는 것을 이미 알고 있었기 때문에 그자를 더욱 기다리며 엿보고 있었다. 이번에는 이항도 칼을 차고 기다렸다. 사실 이항은 칼 솜씨뿐만 아니라 씨름을 잘하며 특히 매치기가 대단하였다. 이항은 수련도 하면서 틈틈이 절이 멀리 보이는 곳에서 옮겨 다니면서 절을 지켜보았다.

그러던 어느 날, 낯선 사람이 절 안으로 들어가는 것을 보았다. 이항은 그자의 뒤를 따랐다. 숨어서 기다리니 승려복을 입은 자가 보따리를 갖고 나왔다. 사실 절에는 숨겨둔 물건이 있었고, 그자는 그것을 찾으러 나타난 것이었다. 그자를 유심히 보니 칼이 없는 것 같아 보였다. 그래서 이항은 가지고 온 칼을 멀리 치워 버린 후, 담을 넘어 들어가서 그자와 마주쳤다. 그자는 갑자기 이항이 나타나자 섬찟 놀랐다. 이항이 그자를 가로 막고 쳐다보니, 승복을 입었는데 체격이 크고 험상궂고 눈이 부리부리하였다.

그자가 외쳤다. "넌 뭐냐?" 그러자 이항이 말했다. "당신을 기다린 지 오래요. 당신은 틀림없이 이 절에서 잡힌 자들의 두목일 것이오. 그렇지 않소이까?" 그자가 말했다. "옳거니! 내가 벼르고 있었는데, 네놈의 짓이었구나! 너 이놈 한번 나에게 죽어 봐라." 하면서 그자는 싸울 포즈를 취했다. 그런데 그자는 이항을 천천히 보더니 젊은 이항을 얕보았다. 이항에게 그자가 덤볐다. 그자는 덩치도 크지만 억세고 몸체가 민첩했다. 이항은 몇 십 수를 그자와 겨루었다. 이윽고 그자는 빨리 이항을 처치하고자 강하게 덤볐다.

그자의 주먹이 강해서 이항이 어떻게든 재빨리 여러 번 피하였으나 옆 가슴을 맞고 이항은 나가떨어졌다. 이항은 고통이 심했으나 간신히 몸을 가누고 다시 일어났다. 이 모습을 본 그자는 끝을 보고자 다시 세게 덮쳐 오면서 공격하였다. 이때 이항은 땅을 박차고 뛰어올랐다. 그리고 그자의 머리를 차 버렸다.

그자가 비틀거리며 뒤로 넘어지더니, 이내 다시 일어났다. 그러자 이항이 좀 더 가까이 다가갔는데, 갑자기 그자가 와락 덤비며 이항을 꽉 껴안았다. 그리고는 이항을 사정없이 조이기 시작했다. 이항은 빠져나오지 못하고 숨이 꽉 막혀서 몸을 가누지 못했는데, 그자에게 붙잡혀서 움직이다가 나무쪽으로 가까이 갔을 때 느슨한 기회를 타서 그자를 매치기하여 패대기쳐 버렸다. 그런데 그자가 나가떨어졌는데, 바위 쪽으로 넘어져 부딪쳐서 그냥 죽어 버렸다.

그때 갑자기 절에서 중 한 명이 나와서 이런 광경을 지켜보더니 눈이 휘둥그레져서 도망가 버렸다. 사실 그 절은 오래되고 낡았지만, 사이비 중들이 일본으로 조선의 귀한 물건을 빼돌리고 궁중의 기밀을 염탐하는 본거지로 사용하고자 했었다. 이후에도 이항은 고도의 수련을 하여 더한층 무예가 출중해졌고, 칼 솜씨가 뛰어나서 여러 명의 도적들을 한꺼번에 제압시켰다.

이준경 부인은 가난하여 빈약한 집이지만 세간을 알뜰히 청소하고, 시어머니의 뜻을 헤아려 보살피며, 부지런하고 열심히 일하였다. 그러하니 집안이 보다 밝아졌다. 형님 댁과 먹을 것을 기꺼이 나누어 먹고 정성으로 베풀었다. 이준경 부인은 나가서 일하고 돌아와서는 늦게까지 베 짜는 일을 멈추지 않았다. 시어머니 신씨 부인은 새 며느리가 참하고 기특하였다. 힘든 생활에서 며느리를 들인 것이 정말 자랑스러워서 칭찬을 아끼지 않았다. 이준경은 어머니의 마음이 기쁘니 매우 안심이 되었다. 그리고 어머니의 노고를 덜 수 있으니 마음이 훨씬 후련했다.

　하지만 부인에게 미안하였다. 이준경 자신이 부인을 돕지 못하고 글공부에 많이 나가 있으니, 부인에게 고맙지만 그런 말을 많이 하지 못하였다. 이준경은 어떻게 해서든지 어머니 마음이 편하고 가정에 큰 환란이 없는 것이 가장 우선적이라고 생각하고, 시간이 나는 대로 어머니의 일을 도와드리고자 하였다.

탄수 형님을 따라서

1514년 한양에서 윤경과 준경, 조식이 방문하여 인사를 나누고 친분이 있는 탄수 이연경 형님이 관직을 버리고 충주에 내려와서 어머니를 모시고 살 곳을 정하였다. 그리고 1515년 가을이 되어 탄수 형님은 이준경 어머니께 기별을 넣었다. 준경 형제와 조식이 충주 이연경 문하에서 공부할 수 있도록 하였다.

충주로 떠나기 전에 어머니가 말씀하셨다. "너희가 종형을 따라 충주에 가서 학문을 더 하겠다고 대답했으니 나도 정말 좋다. 그러나 너희 종형이 관직을 그만두고 충주로 가서 살집을 장만했다고 하지만 아직 생활이 넉넉하지 못하고, 탄수 형님이 어머니를 보살피면서 가사 일에 여유가 없다. 그게 걱정이 되는구나." 이에 준경이가 말했다. "어머니, 걱정 마십시오! 윤경 형과 제가 탄수 형님의 살림을 도와드리겠습니다."

다시 어머니가 "어떻게 도와드리겠다는 거냐?" 하고 물으니, "틈틈이 농사도 돕고 일거리를 거들며 숙모님을 같이 보살피며 글 공부 하는 시간에는 열심히 하겠습니다."고 대답하였다. 이윽고 어머니가 말씀하셨다. "그래도 그게 아니다. 내가 너의 처들과 상의해서 가져갈 살림 돈을 마련할 것이다. 그것을 너의 숙모님께 갖다 드려라. 그리고 넉 달에 한 번쯤은 집을 다녀가도록 하라. 너의 처들을 혼자 놔두고 있게 하는 것이 마음이 아프구나!" 이에 "예, 알겠습니다. 어머니!" 하며 대답을 했다. 그리고 얼마 후에 윤경, 준경이 충주로 떠나서 탄수 형님에게로 갈 때, 조식도 공부를 하고자 하여 부모님의 권유로 함께 가기로 했다.

조식은 말을 타고 또 하나의 말에는 생활에 필요한 짐을 싣고 어머님이 주신 글공부 비용을 충분히 챙겨 갔다. 탄수 형님과 가족들에게 인사를 드리고 탄수 형님의 말씀을 듣고 지도에 따라 생활과 공부를 하였다. 날마다 서책을 읽고, 지침서를 준수하였다. 그런데 그런 생활을 하면서 거의 일 년이 지나갈 무렵부터 윤경 형님은 어머니께 안부를 전하고자 간혹 한양을 다녀오기도 했다. 하지만 준경은 윤경 형님께 편지를 써서 부인에게 보내고 다녀가지 않았다. 준경은 다음과 같이 부인에게 소식을 전했다.

"나는 부인, 당신이 몹시 보고 싶소! 서책을 읽을 때마다 당신의 모습이 떠오를 때가 많았소. 어머니 모시고 살림을 맡아서 하는 것이 많이 힘들 것이오. 내가 당신을 많이 챙겨 주지 못하고 있으니 나를 많이 원망할 것이오. 내가 형님을 따라서 함께 집에 가지 않는 것이 당신에게 미안하기만 하오. 하지만 나는 가지 않기로 했소! 나의 글공부와 나의 마음이 혼돈되고 통일이 안 되고 있으니 내가 가면 더욱 나를 어지럽게 할 것이오. 당신이 보고 싶어도 마음을 되찾아 내가 나의 혼절을 끊을 때까지 기다려 주시오. 나에겐 다만 당신과 어머니만 마음에 담고 참고 그리워하고 있을 뿐이요! 내가 돌아가는 날이 완전히 당신께 돌아가는 날이 될 것이오."

이윤경과 이준경, 조식은 탄수 형님 댁에 머무르면서 갈수록 여러 가지 학문을 배우게 되었다. 탄수 형님은 많은 학식과 성찰을 쌓고 자신의 생각과 견해를 갖고 있었다. 성리학에 대해서 말씀하시고 양명학의 입지도 가르침을 주셨다. 탄수 형님은 예전에 조광조와 같이 나눈 학문이야기나 세상의 이치에 대한 이야기를 종종 하셨다. 이윤경, 이준경, 조식은 탄수 형님의 집에 머물면서 농사일도 돕고, 집안일과 탄수 형님의 가족을 도와드렸다.

하루하루 시간이 빠르게 지나갔다. 해가 바뀌면서 1517년 어느날, 탄수 형님에게 전갈이 왔다. 향촌의 상호부조를 위한 일 때문에 사제에 내려온 조광조가 충주 근처에 머무르면서 한동안 지낼 것이니 상봉을 하자는 것이었다. 그 후에 탄수 형님이 조광조 선생을 만나고 돌아와서 말씀하셨다. "내가 조광조 선생에게 우리집에 있는 너희들에 대하여 말하였다. 그리고 당분간이라도 너희에게 가르침을 주었으면 한다는 뜻을 간청하였는데 아주 쾌히 받아들였다. 그러니 내일부터 조광조 형님이 계시는 곳으로 가서 글을 배우도록 하여라."

이에 따라 준경 형제와 조식은 조광조를 찾아뵈었다. 그리고 조광조를 직접 만나서 가르침을 받았다. 조광조는 큰 가르침을 주었는데, 학자로서 학문을 하는 도리와 실천적인 삶의 중요성과 실천적인 생활을 하기 위한 가르침은 이준경에게 깊은 감명을 가져다주었다. 조광조 선생은 이준경에게 조선 사회에서 어려운 삶을 살고 있는 백성들을 위한 개혁의 절실한 필요성을 크게 받아들이게 하였고, 선비가 가져야 할 정신과 지조, 학문 탐구에 대한 열정을 잃어버리지 않도록 하는 마음가짐의 중요성을 다시금 깨우치게 해주었다.

이준경의 학문은 점차 깊이를 더해 갔다. 이준경은 공부를 할 때면 준비성이 높았다. 그래서 서책을 잘 준비하고 정리해 놓았다. 어느 날, 윤경 형님이 한양으로 서둘러 갔다. 형수님이 아이를 가졌기 때문이다. 여름날 날씨가 더워서 밤에 밖으로 나와 조식과 휴식을 취하면서 하늘을 보고 있었다. 하늘에는 수많은 별들이 총총히 멀리까지 드리워져서 찬란히 빛나고 있었다. 이준경이 조식에게 말했다. "우리가 살고 있는 세상이 더 좋아지려면 무엇이 어떻게 되어야 하는 것인가?" 그러자 조식이 대답했다. "수많은 사람들이 살아가고 있는 이 세상에서 사람들이 자연의 이치를 깨닫고 나쁜 악습을 버리고 서로 헐뜯지 말고 식량이 풍부한 좋은 세상을 만들려고 모두가 노력해야 한다."

조식의 말이 옳았다. 이준경이 다시 말했다. "하지만 그게 뜻만 가지고 되는 일인가? 누군가 나서서 앞장서야 하는데, 지금 이 나라에서 그런 일은 쉬운 일이 아니다. 보다 나은 삶이란 쉽게 이루어지는 것이 아니다. 사람에게 좋은 세상은 삶을 위한 풍부한 물질과 지위에서 나오는 것만도 아니라고 보네! 마음속에서 욕심을 갈구하지 말고 노력하며 인간세상의 물질의 풍부함보다 신성한 자연이 주는 풍부함을 많이 느끼면 불만스러운 것이 줄어들고 악습도 더 줄일 수 있을 것 같네! 그런 그렇고, 내 어머니와 아내를 떠나온 지 시간이 흘렀는데 지금 보고 싶은 마음이 한결같네. 어머니 모습이 눈에 선하네! 조식 자네는 안 그러한가?"

그 말을 듣고 조식이 대답했다. "나도 어머니 모습이 보고 싶고 아버지도 많이 그리울 때가 있네! 하지만 보고 싶어도 마음을 가다듬고 참고 있네." 이준경이 말했다. "그러한가? 그 아주 오래전에도 먼 곳 청풍에서, 나는 어머니 모습을 그리다가 지쳐서 그대로 쓰러져 잠들 때가 많았는데 지금 마음이 갑자기 사무쳐서 울적하기만 하네!"

조식이 말했다. "준경이 자네는 나보다도 감성이 더 많이 깊은 것 같이 보이네! 저기 저렇게 빛나는 별들은 다 모두 우리를 밤새 비추고 있지만, 해가 뜨면 헤어지는 것이 아닌가? 그리고 또 밤이면 다시 찾아오듯 사람은 만나고 헤어지기를 반복하는 것이니 보고파 하는 그 마음을 잠시 달래시게나! 저기 하늘에 견우성과 직녀성은 일 년에 딱 한 번만 만난다는데 어떻게 그 많은 시간을 기다리며 애타는 것일까? 내가 준경 자네의 어머니에 대한 사랑하는 마음을 알고도 남음일세!" 하였다.

이준경이 말했다. "내가 어머니가 보고 싶어서 애타는 것은 지금 내 마음이 그러하니 어쩔 수가 없네. 지금 나에겐 갑자기 보고 싶은 어머니가 나의 전부이기 때문이네. 조식 자네도 어머니에 대한 사무친 정이 있지 않은가! 그런 애타는 마음이 없다면 사람이 무엇으로 삶을 지탱하겠는가? 사람이 그저 무덤덤하게 살아가는 것은 진정한 삶이 아닐 걸세. 그리고 내 마음이 혼탁하다면 공부가 되지 않으며, 내 자신이 스스로가 지탱할 수 없다는 것을 깨달았네. 내 마음속에서 무엇인가 하고자 한다면 그것은 내가 살아 있는 것이오, 그저 아무런 감정이 없다면 그때부터는 나는 살아 있는 사람이라고 볼 수가 없네. 굴러다니는 돌이나 다름이 없을 뿐이네! 조식 자네는 내 마음과 아주 똑같지는 않으니 잘 나를 이해하지 못할 것이라고 생각은 하네!"

조식이 말하였다. "그렇지 않네! 나도 준경 자네의 마음과 같네. 그런 그렇고……." 하면서 조식이 다시 말을 이었다. "탄수 형님이 서화담의 말씀을 하시면서 '사람의 영혼은 기의 뭉침과 흩어짐'이라고 했는데 잘 납득이 안 가고 난 아직도 이세상과 저 밝은 하늘의 우주의 형태가 어떻게 되어 가는 것인지 궁금하기만 하네!"
그러자 이준경이 말했다. "나도 아직은 확실하지 않지만 화담 선
생의 말을 따르면 사람의 정신과 지각이 크게 집적하여 오래 뭉쳐
지면 큰 힘을 발휘하는 이치가 있고, 하나의 촛불을 꺼질 때 새로
운 기로 환원되어 생겨나서 없어지지 않으니, 우리가 우주에서 떠
돌아다니는 수많은 기에서 좋은 기를 모으기만 하면 삶을 위한 밝
은 이치를 더 많이 깨달을 수 있지 않겠나?"

그러자 다시 조식이 대답했다. "이 세상에서 사악한 기를 없애
고 좋은 기를 얻고자 한다면 사악한 장소에 가지 말아야 하며, 사
악한 사람을 만나지 말며, 신선한 자연과 우주에 대하여 더 많이
섭렵하며 좋은 생각만을 하도록 하면 더 훨씬 좋은 기를 얻을 것이
라고 생각하네." 그러자 이준경이 대답했다. "그렇게만 되었으면
얼마나 삶이 오죽 좋겠는가? 나는 이 우주, 즉 저 하늘에 보이지
않는 엄청난 힘이 있다는 것을 생각하며, 나 자신을 미미하게 느
껴 본 적이 있는데 내가 아직은 잘 모르니 그것이 뭐라고 말할 수
가 없네!" 하면서 조식과 이준경은 밤을 새며 이야기를 나누다가
돌아와서 잠을 청하였다.

어머니의 생각과 바람

1517년 10월, 윤경과 준경은 한양 연화방으로 돌아와야 했다. 어머니가 편찮으시다는 전갈을 받았기 때문이다. 조식의 아버지가 관직이 바뀌어 장의동로 이사를 했기 때문에 조식도 함께 돌아왔다. 집에 돌아와 보니 집세간이 늘고 많이 변화되어 있었다. 어머니는 윤경 형님의 조그만 집을 안쪽 건너편에 따로 옆에 만들어 놓았다. 윤경 형님과 형수님께서 아이의 출산을 위한 집이었다. 그리고 다음 해 형수님이 사내아이를 낳았다. 형님과 형수님은 아이를 돌보기 위해서 더욱 많이 분주하여졌다.

그런데 해가 바뀌면서 나라에 큰 화란이 일어났다. 조광조 어르신을 모함하는 기묘사화가 일어나 훈구세력들이 조정암 어르신이 왕이 될 것이라는 중상모략을 하여서 무참히 죽음으로 몰아세워 버린 것이다. 이 과정에서 수많은 사람들이 참살당하는 수모를 겪었다.

윤경과 준경은 그토록 존경하는 정암 어르신이 죽음을 당하자, 마음이 착잡하고 애석하여서 견딜 수가 없었다. 그러면서도 마음을 가다듬고 공부를 하고 집에 돌아온 준경 형제는 매일 불편하신 어머니를 보살피며, 밤이면 방에서 공부를 했다. 그러나 윤경 형님은 형수님과 함께 아기를 보살피는 데 많은 시간을 더하여야 했다.

어머니께서 준경이에게 "내 이제 너희 형제들을 장가를 보냈고 참다운 며느리들의 힘을 얻었으니, 넉넉하지는 못하지만 아주 큰 곤경을 벗어난 것 같다. 아직도 살아가기엔 넉넉하지 못하다. 그러하지만 준경이도 돌아가신 너의 아버지의 대를 잇는 것이 나로서는 가장 해야 할 일이라고 생각한다. 내 몸이 온전하지 않으니 준경이에게도 손자를 보고 싶구나."라고 하셨다. 준경은 어머니의 말씀을 듣고 "예! 잘 알겠습니다."라고만 대답을 했다. 그러자 어머니가 준경이에게 말했다. "준경아, 너는 많이 어렵지만 형을 먼저 배려해야 한다. 나는 아직 너희 부부에게 따로 내어줄 집을 마련하지 못했다. 보다 생활이 더 좋아지면 터전을 넓히도록 하자!"

그러자 준경이 대답했다. "어머니! 제가 힘드신 어머니 심려를 끼쳐드려서 죄송합니다. 저희 부부는 이미 서로 상의를 하고 각오를 하였습니다. 제 처가 저에게 어머니를 보살피는 일은 자신이 맡아서 계속할 테니 공부를 계속하라고 말했습니다." 사실 이준경은 벅차고 힘겨운 생활에 아이를 갖는 것보다도 어머니의 병환을 보살피고 공부에 전념하고자 하였다. 그러자 어머니가 말씀하셨다. "네 처가 그렇게 말을 했다니, 참 내가 네 처에게 많이 힘들게 하는구나! 네 처의 심정이 참으로 기특하고 나에게 고맙다."

그런데 어머니는 마음에 점점 닿는 근심이 생겼다. 어느 날 어머니가 윤경과 준경을 불러 놓고 말씀을 하셨다. "내가 그동안에 언급을 하지 않고 지내 왔는데 더 이상 묵고할 수 없어 너희들을 불렀다. 그래 너희들은 이제 부터는 과거 시험을 보아야 하지 않겠느냐?" 그러자 곧바로 윤경이가 "네! 어머니 뜻을 제가 압니다. 제가 지금부터 준경이와 함께 과거시험에 대한 생각을 가져 보겠습니다."라고 말씀을 드렸다. 그러자 어머니가 다시 말씀하셨다. "나는 누가 먼저 과거에 급제가 되든 간에 우리 집안을 다시 일으켜야 한다고 생각한다."

그런데 가만히 말씀을 듣고 앉아 있던 준경이가 "어머니 저는 과거시험에 응시하지 않겠습니다."라고 했다. 그 말을 듣고 어머니는 당황했다. "준경아, 왜 그런 생각을 하는 것이니?" 하고 물으니, 준경이 대답했다. "어머니! 지금 저에게 하문을 해 주지 않았으면 합니다. 제가 뜻한 바가 있어 생각을 가다듬고 있습니다. 차후에 제가 어머니께 말씀을 올리겠습니다."

이준경은 어머니께 그렇게 말씀을 드렸지만 마음이 편하지 못하였다. 어머니가 너무 실망을 하셨기 때문이다. 이준경은 조광조 어르신이 작년 기묘 때 그렇게 죽음을 당하여서 관직을 갖는 것에 큰 회의감을 갖고 있었다. 그래서 어머니께 그렇게 말씀을 올린 것이었다. 그러나 어머니는 이준경이 그런 생각을 갖고 있다는 것을 이미 알고 계셨다. 그래서 다시 며칠 후에 준경이를 불러 놓고는 다시 말씀하셨다.

"준경아! 난 네가 과거시험을 보는 것을 보고 싶다. 어찌 사내장부가 명분을 갖고 있으면서 죽음을 두려워하여서 일을 하지 못하겠느냐? 옳다고 판단하여서 바르게 살다 보면 누명을 쓰고 큰 형국을 당할 수도 있다. 하지만 그것 때문에 바른 삶을 펼치지 못한다면 사내로서 삶이라고 볼 수 없다. 너의 선조들도 그런 것을 다 겪고 지내시지 않았느냐? 큰 생각을 하여서 우리 조선의 사람들이 더 좋은 생활을 하도록 일에 보탬이 되게 하라!" 그런데 어머니는 준경에게 그렇게 말을 하면서 많이 숨이 고르지 못하여 편찮아 하셨다. 이준경은 어머니를 보고 마음이 아팠다. 준경은 어머니의 마음을 아프게 하고 싶지 않았다.

어머니께서 "내 몸이 편안하지 않으니 장차 너희들이 걱정이 많이 된다. 내가 죽기 전에라도 너희들의 앞으로 길이 열리는 참된 모습을 보고 싶구나. 너희들은 과거에 뜻이 없고 공부만 하니, 너희가 어떻게 될 것인가 생각하니, 내가 염려가 되고 아주 마음이 편하지가 않다. 나는 윤경이와 준경이 너희들 중에 누구라도 우선 과거시험에 응시하는 모습을 보고 싶구나!"라고 간청하니, 준경은 마음을 가누지를 못했다. 우선 어머니의 우선 마음을 풀어 드리려면 생원시를 보는 것이 좋겠다고 생각했다. 어쨌든 이것이 어머니를 위한 최선의 길이었다.

"어머니, 걱정 마세요! 돌아오는 임오년에 생원시를 보아 어머니를 기쁘게 해 드리겠습니다. 그때까지 어머니께서는 염려 마시고 마음 놓고 편안하게 계시면, 정말로 저의 마음이 안정되어 더욱 공부에 열중할 것입니다. 저는 어머니 몸이 아프신 것이 너무 견딜 수가 없어요." 하고 준경은 눈물을 글썽였다. 그리고 마음속에 "아! 어머니 죄송합니다." 하였다.

준경의 부인은 어머니를 각별히 보살폈다. 준경은 형님과 함께 서방에서 글을 읽었다. 밤이 되면 형님은 형님 댁으로 돌아갔다. 하지만 준경은 부인이 보고 싶었지만 집으로 돌아가지 않고, 계속하여 서책을 읽었다. 준경은 낮에 밖을 나갈 때는 부인이 기워 놓은 두루마기를 거리낌 없이 평상시 입고 다녔다. 그리고 곧바로 돌아와서 계속 서책을 읽었다.

준경 부부가 사용하는 방은 어머니가 주무시는 가까이 맞은편에 있었다. 준경이 어느 날 부인에게 말했다. "부인, 난 아직 젊으니 앞으로 많은 날들이 많이 남아 있소! 지금껏 그동안에 지내 왔던 대로, 내가 어머니께 말씀드린 대로 하며 어머니의 분부를 지킬 것이요. 그리고 부인이 그것을 이해하여 주니, 부인에게 참으로 고맙습니다. 난 부인을 정말로 아껴 두고 싶소이다. 내가 부인을 멀리 한다고 너무 개의치 마시오. 내가 책을 읽을 땐 떠오르는 부인의 모습을 떨쳐 버리려고 하다가 집중을 못한 적이 많았소이다. 그렇지만 내 부인이 없다면 우리 집의 나의 생활과 앞으로의 희망도 사라질 것이요."

　1521년이 되고, 윤경 형님의 둘째 아들 숙열이가 태어났다. 윤경 형님은 아기를 보살피느라고 더 많은 시간을 뺏기었다. 그리고 이듬해인 1522년 봄, 이준경은 생원시에 합격하였다.

개성 가는 길

이준경은 어려서부터 가난하였지만 나이가 들어서도 궁핍에 대해서 이준경 자신은 크게 심려를 갖지 않고 글공부에만 열중하였다. 생활이 너무 빈곤하여 준경은 제대로 된 음식을 구경하기가 힘들 정도로 간신히 끼니를 때우는 날이 많았다. 그렇게 지내면서 어머니의 걱정과 간곡한 권고로 1522년 봄에 생원시험에 응시하여 합격을 했다. 생원이라 하지만 옷감을 사는 것도 힘들었고, 명절날에도 새 옷을 거의 입을 수가 없었다. 크게 외출을 할 때도 새 옷을 입지 않고 빨래하여 둔 옷을 다시 꺼내 입고 나갔으며, 평소에는 집에서는 바느질하여 기워 놓은 누더기 옷을 입고 다녔다.

　이준경이 생원이 된 지 한 달이 안 되어서 외조부께서 몸이 더욱 많이 쇠약하여져서 자리에 누우셨다. 어머니와 상의하여 개성에 가서 인삼장이 열리는 날 인삼을 사서 가져오기로 했다. 외조부는 한동안 상서원에서 판관으로 일을 하셨는데, 작년부터 몸이 편찮으셔서 집에서 쉬고 계셨다. 이에 주위 사람들이 염려하면서 판관공의 안부를 많이 물으셨다. 하여튼 윤경 형님은 둘째 아들 숙열이가 태어난 지 얼마 안 되었기 때문에 형수님과 함께 어머님을 돌보며 집에 있기로 했다. 윤경 형님과 상의를 한 끝에 날짜를 기리어 그동안 푼푼히 모은 돈을 보태어 준경은 모처럼 행장을 간단히 꾸리어 집을 나섰다. 그저 평소의 누더기 옷을 입고 짐을 등에 메고 출발했다.

사실 개성까지는 걸어서 빨리 가면 족히 하루가 걸리는 거리였지만, 말을 타고 간다면 쉬어 가면서도 하루가 훨씬 덜 걸리었을 것이다. 준경은 자세를 바로하고 오래간만에 한양에서의 길을 벗어나서 산야의 숲 속 길인이 되어 자연 속에 자신의 몸을 맡기고 개성으로 향하였다. 외조부께 다려 드릴 인삼을 구해 보기 위해서였다. 해가 뜨기 전 새벽에 출발하였으나, 어느새 해가 기울기 시작하고 있었다. 그래도 5월 중순의 해는 겨울날보다 상당히 길어서 다행이었다. 여유를 부리는 바람에 늦어졌지만, 해가 넘어가기 전에 겨우 개성에 도착하게 되었다.

그런데 어둡기 전에 이리저리 돌아다니다 보며 개성 사람들을 만나니, 그들이 한결같이 새로 잘 지어서 꾸며 놓은 큰 주점 이야기를 많이 하며 자랑을 하였다. 그래서 이준경은 궁금하여 가는 길을 물으니, 자신들은 들어가 보지 못했으나 길을 안내하여 주었다. 기왕이면 한번 가 보기로 하고 그곳에 들어가서 한 잔에 요기를 할 생각이었다. 그런데 문전에서 가로 막혔다. "아무나 함부로 들어가선 안 됩니다." 하며 험상궂은 하인들이 길을 가로막고는 "여기는 누추한 낭인들이 들어가는 곳이 아닙니다. 못 들어갑니다. 다시 돌아가시오." 문전박대하였다. 준경은 낭심을 하여 발길을 돌리려고 하였다. 그때 하인의 인사를 받으며 들어가는 자가 있었다. 서로 얼굴을 마주쳤다. 그 옛날 팽이였다. "이 사람, 준경이 아닌가! 자네가 여긴 웬일인가?" "아니! 자넨 팽이 아닌가!

자넨 여기에 어쩐 일인가? 아! 글쎄 하여간 오랜만일세! 여보게
들, 이 사람은 거지가 아닐세. 내가 보장을 할 테니까 이번 한 번
만 들여보내 주시게!" 그러자 문 앞에서 지키는 하인들이 대답하
며 "그럼 이번만 나리께서 부탁하니 들여보냅니다. 저희도 주인
장께서의 명을 받아서 하라는 대로 이렇게 엄하게 하고 있습니다.
요즈음에는 너무 많이 버러지들이 이곳을 넘나들어서요."

준경은 팽이와 함께 객관 안으로 들어섰다. 방으로 들어서지 않
고 그들은 객실보루에 앉았다. 멀찌감치 다른 선비들도 와 있었
다. "여보게! 준경이 방으로 들어가겠나?" 하며 묻자 "아닐세! 나
는 여기서 요기나 하고 다시 나갈 생각이네! 그런데 자넨 여기서
무슨 일이 있는가?" 팽이가 대답하되 "나는 수년 전에 한양을 떠
나왔는데 나의 삼촌이 개성유수이시네! 그래서 삼촌의 심부름으로
어쩌다 가끔 여기에 오고 있지! 잘 오긴 했네! 그냥 갔으면 우리
서로 못 만났을 뻔했지 않은가?"

두 사람은 서로 지난 이야기를 나누었다. "여기 이곳에는 항상
새로운 기생을 가끔 데려오는데, 작년 봄에 들어온 황진이가 있
네! 누구나 만나보고 싶어 하지만 만날 기회가 없어서 그냥 허사
가 되지. 그런데 자넨 운이 좋네! 저기 지금 지나가는 여인이 황
진이네. 우리는 '진랑'이라고 부르지." 그러자 이준경이 "그런가!"
하며 "그럼 자네가 여기에 같이 있으니, 혹시 내가 황진이에게 술
한 잔을 받을 수 있겠나?" 하며 그저 말을 건네었다. 그러자 팽이
가 "글쎄, 그런데 자네 형색이 너무 남루해서 박대당할 것이네!"
하였다.

그런데 그때 황진이가 다가왔다. "아니! 오래간만이시네요? 유
수님 댁 도련님이 이번엔 어쩐 일이세요?" 그러자 "그래, 잘 있

었나? 유수님 심부름 차에 들렸네 그려!" 하였다. 그러자 황진이가 "그럼은요! 유수님이 여기 이곳 객관의 저희들을 잘 지켜 주시니 항상 감사할 따름입니다. 그런데 여기 계시는 선비님은 누구신가요?" 하며 물었다. 이에 팽이는 "으음! 이자는 나의 오래전 옛날 벗이네! 이준경이라고 하며 글을 좋아하는 선비시지. 차림새가 이렇게 남루하지만, 기량이 보통이 아니시네. 앞으로 이자가 어떻게 되는지 잘 지켜봐 주시게!" 하였다.

그러자 황진이가 이준경을 쳐다보며 말을 건넸다. "선비님! 처음 뵙겠습니다. 찾아 주셔서 고맙습니다. 진이라고 해요." 이준경이 말을 받아 대답했다. "이 생원이라고 합니다. 아! 진 귀자를 보니 그래요, 들은 대로 소문을 실감합니다." 그러자 황진이가 "한양에서 오신 건가요?" 하며 물었다. 그러자 팽이가 가로막고 말을 건넸다. "자! 이 선비의 이야기는 나중에 하기로 하고 안주상을 내주게." 그러자 황진이가 "뭐가 그리 급하십니까? 해가 지려면 아직도 남았는데!" 하며 이준경의 얼굴과 용모를 살피면서 이준경의 검은 눈썹과 늠름한 얼굴과 눈매에 놀랐다.

이준경이 또박또박하게 말했다. "천하에 명색과 명분을 갖춘 곳이라고 하던데, 이곳을 들어오려 하니 입구에서 문전박대를 당했소이다. 여기는 누구나 처지를 따지지 않고 술과 음식을 접대하는 줄 알았는데! 나 같이 누추한 자들은 문전박대 당하여 들어오지 못하니, 술 한 잔 마시기가 어렵다는 것을 알았소이다." 그러자 황진이가 고개 숙이며 이준경의 늠름한 모습에 홍당무가 되어 대답했다.

"그리 되었다니 선비님께 사죄를 드립니다. 큰 주인께서 내린 명이시라 저로서 어찌할 도리가 없습니다. 하지만 저는 이곳을 찾아오는 어느 누구에게도 저의 술잔을 차별하지 아니합니다. 제가 주안상을 시켜 올려 드리겠습니다. 그런데 오늘은 시간이 아쉽습니다. 다음에 다시 찾아 주시면 선비님을 저의 술잔으로 모시겠습니다." 그러자 이준경이 "진랑의 말을 들으니 내 마음이 흐뭇해집니다. 하지만 난 그럴 만한 여유가 없을 것 같소! 그렇지만 또 만날 날이 있을 것이오."라고 했다.

다음 날 준경은 인삼 시장에 가서 인삼을 구해서 곧바로 돌아 왔다. 그러나 그 후 몇 달이 지나서 외조부 신승연은 식구들의 극진한 보살핌에도 불구하고, 1522년 초여름 날 세상을 떠났다. 어머니는 많이 슬퍼하시며 눈물을 흘리셨다. 그러면서도 어머니는 극진히 외조부의 장례를 하나씩하나씩 모두 살펴서 철저히 하셨다. 그러면서 눈물을 감추려 했지만, 돌아서서 많은 눈물을 흘리셨다. 윤경과 준경은 어머니의 슬픈 모습을 보면서 같이 눈물을 흘리고 마음이 아팠다. 윤경과 준경은 그 옛날 외조부와 같이 지낼 때를 회상하였다. 다시는 외조부를 뵐 수 없다는 생각에 마음이 북받치었다.

그런데 외조부가 그 옛날 상주에서 떠나올 때의 첩잉이 장례에 왔다. 그리고 어쩔 줄 몰라 하였다. 어머니는 외조부의 첩잉이 아버지 장례에 온 것을 참으로 다행으로 여겼다. 그리고 아버지 신승연의 장례를 같이 지낼 수 있게 되어서 마음에 안도감을 가지셨다. 윤경과 준경은 어머니의 분부에 따라 모든 일을 도와드렸고, 문상객을 맞아 그 예를 다하였다. 준경의 부인은 외조부의 첩에게 예를 다하여 대하였으며, 앞으로 그들이 외조부 신승연의 제례를 모실 수 있도록 상의하고 간곡히 부탁을 드렸다. 하지만 첩잉과 어린 아들은 아무것도 모르는 철부지와 다름이 없었다.

준경의 부인은 외조부의 장례가 치러지는 동안 내내 해야 하는 일을 미리 알아서 챙기고 맡아서 반드시 몸소 음식을 장만하여서 장례에 오시는 문상객을 받들었다. 그리고 양서면 산기슭에 외조부의 묘를 모셨다. 외조부의 장례를 치르고 난 어머니는 눈에 띄게 수척해지셨다.

아! 어머니, 아니 되옵니다!

외조부께서 세상을 떠나신 이후에 장례를 치르고 난 후, 어머니는 몸이 많이 불편하셨다. 그래서 준경은 윤경 형님과 함께 집안일을 많이 돌보아야 했다. 생원시에 합격하면 성균관에 갈 수 있었지만, 그만두었다. 준경은 어머니의 마음을 아프게 하고 싶지 않았다. 어쨌든 지금으로서는 이것이 이준경이 해야 하는 최선의 길이었다. 그러나 어머니는 몸이 많이 상하신 것뿐 아니라 기력이 많이 쇠진하셨다. 그래서 자주 병석에 누워 계시게 되었다.

준경은 형 윤경과 함께 어머니를 보살피는 데 전력을 다하였다. 어머니의 말씀의 뜻을 받들고 잘 보양을 해 드렸다. 의원을 불러와서 진맥을 하고 약을 지었다. 어머니는 기력이 쇠하고 폐진이 크게 돋으셨다. 준경은 몸소 정성을 다하여 약을 달이고, 꼭 먼저 맛을 보고 식기 전에 드시도록 하였으나 어머니는 차도가 없어 보였다. 설상가상으로 등에 창상이 생겨서 누워 계시기가 불편하였다. 윤경과 준경은 어머니를 극진히 치료하였다. 창상을 치료에 효험이 되는 약을 구하여 상처 부위를 감싸고 주의 깊게 살펴 드렸다. 그리고 어머니 가까이에서 있으면서 자리를 지켜 드렸다.

그러나 그렇게 하기를 몇 달이 지났으나, 어머니의 병환은 개선되지 않았다. 그러던 중에 어머니는 윤경과 준경을 불러 놓고 말씀하셨다. "난 이제 먼 곳으로 가는 날이 다된 것 같구나! 윤경아! 준경아! 내가 그동안 너희에게 이야기한 것을 잊지 말고 명심하거라! 너희는 기필코 마음을 굳건히 하고 큰마음을 가져야 한다. 그리고 인내하고 모든 일을 멀리 내다보아야 한다. 성급히 해서는 낭패를 가지기가 쉽다. 난 너희가 잘해낼 줄을 믿는다. 어떤 일이 있어도 너희 형제는 서로 끝까지 돕고 의지하거라! 이것이 내가 가장 너희에게 크게 바라는 것이다. 그리고 준경아! 너는 윤경 형을 어떤 일이 있어도 끝까지 보살펴야 한다. 내가 저승에 가서도 너희를 지킬 것이다. 항상 큰 하늘에 감사를 드리거라!"

그렇게 말씀을 끝낸 어머니는 1524년 1월 겨울, 세상을 떠나셨다. 윤경과 준경은 어머니 앞에서 한없이 엉엉 울었다. 그리고 준경은 울다가 고개를 들어 어머니의 시신을 부둥켜 안고 다시금 눈물을 펑펑 쏟아냈다. 지금까지 모든 생애의 눈물이 모두 쏟아졌다. 준경은 어머니가 돌아가시자 모든 것을 다 잃어버린 것 같이 세상이 깜깜해졌다. "아! 어머니, 아니 되옵니다." 금방이라도 어머니가 살아나실 것 같았다. 계속해서 "어머니, 어머니!" 하고 불러 외쳤다. 어머니와 더 많이 이야기를 나누고 싶었다. "아! 어머니! 어머니가 저의 전부입니다. 어머니가 없으면 저는 아무것도 아닙니다." 준경의 눈에는 주룩주룩 눈물이 멈추지가 않았다. 윤경 형도 소리 높여 엉엉 울었다. 그렇게 모두들 어머니의 시신 앞에서 일어서지를 못했다.

추운 겨울날이 지나는 날에 장례가 시작되었다. 윤경과 준경 가족들은 장례를 정성을 다하여 치렀다. 어머니 묘는 양서의 아버지와 외조부 묘소 근처에 자리를 하였다. 그리고 윤경과 준경은 죽과 채식으로 삼년상까지 게을리 하지 않았고, 오랫동안 의관을 새로 지어 입지 않고 검은 구복을 입고 제상을 계속 지키며 지냈다. 이준경은 집상하면서 몸이 야위고 쓰러질 정도로 몸이 많이 상하였다. 그러나 준경은 오로지 어머니에 대한 잔상에 사로잡혀서 어머니와 같이 지낸 옛일이 주마등처럼 떠올랐다. 어머니께서 가르쳐 주신 공부도, 어머니께 크게 혼나서 울었던 일도 생각이 떠오르고 어머니가 살아오신 날이 눈에 선하였다.

어머니는 갑자 때 아버지가 형상을 받아서 세상을 떠난 후에 위기를 모면하고 절조하시며, 초근목피로 연명하는 시절 윤경과 준경에게 『효경』과 『대학』을 모두 입으로 외워서 들려주시면서 옛 선조의 충성과 근면을 실추시키지 말고 세상에 올바르게 쓰일 수 있는 사람이 되라는 말씀을 해 주셨다. 아! 이제 어머니를 더 이상 볼 수가 없으니, 이준경은 쓰라린 마음을 가눌 수가 없었다.

이준경은 어머니 삼년상을 마치고 세상 밖으로 나온 어느 날, 높은 하늘을 바라보았다. 그리고 마음을 가다듬고 다시금 또 이렇게 되새겼다. '하늘에서 내가 잘하도록 힘을 줄 것이다. 그리고 나는 끝까지 분투하여 일어설 것이다. 신은 결코 나를 이대로 내버려 두지는 않을 것이다. 나는 완벽하지 않지만 이 세상은 나를 저버리지는 못할 것이다.'

해주의 처갓집 방문

이준경은 어머니가 돌아가신 후 형님과 함께 삼년상을 극진히 다하는 동안 서책을 거의 가까이 하지를 못했다. 그 후 1527년 정해년에 이준경은 생활이 어려웠지만 돌아가신 어머니의 뜻을 받아 성균관에서 수학을 하였으나 나이가 들었음에도 아직 과거시험에 합격하지 못했다.

그러나 여전히 그는 빈궁한 것에 신경을 쓰지 않았다. 삼년상을 치른 지 한 해가 지났어도 집안 형편은 더 많이 누추해져 있었다. 이준경은 성균관에 가지 않는 날이면 밖에 나가서 텃밭을 가꾸고 부인이 하는 힘든 일을 도왔다. 그리고 시간이 허락하면 글을 쓰고 책을 읽었다. 준경은 부인이 고마웠다.

그런데 1529년 기축년 4월 봄이 되면서 부인이 아이를 낳았다. 그때까지만 해도 이준경에게는 아이가 없었는데, 드디어 첫아이가 태어난 것이다. 이준경은 아이의 이름을 '예열'이라고 지었다. 이준경은 부인을 돌보며 부인 대신에 가사 일을 많이 했다. 그래도 성균관에 갈 때는 부인이 정성껏 빨래하여 둔 옷을 다시 꺼내 입고 나갔다. 평소에 집에서는 바느질하여 기워 놓은 누더기 옷을 입고 다녔다.

1529년 기축년 5월이 시작하는 어느 날, 뜻밖에 기쁜 소식이 들어왔다. 이준경의 아랫동서가 가장 연소자로 과거에 합격했다는 것이었다. 장인어른이 봄에 황해도 감사로 나가 있었는데, 이준경은 찾아뵙지 못하고 있었다. 그동안 장인어른께서는 질병으로 인하여 사직하여 고향인 풍산에서 지내고 계셨는데, 건강이 조금 회복되고 황해도 해주로 가시게 된 것이다.

이준경은 축하 인사를 전하러 동서의 집으로 갔다. 축하의 술한 잔을 하면서 묻기를 "장인께서 해주에 계시는데 언제 문안드리러 가겠는가?" 하니, 동서가 하는 말이 "조만간 날을 잡아 떠나고자 합니다." 하였다. 이에 이준경이 "사실 장인어른이 고향에 머무시다가 갑자기 관직을 다시 받고 떠나시는 바람에 오랫동안 인사를 드리지 못하고 지냈지 않은가? 나 또한 가고 싶은데 종과 말이 없으니 자네가 빌려 주면 좋겠네." 하니, 동서가 이준경을 흘낏 쳐다보며 마지못해 비웃고 "그렇게 하시죠." 하였다.

늦은 봄 5월 하순에 날짜가 되어서 떠나니, 이준경은 말과 종을 빌려 타고 함께 갔다. 미리 종을 시켜서 도착 전에 통지를 하였다. 과거에 급제한 아랫동서가 이준경과 함께 해주감사 관아에 오고 있다는 전갈이었다. 그러자 장모님이 종에게 이준경의 처지를 물어보았다. 그러면서 마음이 언짢아서 말하기를 "이 서방이 염치도 없이 뭐하겠다고 여기에 오나? 곤궁하여 말과 마부도 준비하지 못하고 동서에게 빌려서 행차에 따라오다니." 하며 혀를 찾다.

아랫동서와 이준경이 해주 처가댁에 당도하자, 해주감사인 장인은 작은사위 장원급제를 환영을 잠시하고 곧바로 이준경에게 가서 손을 반갑게 붙잡고 하는 말이 "내가 손꼽아 자네만 오기를 무척 기다렸는데 마음속에 자네의 어려움을 생각하니 안절부절못했네! 자네가 타고 올 말이 없지 않은가! 그래서 걱정했었네. 그런데 자네가 여기에 이렇게 오니 내가 정말로 기쁘네."라고 하였다. 이에 부인이 크게 노하여 말하기를 "영감은 이 서방한테만 홀리니 이상한 일이오. 영감은 큰 경사를 만난 사위를 환대하지 않고 어찌 이 서방하고만 무슨 그리 급한 말이 많소?" 하자, 감사가 웃으면서 "부인은 작은사위만 사랑하니 내가 큰사위를 사랑하는 것이 마땅치 않소?"라고 하면서 과거 급제한 사위를 반가워하는 부인에게 미뤄서 식구들과 놀게 하고 이준경과 많은 이야기를 나누었다.

모든 가족들은 새로 급제한 사위를 축하하기 위해서 저녁에 잔치를 벌였다. 이준경도 장인어른의 건강을 빌며 아랫동서에게 축하의 술잔을 권하고 마셨다. 장인어른은 예전에 술을 참으로 즐기며 드셨으나 지금은 많이 절제하셨다. 밤이 되어 해주 감사 김양진은 큰사위 이준경과 함께 별도의 사랑채에서 잠을 잤다. 그런데 아직 어린 친손자가 할아버지 곁에서 잠을 자고 싶어 했다. 장인 김양진은 사위 이준경과 늦게까지 앉아서 이야기를 나누었는데, 친손자는 그 말이 무슨 말인지 알지 못했다. 김양진이 말했다.

"오래전에 궁중에 있을 때 심문순의 아들 중 장남 심연원이 나와 같이 일을 하게 되었는데, 그자의 막내 동생이 자네와 같은 해에 태어난 동갑일세. 이름이 심통원이라 하는데 성균관 생원이라서, 심연원이 나와 함께 일하면서 술 한 잔을 같이할 때 가끔 와서 인사를 나하고 나누었지. 그런데 동생 심통원이란 자의 행동과 형세와 언행을 보았는데, 자네와는 성격상 판이하게 다른 상치되는 자라는 것을 알게 되었네! 그러니 그자를 조심하게나! 틀림없이 자네가 급제하면 언젠가는 같이 주상전하를 모시는 사람으로 일할 것일세. 그자가 자네가 하는 일이 거슬려 심통을 부리면서, 자네를 크게 난처한 형세에 부딪치게 만들 것일세. 그러니 되도록이면 그자와 같이 자리를 함께하는 것을 피해야 할 것일세."

나누는 말이 매우 길고 때로는 한탄을 나타내기도 했다. 내용은 나라를 근심하는 말들이었다. 이준경이 "그런 경우가 닥치면 장인어른께서는 어떻게 감당하시겠습니까?"라고 여쭈니, 장인이 말하기를 "아닐세! 내가 죽을 날이 정해져 있으니 나는 그때쯤 없을 것이네. 그러하니 그 후에 벌어질 일을 자네가 해내야 하지 않겠는가."라고 하였다. 이준경이 잠잠히 한참을 있다가 "장인어른께서 저에게 어찌하면 되는지 말씀을 주십시오." 하고 여쭈니, "자네는 반드시 과거 급제할 것이고, 후에 때에 이르면 조정의 대신이 될 걸세. 내가 근심할 필요가 없으나, 후에 심통원과 난처한 일을 어떻게 처리할 것인가?"라고 물었다.

그러자 이준경이 말하기를 "그것은 정황을 잘 살펴야 합니다. 제가 곧바로 심통원을 적합한 별당에 가두어서 그자의 계획을 실행하지 못하게 하겠습니다."라고 하였다. 이에 장인은 손바닥으로 무릎을 치며 기뻐하며 말하였다. "자네의 생각이 이렇게까지 깊으니, 나랏일에 관해서는 근심하지 않아도 되겠네. 그러니 내가 죽어도 무슨 한이 있겠는가?" 장인어른은 이준경을 십여 일 동안 머물게 하여 환대하다가 작은사위를 먼저 보내고 며칠 후 이준경을 보낼 때에 노잣돈에 여유분을 넉넉히 주면서 "살아가다 보면 긴히 쓸 곳이 있을 것이니 그때 자네 뜻이 있는 곳에 쓰게." 하였다.

이준경이 1529년 초여름, 해주의 장인 댁에서 한양으로 돌아오는 길에 점심때가 되어서 주막에 들러 십여 일 이상 입은 새 옷을 아끼고자 하여, 평소보다 좋은 옷으로 다시 갈아입었다. 그리고 따라온 종을 먼저 한양으로 보내고 연화방의 집에 기별을 하도록 했다.

이준경은 개성으로 향했다. 해주에 계시는 장인어른을 뵙고 돌아가는 길에 개성을 들러서 형님과 부인에게 인삼을 사서 갖다 주기로 했다. 그런데 개성의 객관의 이름이 바뀌었다고 하였다. 그날은 새로 부임한 개성유수의 별관에서 잔치가 있는 날이었다. 이준경은 인삼 장터를 둘러보는 중에 알고 지내는 성균관 유생 윤 생원을 만났다. 성균관이 한동안 쉬는 날이었기 때문이다. 그자가 이준경을 보고 개성유수의 잔칫집에 가자고 하여, 이준경은 그를 따라가기로 하였다.

이준경과 윤 생원은 개성유수의 집 마당의 뒤에 앉았다. 그런데 무희가 시작되고 얼마가 지나서 술좌석 연희의 흥을 돋울 때, 옥색치마를 입고 가야금을 켜는 황진이가 나왔다. 그리고 후에 다시 여흥을 부르는 황진이의 춤도 지켜보았다. 연회가 한창 무르익었을 때, 황진이가 사대부 선비들이 앉아 있는 곳을 술을 따르며 돌아다녔다. 황진이의 눈이 이준경과 마주쳤다.

"이 선비님, 정말로 오랜만이십니다. 그때 그 모습이 하나도 변하지 않으셨군요!" 하면서 술을 따랐다. 그러자 이준경이 "아, 그런가! 내가 보니 그대의 모습은 더 많이 놀라보게 화사하게 변해서 빨리 못 알아볼 뻔했소이다. 그냥 한양으로 가려고 했는데, 여기 윤생원이 나를 붙잡는 바람에 들르게 되었소이다." 하였다. 이에 윤 생원이 "진랑과 자낸 구면인가?" 하고 물었다. 이준경이 "그래! 그런 일이 있었네!" 하였다.

그러자 다시 황진이가 이준경을 바라보며 "올 때마다 할 일이 있고 바쁘시니 언제 가까이 모시겠습니까?” 하며 물었다. 그러자 이준경이 “그런가! 내 그대의 마음을 반절만 받아들일 걸세. 차후에 좋은 일이 있으면 또 만나게 될 걸세!”라고 답변하였다. 이에 황진이가 민망해하며 “또 이번에도 술 한 잔만 올리고 가 봐야겠습니다. 다음에 저희 객관에 꼭 들러 주세요.”하였다. 황진이가 가고 이준경이 윤 생원에게 말했다. “객관 이름이 무엇인가?” 윤 생원이 객관 이름을 말하며 “진랑이 지내고 있는 새로 개장한 큰 객관이네!” 하였다.

　해주에서 돌아온 후 이준경은 1531년, 문과 을과에 합격하였다. 그리고 예문관 검열이 되었다.

연화방에 피어나는 꽃

이준경은 1531년 문과 을과에 합격하여 예문관 검열이 되었다. 그
런데 어느 때보다 어머니가 많이 보고 싶었다. 그래서 어머니의
묘소를 둘러보고자 하여 다녀오기로 하였다. 어머니 묘지에 도착
하여서 많은 눈물이 흘러나왔다. 이준경은 묘역을 정리하고 아버
지 묘와 외조부 묘를 보살피고 나니, 몸이 피곤하고 의복이 다 해
졌다. 그래도 돌아가는 길에 여주로 가서 종친 묘를 둘러보고자
하였다.

　이준경은 말을 달렸다. 이어 여주 종친의 묘소에 들러 경배를
하고 난후 말을 타고 발길을 돌려 집으로 향하였다. 그런데 눈앞
에 저만치 청심루가 나타났다. 그래서 옛날에 어머니 묘소를 다녀
가다가 청심루를 지나가던 기억이 되살아났다. 그 당시에 조광조
를 척결한 무리대신인 남곤과 심정 일파들이 포도밭에서 탐스런
포도를 먹으며 여흥을 즐기는 모습이 생각났다.

　그때에 이준경은 그곳에 가까이 가지 않고 멀리서 그들이 서로
들 크게 깔깔대는 소리를 듣고 가까스로 포도밭을 뒤로 두고 그곳
을 피하여 나왔다. 그런데 지금 심정은 경빈 박씨 소문에 관계되

어서 누명을 쓰고 유배를 당하여 병이 들어 있고, 남곤은 이미 세상을 떠났다. 남곤은 죽을 때 "조광조 제거를 방조한 자신의 과거를 후회하면서 자녀들에게도 자신의 글을 태워라."라고 말하며 자신의 글로 인하여 화를 당할까 염려하여 제자들에게 "내가 허명으로 세상을 속였으니 너희들은 부디 내 글을 전파시키지 말고, 나의 허물을 무겁게 하지 말라."고 하였다고 했다.

이준경은 청심루 쪽으로 말을 돌렸다. 입구에 다다르자, 다시금 포도가 많이 열려 있었다. 그 옛날 청심루에 왔을 때와 지금은 달랐다. 아무도 포도밭 주위에 없었다. 그리고 저만치 시골뜨기 더벅머리 청지기가 앉아서 꾸벅꾸벅 졸고 있었다. 포도를 자세히 보니, 이미 수확기를 지난 것들이 많이 눈에 보였다. '이 포도를 빨리 따야 하는데, 어찌 이렇게 방치하는 것인가? 포도를 따서 근처의 빈곤한 노인들에게 드리면 얼마나 좋을까?' 하는 생각이 났다. 그리고 어릴 때 괴산에서 포도나무를 심고 가꾸기만 하다가 마지막에 포도를 먹지 못하고 떠나온 것이 아쉬웠다. 하지만 지금은 많이 배가 고프고 갈증이 났다.

준경은 청지기에게 다가갔다. 청지기는 더러워진 도포를 입은 준경을 보고 위아래를 살펴보더니 무시하고 다시 먼 곳만 쳐다보았다. 준경이 좀 더 가까이 다가가 청지기에게 말을 걸었다. "이보게, 내가 목이 많이 마르니 저기 포도 몇 송이만 가져다 줄 수 있겠느냐?" 이에 그 청지기가 이준경의 형색을 힐끗 보고 거절하면서 "소인은 관청의 명을 받고 며칠 동안 이것을 지키고 있는 중입니다."라고 하며 매우 보잘것없는 사람이 왔다고 생각하며 불손하게 대답을 하였다.

청지기의 불손한 태도에 마음이 언짢아진 이준경은 청지기와 의

사소통이 되지 않으니 눈에 띄고 가까이 있는 포도나무에 가서 칼로 뿌리를 잘라 버렸다. 그러자 청지기가 한마디 말도 없이 관청 안으로 달려갔다. 이윽고 태수가 걸어서 나와 청심루 위에 올라와 웃으면서 말하기를 "그대가 포도가 드시고 싶으면 안으로 들어가서 유쾌하게 한 잔 하심이 어떻겠소?"라고 하므로 이준경은 응낙을 하였다.

태수가 곧 청지기를 시켜 관아로 들어가서 잔치를 크게 베풀고 포도를 따다가 큰 쟁반에 담아서 바치라고 하였다.

태수가 이준경에게 하는 말이 "제가 평소 술수를 좀 아는데, 어느 날 귀한 사람이 이 청심루를 지나갈 것을 알게 되었습니다. 그래서 청지기로 하여금 그 포도를 지키게 했는데, 다행히 당신을 만나게 되었소. 선생은 후일 나라의 주춧돌이 될 것이오. 그래서 제 자손들을 부탁하고자 합니다."

그러자 이준경이 말하였다. "태수께서 앞일을 내다볼 수 있는 힘이 있고 또 베풀 수 있는 은덕을 가지고 계시니 내가 구태여 나서지 않아도 자손들이 잘될 것으로 봅니다. 그렇게 지속하여 해나가신다면 세상일에 크게 곤혹을 치르는 일은 없을 것입니다." 하였다.

그리고 이준경이 태수에게 다시 말하기를, "그런데 한 가지 물어보고자 하는 것이 있습니다. 왜 아직 포도를 수확하지 않고 내버려 두십니까?" 하고 물으니 태수가 대답했다. "해마다 이때쯤에는 관리 대신들이 나들이를 많이 오는데 작년과 올해에는 오지 않고 있습니다. 혹시나 해서 포도를 수확하지 않고 있습니다. 작년에는 수확한 포도를 마을 노인들에게 갖다 드렸습니다." 준경은 그 말을 듣고 마음이 흐뭇했다.

이준경이 "내 오늘 늦어서 여기서 쉬고 가도 되겠습니까?" 라고 말하자, 태수가 "그럼은요 정말 고맙습니다."라고 했다. 이준경이 "아니, 뭐가 고마운가요? 나는 신세를 지는 내 처지를 말씀드렸는데 오히려 내가 고맙지요."라고 말하자, 태수가 "저는 선비님이 누구신지를 알고 있습니다."라고 했다. 이준경이 말했다. "저를 아신다고요? 그러십니까! 그렇게 말씀하시니 구태여 저를 밝히려 하지 마시고 더 이상 묻지 마십시오. 저도 지금 저의 신분을 말씀드리고 싶지 않습니다. 그래도 되겠습니까?" 하자 태수가 크게 웃으며 "하하하, 그럼은요. 더 이상 여쭈지 않겠습니다. 염려 마시고 푹 쉬고 떠나고 싶을 때 돌아가십시오." 하였다. "고맙소이다. 부탁할 것이 있는데 괜찮겠습니까?" "무엇이가요?" "지필묵과 종이를 갖다 주세요. 제가 써야 할 것이 있습니다."

이준경은 며칠간 쉬고 간다는 안부 편지를 써서 봉하여서 심부름꾼을 부탁하여 한양 집으로 보냈다. 그 후에 이준경이 한양의 집으로 돌아와 보니, 이준경이 알고 지내는 송인수로부터 조식에 대한 소식이 왔다. 조식이 처가인 김해의 탄동에서 산해정을 짓고 제자 교육을 하고 있다고 했다. 이준경은 조식이 큰 뜻을 품고, 학문의 기상을 제자들에게 세우고자 하는 바에 매우 감개하였다. 그래서 송인수와 상의하여 조식에게 가까운 인편을 통해서 마음을 다듬는『심경』이란 책을 보내었다.

한 달이 지나서 다시 이준경은 탄수 형님에게 다녀오기로 했다. 과거를 급제하고 인사차 일찍 다녀왔어야 했는데 늦어져서 송구스러웠다. 이준경은 잘 달리는 말을 빌려서 충주로 급히 달렸다. 그렇게 탄수 형님 댁에 도착하여 인사를 나누었다. 탄수 형님은 이준경을 많이 대견해하며, 처음 관직에 발을 들여놓은 이준경과 옛날 이야기를 나누었다.

그런데 탄수 형님 집에는 얼마 전에 들어온 젊은 생도가 있었다. 이름은 노수신으로, 탄수 형님에게서 열정으로 공부하고 있었다. 그때 이준경은 노수신을 만나보고 매우 총명하며 학문에 열정이 있고 문장이 뛰어남에 놀랐다. 그래서 탄수 형님이 큰딸을 혼인시키고자 했을 때 노수신을 지목해 주었는데, 탄수 형님이 이준경의 말을 듣고 곧바로 딸을 노수신에게 혼인시켜 버렸다.

그런데 결혼식이 끝나고 탄수 형님이 노수신을 자세히 보고, 염려하면서 마음이 심란하였다. 노수신이 많이 박복하다는 관상을 가졌다는 것이었다. 그래서 이준경은 탄수 형님께 말씀을 드렸다. "형님의 딸을 다른 방법으로 자세히 보십시오. 그러면 이해가 되실 것입니다."라고 하니, 탄수 형님은 가서 따님의 얼굴을 보고 왔다. 그리고 "준경아, 너의 심상이 정말 좋았다. 이제 내가 내 딸의 앞날을 보건대 안심이 된다."고 웃으며 말하였다.

한편 연화방에는 큰 경사가 났다. 윤경 형님은 진사과에 장원으로 합격한 것이다. 윤경 형님은 그동안 형수님과 함께 어려운 생활 속에서 아이들을 보살피느라고 과거시험에 뜻을 두지 않고 공부를 많이 할 수가 없었다. 그런데 공부를 좀 더 많이 시작한 지 얼마 되지 않아 곧바로 장원이 되신 것이다. 그야말로 연화방에는 따뜻한 햇살이 비추고, 겨울이 지나고 봄꽃이 피어오르는 것 같은 분위기였다. 온 동네에서는 경사가 났다며 화기애애한 이야기가 오고 갔다. 이준경과 이윤경은 서로를 칭송하는 마음을 나누었다.

그런데 윤경 형님은 중열이의 공부를 동생 준경에게 일임하였다. 윤경 형님은 과거 문과에 급제를 준비하고자 하였고, 아이들을 보살필 여유가 없었기 때문이다. 중열이는 윤경 형님의 첫째 아들이었다. 중열이는 한창 공부를 해야 할 나이인 13살이었다. 이준경은 궁중에서 집에 돌아와서는 윤경 형님의 아들 중열이를 가르쳤다. 이준경은 중열이에게 매우 엄하게 공부를 가르쳤고, 중열이는 기색을 어지럽게 할 겨를이 없이 오직 작은아버지 이준경의 뜻에 따라 공부를 했다. 글을 읽을 땐 낭랑히 글을 읽어야 했고, 하루 공부할 내용을 명하여서 감히 아이들과 나가 놀 수 없었다.

1532년 1월, 이준경은 홍문관 정자로 일을 하고 있었다. 서적을 정리하고, 전적이나 문장의 교정을 맡아 보았다. 그러던 어느 날, 승정원 도승지 정옥형이 홍문관에 들렀다. 중종 임금께서 등창이 나서 병환으로 고생하셔서 예전의 세조 임금의 기록을 찾아보기 위함이었다. 그러던 중에 이준경을 만났는데, 이준경의 반듯하고 예절 바른 모습을 보고 감복을 하였다. 그리고 정옥형은 이준경의 써 놓은 글을 보았다. 흐트러지지 않고, 형평을 고르게 하며, 명료하면서도 빠짐이 없이 내용을 충분히 담고 있었다.

정옥형은 물었다. "자네가 이 글을 썼는가?" 이준경이 대답했다. "예! 소신이 요즈음 정리해 놓은 글입니다." 이에 정옥형이 "자네는 누구인가?" 하고 물으니, "저는 신묘년에 입과한 이준경이라고 합니다."라고 대답했다. 이에 정옥형이 "내가 보기에는 자네의 글이 참으로 기품이 있네! 누구에게 글을 배웠는가?" 하고 물으니, 이준경이 "소싯적에 저의 돌아가신 모친과 외조부님에게 처음 글을 배웠습니다." 하였다. "그래, 자네 글이 남다르지가 않네!" 그리고 글 편을 주면서 말했다. "차후에 혹시 내가 찾는 이러한 책자나 문구가 나오면 알려주게. 내가 다시 들를 걸세! 내가 지금 옛날의 기록을 찾고 있네. 선대 임금님께서 겪으신 병환에 대한 기록이 있는가 알아보려고 하네."

그 후에 정옥형은 홍문관에 다시 들렀다. 그때 이준경은 어머니가 생전에 등창으로 고생하신 이야기를 하며 치료한 경험을 말씀드렸다. 정옥형은 이준경의 모친에 대한 애틋한 정에 마음이 숙연해지고, 한편으로 마음이 흐뭇했다. 그러면서 정옥형은 내의녀 대장금 이야기를 해 주었다. 정옥형은 대장금과 함께 중종임금의 병환에 대해서 많이 이야기를 나누었다고 하였다.

중종임금이 병이 들자, 문정왕후의 명을 받아서 대장금은 등창 치료에 투입이 되어 열성을 다하고 있다고 하였다. 대장금의 의술로 중종임금의 병환이 많이 호전되고 있으며, 그것 때문에 대장금은 중종임금의 칭찬과 격려를 받았고, 중종임금은 장금산 출신 대장금의 의술을 보고 태인현 산내면의 고향 노인을 궁중으로 불러오게까지 하고 있다고 하였다. 또 정옥형은 지금 대장금의 또 한 가지 큰 고민은 문정왕후가 아들 회임을 하지 못하고 있다는 것이라고 말해 주었다.

그 후 정옥형은 승정원 도승지를 물러날 때 이준경을 승정원 주서로 추천하였다. 승정원 주서 직은 일정 기간이 지나면 바뀌는 자리였다. 일을 처리할 때 인내심을 갖고 글을 정서하는 데 시간적인 소모가 많이 요구되는 직무였다. 이준경은 전력을 다해 맡은 임무를 수행하였다. 주서로서 맡은 하나의 과정의 일이 매듭지어지면 다른 직으로 전직되기도 했다.

1533년 계사년 4월 하순의 따뜻한 봄날, 이준경은 승정원 주서로 일을 계속하고 있었다. 그러던 어느 날, 대전에서 조례가 끝나고 중종임금이 잠시 나간 후에 문정왕후가 들어왔다. 문정왕후는 이준경을 처음 보았다. 이준경은 예의를 갖추고 절을 올렸다. "왕비마마를 처음 뵈옵니다." 문정왕후는 말했다. "귀자가 이번에 새로 온 주서인가?" 이준경이 쾌청하게 대답했다. "예! 그러하옵니다. 소신이 얼마 전 부름을 받고 홍문관에서 전직하여 들어온 이준경이라 합니다."

문정왕후는 이준경을 쳐다보았다. 이준경의 늠름한 모습과 훤하고 건강하고 맑은 목소리에 마음이 흠칫 놀랐다. "그러신가? 새로 들어온 주서가 누구신가 했더니 이공이군요!" 문정왕후는 이준경을 보면서 "새로운 주서가 왔다는 말을 들었으나 이제야 내 여기서 지금 이공의 모습을 직접 처음 가까이서 보니 어쩐지 내 마음이 한층 밝아지는 것 같고, 내 마음속의 답답함이 풀릴 것 같소이다. 이곳으로 잘 오셨습니다."라고 말하였다.

문정왕후는 이준경의 풍채가 당당하고 준수한 모습에 내심 큰 호감을 가졌다. 이준경은 예의를 지키며 맡은 바 소임을 열심히 하였다.

무고한 파직

1533년, 이준경이 승정원 주서의 일을 다하고 홍문관 부수찬이 되었다. 그러나 그 관직은 오래가지 못했다. 야대에 나가서 구수담과 함께 중종임금께 안처겸을 죄줄 때, 죄 없이 귀양을 간 사람을 석방하는 일을 소청하였기 때문에 김안로에 의해서 파직되었다. 이준경은 죄 없는 사람들을 석방할 것을 구수담과 함께 주장하였고, 기묘사화 때의 사림파를 옹호한다고 누명을 썼다. 그때에 이준경은 정암 조광조 선생이 죽은 지 오래되었는데 터무니없이 연루되어 죽음을 당한 사람과, 아직도 귀양에서 풀려나지 못하고 억울한 자가 많다는 것을 알고 있었다. 그래서 이준경은 구수담과 이야기를 나누고 야대에 나가기로 한 것이다.

　이준경은 구수담과 많이 친하였다. 구수담의 고상한 인품과 의지력 그리고 학문에 대한 열정을 좋아했다. 또한 구수담도 조광조 어르신을 잘 알고 있었고 직접 뵙고 가르침을 받은 적이 있다고 하였다. 이에 반해 김안로는 기묘사화 때 조광조 일파로 몰렸다가 간신히 유배에서 빠져나온 자였다. 그래서 김안로는 자신이 조광조 일파와 전혀 다르다는 것을 항상 입증하고자 하였다.

때마침 이준경과 구수담이 중종임금께 뜻을 올려서 기묘 때 무고한 사람을 풀어 주고자 하자, 오히려 김안로가 역습을 하여 조광조를 두둔한다는 죄목으로 두 사람은 관직이 삭탈되고 떠나게 되었다. 그리고 이준경은 향리에 칩거하며 거의 문밖출입을 끊고 독서와 수양으로 성리학에 정진했다. 구수담은 그의 형님의 죄목에 가중되어서 용천으로 귀양을 갔다. 조정에 김안로가 있는 한, 이준경은 파직되어 수년이 지나도록 궁궐에서부터 멀리 떨어져서 발이 묶여 있었다.

사실 김안로의 권력 욕심은 끝이 없었다. 김안로는 주변에서 자신의 말을 하는 것을 매우 꺼려하고, 이러한 자를 말끔히 청산하고자 하였다. 김안로는 이준경이 파직된 다음 해 과거에 급제한 이황이 예문관에 일할 때 자신에게 인사를 오지 않았다는 이유로 이황을 내쫓고, 이황이 추천하여 예문관에서 일하는 관원까지 파직시켜 버렸다.

김안로는 한동안 남곤에 의하여 유배를 갔으나 다시 돌아와서 남곤에게 분노의 앙심을 품고 벼르고 있었는데, 마침내 남곤을 축출하고 조정을 자신의 세상으로 만들었다. 처음 남곤이 김안로를 만났을 때 남곤은 김안로에 대하여 이렇게 말을 하였다고 한다. "김안로는 머리는 비상한데 심성이 나쁘다." 그 말이 사실이 된 것이다.

김안로의 큰아들 이름은 김기인데, 아비는 인자하지 못하고 아들은 불효하였기 때문에 당시 사람들이 "부자가 원수사이다."라고 말하였다. 김기는 사람됨이 경망하고 사특한데다가 독살스럽고 기세를 빌어 교만 방자하였는데, 술을 잘 마셔 병이 나서 일찍 죽었다. 또 김안로에게는 눈이 멀고 못생긴 딸 하나가 있었다. 김안로가 그 딸을 미워하여서, 죽이려고 굶기면 울부짖으며 밥을 달라고 하여 이웃이 들을까 두려워 못 굶기고, 칼로 찔러 죽이면 시체에 칼자국이 나서 친척들이 살해당한 것을 알게 될까 두려워서 그리하지 못하였다. 그 흔적을 감추려고 독사를 항아리 속에다 넣고 뚜껑을 덮어서 나오지 못하게 하여 독이 잔뜩 오르게 한 다음 뚜껑을 열고 그 딸로 하여금 항아리에 발을 넣게 하니, 한 번 물자 그 자리에서 죽었다. 김안로는 속으로는 매우 기뻤으나 겉으로는 슬픈 척하면서 이웃 일가들에게 떠들기를 "내 딸이 변소에 가다가 독사에 물려 죽었다." 하였다.

김안로는 그 옛날에 경빈 박씨의 아들 복성군이 왕위를 차지할 것을 염려하여 작서의 변을 일으킨 장본인이었다. 동궁의 방 곁에다 쥐를 잡아서 사지와 꼬리를 자르고 입·귀·눈을 불로 지진 후 걸어 놓고 글을 써 놓았다. 그리고 동궁을 없애려고 음해하려는 경빈 박씨의 소행이라 하여서 심문하였다. 결국 경빈 박씨와 아들 복성군은 쫓겨나서 사사되었다. 그리고 좌의정 심정도 경빈 박씨와 결탁하였다고 하여서 사사되었다. 모든 것이 김안로가 원한을 품고 아들을 시켜 만든 자작극이었다.

김안로는 후에 인종임금이 될 세자의 외숙인 윤임의 편이었다. 그런데 김안로는 문정왕후가 나중에 명종임금이 되는 아들을 낳게 되자, 문정왕후가 아들을 왕으로 앉히려는 뜻을 품을 것이라고 간파하고는 더 나가서 지금 잘 지내고 있는 동궁을 다치게 할까 봐 미리 염려되었다. 그래서 조만간 세자가 될 동궁을 문정왕후가 박대하고 있다는 소문을 퍼뜨렸다. 그리고 동궁의 외숙 윤임을 찾아가 마음을 흔들었다. 결국 김안로가 그의 눈엣가시가 된 문정왕후의 폐위를 기도하다가 발각되고, 오히려 그간 김안로의 음모와 죄악이 드러나서 체포되고 사사될 때까지 한세월이 지나갔다.

관직을 잃은 이준경은 생활이 극도로 어려웠다. 이준경은 아침에 밖에 나가서 텃밭을 가꾸고 곧 돌아와서는 거의 나가지 않고 하루 종일 책을 읽고 지냈다. 그리고 가끔 형님 아들 중열이를 불러서 글을 가르쳤다. 그런데 1534년 윤경 형님이 문과에 급제하여 처음으로 벼슬길에 올랐다. 그러자 형님의 생활 형편이 조금 나아졌다. 윤경 형님의 생활이 어려울 때 이준경은 형님께 식량을 보내드렸는데, 이번에는 윤경 형님이 이준경의 곤혹하게 지내는 삶의 어려움을 알고 가끔 식량을 보태어 주었다. 이준경은 마음을 내려놓고 마음을 정하여 사심이 없으니, 한결 마음이 홀가분하였다. 이런 생활을 하고 지내다 보니, 생활이 어렵지만 정화가 되고 자연의 순수함이 받아들여졌다.

그러던 어느 날, 남쪽으로 내려간 조식이 생각났다. '조식은 어떤 생활을 하고 있을까? 나도 관직을 떠났고 마음을 비우고 지내는데, 조식은 일찍이 남향하여서 어떤 마음으로 그곳에서 자유롭게 지낼까?' 궁금하였다. 이준경은 조식에게 보낸『심경』이란 책을 다시 꺼내어서 읽어 보았다.『심경』은 자연의 순리를 깨닫고 탐구하며, 학문수행의 지침이 되고, 자신의 입지를 바르게 하고, 내면 세계의 자유를 얻는 데 도움이 되는 서책이었다.

보련산의 거지들

이준경은 1533년 12월 파직을 당한 후 오랫동안 매일을 집에서 나가지 않고 서책을 읽고 성리학을 공부하며 지냈다. 그러니 생활형편이 어려워 옷과 음식을 제대로 잘 입고 먹을 수가 없었다. 그렇지만 매년 봄이 되면 한번은 먼 곳을 다녀서 돌아왔다. 충주에 사는 종형 탄수 선생을 찾아뵙고자 한 것이다. 생각해 보니, 탄수 형님도 옛날 일찍이 관직을 버리고 충주 동쪽에 기거하여 살고 지내신 지가 오래되셨다.

1534년 봄이 지나고 여름이 다가오는 때였다. 이준경은 부인이 임신 중에 건강이 약해 돌보았는데, 마침 회복되어서 오랜만에 탄수 형님께 다녀오기로 했다. 충주에서 조금 멀리 떨어진 곳에 '보련산'이라고 불리는 곳이 있었는데, 음력 6월 여름철 비가 많이 내린 후였다. 이준경은 평소에 기워 놓은 옷을 입고 간신히 노쇠하고 약한 말을 빌려 타고 서서히 가다가 비 때문에 길이 끊겨서 말에서 내려서 돌아가야 했다.

그런데 갑자기 산 거지 두 명이 말을 뺏으려고 이준경에게 덤벼들었다. 이준경은 한꺼번에 두 명을 손으로 잡아 넘기고, 쳐서 넘어뜨리고 물리치고 도망가는데, 다른 한쪽에서 몰려온 산거지 패들에게 걸려들었다. 산 거지들이 외쳤다. "어딜 도망을 가나!" 이준경이 보아하니 모두 흉측한 거지들이었다. 곧바로 거지들이 몰려들어 이준경을 둘러쌌다. 그리고 한 놈이 이준경의 몸을 뒤졌다. 두목 같은 자가 이준경의 모습을 쳐다보고 말했다. "이놈은 돈이 없는 것 같다. 보아 하니 너도 우리와 같은 거지같다."

그러자 이준경이 타고 온 말을 붙잡고 있는 거지 한 명이 말했다. "거지같은 자가 웬 늙어빠진 말을 타고 다니느냐?" 그러자 두목 같은 자가 "우리는 네가 보다시피 여기 근처에서 지내는 산적들이다. 네가 도망가면 관아에 우리를 신고할 것이다. 그러니 사흘 후에 네가 조용히 잘 있으면 보내 주겠다. 사흘 후에 우린 여길 떠나니 그때까지이다. 알겠냐?" 하며 이준경의 손발을 묶었다. 사실 이준경은 돈이 없었다. 겨우 노잣돈 조금을 가지고 왔으나 오는 도중에 주막에서 요기하면서 모두 써 버렸기 때문이다.

산 거지들은 보련산으로 가는 길목에서 조금 벗어난 복숭아 과수원에서 머무르고 있었다. 때가 이른 지라 아직 덜 익은 복숭아이지만, 제법 많이 열려 있었고 맛깔이 있어 보였다. 거지들은 덜 익은 복숭아도 많이 따서 담았다. 거지들이 하는 이야기를 들어 보니, 과수원 주인이 죽은 모양이었다. 그리고 과수원이 방치되어 있었다. 현재 과수원엔 아무도 연고자가 없는 것이었다.

이준경은 손발이 묶여서 옆에 있었는데, 산적 대장이 부하들에게 말했다. "복숭아 과수원에 대해서 잘 아는 자가 있느냐?" 열 명이 넘는 산 거지들이 아무도 대답을 하지 않았다. 산적 대장은 "우리가 조만간 다시, 아니면 내년에 이곳으로 올 텐데 복숭아 과수원을 잘 관리해서 좋은 복숭아가 열려야 한다."라고 말했다. 그러자 이준경이 "내가 복숭아에 대하여 아는 게 있소! 복숭아밭은 그냥 방치해 두면 아주 못 쓰는 과일이 열리오. 내년에도 또 복숭아를 따러 올 것이 아닙니까?"라고 물었다. 그러자 산적 대장은 "내년에도 오고, 당장 가을이 되기 전에 올 것이다."라고 말했다.

이에 이준경이 말했다. "나를 풀어 주면 내가 복숭아밭을 할 수 있는 한 돌볼 것이오." 그러자 산적 대장이 말했다. "도망가지 않겠다고 말해라. 그러면 풀어 주겠다. 그 대신에 먹을 것을 주겠다." 이에 이준경이 "난 마구 도망가는 사람이 아니오. 그러니 빨리 나를 풀어 주시오." 하니, 산적 대장은 이준경의 믿음직한 모습과 당당한 말투를 보고 이준경을 풀어 주었다.

이준경은 산적 대장과 함께 복숭아밭을 돌아보았다. 그리고 산적 대장에게 "비가 오는 우기가 되면 배수 관리를 잘해야 합니다. 복숭아밭은 배수가 최고입니다."라고 말했다. 사실 이준경은 옛날에 어머니에게 크게 혼이 나서 복숭아밭에서 일한 적이 있었다. 그래서 복숭아밭에 대하여 어느 정도 알고 있었다. 이준경은 "복숭아는 그냥 따먹고 나무를 그대로 방치하여 두면 안 되오! 나무를 이렇게 잘라 주어야 합니다. 지금 잘라도 되지만, 가을에 여기 오면 잘라 주시오." 하며 산적들에게 나무 자르는 방법을 가르쳐 주었다.

그런데 산적 대장에게 아픈 병이 있는 것 같아 보였다. 저녁을 먹고 나자, 산적 대장이 이준경을 다른 장소로 데려갔다. "자넨 내가 보기에 현명한 것 같아 보이네! 사실 난 몸에 병이 있어 오래 못 산다. 그래서 얼마 안 되는 우리 숫자 중에 나의 후계자를 뽑아야 한다. 그런데 지금 다음 후계자 때문에 불화가 있다. 우리 식구가 서로 양편으로 갈라져서는 안 된다."고 말하는 산적 대장은 그동안 상당히 고심하고 있었던 것 같았다. 산적 대장이 "너는 누구를 했으면 좋겠느냐?" 하며 불화가 있는 두 명의 성격을 이야기해 주었다.

이준경은 산적 대장의 이야기를 듣고 한 명을 선택하여 주었다. 이에 산적 대장은 그대로 이준경의 말을 따르기로 했다. 그리고 다음 날 아침, 한 명의 후계자가 사라지고 없었다. 이준경은 산적대장에게 아무것도 묻지 않고 나가서 복숭아밭을 보살폈다. 그다음 날이 되자, 산적대장은 이준경에게 말을 주면서 돌아가라고 했다.

이준경은 말을 타고 서서히 탄수 형님 댁에 오면서 자신에게 많은 회의감을 느꼈다. 산적 대장이 적합한 후계자 한 명을 지목해 주기를 부탁했을 때 이준경은 단지 보다 유망하고 책임이 있고 산거지 들을 이끌어 갈 수 있는 자를 뽑아 준 것뿐인데, 곧바로 하룻밤 사이에 다른 후계자 한 명이 사라져 버린 것이다. 아마 데려가서 죽였을지도 모른다. '내가 한쪽을 지목하지 않았다면 다른 한쪽을 죽이지 않았을 텐데……' 마음이 아팠다. 그러면서 다음부터는 어떤 사람에게든지 "누가 더 좋다."라는 말을 하지 않기로 하였다.

충주 탄수 형님 집에 도착하니, 탄수 형님이 매우 반겨 주었다. 탄수 형님은 이준경의 생활 형편이나 파직을 당한 지난 일에 대하여 거의 모든 것을 알고 있었다. 이준경이 입은 도포도 옛날 그 모습 그대로였다. 이준경은 탄수 형님에게 오는 길에 산 거지들을 만나서 변을 당한 이야기를 했다. 탄수 형님은 놀라서 당혹해하며 "그래, 참 큰일 날 뻔했구나. 요즈음 흉년을 타서 여기저기 부쩍 산거지 들이 날치고 있다."라고 말하였다. 이준경은 탄수 형님

청풍신명 — 129

을 만나 뵙고 이런저런 이야기를 나누고 지내니, 며칠 안 되었지만 마음이 한가로워졌다.

이때 이준경은 다시 노수신을 만났다. 1531년 이준경이 과거 급제를 하여서 탄수 형님께 인사를 드리려고 왔을 때 노수신을 처음 만났었다. 그런데 지금 다시 만나게 된 것이다. 노수신은 박사제자가 되어 충주 향교에 다니고 있었다. 이준경이 노수신과 이야기를 나누고 노수신의 글을 다시 보아도, 노수신의 문장이 좋고 학문이 높으니 크게 될 것 같았다. 그리고 노수신이 생각하는 미래의 이상과 포부를 듣고, 노수신의 성격과 마음을 다시 보니 노수신의 뜻이 참으로 옳은 일이라고 생각되었다.

그런데 한 가지 염려되는 것은 노수신이 무엇을 하겠다고 마음에 두고, 그것이 올바르다고 생각하면 다른 생각을 할 필요도 없이 너무 곧바로 실행해 보고자 하는 것이었다. 그렇기도 하여 이준경은 노수신과 함께 조광조 어르신 이야기를 같이 나누었다. 이준경은 노수신에게 조광조 어르신이 터무니없이 당한 일을 이야기하고, 억울하고 무고한 사람이 아직도 너무 많고 이를 구하고자 하다가 파직을 당했다며 연유와 과정을 말해 주었다.

그러면서 이준경이 말했다. "탄수 형님이 관직에 있었던 한때 중종임금이 나라를 위한 유망한 자를 발탁하고자 했을 때 조광조 어르신을 적극 추천했었는데 결국 조광조 어르신이 죽음을 받고 돌아가셨으니, 자신이 정말 좋다고 적극 말한 것이 다른 당사자에게 또 다른 운명을 만들 수도 있다는 것을 생각해 볼 필요가 있다." 그리고 이준경이 노수신에게 물었다. "이보게, 노수신! 자네는 어찌 그렇게 열정으로 하루 종일 공부만 하는가?"

그러자 노수신이 말하기를 "나는 문학이 정말로 마음에 진지하여 놓을 수가 없습니다." 이에 이준경이 말했다. "나도 정말 그러하네! 한때 나는 상주에 있을 때 말 타기와 격술을 얼마 동안 배웠는데, 그것이 나에게 보탬이 된 적이 있다고는 하지만, 지금은 서책을 즐기는 데 큰마음을 두고 있으니 가는 길이 같아 보이네. 나도 한번 서책을 잡으면 자네처럼 탐닉하고 놓지 아니하니, 자네와 같은 심정일세!"

이준경이 한양의 집으로 돌아온 지 며칠이 안 되어서 1534년 여름날 7월 중순에 부인이 아들 덕열이를 낳았다.

홍련거사

1535년 초여름이 지나서, 이준경은 거의 먼 곳은 아니지만 집 밖으로 나와, 연꽃이 하나둘 피어 있는 연못 근처의 나무 정자 가 딸린 방 안에서 머물며 글을 쓰고 읽고, 그림을 그렸다. 그림으로는 예전에도 붉은 연꽃을 많이 그렸다.

그러던 어느 날, 아침 식사 후에 정자에 도착해 방 안을 보니 먹과 붓이 정돈되고 먹물이 담겨 있었다. 그리고 잠시 후에 여인이 나타났다. 이준경이 "누구신가요?" 하고 물었다. "소저는 손유연이라 합니다. 저를 잘 모르시고 계실지라도 저는 선비님을 잘 알고 있습니다. 그동안 나리님을 멀리서 지켜보았습니다."라고 했다. 그리고는 "제가 이제부터 선비님을 '홍련거사님'이라고 부르겠습니다. 아주 옛일을 기억하지 못하실 것이라고 여깁니다. 그 옛날 상주에서 저를 집에 데려다주시었지요!" 하고 말을 이었다. 이준경 잠시 생각을 가다듬고 말을 했다. "그때 혹시 산언덕 아래에서 다리를 다치셨습니까?" 그러자 손유연이 말했다.

"그때 일이 기억이 나시는 건가요? 선비님이 옛 기억을 잊어버린 것으로 알고 있었는데 기억이 떠오르시군요! 선비님이 어릴 때 일이지만 한양으로 떠나신 후에 몇 년 지나서 상주에서 어머니가 돌아가시고, 아버지와 오라비 부부가 함께 한양으로 이사를 왔습니다. 저는 정혼한 자가 있었는데 갑작스런 사고로 죽었습니다. 홍련거사님이 이곳에 머물고 있다는 소문을 듣고 뵙기 위해서 왔습니다. 저는 이곳이 너무 좋습니다. 얼마간 오라비 댁에서 머물다가 내년에 보현사 절로 출가를 하려고 합니다. 그런데 선비님은 오직 학문에만 열중하시고 딴 곳에 마음이 머물지 않으니 참으로 선비님 중에 선비님이십니다. 주막에 술과 기생이 있는데도 전혀 출입을 하지 않으니 말입니다. 파직을 했으면서도 마음이 흥하여서 돌아다니는 선량들이 많으니까요!"

그 말을 듣고 이준경이 "나는 그럴 여유도 갖지 않고, 그런 마음도 잡아 두지 않는 사람입니다. 내 스스로 나를 지켜 나갈 생각입니다. 내 마음에 담고 있는 여인은 오로지 나에게 있어서 어머니와 나의 부인 둘뿐이요!" 하였다. 이에 손유연이 말했다. "그러하실 것입니다. 저 같은 사람은 이미 선비님의 마음에서 지워져 있으니까요!" 이준경이 손유연을 바라보며 "아주 먼 옛날 어릴 때의 지난 이야기이지요? 무엇을 마음에 두고 안 두고가 어디 있습니까? 다만 추억 속에 스쳐 갈 뿐입니다. 그냥 이야기로 묻어 두시구려." 하였다.

"그러신가요? 저도 선비님의 기율을 잘 아는 터이라 어쩔 수가 없사옵니다. 다만 가끔 잠시 동안만 머무르며 곁에서 선비님을 뵙고 가려고 합니다. 저를 내치지 말아 주십시오!" 하며 간절히 부탁하자, 이준경이 말했다. "그런 마음을 두신다면 굳이 오시는 것을 차단하지는 않겠습니다."라고 하니 여인은 방을 둘러보고 이준경의 그림을 보면서 서책을 읽어 보았다.

그리고 여인은 가끔 와서 서방을 정돈하고 글을 쓰고 읽는 이준경에게 먹을 갈아 놓고 차를 끓여서 따르고 갖다 드렸다. 그 후로도 여인은 간간히 들렀지만, 이준경은 멀찌감치 앉아서 그림을 그릴 뿐이었다. 그리고 달이 바뀌자, 여인은 다시는 나타나지 않았다. 이준경은 여인이 나타나지 않게 되자 의아해하면서도 마음을 오직 글에 집중하였다.

그렇게 계절이 바뀌어 10월 어느 날, 준경은 칠흑 같은 밤에 그곳에서 촛불을 방에 켜 놓고 책을 읽고 있었다. 시간의 흐름이 아쉽도록 준경은 서책에 몰입하여 탐하고 있었다. 자정이 지나자, 바깥에서 가끔 나뭇가지가 흔들려 소스라지다가 이윽고 바람소리도 멈추었다. 고요한 정적만이 흐르고 있었다.

그런데 어디선가 구슬픈 피리 소리가 들려왔다. 그리고 점점 가까이 계속 다가오더니, 좀 더 크게 들려왔다. 준경은 촛불을 쳐다보고는 그냥 눈을 감아 버렸다. 촛불이 가늘어지더니 흔들거리며 꺼져 버렸고, 방문이 스르르 열렸다. 그러나 아무것도 들어오지 않았다. 준경은 눈을 뜨지 않고 기침을 하고 나서 말했다. "들어오시지요!" 피리 주인의 하얀 소복을 한 여인이 앞에 서 있었다. 피리의 주인은 준경에게 큰절을 올렸다. 그다음 여인은 이준경에게 전음을 보내었다.

"청풍의 신께서 저를 이곳으로 데려다주었습니다. 이제 저는 마지막으로 인사를 드리고 가려고 합니다." 이준경이 말했다. "그대가 나의 심정을 깨뜨렸소이다. 그러니 나의 정심을 흩뜨려 놓은 것이 분명하오. 하지만 나는 지금 다시 제자리로 돌아왔소. 그러므로 나와의 오늘밤 인연이 없을 것이오. 그대는 내 몸을 그대 마음대로 하지 못합니다. 그러하니 그 대신 그대가 나를 원한다면 내 혼을 빼어서 가져가시오. 나의 혼을 가져가서 그대가 원하는 대로 하시오! 그리고 나와 함께 지내다가 더 이상 나를 원하지 않으면 내 혼을 돌려다 넣어 주시오." 이렇게 준경은 말하고는 고개를 서책이 있는 탁자에 그대로 떨구어 버렸다.

그러자 여인에게서 다음의 전음이 들려왔다. "이제 마지막으로 인사를 드리고 가려고 합니다. 소저가 선비님께 저를 염하는 시운을 들려 드리겠습니다. 부디 강건히 지내십시오!"

별빛이 뿌려지는 캄캄한 밤에
사랑은 하나둘 여물어 가고
별빛이 사라지는 새벽하늘에
사랑도 서서히 지쳐만 가네!
아! 저의 사랑을 그대로 묶어서 놔두면
아! 그 사랑은 영원히 변치 않을 것입니다.

아침 눈부신 햇살이 문틈 사이로 들어와 준경의 얼굴을 비추었다. 준경의 얼굴이 아침에 붉게 타올랐다. 이윽고 준경은 눈을 뜨고 고개를 들었다. 얼굴이 붉고 계속 화끈거렸다. 그때까지 준경은 얼굴이 항상 평소에 붉어진 적은 없었다. 온몸에 열이 달아올랐다. 이때 밖에서 소리가 들려왔다. "아버지! 아버지!" 어린 아들 예열이었다. "아버지 소식이 궁금하다고 어머니가 가 보라고 해서 왔어요. 아침 식사를 드셔야 한다고 하셨습니다." 그때 후부터 이준경은 얼굴이 빨갛게 달아올라서 붉은 빛을 띠고 다녔다. 이준경은 그럴 때면 부채를 들고 다니며 얼굴을 가리곤 하였다.

그 후에도 이준경은 그곳에서 계속 서책을 읽고 글을 쓰고 그림

을 그렸다. 그리고 다시는 그러한 일은 일어나지 않았다. 시간이
흐름에 따라 그때의 기억도 희미해져 갔고, 가을밤이 깊어져 가고
바람이 산들거리고 적막감만 흘렀다. 이준경은 온 정신을 집중해
서 글을 읽고자 하였다. 그런데 가끔 멈추고 마음이 허전하였다.
낮에 아들이 가져온 술 한 잔을 들었다. 그리고 이준경은 붓을 잡
고 다음과 같은 시를 지었다.

愁陰連結鬱秋懷 (수음연결울추회)

흐린 날 뒤따르니 울적한 가을

默坐深堂對酒杯 (묵좌심당대주배)

가만히 깊이 숨어 술잔만 든다

明月不隨雲盡沒 (명월불수운진몰)

밝은 달 따르지 않고 구름 속에 숨었으니

長風時爲客吹開 (장풍시위객취개)

긴 바람만 객을 위해 불어오누나

화담 서경덕을 찾아서

1535년 12월, 장인어른 김양진의 장례를 지내고 1536년이 되었다. 1536년 5월 봄에 어느 때나 다름없이 이준경은 집에서 글을 읽고 있었다. 이준경이 파직된 지 벌써 3년이란 시간이 흘렀다. 오직 가는 곳은 연꽃이 자라는 연못의 정자 그리고 집 건너 채에 있는 글방이었다.

그런데 뜻밖에 조식이 갓 젊은 청년을 데리고 집으로 찾아왔다. 이준경은 갑자기 조식을 보니 너무나 반가웠다. "아니, 조식! 이게 웬일인가!" 이준경이 조식을 보고 마당으로 내려와 손을 꼭 잡았다. 조식도 이준경에게 "여보게, 준경! 이게 얼마만인가! 참 오랜만이네 그려. 정말 보고 싶었네! 상을 당한 가까운 종친 집에 문안드리고 자네가 관직을 놓았다는 소식도 듣고 해서 찾아왔네." 두 사람은 서로 반기며 방 안으로 들어갔다.

그런데 조식이 데려온 젊은 청년이 있었다. 조식은 젊은 청년을 '이지함'이라고 소개하였다. 두 사람은 불과 며칠 전에 만난 사이였다고 했다. 조식이 경상도에서 한양에 곧바로 올라와서 종친 집에 들어온 다음 날에 이지함이 이 소식을 전해 듣고 조식을 꼭 찾아뵙고자 하여 벼르던 중에 만나게 된 것이다. 그러니까 이지함은 처음으로 조식이 한양에 와서 머무는 집을 찾아갔는데, 16세 연상인 조식이 뜰아래까지 내려와 반겨 맞으며 대접이 극진했다. 그러자 당황한 이지함이 "존장께서 어찌 일개 야인에 불과한 후배를 이토록 후대하십니까?" 하니, 조식이 웃으며 "내 젊은이를 보고 범상치 않음을 알았소! 그대의 풍모를 보고 내 어찌 몰라보리오." 라고 하였다고 한다.

그리고 조식과 이지함이 서로 정담을 나누었다. 그러던 중 조식이 이준경 이야기를 하며 곧 만날 것이라고 말하자, 이지함도 이준경을 만나 뵙고자 하였다. 이지함은 조식에게서 이준경이 어릴 때 고난을 당한 이야기를 듣고 자기의 처지와 같아서 이준경과 가까이 지내고 싶은 마음에 조식을 따라 찾아온 것이다.

조식이 준경에게 "윤경 형님은 어떻게 지내시는가?" 하며 물었다. 그러자 준경은 윤경 형님이 관직에 있어 지금 만나지 못하지만 그동안의 소식을 알려주었다. 조식이 회상을 해 보면 자신과 윤경과 준경은 어릴 때 서로 같이 지냈던 죽마고우였다. 조식은 윤경에게는 '형'이라고 불렀고, 준경에게는 서로 말을 터놓고 지냈다.

이준경은 조식에게 파직을 당한 후에 문밖출입을 거의 하지 않는다고 말했다. 그리고 궁중에서 일어난 일에 대해 말해 주었다. 조식도 그동안 지낸 이야기를 했다. 조식은 함께 온 이지함의 지내온 생활을 이준경에게 말해 주었다. 조식과 이준경 그리고 이지함은 많은 이야기를 나누며 지난 세월의 회포를 나누었다. 그리고 조식이 말했다. "이번 기회에 이지함을 데리고 화담 서경덕 선생에게 가고자 하는데, 내일 아침 자네도 함께 가는 게 어떻겠가?" 이에 이준경이 말했다. "그러면 오늘은 내 집에서 묶고 내일 아침 떠나기로 함세!" 세 사람은 서로 담소를 나누고 세상 이야기를 했다.

다음 날 아침, 조식은 이준경의 부인께 어젯밤 어려운데 음식과 술을 내주어서 고맙다고 인사를 드렸다. 그리고 오랜만에 집을 나서서 며칠간 송도 쪽으로 다녀오겠다고 했다. 조식과 이준경 그리고 이지함 세 사람은 말을 타고 송도로 갔다. 이준경은 말을 빌려서 탔는데, 그들은 가는 도중에도 간간히 많은 이야기를 나누었다.

송도에 도착하여서 황진이가 있는 객관에 들어가게 되었다. 객관 하인에게 건네어서 전갈을 보내니 황진이가 이준경과 조식의 이름을 듣고 반갑게 맞아들였다. 그러면서 황진이가 말씀을 올렸다. "고명하신 분들이 어찌 오늘 여기 이곳까지 송도에 납시셨습니까? 이 생원님을 정말 너무 오랜만에 다시 뵙습니다. 이제는 생원이 아니시네요! 그런데 여기 이분은 조 선비님이신 것 같은데, 뒤에 어스름한 젊은이는 누구신가요?"

그러자 이지함이 곧바로 대답했다. "저는 이지함이라고 합니다. 저는 어르신네를 따라온 이제 막 세상에 갓 나온 생도입니다." 그러자 이준경이 말했다. "이 젊은이는 얼마 전에 집안에 많은 곤경을 겪었소. 그래서 형색과 안색이 안 좋아 초췌해 보이는 것이오. 그러나 앞으로 보다 월등하고 든든하게 자랄 것이오." 황진이가 이지함에게 물었다. "많이 젊어 보이신데 올해 나이가 얼마인가요?" "17세입니다." "소저보다 한참 많이 어린 동생이네요." 그러면서 황진이가 그중에서 이준경 옆에 앉는다.

술이 무르익었을 때 조식이 말했다. "내가 듣던 바로 그대의 절

세미모를 보니 내 특이하게 매료되고 여인의 기품이 높아 보이오! 그런데 오래전에 그대가 이곳 송도에 오기 전에는 마음에 아픔을 품고 있는 여인이라는 말을 들은 바가 있소. 그렇다면 어떻게 우리가 그대의 깊은 속마음을 달랠 수가 있겠소? 하지만 이렇게 지금 술자리에서 진랑과 함께하는 것은 정말로 좋습니다."

그러자 황진이가 말했다. "소저는 마음에 두고 차지하는 분을 아직은 곁에 두고 싶지 않습니다. 이곳을 찾아 주시는 분이 고마울 따름입니다." 그러자 조식이 다시 말했다. "빨리 더 깊은 정인을 찾아 나서야 하지 않겠소!" 그러자 황진이가 대답하며 가로되 "여기 그럼 이 선비님같이 풍채 있고 늠름하신 분을 정인으로 하오리까? 정말 이 선비님은 제가 봄에 참 기품이 있어 보이십니다."

이에 이준경이 대답했다. "아하하, 내가…… 그런가? 난 그럴 만한 여유도 없고 재간도 없는데, 진랑에게서 농이라도 들으니 참 기분은 좋네 그려!" 다시 황진이가 활짝 웃음을 띠며 "송도에는 얼마동안 머무르실 건가요?" 하고 묻자, 이준경이 "오늘만이네! 우린 내일 일찍 가야 할 곳이 있소. 내일 화담 선생을 만나러 가네! 그리고 이곳에 오는 길에 하루 묵을 거처를 이미 정해 놓았소." 하였다. 그러자 황진이 다시 말했다. "아쉽습니다. 이 선비님을 기회가 되면 좀 더 가까이 모실 수 있는 여유를 가졌으면 합니다."

그러자 이준경이 말했다. "옛날 외조부께서 저에게 언사를 하시기를, 아무리 미모를 지닌 여인이라도 나이가 들도록 정신적 지존의 남자가 없이 살면 쉽게 망가지거나 요절하기가 쉽다고 하셨습니다. 그러니 진랑도 앞으로 삶의 행방을 정하여 보시오. 나는 나의 길과 해야 할 일이 정하여져 있으니 우린 서로 같이 인연으로 지내지 못할 것이오. 이곳 객관을 벗어나서 황 진랑이 보필할 어르신이 장차 앞에 나설 것이오. 그때를 위해서 몸과 마음을 잘 간직해 주시오."

그런데 얼마 지나서 객관에서 나와 숙소에서 지내고 다음 날 아침 출발을 하려는데 조식에게 기별이 왔다. 조식의 종형제가 일이 급하니 곧 집으로 왔으면 하는 전갈이었다. 조식은 하는 수 없이 화담 선생을 만나는 것을 결국 접어 두고 이준경에게 이지함을 부탁하고 한양으로 돌아가게 되었다. 그래서 이준경과 이지함은 객관에서 일하는 사람이 알려 준 대로 화담 서경덕 선생이 지내는 곳을 찾아갔다. 이준경과 이지함이 서경덕을 찾아갔을 때, 서경덕은 집에 없었다.

그 시각, 서경덕은 자주 가는 숲 속에서 물길이 흐르는 넓은 바위 위에서 책을 보며 음우를 하고 있었다. 간신이 찾아내어 이준경이 앞서서 인사를 올렸다. 화담 선생이 말했다. "어젯밤에 하늘이 새 옷을 갈아입고 내게 훈풍이 불어왔습니다. 그러니 소식을 점치어 볼 때 손님들이 올 줄 알았습니다. 그런데 조식은 왜 오지 않았습니까?" 이에 이준경이 "어떻게 그것을 아시고 계셨습니까?"라고 반문을 하자, 서경덕이 이준경을 넌지시 보고 말했다. "그저 어제 밤을 집어보고 형상을 생각해 보니 그렇소이다." 이준경이 의아해하며 화담 선생에게 말했다. "그러십니까? 조식은 오려고 했으나 급한 기별을 받고 돌아갔습니다."

그러자 서경덕이 물었다. "그럼 여기 초췌한 젊은이는 누구입니까?" 이지함이 대답했다. "저는 이지함이라고 합니다. 작년에 한양으로 올라와 학문과 도리를 찾아 나서고 있는 서생입니다." 그러자 이준경이 다시 말했다. "이 젊은이는 집안이 처세가 변을 당하여 몸이 많이 상하여 있습니다. 그러나 이 젊은이와 말을 나누게 되면 이치에 맞고, 기상과 절품이 있습니다. 그래서 어르신을 찾아뵙고 가르침을 받고자 왔습니다." 서경덕은 이지함을 잠시 눈여겨보았다. 이지함의 눈빛을 빛났으나 몸이 많이 약해져 지쳐 있었다.

"자네는 상당히 어렵게 살아온 것 같네 그려! 건강이 안 좋아 보이네. 부모님이 주신 육신을 잘 지키는 것도 세상을 살아가는 도리일세. 나도 건강을 잊고 지낼 때가 가끔 있었는데, 그 이치를 깨닫고는 지금은 몸이 매우 좋네. 그래 가지고 어떻게 도리를 다할 수 있겠는가! 건강을 회복하고 마음이 정착되고 기운이 올라오면 그때 다시 시간이 되면 찾아와 주게." 하였다.

그런데 이준경이 말했다. "저는 어르신이 지은 책을 몇 번 읽었습니다. 아주 심오했습니다. 글을 쓰시는 데 시간과 여력을 크게 하셨습니다. 휴식을 취할 수도 있으실 텐데 여전히 지금 글을 쓰시는군요? 가까이 송도에 절색 황진이가 있지 않습니까? 그런데 왜 화담 어르신께서는 한 번도 그곳에 가신 적이 없는지요?" 그러자 화담이 말했다.

"그곳은 인간의 아름다움을 찾는 곳이고, 여기 이곳은 자연의 아름다움을 찾는 곳이오. 내 지금 자연의 경이로움이 나의 마음을 취하게 하고, 자연의 섭리가 나를 속 시원히 형통하게 해 주고 있는데, 내 이러한 심경을 어디에서나 흩뜨리고 싶지 않습니다. 황진이는 지금 꽃이 활짝 피어 기개가 하늘 높이 닿아 있지만 언젠가는 열매를 맺을 곳을 찾아 나서지 않겠습니까? 그러니 그때는 황진이는 그곳 객관에 관심이 없을 것이오. 내가 그곳에 머무르면 그녀의 마음에서 이미 벗어난 것이 될 것이오. 시일이 지나면 후에 황진이는 능소화 꽃처럼 기다리다가 못 견디고 객관의 울안이 답답하여 담장 밖으로 고개를 내밀고 넘어 올라가서 꽃 필 자리를 찾아다니는 형색이 될 것입니다."

이준경은 화담 선생의 말에 미묘한 의미가 담겨 있다고 생각했다. 그러면서 옛날 탄수 이연경 형님이 화담 선생에 대해 하신 말을 떠올렸다. 그래서 이준경이 말했다. "탄수 선생을 아십니까? 화담 어르신을 뵙고 보니 문득 그분의 생각과 모습을 떠올리고 화담 어르신과 많이 같아 보입니다." 그러자 서경덕이 말했다. "나와 탄수 선생은 예전에 서너 번 만나고 인사를 나눈 적이 있소. 탄수 선생의 글귀가 아주 좋고 특이해서 내가 만날 때 물어본 적이 있고, 그분의 글에 담긴 뜻과 풍모를 내가 이해하였소! 그런데 이 선비는 탄수 선생과 어떻게 되는가요?"

그러자 이준경이 "종가의 큰형님이십니다. 연산 때 일가가 모두 격리되고 참살 당해 이세좌 할아버지의 유배에 따라나서다가 붙잡혔고, 머나먼 바다 섬으로 귀양 가서 미리 죽을 준비를 다해 놓고 기다리고 있었습니다. 참살관이 명을 받고 죽이고자 그곳에 오다가 풍랑으로 도착하지 못하여 간신히 목숨을 건졌습니다. 탄수 형님은 조광조 어르신과 친분이 두텁습니다. 평소에 조광조 어르신에 대한 좋은 말씀이 많이 하셨습니다." 하니, 다시 서화담이 말했다. "그러십니까? 참 좋은 형님을 두셨습니다."

곁에서 대화를 듣던 이지함이 말했다. "저는 화담 어르신을 자주 뵙고 어르신에게 배움을 얻고자 왔는데, 아주 지금 마음이 벅차오릅니다. 다음에 다시 오라는 말씀을 새겨 두겠습니다. 그러니 그때는 물리치지 말아 주십시오."

광의의 나래를 펴고

1537년, 이준경은 오랜 기간 파직에서 벗어나 복직되었다. 그리고 구수담도 용천에서 돌아왔다. 이준경은 호조와 이조에서 정랑으로 일하다가 군기시 첨정이 되었다. 그리고 부인은 예쁘고 귀여운 딸을 낳았다. 이준경에게는 너무나 귀한 딸이었다. 이준경은 매일 궁궐에서 퇴청하면 딸이 많이 보고 싶어 일찍 집으로 왔다.

그러다가 홍문관응교가 되고 장차 보위에 올라서 인종임금이 될 세자의 시강원 보덕이 되었다. 세자를 가르친다는 것은 장차 왕이 되는 자를 교육하는 것으로, 매우 중요하였다. 이준경은 최선을 다하여 세자에게 공부를 시켜 주었다. 그런데 본래 세자는 매우 명석하였다. 어릴 때부터 모든 강서를 많이 읽었다. 일찍이 성균관에 들어가서 글을 읽고 이제는 젊고 인자한 청년이 되었다.

그러나 세자는 몸이 많이 허약하였다. 책을 읽다가 지쳐 쓰러지기도 하였다. 태어난 지 7일 만에 생모 장경왕후를 잃고, 아버지 중종임금과 계모인 문정왕후 슬하에서 자랐으나, 어버이를 모시는 데 극진한 효성을 다하였다. 아버지와 어머니를 분부를 어김이 없이 지키려고 너무 신경을 쓰고 애타는 모습을 많이 보았다. 그럴 때마다 이준경은 세자의 건강이 많이 염려되었다. 이준경은 이미 시강원 문학과 필선을 지낼 때부터 시강원에서 상당 기간 세자와 함께하였다.

어느 날, 세자가 이준경에 대하여 질문을 하였다. "이공께서 어릴 때 이야기를 들려주시지요?" 이준경은 어린 시절 어머니와 함께 처절하게 지낸 이야기를 했다. "그런 생활 속에서 어머니는 형님과 저를 지키기 위해 하늘에 매일 정심을 다하여 기도를 드렸습니다. 그때 생활은 해진 누더기를 걸쳐 입고 거지와 같았습니다." 그리고 "어머니의 높은 사랑과 보살핌 속에서 삶을 극복했습니다."라고 덧붙였다. 그러면서 할아버지 이야기도 했다.

"연산임금 때 저의 할아버지 이세좌께서 귀양을 갔는데, 남해에서 어명을 받아 큰 나무에 목을 매달게 되었습니다. 이세좌 할아버지는 그때 자신의 몸이 찢겨져 흩어지지 않고 목을 매달게 하여서 몸이 붙어져 죽게 해 주신 성은에 감사함을 갖고 연산임금께 네 번 절을 올렸습니다. 그런데 다음에 연산임금은 다시 명을 내려 이세좌의 몸을 갈기갈기 찢어 흩날리게 하였습니다. 할아버지는 그 옛날에 별안간에 내려진 성종임금의 사약을 배달하라는 어명을 받고 이를 따랐을 뿐인데, 나중에 연산임금께서 보위에 올랐을 때 그 일이 극도의 분노를 일으키고 참지 못했습니다. 백성과 신하가 성은에 감사하다고 했을 때는 군주로서 참으시고 인자함과 관대함을 보이셔야 하는데 그러지 못하고 신하들의 신망을 져버리셨습니다. 임금께서 성은을 내릴 때는 관용을 베푼다는 뜻이 되고, 실행이 되어야 합니다."

그러던 어느 날, 세자는 이준경에게 조광조 선생에 대해 물었다. "정암 조광조 선생에 대하여 많이 유생들에게 이야기를 듣곤

하였습니다. 이공께서 조광조 선생을 변호하다가 파직을 당하여서 오랫동안 고생을 하셨습니다. 그런데 때마침 아바마마께서 깨달은 바가 있어 조광조 선생의 죄인들의 형량을 완화해 주겠다고 했습니다. 그래서 이공께서 다시 관직에 나오셨습니다. 그러하니 이공께서 보시는 조광조 선생은 어떤 분이셨습니까?" 이준경은 정암 조광조에 대한 이야기를 했다.

"정암 조광조님은 큰 선비이십니다. 그리고 마음이 매우 선한 분이십니다. 그분은 올바른 일과 백성들이 잘 살 수 있는 길을 많이 찾아 나서서 이를 분석하고 개선하여 실천하고자 하셨습니다. 그런데 기묘사화가 일어나고 운명을 하신 것입니다. 세자마마께서 그분의 뜻만은 지키고 일깨움을 가져 주셔야 합니다. 하지만 지금은 그때 기묘의 일에 대하여 주상전하와 왕후마마께서 크게 고집이 완고하심을 갖고 계시니, 세자마마는 주상전하의 마음에 불손하여 화를 일으키고 거슬리는 말씀을 해서는 아니 됩니다. 부친이 돌아가셔도 3년 동안은 부친의 뜻을 어기는 일을 해서는 아니 된다는 효도의 기본을 마음에 새기셔야 합니다."

그러면서 이준경은 세자에게 효도를 지키는 예를 많이 강서하였다. 이준경에게는 어머니가 돌아가시고 이제 부모가 없었다. 세자에게 부모가 살아 계실 때보다 돌아가시면 더욱 그립다고 말하며, 아버지인 중종임금이 살아 계실 때에 많이 효도를 하셔야 한다고 강조하였다. 이준경은 다시 또 말하였다.

"나의 외조부께서 돌아가셨는데 간신히 제사를 모실 첩의 아들 하나가 있었습니다. 예법을 얻지 못하고 태어나 자랐기 때문에 행실이 난해하였습니다. 내가 한동안 근본의 도리를 알도록 힐책하여 깨달음을 갖고, 예법을 가르치고, 가정을 꾸리어서 인내하여 정성으로 외조부의 제사를 지내도록 하였으나 얼마 전에 횡사하고 말았습니다. 참으로 외조부에게는 안타까운 일이 아닐 수 없습니다. 지금은 당장 오갈 데가 없는 외조부의 처자를 집으로 데려와서 마땅한 거처가 정해질 때까지 예로서 정심하여 모시고 있습니다. 부모에 앞서서 죽는다는 것은 효도의 근본이 아닙니다. 세자께서도 건승하시어 부모님께 효도함을 보여 드려야 합니다."

1541년, 남해의 제포에서 조선의 관병과 왜인 사이에 싸움이 일어났다. 부산의 영등포 만호가 만일의 사태를 대비하지 않고 임의대로 바다를 돌아다니다가 왜적을 만나서 패하여 많은 병사들이 죽고 행방불명되었다. 이준경은 직제학으로 일하고 있었는데, 사건을 해결하고자 어명을 받고 내려갔다. 그런데 그곳으로 내려가서 보니, 조선의 바다와 해안을 관리하는 관청의 위엄이 형편없었다. 바다에서 고기를 잡는 조선의 백성들이 바다에 들어갔다가 왜인들을 만나 살해되는 일들이 자주 발생했지만, 조선의 관아에서는 죽은 사람이 얼마인지도 파악하지도 못할 뿐만 아니라 아무런 손을 쓰지 못하고 많이 방치하였다.

그 이유는 조선 땅에 왜인들이 거주하도록 허가된 지역이 있는데 그곳으로 들어오는 왜인들이 별안간 도적으로 변해서 조선인을 살해하여도, 조선으로 들어오는 왜인을 보호해야 하는 임무가 막중하여 관아에서 소홀히 할 경우 조선의 주장이 처벌을 받기 때문이었다. 그래서 왜인의 도적을 간파도 못한 채 두려워서 싸워 보지도 못하고 죽는 일이 많았다. 그런데 조선 관청의 변장은 그런 사건을 평소에 자주 일어나는 것으로 보고 대수롭지 않게 여기고 있었다. 그러다가 이번에는 조선의 관병과 왜인 사이에 싸움이 크게 일어나 병사들이 많이 죽은 것이다.

그런데도 여전히 조선의 수장 이란 자들은 왜인들을 눈감아 주며, 밀거래 대가의 재물을 얻고 탐욕이 넘쳐 있으니, 조선 사람들과 거주 지역을 허가받은 왜인들에게 능멸과 모욕을 받고 있었다. 그리고 왜인들에게는 악독한 습성이 만행하고 있었다. 살인 범죄가 자주 일어나도 조선 땅에 주거하는 왜인들은 서로가 범죄자를 고발하는 것을 두려워했다. 왜냐하면 왜국의 본토에서는 범죄를 고발한 사람은 보복으로 죽일 수 있도록 되어 있었기 때문이었다.

이준경은 왜인들이 넘어오는 경계지역에서 발생하는 구조적인 모순과 폐단이 조선 사람의 근간을 해치고 생활을 더욱 핍박한다고 보았다. 그리고 조선의 바다를 지키는 변장의 임기가 끝나면 바로 교체하지 말고, 지역의 문제를 잘 해결할 수 있으며 탐욕이 없고 참신하고 위엄이 있는 변장을 적소에 배치하여 군령의 위엄을 갖추도록 조정에 올려서 임금의 명을 받고 척결하였다. 반드시 조선의 선박이 바다에 나갈 때는 신고를 하고, 민첩한 조선의 호송선이 고기잡이 선박을 식별하여 보호하도록 했다. 또 조선 선박이 고기를 잡는 곳에는 왜인들이 감히 침범하지 못하도록 부표 장애물을 설치하여 왜적의 접근을 금지하고, 조선 전투용 병선으로 속력이 빠른 비거도선을 더 만들어 순회하게 하여 감시하고 조난구조를 가능하게 하도록 중종임금께 아뢰어 수습되게 하였다.

1544년 중종임금이 승하하자, 이준경은 민제인 대감과 함께 명나라에 임금의 사망을 알리는 고부사로 지정받았다. 명나라로 떠나기 전에 문정왕후를 배알하였다. 민제인 대감이 예조에서 작성하여 보내온 고부 서한을 문정왕후께 보여 드리자, 문정왕후가 그대로 하라고 하였다. 그 내용은 "조선의 중종임금이 홍서하셔서 조선의 온 백성이 슬퍼하며 애도하고 있으며, 미리 근본을 정한 대로 뒤를 이어 세자이신 인종임금이 승계하게 되었다."는 내용이었다.

명나라에 고부사로 떠나기 전에 이준경은 민제인 대감과 상의를 했다. "중종임금께서 승하하셔서 고부를 알리러 우리가 명나라에 가지만, 명나라 황제가 어떻게 어떤 하문을 할지 모르니 우리가 예상되는 답변을 만들어 가야 하지 않겠습니까?" 그러자 민제인 대감이 말했다. "나도 그 생각을 하고 있었네! 서로 생각하여 논의하고 대안을 만들어 봄세!" 이에 이준경이 "확고히 알 수는 없지만 명나라 황제가 이렇게 물어보면 이것으로 대답을 하고, 또 저렇게 물어보면 다른 것으로 대답해야 할 것들을 일단 서면에 적어서 상의하시지요. 민 대감과 내가 서로가 답변을 맞추어서 합의된 답변을 만들어 가져가야 합니다." 하니 민제인 대감이 말했다.

"그래요, 정말 좋은 생각이십니다. 나도 생각을 간주어서 문구를 넣을 테니 함께 만들어 봅시다." 그래서 민제인 대감은 예조에서 일찍이 암시를 주고 일러 준 죽은 연산군에 대한 내용을 가다듬어 봤다. 명나라에서 연산군을 '양로왕'이라고 부르면서 아직까지도 생존하고 있는 것에 대하여 틀림없이 의구심을 가지고 캐물을 것을 즉감한 민제인 대감은 이준경에게 이것을 말하였다. 그러자 이준경이 대답했다.

"예! 저도 마침 그것을 염두에 두었습니다. 아마도 명나라에서 그것을 상당히 궁금히 하여 물을 것이라 여깁니다. 예! 틀림없이 명나라 조정에서 연산군의 행방을 질문할 것입니다. 그러니 민 대감께서 그동안에 연산군의 행적을 글로 써서 만들어 보시지요? 지금도 명나라 조정에서는 연산군은 아직도 살아 있으며, 중종반정으로 물러난 것을 잘 모르고 지내는데, 그동안 미심쩍은 일이 많이 발생했습니다. 그러니 의심을 갖고 당연히 확인 차 질문을 할 것입니다."

그때 당시 반정으로 중종임금이 왕위에 오를 때 연산군이 폐위되었는데, 조선의 조정에서는 내막을 숨기고 연산임금이 병환으로 동생에게 왕위를 전위하고 물러났다고 거짓을 고했기 때문이었다. 그리하여 민제인 대감은 붓을 들어 연산임금이 병이 있어서 옥좌에서 물러난 뒤에 지금도 생존하시며 나이가 70이라고 하여 글을 꾸몄다. 그리고 이준경은 최근 명나라가 조선에 요구하는 우수한 품격의 종이에 대하여 적었다.

"명나라 황제가 지난번에 우리 조선에서 보낸 종이에 이어서 계속 종이를 더 보내라고 할 수도 있습니다. 이를 어떻게든 회피해야 할 구실을 찾아보는 것도 필요합니다. 이번에는 중종임금의 고부를 알리려고 가는지라 명나라 황제가 그런 요구를 하지 않을 것이라 봅니다만, 그렇게 되면 다행이지만 혹시나 하여서 답변이 필요합니다."

이리하여 민제인 대감과 이준경은 서면에 답변들을 써 놓고 서로 의논하였다.

한편 이 무렵 중국 명나라의 황제인 가정제는 변덕스럽고 고집이 센 폭력적인 인물이었다. 가정제의 첫 번째 황후였던 진씨는 투기가 심하다는 이유로 가정제의 발에 걷어차여 복중에 있던 아들과 함께 절명하였고, 두 번째 황후였던 장씨는 가정제 자신이 만든 단약을 먹지 않는다는 이유로 폐출되어 냉궁에서 결국 병사했다. 그리고 명나라 황제인 가정제는 정사를 멀리하며 환관의 주선으로 도교를 신봉하여 스스로를 '신선'이라 칭하고, 불로불사의 단약을 제조하는 데만 많은 시간을 허비하였다. 불로장생의 약초를 찾아 각지로 사람을 파견하고 있으며, 심지어 단약을 제조하기 위해 12~14세의 궁녀들에게 강제로 월경액을 채취하여서 생리혈과 아침이슬 등으로 불사의 약을 만든다고 궁녀들을 데려다가 처참히 학대하고 있다는 해괴망측한 소식이 전해지고 있었다. 가정제는 명나라 황제 가운데 즉위 후 가장 빨리 여색에 빠져 있었는데, 이것은 도교 때문이었다.

이런 가정제의 엽기적인 행각은 황궁에서 큰 화변을 일으켰다. 가정제가 후궁 단비 조씨의 궁에서 잠을 자는데, 분노한 궁녀들이 앙심을 품고 가정제가 잠든 틈을 타서 황제에게 접근하여 목을 졸라서 죽이는 사건을 일으킨 것이다. 다행히 가정제는 황후 방씨가 급히 도우러 와서 목숨을 건지게 되는데, 이 사건으로 궁녀들이 능지처참당하고 후궁인 영비 또한 이 일에 연루되어 주살 당하였다. 그런데 가정제는 자신이 총애하던 후궁인 영비가 이 사건과 연루되어 주살되자, 이를 획책하여 영비를 죽인 사람이 황후 방씨라는 것을 알고서 앙심을 품고 지내고 있었다.

이러한 판국으로 명나라 조정을 가정제가 1544년에 들어서 정치를 돌보지 않았으므로 환관들이 들어서서 실권을 장악하고 정사를 좌우하니, 외적들의 침입이 극심하고 국정이 문란하였다. 그런데 가정제는 나라의 정사를 간신인 엄숭이란 자에게 맡겨서 처리하므로 엄숭은 정사를 이리저리 농단하면서 매관매직과 부패가 눈에 띄게 갈수록 증가했다. 명나라 각로 엄숭이 심어둔 관료들은 서로 얽혀서 정사를 좌지우지하고 황제는 나 몰라라 하니, 명나라는 우스꽝스럽고 혼란하기만 했다. 그러면서도 명나라는 큰 대국으로서 주변국에게 위신을 세우고자 외국에서 사신이 오면 위엄을 보이는 절차와 잣대를 갖다 대면서 못마땅하면 호통을 내리고 있었다.

이러한 사실을 알고 있는 이준경은 명나라로 떠나기에 앞서 얼마 전에 중국의 명나라로 들어가는 입구 북변에서 의주목사를 지내고 한양으로 돌아온 윤경 형님을 찾아가 뵈었다. 윤경 형님은 이준경이 명나라에 고부사로 가는 것을 이미 알고 있었기 때문에 명나라에 대해 이준경에게 많은 이야기를 해 주었다. 명나라 조정의 상황은 이준경이 전해들은 것보다 훨씬 심각해지고 있었다.

몽고족의 원나라가 물러나고 명나라가 들어섰지만 지금까지도 중국 북방에는 '달단'이라는 원나라 후속국이 존재하고 있었다. 그들은 '달자'라고 부르는데, 끊임없이 명나라를 침범하여 괴롭히고 있었다. 그들은 조선 북변의 의주까지 세력을 뻗치고 내려와서 엄청난 소요를 일으키고 있었다. 이윤경이 의주 목사로 있을 때, 맹렬한 달자들이 수없이 침범하여 무자비하게 공격하자 수많은 명나라 사람들이 참혹히 죽고 위협을 피해 달아나기 위해서 경계를 넘어서 조선 땅으로 몰려 내려왔다. 의주 지역이 극심한 위험과 큰 혼란이 있고, 달단이 앞으로 계속하여 조선 땅까지 침범할 것이 많이 염려되는 상황이었다.

그러면서 이윤경이 말했다. "각별히 명나라로 가는 길에 달자들을 조심을 하거라! 그리고 명나라로 사신을 갈 때 따라가는 일행을 많이 염두에 두어야 한다. 명나라 황제가 목을 졸리고 큰 변을 당한 임인년에 명나라에 동지사로 최보한 대감이 가게 될 때 따라다니며 앞길을 인도한 '최갑사'란 자가 있었다. 그자가 명나라에 들어갔을 때에 은철을 가져가서 몰래 밀거래를 한 사실이 밝혀져서 이를 추국하라는 어명이 내려왔는데, 그와 어울려서 몰래 밀약한 악인들의 신원을 찾아내려고 여러 사람들을 내가 심하게 추문을 해야 했다. 그런 일이 발생하지 않도록 많이 염두에 두어라.”

　이준경과 민제인 대감의 사신 일행은 명나라 북경으로 떠났다. 명나라 북경에 도착하여 외동관을 거쳐 명나라 예부에서 응대를 받던 중 명나라 예부의 관리가 갑자기 뜻밖의 질문을 하였다. 그것은 다행히도 미리 준비하여 간 질문이었는데, 명나라 예부에서는 지난날에 조선에서 있었던 일이 거짓이 아님을 밝히고 확실한 명의를 다시금 확인받고자 미리 정해 놓고 질문한 것이 분명했다. 양로왕 연산군에 대하여 종이에 써서 통역을 거치지 않고 질의를 한 것이었다. 그것은 명나라 황제와 조정에게 내린 공식적인 질문은 아니지만 매우 중요한 질문이었다. 만약 사실과는 다른 답변이 명나라 황제와 조정에 올라가 거론되면 조선이 불측하고 도의를 모르는 나라로 전락되어 불신을 받고, 더군다나 잘못 얽히면 눈밖에 나서 명나라가 조선을 혐오할 것이 자명하였다.

　이에 따라 “양로왕 연산군이 아직도 살아 계신가?” 하니 아직 살아 계시다고 대답하였으나, “병은 나으셨느냐? 지금 나이가 얼마가 되시냐? 자녀가 있느냐?” 하는 질문에 이준경은 민제인 대감을 쳐다보고 고개를 끄덕였다. 그러자 민제인 대감은 얼른 미리 준비해 간 내용대로 적어서 통사에게 건네주었다. 즉 “양로왕은 병환이 많이 심화되어서 밖으로 출입을 할 수 없으며 이미 나이가 70이고, 자녀가 없다.”라고 하였다.

　그러자 명나라 예부 관리가 그 옛날에 연산군에 이어 중종임금이 새로 등극했을 때에 조선으로부터 들어온 사실 내용과 다른가를 추리하여 비교하였다. 그러더니 사실이 정확하다는 것을 간파하고, “조선 사신의 지금 한 말을 그대로 증빙하여 고증으로 삼겠다.”고 하였다.

이렇게 민제인 대감과 이준경이 북경 황궁에 있으면서 조선사신 접대의 연회를 가졌지만, 명나라 황제를 만날 수가 없었다. 왜냐하면 황제는 한 번도 조정의 행사에 나오지 않고 별도 궁에 있으면서 날마다 도사와 수련을 하고 기도를 일삼고 있었기 때문이다. 그런데 각로 엄숭은 황제가 후궁이 있는 별궁에 들어가서 정신수도를 하는 중이라는 교묘한 핑계를 대며 황제의 심기를 불편하게 해서는 안 된다고 하였다.

민제인 대감과 이준경은 자나 깨나 명나라 예부에서 지시한 대로 머무르면서 황제를 뵈올 날을 기다리고 있었지만, 점차 선래통사를 조선으로 돌려보낼 날만 다가오고 있었다. 그래도 황제를 뵙고 문안인사라도 했다는 것을 조선 조정에 알리고자 하였다.

그러던 어느 날, 이준경과 민제인 대감 두 사람은 얼마 전에 명나라 예부 관리가 조선의 통역관과 함께 이곳저곳 구경시켜 주었던 황궁을 다시 한 번 돌아보고자 나갔다. 그러던 중에 조금 멀리 갔을 때 명나라 관리가 예를 드리고 뒤를 따라붙었다. 아마 조선의 사신을 감시하는 것 같았다.

그런데 바로 그때, 궁려들을 대동하고 밖으로 지나가는 명나라 황제의 행렬과 마주쳤다. 그러자 뒤따라오는 명나라 관리가 재빨리 앞질러서 황제께 예를 갖추어 인사를 올렸다. 이를 본 민제인 대감과 이준경도 곧 예를 갖추어 명나라 관리와 똑같이 예를 올렸다. 인사를 받은 황제가 명나라 관리에게 뭐라고 말을 하더니, 명나라 관리가 황제가 가는 곳으로 따라오라고 했다.

민제인 대감과 이준경은 황제가 머무는 별도의 궁으로 따라 들어갔다. 별궁에 들어간 민제인 대감과 이준경은 이미 조선에 있을 때에 명나라 인사 예법을 배운 대로 하여서 앉아 있는 황제에게 다시 크게 절을 올렸다. 황제가 궁녀에게 차를 가져오라고 한 후, 중국말로 환관에게 뭐라고 말했다. 그러자 다시 명나라 관리가 황제가 한 말을 받아 적어서 민제인과 이준경에게 보여 주었다. 그리고 지필묵을 갖다 주었다. 황제가 쓴 글에는 다음과 같은 쓰여 있었다.

"내가 조선에 대하여 간간히 소식을 들을 바가 있는데, 이번에 조선 임금이 세상을 떠났으니 슬픔이 많이 크겠다. 그러니 명나라 황제로서 애도의 뜻을 깊게 보낸다. 그런데 앞으로 조선이 어떻게 되는지가 궁금하다. 그대들이 조선의 세자가 새 왕으로 되었다고 했는데, 내가 바라보는 실상을 그렇지 않다. 그러니 내가 물어보건대 서슴지 말고 답하여 주기 바란다. 새로 왕이 된 세자는 일찍이 생모를 여의고 계모 문정대비 아래서 오래 지냈는데 몸이 매우 약하니, 계모인 문정대비가 새 아들을 낳았는데 지금 현재의 새 왕이 조선에서 얼마나 힘을 받고 오래갈 것인가?"

민제인 대감과 이준경은 이런 황제의 뜻밖의 질문에 당혹하고 난감했다. 명나라 황제는 조선의 문정대비에 대하여 많이 알고 있는 것 같았다. 민 대감은 난감하여 이준경을 쳐다보았다. 그러자 이준경이 붓을 들어 답변을 적어 나갔다.

"명나라 황제께서 조선에 보살핌을 주고 그동안에 우호와 염려로 받은 은혜가 참으로 큽니다. 그러한 덕분으로 조선은 지금까지 큰 난관이 있더라도 이를 잘 극복하여 지내 왔습니다. 조선의 왕후이셨던 문정대비는 돌아가신 선왕의 뜻을 받들어서뿐만 아니라 처음부터 세자를 생모처럼 보살피고 사랑으로 친숙하며 그동안 잘 지내 왔으며, 새 임금이 된 세자 또한 문정대비를 생모처럼 모시고 아무런 흠을 갖지 못하니, 몸이 약하더라도 큰 병환이 아니면 조선의 정사를 잘 이끌어 주실 것입니다."

이렇게 답변을 올리자 명나라 황제는 말하였다. "조선의 사신으로서 참으로 마땅한 답을 하였다. 조선이 보답을 알고 지내고, 그대들을 보니 조선은 예의가 매우 높은 나라가 정말 맞다. 그러니 내 마음이 매우 흐뭇하다." 하고는 크게 웃었다.

별궁을 나온 민제인 대감은 이준경에게 말했다. "왜 그렇게까지 정사를 돌보지 않고 분탕한 황제께 그러한 칭송의 표현을 하였는가?" 그러자 이준경이 말했다. "명나라 황제의 기분을 고조시키는 일이 지당하지 않습니까? 앞으로 명나라는 우리 조선에게 더 많이 보탬이 될 것이 아니겠습니까?"

민제인 대감과 이준경은 겨울 날씨가 더욱 사나워지자, 그래도 발길이 빠른 선래통사를 먼저 조선으로 보내기로 하였다. 그리고 선래통사에게 우리가 별도로 명나라 황제를 만난 것은 언급하지 말라고 했다. 하여튼 민제인과 이준경은 명나라 황제가 승하한 중종임금의 시호가 내려질 때까지 더욱 기다려야 했다.

평양에서의 시련

인종즉위와 함께 기묘사화 이후 은퇴한 사림들이 대윤파의 윤임과 함께 정권에 참여하였다. 그러나 인종이 즉위한 지 1년이 안 되어서 죽자, 문정왕후의 아들 경원대군이 명종이 되었다. 명종임금 즉위 직후에서부터 을사사화가 아직 발생하기 전에 일찌감치 하나의 사건이 일어났다. 문정왕후의 큰동생 오라비인 소윤인 윤원로가 대윤의 윤임 일파를 숙청하기 위해서 모사한 것이다. 소윤의 윤원로는 대윤의 윤임 일파가 예전에 문정왕후의 아들, 즉 명종임금이 된 경원대군을 해치려 하였다고 꾸며서 무고하였다. 그런데 그것이 오히려 허위로 탄로 나고 말았다.

이에 따라 조정에서는 윤임의 대윤파들이 들고 일어나 소윤파인 윤원로의 극적인 참형을 처하라고 불러일으킬 때, 이준경은 "윤원로를 죽이는 참형은 윤원로의 누이가 되는 문정왕후 마마의 마음을 크게 아프게 하는 것이다."라고 말하며 이런 일이 있어서는 안 된다고 거부하여서 대윤파의 미움을 샀다. 그리하여 소윤의 윤원로는 죽게 되는 참형을 겨우 면하고 파직되어 해남에 유배되었다.

문정왕후는 조정에서 여러 대윤파 대신들이 일어나서 소윤파 윤원로를 극한 참형에 처하자고 했을 때 마침 조정회의에 들어온 이준경이 왕후마마의 오라비인 윤원로를 참형해서 안 된다고 말한 것을 듣고는 이준경에게 크게 감복하였다. 문정왕후는 생각하였다. '이준경이 내 오라비를 살려 주는구나! 이준경은 내 오라비 윤원로와 크게 또는 사사로이도 인연이 전혀 없는데 어떻게 모든 대신들 앞에서 그런 말을 당당히 해낼 수 있을까?'

문정왕후는 이준경의 떳떳한 마음에 감화를 받았다. 그러면서 문정왕후는 생각했다. '이준경은 지난번에 내가 사사로이 이야기를 나누려고 보자고 했을 때도 미루고 나를 찾아오지 않고 거절한 사람이 아닌가! 그런데 이준경이 어찌 내 마음을 이렇게 속 시원하게 해 줄 수 있단 말인가!' 문정왕후는 이준경의 말하는 모습을 다시 떠올려 보고 마음이 매우 흡족했다.

그러한 일 이후에 소윤의 윤원로의 동생 윤원형 일파는, 이준경이 대윤파 윤임 일당을 그때에 심하게 힐책한 것 때문에, 이준경을 대윤의 윤임 일파로는 내몰지는 않았으나, 아무래도 기묘의 선비들을 두둔하고 있는 이준경이 있으면 소윤의 자신들이 정사를 펼치는 데 어려움이 있다고 오인하였다. 그리고 그들은 이준경의 곧고 듬직한 성격이 걸림돌이 되고, 그들이 일을 하는 데 껄끄러움을 받을 수 있다고 생각하였다.

결국 이준경은 을사년 1545년 8월 23일 평안도 관찰사로 체직시켰다. 그때 문정왕후는 이준경을 곁에 두면서 아끼고 싶었으나, 동생 윤원형이 완고하게 주장하는 바람에 하는 수 없이 모든 사태가 정상으로 돌아설 때까지 좋은 방법으로서 이준경을 평안도 관찰사로 내보내기로 했다. 그런데 곧이어 또다시 소윤파인 문정왕후 막냇동생 오라비 윤원형과 임백령 등이 다시 을사사화를 획책하여서 대윤파 윤임 등 수많은 사람을 사사했을 때, 이준경은 조정에 없었기 때문에 큰 화를 면하는 격이 되었다.

1545년 8월, 이준경은 부인과 딸을 한양에 남기고 아들들을 데리고 평안도로 평양으로 향했다. 평안도는 설가관찰사이기 때문에 가족을 데려갈 수 있었다. 하지만 이준경은 조정의 형세에 밀려 평안도로 내쳐지는 격이었기 때문에 어떤 고난이나 비난이 뒤따를 수 있는 상황이었다. 그런데 아들들이 걱정하고 따라나서겠다고 한 것이었다. 봄에 결혼한 큰아들 예열이까지도 따라나서겠다고 했다. 예열이가 결혼할 때에도 겨우 날짜를 잡아서 혼인을 시켰다. 조정의 혼탁과 정세의 혼란이 예기되는 때이기 때문에 큰아들 예열이의 혼기를 놓쳤다가 결혼이 다시 성사된 것이다.

인종임금이 승하하기 몇 달 전, 봄에 이준경이 평양으로 오기 훨씬 전에 부인이 혼사 이야기를 했을 때 이준경은 예열이의 혼사를 나중으로 미루자고 했다. 그러자 부인이 이준경에게 말했다. "대감, 우리 큰아들이 예열이가 벌써 장가갈 나이가 넘었소이다. 대감이 우리 아이들의 장래를 많이 생각하고 좀 더 많이 살펴주십시오." 그러자 이준경이 말했다.

"사람이 사는 것이 어찌 모든 것을 하고자 하는 대로만 이루어집니까? 인종임금이 등극한 지도 얼마 안 됩니다. 내가 형조에 곧 들어와 있는데 우리 아이들이 궁중에서 일어난 그런 모습을 봤습니다. 언제 누가 앞으로 그러한 참상을 당할지 모르는 실상이오. 결혼은 부부가 인연을 맺고 잘 살아가야 하는데, 지금 형국은 앞날이 아주 캄캄하오. 그러니 자식들에게 골육상쟁이 되는 세상에서 자식들에게 혼인의 본보기가 둔탁하고 화를 자초하는 격에 있으니 아직은 자식을 혼인시키지 말고 기다립시다."

하지만 이준경 부인의 생각은 달랐다. "나는 그러지 않습니다. 난 어떤 형국이 되어 화를 불러오는 세상이라도 우리 아이들이 혼인을 하여 자손을 많이 나았으면 좋겠습니다." 그러자 이준경이 말했다. "부인도 알다시피 내가 아직은 어찌될지 모르고, 곧 파직이 되는 형국입니다. 그러니 우리 식구가 앞으로 어떻게 해나갈 수 있겠소이까?" 부인이 말했다. "우리가 큰아이를 장가나 보내고 죽어야 하지 않겠소이까? 우리 아이 예열이 벌써 17세가 되었는데 혼사를 서둘러 시키시지요."

이에 이준경이 대답했다. "우리 가족이 몰살당하는데 아들이라고 온전할 수 있겠소! 나는 일찍이 세좌 할아버지 때의 일을 듣고 기억하고 잘 알고 있소이다. 자칫하여 조정에서 탄핵을 받으면 우리 식구가 참수당할 수 있습니다. 나는 이것이 염려되오. 우리가 참수당하면 이것 때문에 예열이 처가댁에 피해를 주지 않았으면 합니다. 되도록이면 한양에서 벼슬을 안 했고 관직에 있지 않은 사돈을 맞이하고 싶소. 하늘이 내려주는 명을 받고 살아야 합니다. 하지만 예열이 장가를 보내고 싶은 마음은 나도 동감이오. 좋은 처자를 부인이 찾아보시오."

그러한 지 얼마 후에 준경 부인은 윗동네에서 덕수 장씨의 참한 처녀가 있다는 것을 알게 되었다. 그리고 인종임금이 등극 후 1545년 봄에 혼사가 단출하게 속히 이루어졌다. 하여튼 이준경이 평양으로 떠나기 전에 큰아들 예열이가 결혼한 것이 천만다행이었다. 그러나 예열이도 아버지 이준경을 따라 평안도로 나서겠다고 하였으니, 부인과 딸과 며느리를 남기고 남자는 모두 평안도로 가게 되었다. 조정에서는 이준경과 형님 이윤경을 멀리 떨어뜨려 놓고자 이윤경을 성주 목사로 부처시켰다.

1545년 8월, 이준경은 참화를 면하고 평안도 관찰사로 부임되어 아들 예열과 선열, 덕열이와 평양에 도착할 즈음, 미리 전령을 보내어 부임의식을 간단히 하고 절대로 연회를 베풀지 말라고 전했다. 평양에 도착한 이준경은 각지 현감과 관리나 부사, 군관들을 모이게 하여 이렇게 말했다.

"이곳 평양은 오래전 고구려 때부터 우리 민족의 도읍이 된 곳이고, 평안도는 우리 민족이 북방을 구별하여서 경계하는 크고 중요한 땅입니다. 여기 평안도에서 우리 백성이 살고 있기에 조선이 더 큰 조선이 됩니다. 우리의 부모는 조선의 백성입니다. 조선의 백성이 평안도를 든든하게 지키지 못하면 오랑캐 들이 들어와서 오랑캐 땅이 됩니다. 이곳을 지키고 터전을 만들어서 우리들의 후손들이 잘 살고 번창하도록 역경을 이겨 나가고, 평안도 사람을 위한 좋은 일을 많이 하여, 평안도를 잘 가꾸어 나갑시다."

그러자 평양감사 공관에 온 부사가 이준경에게 말했다. "4월에 한차례 큰비가 왔는데 그 후로 비가 오지 않아서 하늘만 쳐다보면서 지내다가 올해도 가을 농사도 별로 수확이 없을 것이 아주 뻔합니다." 사실 이준경은 평안도 지역 몇 군데를 돌아보았지만 농사가 그다지 잘되지 않은 것을 보았다. 이준경은 명종임금께 평안도 상황을 배사하여 올렸다. 그러나 가을이 지나서 겨울이 다가올 무렵에도 여전히 비도 오지 않고 눈도 오지 않았다. 1545년 겨울이 시작하면서 한양에서도 즉위한 명종인금이 기설제를 지냈다는 소식이 들리었다.

그리고 해가 바뀌었다. 1546년 봄이 되고 4월이 되었는데 평안도에는 그동안 눈도 안 왔는데 계속 비까지 오지 않아 흉년이 들어 보리농사가 모두 피폐해졌다. 이준경은 아들 예열이와 덕열이와

청풍신명 —

161

함께 순시를 나갔다. 아들들은 어린 아기가 굶주려 죽어 가는 광경을 보았다. 극도로 비가 오지 않아 기근이 생겨서 평양뿐 아니라 평안도에는 사람들이 굶주려 죽어 가고 있었다.

이준경은 평양 관아의 성을 지키는 병사들과 이관들을 집합시켰다. 그리고 말했다. "이 어려운 시련을 우리는 어떻게든 극복해야 합니다. 이곳에 백성이 굶주려 죽어 없으면 우리 군사도 이곳에 필요하지 않습니다. 우리의 군사는 백성으로부터 나온 것입니다. 여러분의 부모는 조선의 사람입니다. 우리가 먹는 식량을 서로 나누어서 이 시련을 다 같이 참고 이깁시다." 이준경은 평양 관아에 있는 창고 식량을 풀고, 병사들의 군량미를 풀어서 나누어 주었다. 그리고 관원과 병사들에게 "나도 오늘부터 식사를 한 끼 줄이고, 그 양을 반으로 줄이겠소."라고 하였다.

성 밖으로 밥을 지어서 나누어 주는 날에 아이들도 병사들과 함께 나가서 나르게 하고 밥을 배식하게 하였다. 많은 사람들이 몰려들었다. 이준경은 선두에 올라가서 몰려 있는 사람들을 진정시키게 하고 병사들을 시켜 외치게 하였다. "배가 많이 고픈 사람이라도 내가 조금 견딜 수 있으면 굶주려 사경을 헤매는 사람에게 양보를 해야 합니다. 서로서로 본심을 갖고 노약자와 우리의 어린아이를 먼저 먹도록 하여 주십시오. 젊은 사람은 노약자에게 많이 양보해 주십시오."

1546년 5월 하순이 되어도 비가 거의 내리지 않았다. 농사의 사정을 알아보고 도움을 주고자 돌아다니며 사람들을 위로를 하였다. 그러다 보니 이준경의 얼굴도 검게 그을렸다. 1546년 5월 하순이 지나자, 이준경은 이미 전령을 내려 곳곳에 물웅덩이를 만들고 비가 올 경우 물이 더욱 고이도록 하라고 지시를 했었다. 각 물줄기의 상류에는 보를 만들어 곧바로 물이 빠져나가지 않도록 대비 태세를 갖도록 했다. 그러나 1546년 6월 25일, 평안도 평양과 근처의 지역에 지진이 일어났다. 여진이 멈춰서 사라질 때까지 물웅덩이를 만드는 일은 중단되었다. 그리고 비는 여름이 지나가지만 거의 오지 않았다.

1546년 7월 초순 어느 날, 이준경이 강동 지방으로 순회를 나갔다. 강동 현감 허우가 마중을 나왔는데, 온 곡식들이 견디지 못하고 시들어 말라서 비틀어지고 햇볕이 타오르고 있었다. 곳곳에 물을 길어 가는 사람들이 보였다. 이준경과 강동 현감 허우는 여기저기 고을을 둘러보았다. 사람들의 몰골이 말이 아니었다. 이준경은 "하늘이 우리를 살려 주지 못하는구나!"라고 한탄하며 이 혹독한 불볕에 비 한 방울 내리지 않은 것이 참으로 안타까웠다.

이준경이 현감이 있는 마을에 돌아왔을 때, 조촐한 식사를 위해 마당에 멍석을 깔아 놓았다. 현감 허우가 이준경을 앉도록 자리를 마련해 놓았다. 이준경은 "정말로 여기 있는 사람들이 고생이 많소이다. 우리의 정성을 알아준다면 하늘에서 비를 내려 줄 것입니다."라고 말하며 강동현감 허우와 식사를 하며 멀리 바라보았다. 다른 쪽 멀리에서도 일꾼들이 보잘것없이 식사를 하고 있었다.

이때 어린 낭자하나가 이준경에게 물 잔을 갖다 올렸다. 이준경은 그냥 쳐다보았다. 그러자 허우가 말했다. "저의 여식입니다. 며칠 전부터 일꾼들에게 샘물을 드리고 돕고 있습니다." 그러자 이준경이 말했다. "그러신가요! 허 현감님께 딸이 있다는 것을 처음 알았습니다." 허우의 딸은 이준경에게 예를 올리고 물러갔다. 그리고 다른 곳으로 가서 물 잔을 일꾼들에게 하나씩 갖다 드리고는 물을 긷기 위해서 물동이를 가지고 나갔다.

이준경이 다른 쪽에서 식사를 하는 아들 덕열이에게 말했다. "덕열아, 식사를 다했으면 저기 가는 낭자처럼 물을 길어서 목마른 사람들에게 물을 나누어 주도록 해라." 그러자 덕열이가 대답했다. "예! 아버님, 그렇게 하겠습니다." 덕열이가 낭자가 가는 곳으로 가서 낭자에게 예를 하고 따라가서 물동이를 들고 낭자를 도왔다.

"많이 힘이 드시겠습니다. 저는 이덕열이라고 합니다. 소자가 여기 있는 한 아가씨를 많이 도와드리겠습니다." 허우의 딸은 많이 쑥스러워했다. 덕열이도 처음이라 얼굴이 빨갛게 상기되었다. "언제부터 물을 길었습니까?"라는 덕열의 물음에 허 아가씨가 대답했다. "벌써 보름이 다 되어 갑니다. 아버님이 각별히 당부하시며 어려운 상황에서는 극복하기 위하여 우리는 서로 위로하고 도와야 한다고 말씀하셨습니다."

식사를 마치고 시간이 지체되자, 돌아오는 길에 허우 현감과 함께 이준경은 위쪽 지역을 둘러보았다. 저수지에 물이 조금 고여 있는 것을 사람들이 길어서 퍼 주고 있었다. 이준경이 말했다. "이곳에 저렇게 큰 저수지는 처음 보겠소이다." 허우가 말했다. "저의 돌아가신 허굉 아버님이 여기 예전에 관찰사로 계셨던 것을 아시지요? 그때는 비가 많이 와서 그것을 대비하여 저기 저수지를 만드셨습니다. 많은 사람들이 공을 들여 힘을 합쳐서 만들었는데, 참 많이 고생을 하셨습니다. 내가 어릴 때라 여기서 저수지를 만드는 것을 보았지만 많이는 기억하지 못합니다."

이준경은 크게 감탄했다. 어떻게 저렇게 큰 저수지를 만들 수가 있을까? 나는 지금 저렇게 해낼 수가 없다. 그리하자면 많은 계획과 작업이 주도 아래 이루어져야 한다. 나는 해내는 일도 변변치 않은데, 예전 관찰사 중에는 정말로 유능한 분이 많구나!' 하며 마음속에 되새겼다. 허우 현감이 말했다. "허굉 아버님은 저기 저수지를 만드시고 비가 와서 기뻐하셨는데, 체직되기 전에 몸이 불편하여 돌아가셨습니다."

강동 지역에서 평양관사로 돌아온 이준경은 앞날을 생각해 보았다. 장마철을 앞두고 웅덩이를 곳곳에 만들고, 그래도 비가 내린다면 물을 받아서 농사에 보탬이 될 수 있기를 바랄 뿐이었다. 이준경은 특히나 배가 고파서 굶주리는 어린이를 보면 마음이 많이 아팠다. 이준경은 그렇게 고심을 하며 긴 밤을 지새웠다.

그러던 중에 보름이 지나서 1546년 7월 말이 되어 객사에 손님이 찾아왔다. 이지함이었다. 이준경은 이지함을 빨리 정중히 모셔오도록 했다. 이지함이 이준경을 보고 큰절을 했다. 이준경은 이지함을 일으켜 세우면서 "아니! 자네 이게 어쩐 일인가? 동생, 참으로 오랜만일세. 그동안 잘 지냈는가?" 하고 반기었다. 그러자 이지함이 대답했다. "예! 정말 오래간만입니다. 형님이 평안 감사로 오셨다는 소식을 접했지만 찾아뵙지 못하고 이제야 문안을 드립니다. 감축을 드립니다."

다시 이준경이 "감축까지는 아닐세 그려! 이곳 평안도는 너무 살아가는 데 기복이 심하여 많은 사람들이 기근에 시달리고 천재지변이 자주 발생하여 어떤 큰 해결책도 강구하기가 힘드네!"라고 말하며 한숨을 쉬었다. 그리고는 "지함 동생! 그래, 자네는 어떻게 지냈는가?" 하며 물었다. 그러자 이지함이 말했다. "금월 초에 서화담 어르신이 돌아가셨습니다. 제가 문상을 하고 거기서 지내고 이곳으로 오는 것입니다." 이에 이준경이 "화담 어르신이 이 세상을 떠나가신 건가? 아직 연세가 많이 남으신 것으로 알고 있는

데, 어찌 그렇게 되신 건가?" 하고 물으니 "예, 건강이 안 좋으셨는데 그렇게 되었습니다."라고 했다.

그렇게 말하면서 이지함은 황진이의 서신이라고 하며 품에서 꺼내어 이준경에게 건네었다. 이준경은 서신의 봉함을 뜯고 읽어 보았다.

한번을 감사나리를 찾아뵙지 못하고 서한으로만 저의 마음을 전하는 것을 멀리서 사죄드립니다. 이제 감사님이 되셨으니 참으로 그 옛날 저희 객관에 처음 들리셨을 때의 감회가 새롭습니다. 그땐 소저의 마음을 설레고 애달프게 하셨습니다. 그리고 그때 이후로 보고파 하는 마음이 있었다면 잊고자 하는 마음도 있었습니다. 부질없는 마음을 가졌었다는 생각이 듭니다.

처음부터 소저는 나리가 앞날에 저를 부르지도 않고 찾아 주시지도 않을 것을 잘 알고 있었습니다. 그렇지만 지금에도 나리님께 저의 마음을 넘겨드린 그 옛날의 청심하고 늠름한 모습을 떠올려 봅니다. 그 시절의 마음이 그립고 안타까울 뿐이옵니다. 하지만 이제 자꾸만 세월이 지나가는 것을 어떻게 탓하여드릴까요? 두 눈을 감고 생각하니 지난날들이 꿈속에 여울집니다.

얼마 전에 저는 지금 제가 사모하는 화담 어르신의 운명을 지켜 드리고 마지막 고별을 전하였습니다. 소저가 가까이서 모시고 저의 존의를 끝까지 바쳐 드렸는데 세상을 떠나시니 참으로 미생이란 알 수가 없고 덧없다는 것을 받아들입니다. 인간의 생애는 헛되고 한순간인가 봅니다.

이제 소저는 송도를 멀리 떠나서 돌아오지 않을 것입니다. 이제까지 소저와 함께한 모든 인연을 끊으려고 합니다. 그러하오니 나리께서도

저의 명을 기억에 남기지 마시옵소서! 부디 나리께서 밝은 치정으로 잘하여 주시어 평안도 민생들이 잘 살아가는 모습을 보여 주시고, 건 승하고 무강하시옵소서!"

– 진이 올림

이준경은 잠시 옛날 그때의 일을 생각하며 황진이의 모습을 떠올려 보았다. '그래, 예전의 이야기가 아니었던가!' 다시 이지함에게 말했다. "그래, 자넨 어떻게 지내왔는가?" 이지함이 대답했다. "두루두루 이곳저곳을 돌아다니고 있습니다. 조선에 보통 백성들이 사는 모습은 거의 같습니다. 한 가지 알아낸 것은 텃세를 부리고 부유하게 사는 사람이라고 오래 살지는 않는다는 것입니다. 힘들고 가난하게 살아도 오랫동안 사는 사람도 있습니다. 사람의 수명은 어떠한 마음과 몸 상태로 살아가는가에 많이 달려 있는 것 같습니다. 욕심이 크고 재물과 여색을 탐한 사람은 거의 빨리 죽는 것도 많이 보았습니다. 욕심을 채우지 못하여 불만과 시기를 품은 자는 병을 빨리 불러옵니다. 또 사람에 따라서는 오래 사는 것이 반드시 좋은 것이 아닌 사람도 있습니다. 복잡한 것에 얽혀서 헤어나지 못하면 수명을 단축하는 경우가 많습니다. 결국은 얼마나 살고 죽는 것은 공평한 것이라고 봅니다."

이준경이 그 말을 수긍하면서 물었다. "그래! 그런데 지함 자넨 어떤 부류에 사람이라고 생각하는가?" 그러자 이지함이 말했다. "저는 그동안에 많이 돌아다녔습니다. 몸을 돌보지 않고 무리를 많이 했습니다. 젊음의 기력이 있었기 때문이죠. 그러니 저는 나의 생애에 기력을 아끼지 못하고 스스로 많이 사용한 사람이 되었습니다. 이제는 좀 더 지난 뒤를 돌아보고 거처를 정하여 많이 머무르고 싶습니다." 하며 이지함은 숨을 한번 고르더니 말을 이었다.

"한 사람이 제게 찾아왔습니다. 그동안 매우 잘 살고 행복했는데, 아버지가 죽고 나서 생활이 너무 어려워졌습니다. 그래서 자신이 사는 신세를 한탄하며 불평을 많이 했습니다. 그래서 그자에게 넌지시 말을 건넸습니다. '그동안에 매우 행복하게 잘 지냈으면 됐지. 계속 지금까지도 행복하길 바라면 염치가 없지 않은가? 평생 한 번도 행복하지 못한 사람이 많은데, 그리고 이 나라에 불행한 사람이 얼마나 많은데 미안한 마음을 갖고, 그들을 위해서 나의 욕심만 채우지 말고 행복을 양보해도 되지 않겠는가?' 그 사람은 시큰둥하여 돌아갔습니다. 그런데 저도 그렇습니다. 아무리 생각을 해도 내 앞날에는 어릴 때보다 더 행복하지는 않을 것 같다는 생각이 들었습니다. 그러니 인간에게 길흉화복이 있는데 자신의 마음에 따라 그 기폭이 달라질 수 있습니다. 오리는 한여름에도 자기의 따뜻한 깃털을 덥다고 하여 못 견디며 깃털을 빼내지 않고 잘 지냅니다. 오리는 아무리 꽝꽝 얼어붙은 추운 겨울에도 끄떡없이 잘 겨울을 지냅니다. 그러니 저 이지함도 오리처럼 여름에도 오리털 같은 옷을 입고 다녀도 내 자신이 나를 불평하지 않는 사람이 되고자 합니다. 그리고 내가 지켜보건대 욕망이 큰 사람은 그 욕망을 모든 사람이 잘 사는 데에 바쳐서 써야 존망을 받습니다. 사리사욕을 채우려고 하고, 자신의 욕심 때문에 다른 사람을 핍박하고 사람의 존귀함을 무시하는 사람은 죽어서도 잡귀들 속에 살면서 고통을 받고 살아갈 것입니다. 그리고 또 한 가지는 모든 인간은 수명을 다하면 죽음을 맞이하게 되어 있다는 것입니다."

이준경이 말했다. "지함 자넨 화담 선생을 가끔 가까이 모셨으니 그분의 사생론이 있다는 것을 들은 적이 있는데, 어떠한가?" 그러자 이지함이 말했다. "화담 어르신은 우주의 기가 있는데, 죽음과 삶이란 기가 모이고 흩어짐이라고 했습니다. 사람이 죽어서라도 흩어지지 않고 강한 기를 지니고 모아져 있으면 귀신이 되는 모임이고, 그 기가 발동하는 데 악기인가 선기인가에 따라 주변 환경에 영향을 미치고, 시간과 공간의 제약을 받지 않는 영원한 기는 정지된 기가 아니라 부단히 자기 운동을 하는데 그 맥동의 파장이 수많은 생명을 낳고 또 거두어 간다고 했습니다. 결국 사람이 태어날 때 대체적으로 돌아가신 분의 어떤 기를 받고 또 어떤 우주로부터 어떤 기를 얻었는가도 중요할 것입니다."

그러자 이준경이 말했다. "그래, 지함 자네는 화담 어른으로부터 정말 좋은 세상의 좋은 이치를 얻은 것 같네. 그리고 지함 자네의 삶의 지식이 아주 명석하고 정말 귀감이 되네. 내가 두고두고 많이 심취해 볼 것이네. 그런데 나는 요즈음 많이 또 다른 생각을 하네. 저 하늘에 사람의 마음을 다스리는 높은 분이 계신다는 것을 알게 되었네. 어릴 때 내 어머니가 그렇게 말씀하시고 그분에게 아침에 항상 비셨는데 이제 나도 사람은 살아가면서 그분의 뜻을 거스르게 해서는 안 된다는 것을 알게 되었네. 해야 할 일에 최선을 다하고, 그분의 뜻에 거슬리는 일을 했는가를 깊게 생각해 봐야 하고, 끝까지 다한 일이 잘되도록 하늘에 빌어 드려야 한다고 생각하네. 때로는 일이 잘되고 더 안 좋게 되는 경우도 있지만, 그렇다고 그분을 비난해서는 안 되고 다시금 무엇이 잘못되었는가를 많이 되새겨 봐야 한다고 보네. 하찮은 잡귀들에 동요하지 말고 오로지 높이 계신 한 분에게 빌어 드리고, 죽음을 헛되게 하지 말고 자신에게 항상 닥치고 주어지는 육체적·정신적 역경을 이겨

내야 한다고 생각하네!"

이준경은 목청을 한번 가다듬고 다시 말을 이었다. "인간의 삶이란 당장이라도 어떤 일이 생겨서 곧바로 죽을 수도 있지만, 어떠한 마음을 갖고 죽는 것이 무엇보다도 중요하다고 생각하네. 어떤 사람은 고통 속에 살면서도 매일 즐거운 사람이 있는가 하면, 고통의 삶을 벗어나고자 하여서 범죄와 살인을 저지르는 자도 있는데, 두 사람의 삶은 완전히 다르네. 그리고 고통 생활 속에서도 즐겁게 여기고 살아가는 사람은, 오직 그런 사람에게는 쾌락과 고통의 상식적인 의미가 뒤바뀌어 버린다는 것을, 요즈음에 나는 깨달았소!"

이준경과 이지함은 차를 마시며 계속해서 이야기를 나누었다. 그러다가 저녁이 되자, 이준경은 아이들을 불러와 이지함과 인사를 나누게 했다. 이지함은 평양 관아에서 이틀을 머무르고 떠났다.

1546년 가을이 되자, 날씨가 쾌청하였으나 봄부터 가뭄으로 인하여 농사가 형편이 없었다. 조정에서는 관직의 이동과 체직이 시작되었고, 관리들이 뒤바뀌었다. 평안도에도 무관직들이 평가 교체되고, 특히 연초에 평안도 병마절도사 이광식이 체직된 이후부터 기강의 흐려지고 비어 있는 관직자리에 청탁이 많았다.

이광식 병마절도사는 야인들이 원한을 품고 쳐들어와 조선의 변장을 죽이고 노략질한 것을 나중에 해결한 명장이었다. 이광식은 무인으로서 골격이 굵직하고 아직 검은 콧수염이 길게 나풀거렸고 청렴하고 강인한 사람이었다. 또한 이광식 병마절도사는 이미 1545년 임기 만료되어 체직되었어야 하나, 오랑캐 이아장합의 심사손 살해 사건을 상세히 알고 있었으므로 이를 계속 추종하며 척결하고자 계속 유임되었다가 이제야 체직이 된 것이다.

평안도 관찰사 이준경은 처음 평양에 부임했을 때 이광식 병마절도사와 인사를 나누었고, 그 후에도 두 번 찾아가서 변방의 사태에 대하여 자세한 설명을 들을 수 있었으나 곧 이광식이 한양의 조정으로 체직되어 가는 것이 마음에 섭섭하였다. 하여튼 만포첨사 심사손이 살해된 때는 15년 전으로 아주 옛날 이준경이 성균관에 다닐 때의 일이라서 이준경은 자세히 알지 못했다. 그런데 이준경이 평안도관찰사에 부임한 후, 절도사 이광식이 만포첨사 심사손이 살해당한 당시의 내력을 이준경에게 지세히 설명해 주었다. 이에 대한 내용은 다음과 같다.

그 당시 조선인들은 북쪽에서 야인들이 국경을 넘어와 사냥을 나온 것을 못마땅히 여겨 살해하였다. 그렇지만 야인들은 조선에 들어와서 약탈을 하려고 온 것이 아니라 생계수단으로 사냥감을 쫓다가 넘어온 것인데 조선인이 야인들을 무참히 살해했으니, 야인들이 큰 앙심을 품고 복수를 벼르고 있다가 만포첨사 심사손이 겨울에 땔감이 필요해서 꽁꽁 얼어붙은 압록강 건너서 모과나무를 베러 갔다가 야인들에게 참변을 당했다는 것이다. 만포첨사 심사손은 그러한 당시 상황을 알고 있었으나 방심을 하였기 때문에 야인들에게 포위당해 목숨을 잃은 것이었다.

그 당시 심사손은 70여 명의 병사를 데리고 갔으나 나무를 해서 보내기 위해서 병사들을 흩쳐 내보내고, 군장들 서너 명과 함께 쉬고 있다가 100여 명의 야인들에 의해 포위당했다. 그러던 것이 더욱 야인들의 수가 불어나서 칼과 도끼로 달려드는 야적을 피하여 달아났으나, 말에서 떨어져 결국 붙잡혔다. 같이 있던 군장들은 심사손을 끝까지 보호하지 못하고 흩어져 도주하였다. 야인들은 심사손의 옷에 피를 묻히고 싶지 않아서 옷을 벗긴 다음에 살해했다는 것이다.

　그런데 야인들이 심사손의 시신을 훼손하려고 할 때에 숨어 있는 심사손의 하인이 이것을 다시 모인 군관들에게 재빨리 알리고, 병사들이 모두 달려 들어가서 시신을 보존할 수 있었다. 그 후부터 그 사건을 획책한 야인의 두목 이아장합을 잡기 위해 혈안이 되어 조선에서는 여러 가지 계책을 세우고 있었는데, 병마절도사 이광식은 이준경에게 그동안에 이를 수습하는 과정과 이아장합을 붙잡는 방법도 말해 주었다.

　"야인들은 강하게 나오면 약하고, 약한 자는 한없이 굴복시킵니다. 내가 이아장합을 잡기 위해 여러 가지 계책을 세웠습니다. 그동안 교역을 해왔던 곳의 출입을 끊고, 야인들이 조금만 경고를 어기면 사정없이 처벌하였습니다. 그들은 겨울이 되면 식량이 부족하여 교역 장소에서 사슴뿔이나 호피, 소금과 약재를 가지고 와서 교환을 했습니다. 하지만 그것이 끊겨 야인들의 삶이 어려워지고, 조선 사람들이 이아장합에 대한 크게 분노를 갖고 있기 때문에 야인들은 어떻게 할 바를 몰라 했습니다. 그러던 중에 야인들이 교역을 다시 하여서 살아가고자 이아장합의 아버지를 인질로 데려왔습니다."

　"하지만" 하며 절도사 이광식은 다시 말했다. "이아장합의 아비를 죽이면 안 되지요. 이아장합은 더욱 날뛸 것입니다. 그러니 달래서 굴복시켜야 하지 않겠습니까?"라고 말했다. 그러자 그 때에 이준경은 절도사 이광식에게 말했다. "잘하셨습니다. 큰 중임을 치르면서 수고가 많으십니다."

　그때 평안도에 부임한 지 얼마 안 되었지만 이준경은 그러한 사실을 절도사 이광식으로부터 듣고 북방의 야인들에게 경계심을 갖고 변방을 예의주시하고 잘 지키고자 하였다. 변방을 지키는 조선의 군사는 전투력이 강하고 의리가 있으며, 적진을 잘 주시하여 살피고 경계심이 강한 자여야 한다는 생각을 강하게 가졌다. 그런 생각을 지니면서 이준경은 변방의 장수들을 순회할 때 독려하였다.

그런데 병마절도사 이광식이 체직되어 평안도에서 한양으로 떠난 후 군관들의 이직이 많아졌다. 그리고 한편에서는 당시에 조정의 권신이 사욕을 챙겨서 군관 직을 부탁하는 일이 자주 있었다. 어느 날 한 무사가 병조판서 이기의 서찰을 받아서 군관 직을 천거받고자 이준경에게 왔다. 그런데 이기는 이준경을 평안도 관찰사로 보낸 것이 자신의 공이 있다고 여기고 있었기 때문에 이준경을 자기편에 두려는 생각을 갖고 있었다. 하지만 이준경은 이기가 권욕과 탐욕이 강한 자라서 이전부터 많이 거리감을 두고 있었다.

졸부들은 벼슬을 갖고자 이기를 찾아가서 이기에게 청탁 재물을 바쳤다. 그리고 이기는 청탁을 받은 대가로서 관직을 주고, 어떻게 해서든지 자기편의 무사들에게는 군사요직을 주고자 지방에 각 관리를 찾아가도록 했다. 그런 행태가 만연되면서 탐관 병조판서 이기는 조정의 요직에도 자기 사람을 넣고자 많이 벼르고 있었으며, 이번에는 군관을 평안도에 심어 두고자 서찰을 주어 이준경을 찾아가도록 한 것이다. 이준경은 어떤 무사가 군관이 되고자 찾아왔다는 전갈을 받고, 이기가 보낸 사람을 군관으로 받아들일 생각이 없었다. 그래서 이준경은 깊은 방에 문을 닫고 앉아서 어떻게든지 청탁을 거절해야 하는 구실을 찾아내고자 하였다.

이준경은 그 군관에게 내가 지금 집무실을 근처의 방에 있는데 나를 찾아올 때 곧바로 오지 말고 평양 감사 관아의 다른 방을 거처서 빙빙 돌아 많은 문을 지나도록 하여 그를 만났다. 그리고 이준경이 물었다. "이방이 어느 방향의 어느 곳에 있는가?" 그러자 무사는 지나왔던 길이 헷갈렸기 때문에 잘못 대답을 하였다. 이에 이준경은 그를 물리치며 말했다. "이기 재상께서 천거하신 무사는 동서남북도 구분하지 못하니 청탁을 따를 수 없도다." 그 후로 이준경은 자신의 소신대로 사람을 쓸 수 있었다.

1546년 10월 14일, 평안도 지역에 우박이 내리었다. "아, 어쩌란 말인가! 그나마 물웅덩이에 조금 고인 물로 농사를 지은 것도 이제는 우박으로 거의 모두 허사가 되었구나!" 하고 한숨을 쉬었다. 그리고 평안도에는 기근이 다시 찾아왔다. 이준경은 평안도의 기근으로 인한 민생의 어려움과 고통을 조정에 올렸다. 급하게 황해도에서 그리고 다른 도 지역에서 원조 곡물이 왔고, 평안도민들은 곡식을 조금씩 나누어서 겨우 겨울을 났다.

해가 바뀌어 1547년 봄이 되고, 함흥 감사로부터 전갈이 왔다. "평양감사의 조카 이중열이 사사되었는데 애석한 일입니다. 시신을 수습하여 보내 드릴 테니 평양감사께서 윤경 형님께 연락하여 주시고 각별히 유념하셔서 한양의 본가로 인계하여 안치하도록 돌봐 주십시오." 중열이는 2년 전에 을사사화에 연루된 이휘를 옹호하다가 파직되었는데, 그때 이준경은 조카 중열이를 어떻게든 살리고 싶었다. 그때에는 조정에서 헐뜯는 대신들과 주위 사람들의 주장이 옳다고 하여 죗값을 부르나, 나중에는 다시 번복이 되어 죗값이 바뀌는 형국이었다.

정말 커다란 중죄도 아닌데 논죄에 거슬려서 참형을 면할 수 없는 중열이가 안쓰러웠다. 이휘의 형상을 보건대 중열이가 고하지 아니더라도 이휘의 목숨은 건질 수 없는 형세였다. 이미 그러한 형세인데 중열이가 일부러 뛰어 들어가서, 자초하여 죽는 것이 안타까워서 중열이에게 그렇게까지는 하지 말라 했다. 이준경은 조카가 처형당하는 것을 정말 보고 싶지 않았기 때문이다. 그러나 중열이는 갑산에 유배되고 결국 사사되었다.

그리고 그로부터 나흘 후에 운구마차가 평양 객사에 도착했다는 소식이 왔다. 이준경은 운구마차를 끄는 병사들을 편안히 하룻밤을 묵도록 하고 조용히 외부의 관심을 끌지 않고 중열이의 시신을 안채로 가져오게 했다. 이준경은 시신을 덮고 있는 천을 벗겨 보았다. 중열이가 반듯하게 누워 있었다. 이준경은 아들 셋을 데려왔다. 이준경이 아들에게 말했다. "너의 사촌 형님이 아니시냐! 알아보겠느냐?" 덕열이가 대답했다. "예! 아버님 중열이 형님이 맞습니다." 그러자 이준경이 말했다. "어서 배를 올려라!" 예열과 선열 그리고 덕열은 중열이 형님에게 배를 올렸다.

"덕열아! 네가 태어나기 전에 중열이 형은 우리 집에 머무르면서 한동안 글공부를 했는데 그땐 아주 견식하고 열중하여서 기특하였다. 하지만 어명은 지엄한 것이다. 한번 어명이 떨어지면 그대로 행하여져야 한다. 조정의 관료로 일하면서 그릇된 일을 하거나, 서로 간에 배척하여 미움을 받거나, 아무런 하자가 없고 착한 사람이 주동자와 연계되어 지적을 받으면 화를 당하여 처벌을 받게 된다. 장차 너도 이러한 것을 명심하며 살아가야 할 것이다."

이준경은 이렇게 말하면서도 조카의 죽음을 보고 마음이 슬프고 안타까웠다. '내가 이러한데, 하물며 윤경 형님이 중열이의 죽음을 보면 얼마나 마음 아프실까!' 이준경은 형님이 사랑하는 아들을 떠나보내는 슬픈 모습을 떠올리고 가슴이 더욱 아팠다. '아! 형님, 우리 가족은 다시는 앞으로 죽음을 보지 말고 지내라고 돌아가신 어머님이 그토록 당부하셨는데, 어머니께 불효를 저지르게 되었습니다. 어머니, 용서하여 주십시오.' 하고 마음으로 울부짖었다. 돌아가신 어머니를 회상하니 안타까운 마음이 더욱 커졌다.

1547년 5월이 되자, 이준경은 평안도민들을 위안하고 격려하였다. 농사일을 시작하자고 당부하고는 쓸모 있는 땅은 농사를 짓도록 권장하였다. 제법 농사일이 작년보다는 잘되었다고 생각되었다. 그리고 봄이 지나고 여름이 오고 7월 말이 됐다. 하늘에서 구름들이 움직이기 시작했고 하늘을 뒤덮고 몰려들었다. 천지가 구름에 가려 깜깜해지더니, 이윽고 비가 내리기 시작했다. 밤낮없이 계속 열흘째 퍼부어 댔다. 계속해서 물동이에 물을 붓는 것처럼 내려 쏟았다.

강동현감과 군민들이 아수라장이 된 마을에 들어가서 구조를 하고 있었다. 여기저기 죽은 시체들을 한곳에 모아 두었다. 마을이 쑥대밭이 되고 집들이 완전 무너져서 해제되었다. 물에 떠내려가서 가족을 잃은 사람들이 넋을 잃고, 아이들이 부모를 잃고 울고 있었다. 강동현감은 군민들과 함께 일을 거들었다. 저만치 강동현감의 딸이 부상당한 환자들을 보살피고 있었다.

이준경은 덕열이에 말했다. "저기 현감님 따님이 고생을 하는구나! 어서 가서 같이 힘을 보태 보살펴라." 그러자 이덕열은 "예! 아버님" 하고는 낭자에게 가서 "오래간만 이십니다. 제가 같이 힘을 더하겠습니다."라고 말했다. 낭자는 덕열을 쳐다보고는 "또 오셨군요! 고맙습니다." 하고 대답하고는 살그머니 미소를 지었다.

평양 본관으로 돌아온 이준경은 할 말을 잃었다. 이 세상의 고난은 인간의 힘과 노력만으로 해결되지 않는다. 다만 우리 인간은 최선을 다할 뿐이다. 하지만 아무리 튼튼하고 견고한 인간의 세상도 저 하늘에서 버림을 받으면 하루아침에 무너져 내릴 수밖에 없다. 이준경은 돌아가신 어머니 생각이 간절했다. 어머니는 그 생사의 역경 속에서도 최선을 다하여 꿋꿋하게 버티고 마음을 흩트리지 않고 살아가셨다. 그러면서 어머니께서 아침에 기도하는 모습을 떠올렸다.

"아! 어머니, 그러셨군요! 어머니는 나와 형님을 위하여 하늘에 그 뜻을 비셨습니다. 나는 지금 그것을 하지 않고 내 힘으로만 오로지 해 보려고 했습니다. 어머니가 지금 저에게 크게 깨우쳐 주셨습니다. 내가 평양에 와서 한 번도 최선의 힘을 다하고는 하늘에는 기도를 하지 않았습니다. 아! 어머니의 모습을 다시 보고 싶습니다. 내가 체직되어 다른 관찰사가 이곳 평안도에 와서 이런 난리를 치유하기 전에 제가 다시 한 번 해 보겠습니다." 이준경은 자정에 별실을 마련하여 그날부터 기도를 드렸다. 그리고 낮에는 굶주리고 가족을 잃어 파탄이 난 도민들을 구호하는 데 주력했다.

1547년 10월 초, 집무실 주변 성곽에서 무너져 내린 누각을 군민들이 보수하고 있을 때였다. 한쪽의 기둥을 끌어올리기 위해서 줄을 매어 묶어 들어 올리고 있었다. 열 명의 정도의 인원이 줄을 잡아당기는 도중 갑자기 힘이 한쪽으로 쏠리자, 다른 쪽의 똑바로 버티고 있는 기둥이 기울어지면서 천장이 무너지고 위쪽의 다른 기둥과 벽돌이 떨어지면서 사람들이 있는 곳으로 덮쳤다. 큰 위험이 순간이었다. 이준경은 이것을 본 순간 소리를 질렀다. "위험하다. 빨리 피하라!"

하지만 너무나도 시간이 짧은 찰나의 순간이었다. 이준경은 재빨리 몸을 날려 기둥에 힘을 쏟아 받쳐 올렸다. 사력을 다해 밀어서 버티면서 힘을 계속 집적하여 세워 올렸다. 어떻게 이런 힘이 어디서 나왔는지 알 수가 없었다. 천만다행으로 큰 불상사를 면했다. 만약 지붕의 기둥과 큰 벽돌이 무너져 떨어지면 낮은 아래쪽에서 일하는 30여 명의 일꾼들이 죽거나 큰 부상을 입었을 것이다. 이준경은 아직도 젊었을 때의 힘과 순발력을 갖추고 있었다.

이렇게 한 달간 재해 복구에 온갖 힘을 다 쏟았다. 어느 정도 원상 복구가 되어 갔다. 이준경과 평안도민들은 많이 지쳐 있었다. 식량이 바닥이 나서 먹을 것이 태반이 부족했다.

그런데 큰 피해를 입은 곳의 재해 복구가 거의 끝나 가고 있을 무렵, 강계부사로부터 전갈이 왔다. 회재 이언적 선생이 얼마 전에 강계에 유배되어서 부처하였으나, 감사님이 오시게 되면 다시 함께 가서 뵐 수도 있을 것이라고 하였다. 이준경은 평안감사로 부임하여 강계에 들린 적이 두세 번 있었다. 강계는 여름에는 괜찮은 곳일지 몰라도 겨울은 정말 혹독한 곳이었다. 이제 조금 지나면 겨울이 다가올 텐데, 회재 선생이 어떻게 그곳에서 겨울을 날지 걱정되었다.

이준경은 회재 선생을 좋아했고, 그의 학문을 높이 보아 왔다. 그런 분이 조정의 어긋난 형국에 연루되어 이곳까지 오신다는 것이 마음이 안쓰러웠다. 이준경도 그의 학설을 많이 공부한 적이 있었다. 사실 이준경은 어릴 때 외조부를 따라 상주에 갔을 때 회재 선생을 멀리서 뵌 적이 있었다. 손중돈 상주 목사와 가까이 있는 것도 보았다. 그때는 이준경은 이언적 선생이 젊은 서생이라고만 생각하고, 이언적 선생이 개울가 바위에서 하늘을 보며 열심히 무엇인가를 공부하고 있을 때 도대체 무엇을 저렇게 생각하고 계실까 무척 궁금했던 적이 있었다.

그런데 몇 년 전만 해도 궁중에서 만나서 회재 선생이 신진 사림파와 선비들을 보호하려는 참언을 도와드렸는데, 그분이 이곳 평안도 강계로 유배를 오신 것이다. 참으로 안타까울 뿐이었다. 이준경은 강계부사에게 전갈을 띄워 날짜를 잡아 그분에게 위안을 가겠다고 하였다.

그 후 이준경은 이언적 선생을 강계부사와 함께 찾아뵙고 인사를 드리고 위안의 말씀을 올렸다. 그러자 이언적도 이준경을 반가이 맞으며 인사를 받고 고마워했다. 이언적은 강계에서 조금 멀리 떨어진 산 아래 집에 유배되어 있었다. 그리 비좁은 방이 아니었으나 가져온 서책이 많이 있었다. 이준경이 말했다. "이제 곧 겨울이 다가올 텐데 고생이 많으시겠습니다. 제대로 먹을 것과 땔감을 갖춰 줄 수가 없습니다. 그러니 저의 마음이 아픕니다."

그러자 이언적이 말했다. "선비가 어찌 주어진 환경을 탓합니까? 내가 내일 죽는 일이 있을지언정 내가 오늘 하고자 할 일이 있으면 그것이 나의 즐거운 보람입니다. 나는 내가 할 일이 있습니다. 그러니 크게 염려하지 마십시오." 이준경은 그동안 기회가 없어 말하지 못한 옛날 어릴 때 상주에서의 보고 들은 이야기를 했다. 그러자 이언적은 털털 웃음을 하고 "내가 그랬었습니까?" 이언적의 마음은 관찰사 이준경을 보고 한결 가벼워졌다.

1548년이 되고, 지난해 여름 홍수 재해로 평양 주변이 아수라장이 된 것이 많이 복구가 되었다고 하지만, 평양뿐만 아니라 평안도 지역은 극심한 곤궁을 겪어야 했다. 그리고 해가 바뀐 아직까지도 여러 곳이 피폐해진 채 방치된 채 있었다. 생활이 곤궁하고, 변방에는 이상 기운이 나타나자 이준경은 지역을 돌아보고 바삐 움직였다.

그러다 보니 둘째 아들 선열이가 몸이 매우 안 좋았다. 선열이는 어릴 때부터 몸이 매우 약하였다. 그런데 평양으로 이준경을 따라왔다가 제대로 건강을 찾지 못하고, 실내에서 서책만 읽고 지냈다. 그런데 이준경은 약한 아들을 많이 보살피지는 못하였으나 가끔 선열이에게 위안을 주고 격려를 하였다. 선열이는 밖으로 출입을 거의 하지 않으니 눈에 많이 띄지가 않았다. 그런데 선열이가 봄이 되면서 몸이 많이 좋지 않았다. 겨울이 지날 때 감기에 걸린 것이 더욱 몸을 상하게 만든 것이다.

이준경은 한양에서 다시 돌아온 큰아들 예열이를 불러서 선열이를 한양의 어머니에게 데려가도록 했다. 선열이도 어머니를 많이 보고 싶어 했기 때문이다. 무엇보다도 부인이 많이 걱정하고 있을 것이라고 생각했다. 그런데 그 후에 한양에서 기별이 왔다. 6월이 되어서 선열이가 이 세상을 떠났다는 것이었다. 선열이는 18살에 장가도 못 가고 죽었다. 그리고 부모님 무덤 곁에 묻어 달라고 말하고는 끝내 입을 열지 못했다. 소식을 접한 이준경은 마음이 매우 아팠다. 자식이 죽는 일이 이렇게 허망할 수가 있는가! 이준경은 그날 아무것도 먹지 않고 선열이를 위해서 명복을 빌며 마음을 추스르고자 하였다.

밀지에 의한 지방순시

1548년 7월, 이준경은 평안도 관찰사에서 병조판서가 되었다. 조정에서는 몇 달 전에 안명세가 관여된 필화사건이 발생하여 한바탕 처형의 회오리바람이 불고 시끄럽고 어수선하다가 겨우 잠잠해지고 있었다. 관직에 있는 자가 많이 처형되고 자리를 바꾸면서 문정대비는 이준경을 병조판서 적임자로 정하여 속히 한양에 들어오도록 하였다.

하지만 이준경은 병조판서 자리를 원하지도 않았고, 관찰사로 있으면서 혹독한 생활을 보냈기 때문에 관직에 있고 싶은 마음이 없고, 오히려 집에서 마음과 몸을 쉬고 싶었다. 또한 이준경은 토정 이지함이 "친구인 안명세가 처형되자 정색을 하여서 관직의 생각을 포기하고 멀리 떠나가 버렸다."는 소식을 듣고 마음이 착잡하였다. 이준경은 병조판서를 사직하고자 명종임금께 서를 올렸으나, 문정대비는 병조판서를 할 마땅한 적임자가 지금은 없고 그대의 공을 잘 알고 있으니 병조판서를 맡아 주기를 당부했다.

이준경은 분부를 받아 직을 수행하였다. 이준경이 문정대비에게 심야에 찾아가 간청을 했다. "신이 병판을 맡는 데 어려움이 있을 것으로 사료됩니다. 이번 기회에 왜구들이 자주 침범한다는 지역을 가서 정황을 극비에 살피고 돌아오고자 합니다. 주상전하께 윤허를 받아 주시옵소서." 문정대비는 말했다. "그럼은요! 이 나라 군사를 다스릴 병판이 주변 형세를 모르면 되겠습니까? 지금 조정에서 번복과 논의가 종종 발생합니다. 병판은 개의치 말고 멀리 떠나 정황을 살피고 오세요. 나도 왜구들이 강경포구 쪽 등 여러 군데서 드물게 출몰한다는 소식을 이따금 접하긴 했습니다만, 그저 마음에만 담아 두고 크게 괘념치 않았습니다. 그러니 이차에 병판이 두루두루 살피고 돌아오시오. 조정의 일은 크게 개의치 마시오." 이에 한 달이 지나서 이준경은 하직인사를 올리고는 마음을 가다듬고 한동안 멀리 떠날 준비를 하였다.

왜구가 때때로 침범하여 어지러운 세상이나, 조정에서는 아직 관심조차 없는 실정이었다. 이준경은 함경북도에서 병사 남치근이 얼마 전에 보내온 '이난'이라는 날렵하고 아주 갓 젊은 군졸 한 명과 하인을 데리고 출발했다. 이난이라는 군졸은 남치근이 오랑캐를 퇴치하러 북쪽 변방 부락에 들어갔을 때 부모와 부락 사람들이 살해당하고 혼자 싸우다가 빠져나온 이제 갓 17세의 젊은이였다. 무예의 재량이 출중하고 무과 응시를 하겠다고 하니 이준경에게 보내온 것이었다. 이준경은 당분간 가까이에 젊은이의 거처를 마련해 주었고 이번 순시에 데리고 가는 것이다.

이준경은 가는 곳은 근래에 많이 혼란한 서해안 지역이었다. 서해 바다가 있는 일부 지역에서는 종종 왜구들이 드나들며 양민을 괴롭혔고, 때로는 어떤 왜구들은 난폭하여 닥치는 대로 선민을 유린하여 죽이고 폭행을 일삼았고 재물을 약탈하는 경우가 있었다. 조선 조정에서는 왜구들의 드나드는 것은 흔한 일이라 큰 사건 외에는 크게 문제 삼지 않고 있었다. 그래서 이준경은 그곳으로 가고자 한 것이다.

이준경이 보령에 도착하여 현감으로부터 지역 상황에 대한 설명을 듣게 되었다. 현감은 "충청도 보령지역과 은진현 강경포구 지역에 침범한 몇몇 왜구들은 요즈음 극도로 무자비하고 양민을 괴롭힌 자들이다."라고 말해 주었다. "그들은 왜장복을 입고 작은 마을을 유린했지만 때로는 조선복장을 하여 식별에 혼란을 가져왔고, 그들이 출몰하는 위치가 분명하지 않아 그들을 검거하러 갔지만 배를 타고 이동하여서 찾지 못하고 있다."고 하였다." 그리고 "더 이상 관아에서는 손을 쓰지 못하고 있다 보니 세상이 시끄럽고 왜구에 동조하는 세력이 늘어났다."고 했다.

이준경은 지역을 탐색한 결과 더 자세한 이야기를 듣게 되었다. 근래에 양민을 괴롭힌 자들 중에서도 '코들게'가 유명하였다. 그자는 문란을 틈타 왜구에 동조하여 조선 지역의 정보를 제공하고 통역을 하면서 왜구 편에 들어 재물을 축적하였다. 그자는 왜구 부두목 중의 하나가 되었다. 성격이 괴팍하고 우쭐하는 편향이 크며 술이라면 광적으로 마시며 과시하였다. 그에게는 별명이 붙었는데 코가 들려 있는 것이 특이하여 '코들게'가 된 것이다. 그자는 '코들게'라고 불리는 것을 몹시 못마땅하였으나, 왜구들도 그를 '코들게'라고 불렀다. 그러나 조선 사람이 '코들게'라고 부르면 그는 그것을 참지 못하고 복수를 하고 죽였다.

이준경이 보령 현감에게 말을 전하고 순시를 나갔다. 그리고 실정 살피면서 코들게에 대한 이야기를 다시 듣게 되었다. 그러던 그믐날 코들게 일당이 어떤 주막에서 술을 마시고 있다는 소문을 전해들은 이준경은 군졸과 무장한 날쌘 병사들을 대동하고 함께 코들게가 잘 나타나는 그쪽으로 가기로 했다. 군졸은 이준경에게 청하여 "한바탕 전투를 벌여 그자를 잡아 죽이자!"고 하였다. 그러나 코들게를 찾지 못했다.

이준경은 이왕 찾지 못했으니 돌아가는 길에 병사들을 주막 음식으로 요기를 시켰다. 그리고 식사를 하며 반주를 권하였을 때, 주모들이 있는 자리에서 병사들에게 코들게 이야기를 하며 "천하에 몹쓸 놈, 코들게!"라고 세 번씩 크게 말하도록 하고, 코들게 형상을 우습게 주모들이 서로서로 이야기하도록 하였다. 코들게가 그날 그 소식을 들었고, 술에 취해 광분하였다. "내 이놈의 영감을 당장 가만두지 않는다." 하고 별렀다.

그날 밤, 이준경은 군졸과 호위 병사의 만류도 물리치고 멀리 떨어진 조용한 암자에서 잠을 청하였다. 병사들을 멀리 있게 하고는 이렇게 말하였다. "내가 이곳 주변을 많이 살폈고, 너희들에게로 오는 지름길도 내가 알고 있으니 안심하거라! 내 할 일이 있으니 자정이 넘어 축시에 내 방에 불빛이 보이거든 내가 일어나 글을 쓰는 줄 알라. 그러면 아무 일이 없다는 표시이니 안심하거라!"

이준경은 방문을 잠그지 않고 바로 아래에 두 개의 철 줄을 쳤다. 그리고 병풍 쪽에 뒤로 몸을 숨겼다. 자정이 넘어 축시에 코들게가 칼을 들고 이준경이 묵고 있는 곳으로 들어왔다. 그런데 코들게는 술을 많이 마셔 취해 있었다. 코들게는 방문을 열고 들어오다 그만 줄에 걸려 넘어졌다. 그렇게 이준경과 코들게 간의 한판 격투가 벌어졌다. 코들게는 술이 취하여 방향감각을 잃었다. 이를 이용하여 뒤통수를 쳐서 코들게를 제압한 준경은 그자를 묶고 방에 불을 켜고 검문하였다. 그리고 "조선 조정에서 조만간 왜구를 토벌하기 위해 지금 큰 계획을 세우고 있으니 빨리 조선 땅에서 물러가라 이것을 왜구 두목에게 전하라."고 하였다. 그리고는 묶인 채로 발만 풀어 주어 몰래 빠져나가게 하였다. 사실 그때 조정에서는 아직 전혀 왜구를 물리치는 군사를 준비하는 계획도 없었다. 다음 날 곧 왜구들은 돌아가면서 코들게를 죽이고 배를 타고 일본으로 돌아갔다.

이 일이 수습되자, 이준경은 다시 떠날 준비를 하였다. 그리고 이준경은 얼마 후에 전령을 통해 태인 현에 사는 이항에게 전갈을 보냈다. 그리고 이준경은 태인 관아에 들러 현감과 인사를 나누고 곧이어 이항이 있는 고을로 떠났다. 이항의 집은 태인 현에서 조금 멀리 떨어져 있었다. 이항이 사는 곳은 부락 세 곳이 각각 떨어져 있는데, 그중 이항은 둘째 부락에 살고 있었다.

정말로 이항과는 오래간만이었다. 이항의 모습도 많이 변모했으나 그의 기색은 여전한 것 같았다. 이항은 농사를 짓고 후학을 가르치며 살고 있었다. 이항과 술잔을 나누면서 이런저런 이야기를 나누니 지난 시절이 꿈만 같았다. 그들의 대화는 다시 왜구 이야기로 이어졌다. 이항이 말하였다.

"왜구 말만 나오면 내가 열이 받치는 심정이오! 이 대감은 잘 모르지만, 요사이 왜구들이 부쩍 여기저기 출몰합니다. 최근에는 왜구 서너 명이 건너 마을에 어린아이를 데려갔습니다. 그리고 협박하여서 쌀 한 섬을 산등성이 바위 위에 가져다 놓으라고 하여서 관아에서 마을로 우회하여 들어가서 그곳에 놓았습니다. 그들은 망을 보고 있다가 잽싸게 가져갔습니다. 그리고 아이를 다른 곳에 데려다 놓아서 간신히 찾아왔습니다. 그들의 행방이 모호하여 아직 찾아내지 못하고 있소. 내 그들을 발견하면 내버려 둘 수가 없다는 생각만 하고 있소."

그러자 이준경이 말했다. "이보게! 너무 성급하지 말게나. 자칫 잘못하면 화를 당할 수도 있으니 때를 두고 보시오. 항이 자네는 아직도 혈기가 많이 남아 있는가! 그 옛날만큼은 아니지 않는가!" 하니 이항이 웃었다. 그러면서 "아하, 하하하! 글쎄요. 그렇긴 하더라도 나는 아직도 힘이라는 것을 어떻게 언제 쓰냐에 많이 달려 있다고 보네!" 했다. 그러자 이준경이 "죽음을 이미 결정했으면 죽음이 두렵지가 않네. 하지만 어떻게 죽을 것인가도 생각해 봐야 하네! 생사를 가르는 큰일을 하거나, 나라님의 명을 받으면 죽음을 결정해야 할 일이 생길 수밖에 없네. 그렇지 않으면 무의미하게 죽지는 말게!" 하였다.

이에 이항이 "그건 이 대감에 관한 일이지. 나야, 지금 심정으로는 왜구들이 눈앞에 있으면 그냥 내려치고 싶기만 하네!"라고 말하였다. 이준경이 "그런가? 왜구들이 지난번 쌀을 가져간 지가 언제인가?" 하니, 이항이 "아마 열을 전쯤이 될 거야. 그리고 아직 나타나지 않고 있네."라고 답했다. 이준경이 "아마 그들이 이 근처에 있다면 거의 식량이 떨어져 나갈 것이네!"라고 말하고는 가만히 생각해 보았다.

"우리 이렇게 한번 해 봄이 어떤가? 그들이 서너 명이라고 이라고 했는가? 내가 짐작에 그들을 도와주는 조선인이 있을 것일세. 그러니 내가 태인 현감에게 왜구를 잡아 보자는 구실을 만들어서 서한을 보낼 걸세! 현감으로 하여금 지금이 9월이니 이곳의 추수를 모두 끝내려면 아직도 보름이 지나야 하니, 이 근처 조그만 부락에 사람들의 사기를 돋울 수 있는 계기를 마련하고자 하여 각 부락에 돼지 한 마리를 보내겠다는 방을 써 붙여서 그 소리가 퍼지게 할 것이오. 그래 봐야 윗동네와 여기 동네 그리고 아랫동네 몇 집이 안 되는 곳이니, 먼저 한쪽 동네부터 돼지를 보내어서 순차적으로 잔치를 벌이도록 하는 서신을 쓸 것이오."

그렇게 이준경은 말하면서 "어느 동네에 먼저 돼지를 보내도록 하면 좋겠소이까?" 하며 이항에게 물었다. 그러자 이항이 대답했다. "아랫동네에 열 집이 살고 있는데, 조금 떨어진 산기슭에 노인이 살고 있소. 그 집에 돼지를 보내어서 닷새 후에 잔치를 벌이도록 하면 좋을 것이오." 하여 이준경은 곧바로 서한을 쓴 후에 하인에게 전달했다.

하인은 십 리 떨어진 태인 현감 관아에 갔다 오자, 그날 오후에 동네에 방이 붙여지고 아랫동네에 커다란 새끼돼지 한 마리와 쌀 한 섬이 왔다. 이준경과 이항은 그 집을 방문하여 사정을 이야기하고 조금 떨어진 곳에 임시 돼지우리를 만들어 집어넣고 먹이를 주었다. 그리고 쌀은 우선 노인에게 맡겼다. 이준경은 이항에게 말했다. "그들이 이 근처에 있다면 아마 그들은 기회를 보고 염탐하여 적절한 시기에 올 것일세!"

이준경은 떨어진 돼지의 임시 우리를 군졸과 이항의 하인을 시켜 멀리 숨어서 지키게 하고, 이준경과 이항은 왜구들이 잘 다닐 수 있는 길목을 둘러보고 돌아왔다. 이준경이 그렇게 이항의 집에서 머물며 이틀이 지났다. 왜구들은 이미 염탐을 했다. 늦은 오후가 되어 한적한 시간에 조선인 한 사람이 근처를 지나가면서 갑자기 그곳으로 가서 돼지를 칼로 죽인 다음에 자루에 담아 나가는 것을 군졸이 보았다. 군졸은 재빨리 미행하면서 하인에게 이준경과 이항이 있는 곳으로 빨리 가서 연락하라고 했다. 돼지를 자루에 담은 조선인은 산속으로 들어가 작은 골짜기를 지나 등성이 높은 비탈 숲 속 길로 들어갔다.

　이항과 이준경은 말을 타고 오다가 중간에 내린 다음 뒤쫓아 갔다. 군졸이 바위 뒤에 숨어서 왜구들이 있는 곳을 지켜보고 있었다. 왜구 세 명이 돼지를 가져간 조선인을 보고 뭐라고 소리를 내며 떠들어 댔다. 이 광경을 멀리서 지켜보던 이항이 "젊은이는 이곳에서 저들이 도망가지 못하게 길을 막고 있으시오. 내가 저쪽을 넘어서 돌아 들어가 반대쪽 길을 막고 그들을 처치할 것이오." 하며 칼을 차고 떠났다.

　이항은 신속히 비탈 윗길을 돌아서 왜구들이 있는 뒤쪽의 길에서 나와 그들이 있는 곳으로 향했다. 왜구들은 돼지를 들고 있는 조선인에게 뭐라고 했다. 그러다가 왜구 한 놈이 뒤를 보고 큰소리로 이항을 향해 소리를 질렀다. 그리고 뭐라고 하면서 칼을 빼려고 하였다. 그런데 이항이 그보다 빨랐다. 이항의 칼이 먼저 그자의 허리를 자른 것이다. 그러자 옆에 있는 자들도 칼을 빼고 달려들었다. 이항은 이번에도 먼저 덤비는 자를 피해서 칼을 돌려 곧바로 그자의 목을 쳐 내렸다. 그자가 이항의 칼을 피하자, 곧바로 옆에 있는 자와 동시에 양쪽에서 달려들었다.

　이항의 칼은 아직도 살아 있었다. 이항은 뒤로 잠깐 물러서다가 쏜살같이 왜구의 칼을 막아내고 비켜서 다른 한쪽의 왜구의 칼을 가까스로 피하고 그자의 왜구의 허리를 쳐 쓰러뜨렸다. 다른 한 놈이 뒤에서 덤벼들었을 때, 이항은 순식간에 피하여 돌아서면서 그자의 머리를 내리쳤다. 아주 순식간에 일어난 싸움이었다. 이준경과 군졸과 하인은 멀리서 이를 지켜보고 있었다.

　멀찌감치 싸움을 지켜보던 이준경은 이항이 아슬아슬하게 피하고 왜구가 칼에 쓰러질 때에 눈을 감았다. 남아 있는 조선인은 젊은 사람이었다. 그자에게 연고를 물어보니, 부모와 함께 대마도로 붙잡혀 갔다가 혼자서 왜구들의 강압으로 다시 이곳에 들어와 어쩔 수 없이 왜구들이 지역을 염탐하는 것을 도와주고 있었으며, 얼마 후에 다른 지역으로 가서 배를 타고 돌아갈 예정이라고 했다. 이항은 왜구 세 명을 처치하였지만 부모가 일본에 잡혀 있는 젊은이는 살려 보냈다.

태인 현감에게 왜구를 처치한 사실을 전하고, 다음 날 열 채도 안 되는 작은 마을에 잔치가 벌어졌다. 태인 현감이 와서 같이하는 술자리에서 현감이 고맙다는 인사를 거듭하였다. 왜구들이 여기저기 자주 출몰하는 것이 예사일 인데 나라에서는 자질한 왜구들에게는 크게 신경을 쓰지 않는다는 것을 이준경에게 전하였다.

이준경이 이항에게 말하였다. "이항, 자네의 칼은 아직도 녹슬지 않았네! 그런데 어찌 그동안은 책자를 보며 글공부를 해왔는가?" 하니 "내가 이곳으로 어머니를 모시고 내려온 이후 한 번도 칼을 잡지 않았네! 하지만 왜구들이 앞으로 걱정이네. 점차 횡포가 심각해지는 것 같으니……. 나라에서 대책을 마련하여야 하지 않겠는가? 나는 이제 칼보다 글공부에 더 심미를 취하고 있네. 가끔 내 집에 장성에 사는 김인후가 찾아오는데, 그자가 하는 태극음양설에 대한 말들이 참 기이하여서 요즈음 한층 심취해 있네. 얼마 전에는 김천일이라는 자가 서신을 보내왔는데, 이곳으로 와서 공부를 많이 하겠다는 소신을 밝혀서 내 마음이 흐뭇하고 외롭지가 않네 그려! 이 대감, 자네도 학문의 도가 높으니 좋은 학풍을 전달하여 주게." 하였다. 이준경은 다음 날 이항에게 작별 인사를 하고 한양으로 올라갔다.

한양에 올라오자, 이준경은 우의정 황헌에게 그동안의 돌아다닌 이야기와 왜구들의 야만적 행동을 이야기하였다. 그리고 다녀

청풍신명 ―

189

온 이야기를 문정대비를 뵙고 문안을 드렸다. 문정왕후는 이야기를 듣고 왜구들을 괘씸하게 생각하며 마음이 불쾌하였다. 1548년 10월이 접어들어 대마도주가 와서 세견선의 증가와 새로운 관작의 제수를 청하자, 문정대비는 그들의 요청을 대신들과 논의 끝에 거절하였다.

이기의 투기 속에서 혈전

1548년이 되면서 조선의 모든 정사가 이기(李芑)에게서 나왔고, 권세는 임금을 능가하였다. 이기의 기세는 불길 같아 죽이고 빼앗는 것을 마음대로 하였으므로 조정의 벼슬아치들이 모두 그의 명령에 움직였다. 모든 화복은 그의 기분에 좌우되고 은혜와 원수 갚는 일에 있어서는 사소한 것도 빼지 않았다. 이기는 안 그런 체하면서 철저히 보복하여서 살해당한 사람이 매우 많았다.

이 무렵에 그를 반대한 사람은 지위고하를 막론하고 거의 모두 숙청되었다. 사사로운 원한이라도 있으면 바로 앙갚음을 하였으므로 조정의 대소 관료들도 그를 두려워하여 함부로 공격하지 못했다. 사방에서 이기에게 실어 오는 물건이 임금에게 들어오는 공물보다 많았다. 이기는 얼마 전에 의정부 좌의정으로 병조판서를 겸하고 있었으나, 다시 병조판서 직은 면직되었다. 그리고 이준경이 병조판서를 맡은 것이다.

1548년 10월 5일, 무과 대회가 실시되었다. 이준경이 병조판서를 맡은 지 얼마 안 되고 지방 순회를 갔다 온 바로 다음 달이었다. 총 110명이 출전하였는데 3차 진출까지 하여 30명의 명단이 올라가게 되었다. 그 명단에는 이난의 이름도 올라와 있었다. 이난은 남치근이 이준경에게 처음 보내왔을 때에는 한자로 된 이름이 없었다. 남치근이 보낸 서찰과 이난의 말에 따르면, 조부가 함경도 변방에서 부사를 하셨는데 아버지를 낳고 체직되어 멀리 가서 돌아가셨다고 하였다. 그리고 부모님이 외방에서 어렵게 살다가 오랑캐 습격을 받아 부락 사람들과 함께 죽음을 당하였고, 이난만 싸우다가 빠져나왔다고 하였다. 이준경은 이난에게 한자 이름을 붙여 주었다.

하여튼 좌의정 이기는 자기의 뜻대로 모든 것을 꾸미고, 대신이나 관리가 사림의 인물이면 혐오감을 갖는 자이었다. 10월의 날씨가 매우 화창하여서 융무당에서 무과 대회를 하는데 큰 활력을 불어넣었다. 무과 대회에는 많은 신료대신이 참관하게 되었다. 이기는 한때 병조에 있었기 때문에 무과 시험관을 많이 알고 있었다. 그리고 이기는 이난이 이준경이 추천한 사람이라는 것을 알았다. 이기는 병조에서 근무하는 무과 시험관을 매수하는 것도 쉽게 이루어졌다.

무과대회는 110명의 많은 응시자가 1차 대회에 참가하여서 기본 실력을 겨루었다. 1차 기본 경기는 활쏘기, 창던지기, 말을 달리며 맞추기, 대나무 베기 등이 이루어졌다. 실점이 있어도 어느 정도 판단을 하여서 통과시켰다. 그래도 1차 대회에서는 탈락자가 많았지만, 이기에게 공물을 바친 자들은 모두 다 통과되었다. 그리고 이어지는 2차 대회는 일대일 겨루기이었다. 이기는 조 편성을 할 때 자신에게 부탁한 자들이 실력이 낮은 자들과 대진하도록 명단을 기입하여서 이기의 집을 찾아온 자들은 거의 대부분이 3차 대회에 올라갔다.

3차 대회는 30명의 결투 대결이었다. 목검을 가지고 두 명이 한 명을 공격하여 대결을 벌이는 것이다. 이때부터 치열한 결전이 벌어졌다. 이난도 3차 대회까지 어느새 와 있었다. 이난의 실력은 우수하여 훨씬 돋보였다. 이기는 이난이란 아주 젊은 사람을 이준경이 대회에 참가하도록 보낸 유일한 한 명이라는 사실을 알게 되었다. 그리고 무과대회 대결을 쭉 구경해 오던 이기는 이난의 실력이 출중하다는 것도 알아차렸다. 저 정도의 실력이면 이번 대회에서 최고 우승자가 될 것임을 짐작하였다. 그리고 동시에 이준경이 보낸 자가 최우수자가 되어서는 안 된다는 생각을 하였다.

이기는 2차 대회가 아직 완전히 끝나지 않고 중식식사 시간이 되자 도중에 빠져나와서 알고 지내는 대회 심사 관리 군관을 불러 밀담을 하였다. "여보게, 군 판관! 내가 대회를 지켜보건대 이난이란 자가 훨씬 굉장히 잘하네. 그런데 그자는 내 명단에 있지 아니한 자이니, 자네가 어떻게 해야 하지 않겠는가?" 그러자 군 판관이 "내가 가서 보고 심판을 해 보았는데, 좌상대감의 말씀대로 이난이란 자가 두드러지게 잘합니다. 어떻게 하면 되겠습니까?" 하고 오히려 이기에게 여쭈었다.

이기가 말하였다. "나는 이난이라는 자가 이준경이 심어 놓은 사람이라는 것을 알고 있네. 자네는 어떻게 해서든지 내가 건네준 명단에 있는 자가 최우수자로 선발되게 해야 할 걸세! 그렇지 않으면 자네의 신상이 많이 어려울 걸세." 군 판관이 대답했다. "좌상대감의 뜻이 무슨 말씀인지 알겠습니다. 제가 어떻게 해서든지 강구를 해 보겠습니다."

이윽고 오후가 되면서 중단되었던 2대1 결투의 2차전이 계속 이어졌다. 문정대비와 명종임금이 법가를 타고 직접 대회를 관람하였다. 또한 문정대비의 딸 의혜공주와 경현공주도 이날의 무과 경기를 보기 위해서 나왔다. 따라서 오후에 진행되는 대회에는 많은 신료대신이 참관하게 되었다. 2차 대회가 끝나고 3차 대회가 시작되고 얼마가 지나자, 곧바로 이난의 차례가 돌아왔다.

이난과 맞붙는 두 명의 공격이 시작되었다. 이난을 공격하는 두 명은 이기가 보낸 명단에 있는 선발자 중에서 아주 강한 자들이었다. 치열한 공격과 방어가 서로 교차되었다. 목검이 부딪히는 소리가 요란하였다. 시간이 흐르자 힘을 많이 쏟아서 양쪽이 지쳐 있었다. 어느 쪽이 우세하다고 볼 수 없으나, 이난을 쓰러뜨리지 못한다면 이난이 우승자가 될 것이고 3차 대회를 통과될 것이 자명하였다. 제한 시간이 되자, 군 판관이 멈추기를 명하였다. 그러자 이난이 검을 거두었다.

이때 뒤쪽에 있는 한 명이 잽싸게 이란의 뒤쪽 허리를 목검으로 내리쳤다. 이난은 목검을 맞고 비틀거렸다. 허리에 큰 타격을 받은 것이 분명하였다. 군 판관은 반칙이라고 나중에 이난의 뒤쪽 허리를 공격한 자를 크게 꾸짖었다. 그리고 군 판관은 당황하였다. 그러나 경기는 그대로 끝나고, 이난은 3차 대회를 통과하였다.

마지막 대결은 최우수자를 선정하는 시합으로, 3차 대회를 통과한 19명의 명단이 올라와 있었다. 이난을 제외하고는 거의 이기의 명단에 있는 자들이었다. 19명의 명단 중에서 가장 강한 자 4명을 임금이 낙점하여 뽑아 선정하면 대결을 시켜서 최우수자를 뽑는 것이었다. 경기를 관망하여 왔던 문정대비는 4명 중에서 곁에서 지켜보던 공주들에게 2명을 뽑도록 했다. 그리고 하나는 문정왕후가 뽑고, 나머지는 명종임금이 뽑았다.

선발된 4명에는 이난도 포함되어 있었다. 모두들 날렵하고 기골이 크고 건장하고 무예가 출중한 자들이었다. 이윽고 결판을 위한 경기가 벌어졌다. 두 사람이 서로 겨루어서 승자가 다른 쪽에서 올라온 승자와 최종 결판을 하는 것이다. 이 경기는 목검으로 처음에 겨루다가 다른 쪽이 다른 병기를 사용하면 상대방도 다른 병기를 사용할 수 있도록 하였다. 목검으로만 사용하여 겨루다 보면 서로 승부가 나지 않았기 때문이었다.

이난의 몸은 매우 날렵하였지만, 지난 경기에서 끝날 때 반칙으로 허리에 맞은 충격으로 인해 매우 쑤시고 아팠다. 그렇지만 이난이 민첩한 동작은 상대방보다 한수 우위였다. 정신을 가다듬고 상대방이 허를 찌르게 하여서 이난은 검 끝으로 가슴을 찌르고 어깨를 베어서 상대방을 무너뜨리고 이겼다.

이제 이난은 최종 결승자와 맞붙게 되었다. 이난은 많이 지쳐 있었다. 상대방도 지친 기색이었지만, 워낙 체구가 크고 기력이 강해서 서로 쳐다볼 때 주눅 들게 하였다. 그자는 이난을 약간 비웃고 깔보는 것 같았다. 경기는 처절하게 이루어졌다. 그자는 이난이 지친 기색을 보이면 강하게 곧바로 내리쳤다. 이난은 아슬아슬하게 모면했지만, 다친 허리가 매우 부자연스럽고 통증 때문에 가끔 비틀거렸다. 그러자 그자는 성질이 나는 듯 계속 몰아붙였다. 두 사람은 서로 목검을 주고받다가 상처를 입었다.

상처가 많이 늘어났음에도 승부가 나지 않자, 상대방은 나가서 창과 방패를 들고 나왔다. 이난도 나가서 쇠 검을 들고 나왔다. 쇠 검은 그리 날카롭지 않았다. 하지만 세게 일격을 받으면 깊은 상처를 줄 수 있는 것이었다. 이리저리 피하고 주고받고 맞받아치고 하다가 두 사람은 서로 지쳤다. 두 사람은 온통 먼지를 뒤집어쓰고 상처투성이에 핏자국이 나며 흘렀다.

이윽고 이난이 비틀거리면 저만치 있을 때, 상대방을 이 기회를 놓치지 않고 창을 던지듯 일직선의 온몸으로 이난을 찔러 들어갔다. 이 찰나의 순간, 이난은 흐트러진 정신을 가다듬고 가까스로 몸을 옆으로 넘어지며 피했다. 상대방의 창은 땅에 그대로 꼽히고 그자는 엎드려 넘어졌다. 이때 이난은 재빨리 일어나 그자의 허리를 누르고 칼을 목에 갖다 댔다. 이렇게 하여 승부는 끝이 났다. 대회를 관람하던 문정대비와 명종임금을 비롯한 많은 대신들은 크게 고무되었다.

이날의 우승자는 이난이고, 19명이 무과에 선발되었다. 이 중에서 이난을 제외하고 나머지는 거의 이기에게 공물을 바친 자들이었다.

이준경은 1년이 더 지나서 유배를 가게 되었을 때, 이러한 일이 내막에 있었다는 것을 더욱 확실히 알게 되었다.

탄수 선생의 상을 당하다

탄수 이연경 형님이 1548년 겨울에 이르러 우연히 병환이 났는데, 12월 9일에 목욕하고 옷을 갈아입은 뒤에 향년 65세로 세상을 떠났다. 1548년 겨울이 시작되면서 이준경은 탄수 형님의 별세 소식을 듣고 윤경 형님에게로 갔다. 탄수 형님은 겨울이 들어서고 병환이 났는데 세상을 떠나신 것이다.

이준경은 윤경 형님께 문안을 드리고는 이렇게 여쭈었다. "형님이 요즈음 매우 몸이 아파서 불편하시고, 심기가 조정에서 일어나는 일 때문에 너무 편하지 않은 때에 탄수 연경 형님의 상을 당하셨습니다. 그러니 형님께서 어떻게 조문을 가시겠습니까?" 그러면서 이준경이 다시 말했다. "웬만하면 형님께서는 가지 않는 게 좋을 것입니다. 겨울이 다가오는 날씨가 무척 밤에는 쌀쌀한데, 날을 지새울 때 형님이 몸을 잘 지키셔야 하는데……."

그러자 윤경 형님이 눈물을 흘리며 많이 안타까워하며 준경에 말했다. "그렇게 말하는 동생의 마음이 나의 심정을 밝게 해 주네! 내가 당연히 충주에 내려가서 연경 형님의 장례를 지키는 것이 내 마땅히 해야 할 도리인데 내 살아 있는 명목을 할 수 없으니, 큰

죄를 진 것 같으니 내 뭐라고 말할 수가 없다. 동생이 내 몫까지 큰 조문을 잘해 주기 바란다."

이준경은 말을 타고 금년에 과거에 급제한 심건과 훈련원 감독관이 된 이난을 데리고 하루를 넘어서 달려야 하는 충주를 향하여 내려갈 준비를 하였다. 과거에 급제한 심건은 승문원 정자로서 일하고 있었다. 심건이 말하였다. "그동안 바빠서 기쁜 소식을 갖고도 장인어른을 많이 뵙지 못했습니다. 이렇게 돌아가실 줄은 몰랐습니다. 며칠 전에 장인어른이 병환이 났다는 기별을 받고 저의 처가 장인 댁에 이미 가서 있으니, 그래도 다행입니다." 그러자 이준경이 말했다. "나는 자네보다 더 못 하네. 탄수 연경 형님을 뵌 지가 참으로 오래되었네! 내 마음이 참으로 형님께 죄송할 따름일세. 그 옛날 탄수 형님께 글을 익히고 같이 지낼 때가 지금 많이 그립네. 그땐 심건, 자네가 거기에 없었지!"

반나절이 지나서 준경과 심건 그리고 이난은 급히 달려오느라 숨이 가빠 잠시 주막에 들러 쉬었다. 주막에는 다른 사람이 없어 보였다. 심건은 숨을 심하게 헐떡거렸다. 심건은 상당히 몸이 약해 보였다. 심건이 이준경 대감에게 말했다. "대감! 내가 떠날 때 여쭈지 않았는데, 여기 따라온 이난은 이번 가을에 무과에 급제한 자가 아니오? 무예가 뛰어나다고 하던데 어찌 데리고 온 것이요."

이에 이준경 대감이 말했다. "자네, 그것을 몰라서 묻나? 자네도 몸이 약한데 나도 이미 나이가 넘어 쇠약할 때가 많네! 이렇게 강행군을 한다면 누가 우리를 지탱해 줄 수 있겠나? 도중에 차상이라도 나면 어떻게 되는 건가! 저 튼튼하고 날렵한 이난이 우리에게 도움이 되어 줄 걸세." 그러자 심건이 대답했다. "아! 대감님의 준비 책이 참 놀랐습니다." 그러면서 심건이 이난에게 말했다.

"내 무과 대회 때 참관하지 못하여 이난 자네의 무예를 보지 못했네. 하지만 한번 언젠가 이난 자네의 기예를 보고 싶네!"

세 사람은 주막에 앉아서 요기를 하였다. 이준경이 "심건 자네와 노수신은 탄수 연경 형님께 같이 글과 학문을 배우며 잘 알고 같이 지내는 사이가 아닌가? 그런데 노수신이 그렇게 먼 곳으로 유배를 갔으니, 연경 형님의 마음이 얼마나 안타깝고 씁쓸하겠는가! 내가 연경 형님 댁에서 공부할 때는 먼 옛날의 일이라서 노수신과 같이 지내지는 못했네. 내가 충주에서 연경 형님을 떠난 지 한세월 후에야 자네와 노수신이 연경 형님 댁으로 들어왔으니까. 그래도 우리는 한데서 만난 동문이 아닌가!"

다시 심건이 "그건 그렇습니다. 대감님!"이라고 대답하니, 이준경이 계속해서 말을 이었다. "그래! 그런데 지금 노수신은 참으로 기가 막히는 일을 당하였으니 참으로 안되었네 그려. 지금의 조정 형세로 봐서는 어떻게 노수신의 처지를 구원할 길이 없어 보이네. 그건 그렇고, 내가 지금 생각해 보니 노수신에 대하여는 심건 자네가 나보다 훨씬 더 많이 알고 있을 것 같은데, 노수신에 대해 무엇을 많이 아는가?"

이준경의 물음에 심건이 대답했다. "학문과 글에 대하여 의견을 나누고 형님이라고 부르고 지냈습니다. 하지만 어찌하여서 장인 어른의 사위가 된 것인지를 하문하지 않고 말하지도 않아서 모릅니다. 누구도 잘 말하지 않습니다."라고 하니, 그 말을 듣고 이준경이 말했다.

"그런가! 연경 형님의 딸, 아니 심건 자네의 처형에게도 그리고 노수신에게도 네가 참 면목이 없네. 옛날에 내가 과거에 급제하여서 가을에 인사차 충주로 연경 형님 집에 갔었는데, 그때 노수신이 연경 형님에게 글을 배우기 위해 들어온 지가 얼마 안 되어서 나오는 처음 대면을 하고 이야기를 나누었는데, 노수신은 정말로 글의 깊이가 높고 강단이 있어 보이고 인정이 있고 기개가 크게 보이는 청년으로 보였네. 그런데 그때 연경 형님께서 첫딸의 혼처를 찾던 중에 좋은 사윗감을 나에게 부탁하던 터라 내가 곧 노수신이 좋은 신랑감이라고 말씀 드렸는데, 그때에 곧바로 연경 형님이 첫딸을 노수신에게 혼인시켜 버렸네! 그 당시에 심건 자네는 그곳에 없었던 것 같은데, 아마도 심건 자네가 어려서 연경 형님 댁에 없었던 것 같네. 그것도 그렇지만, 노수신이 작년에 유배되어서 진도에 가서 있으니 내가 참으로 기구한 운명을 중신한 것이 되어서 마음이 아프고 참담하네. 더군다나 연경 형님의 따님 말일세! 아직까지도 아이가 없지 않은가. 그런데 이제는 부군인 노수신이 저 멀리 남해로 귀양을 가서 만날 수가 없고 떨어져 살아야 하니, 내가 그때 처음 연경 형님 따님인 나의 당질을 보았을 때의 느낌이 사실이 되어 버렸네! 그리고 지금 나는 노수신이 앞으로 어떻게 하며 살아갈 수 있을까 염려도 많이 되네 그려."

이번에는 심건이 말했다. "대감께서 중매를 놓았을 때도 장인어른은 평소에도 처형을 보면서 대하여 많이 걱정을 하셨겠습니다. 그러지 않으셨던가요?" 그러자 이준경이 대답했다. "그때 연경 형님께서 걱정을 많이 하셨네. 그때는 노수신이 충주로 들어와서 공부를 시작할 때였고, 지금은 큰사위인 노수신이 현재 곤혹을 치루고 있고 유배 중에 있으니, 탄수 형님께서 마음의 시련을 갖고 이 세상을 하직하셨다고 생각하면, 나도 마음이 편하지 않네!"

세 사람은 달려가면서 가끔씩 이런저런 이야기를 나누었다. 세차게 말을 타고 달려왔건만 벌써 해가 어두워졌다. 세 사람은 조금 더 달려가다가 길이 보이지 않게 되자, 이준경은 심건이 몸이 약하다는 것을 알고 내일 아침 떠나기로 하고 주막에 들렀다. 그리고 눈을 붙여 잠을 청하고 일찍 일어나 다시 충주로 향했다.

충주의 탄수 형님의 상가에 도착하여 보니, 일가친척들이 모여 있었다. 이미 관찰사 영감과 충주목사님이 문상을 다녀갔다고 하였다. 이준경과 일행은 탄수 형님 영전에 상례를 올렸다. 연경 형님의 동생인 유경과 여경이 벌써 와서 옆에 있었다. 유경은 이준경과 동갑이었다. 유경이 생월이 빨라서 준경은 유경을 '형'이라고 불렀다. 모두 다 연산군 때 큰 고초를 겪고 죽음을 기다리다가 간신히 살아난 사람들이었다. 그런데 얼마 전에 유경은 부인상을 당했고 더구나 유경은 아들이 없었다.

이준경이 말했다. "형님들이나 저나 죽음에 직면하고 귀양을 가서 간신히 목숨을 부지하다가 구사일생으로 살아나시지 않았습니까? 그때 우리보다 먼저 연경 큰형님이 외딴 섬으로 유배되었는데, 곧바로 참살형이 내려 몇 번의 죽음을 기다리고 있다가 막판에 사형 집행관이 큰물이 지고 바람에 바닷물이 솟구쳐서 건너지 못하고 길을 트지 못하는 바람에 지연되어서 살아났지요." 말을 맺음과 동시에 이준경은 여경 동생 옆에 있는 호약이를 보았다. 그리고 다시 말을 이었다. "여경이 동생은 그때 너무 어려서 윤경 형님과 내가 귀양 가서 어떻게 고충을 모질게 겪고 지냈는지 잘 모를 것이야. 여경 동생이 태어나던 해에 우리는 모두가 각지로 귀양을 갔으니까. 그러고 보니까 여경 동생만 귀양을 가지 않았군 그래!"

이준경은 거듭하여 말했다. "그건 그렇고, 유경 형은 형수님께서 별세하셨는데 아직 후사가 없으니 어떻게 앞으로 묘당을 지켜

나가시겠습니까? 유경 형님, 저기를 보시지요! 연경 형님께서 동
생 여경이의 둘째 아이 호약이를 연경 형님의 양자로 받으셨으니,
오늘 여기서 저렇게 호약이가 나이가 어리지만 문상객을 받아들
이고 상주로서 모든 것을 하고 있지 않습니까? 그러하니 내가 막
내아들 덕열이를 유경 형의 양자로 보내면 어떠하시겠는지요?" 그
말을 듣자, 유경이가 곧 말했다. "준경 동생이 그렇게 생각해 주
니 고맙네! 그렇긴 하나 내가 아직 마음을 정하지 않았으니, 차후
에 덕열이와 상의하고 다시 이야기해 봄세."

　"그건 그렇고, 충주에서 가까이 사는 홍윤이가 문상도 오지 않
고 요사이 안 보인다던데 어떻게 된 것인가요?" 그러자 그에 대
해 아는 사람이 아무도 없었다. 당질녀인 노수신의 처가 말했다.
"탄수 아버님이 병환으로 누워 계셨을 때 홍남이와 홍윤이를 많
이 걱정하신 것을 들은 적이 있었습니다. 그때 여전히 감옥에 있
는 홍남이를 애석하다고 말씀만 하셨습니다. 그 후로 소식이 없
었습니다."

　탄수 형님 묘소의 장지는 충주 남불정 계좌 정향 선영의 아래로
정하였다. 그렇지만 이준경과 일행은 장례 일까지 있지 못하고 나
와야 했다. 그리고 그들은 다시 한양으로 발길을 옮겼다. 날씨가
어제와는 전혀 다르게 쾌청하며 매우 포근했다. 이제 막 겨울 초
입인데, 아직까지 푸른 나무 잎사귀가 많이 붙어 있고 들풀들도
아직도 군데군데 푸르고 시들지 않았다. 불어오는 공기도 상쾌했
다. 한양과 달리 아래쪽에 위치한 충주 지역은 간혹 춥지만 늦가
을과 같았다.

　세 명은 말을 타고 속도를 내고 있었다. 그러다가 이준경이 심
건에게 말했다. "우리가 너무 재촉하여 가는 것 같네! 궁중에 가서

주상전하를 뵙는 것이 사흘 뒤인데, 아직 여유가 있지 않겠나? 이곳에서 올라가면서 조금 방향을 바꾸면 괴산이 나오지 않는가! 내가 어릴 때 처음에 발이 묶여 있던 곳이 괴산 청풍인데, 지금 내 마음이 설레는데 한번 가 보지 않겠나?"

그러자 심건이 말했다. "그러시지요. 처음에는 청풍이지만 나중에 청안으로 옮겼다고 예전에 들은 적이 있습니다." 이준경이 "그래, 맞네! 심건 자네가 어떻게 그것을 알고 있나?" 하니, 심건이 말했다. "돌아가신 탄수 어른에게서 들었습니다." 이에 이준경이 "그래, 맞네! 우리 발길을 돌려서 한번 가 봄세!" 하였다. 심건이 "어느 곳을 택하시겠습니까?" 하니 이준경이 말했다. "청풍은 가기가 정말 험한 곳이네. 여기서도 갈 길이 상당히 먼 곳이지. 그때 내가 처음 청풍으로 갈 때 달구지를 타고 가다가 다시 걸어서 배가 고파 움켜쥐고 지쳐서 끌려갔고, 높은 산기슭을 돌아 넘어간 간 곳에서 밤샘을 했던 것이 기억나네. 짐승들이 움직여서 무서워 눈을 살피고 있다가 몹시 추워서 벌벌 떨면서 냉 바닥에서 으슥으슥 졸려 겨우 잠이 드는 데, 갑자기 가까이서 굉장히 엄청난 호랑이 울음소리를 듣고 어머니는 너무 놀라 소름이 끼쳐 겁에 질려서 윤경 형님과 서로 꽉 부둥켜안고 잠이 겨우 들어 그곳을 지새운 것이 생생하네!"

그러자 심건이 "아, 그러셨습니까? 정말 큰일 날 뻔 하셨습니다. 그런데 대감어른! 청풍을 지금 너무 먼 거리라고 하시니, 청안으로 가심이 어떠신지요?" 하고 물으니, 이준경이 "글쎄, 자네 생각이 정말 괜찮네!" 하였다.

그렇게 세 사람은 청안으로 향하던 중 정오가 다 되자 쉬어 가기로 했다. 그래서 길을 조금 바꾸어 괴산으로 들어가 요기를 할까

하다가 관아에 들리기로 하고 변두리에서 관원 포졸에게 연락을 취하였다. 괴산군수가 마중을 나와 예를 갖춰 인사를 드렸다. 이준경이 문상을 하고 한양으로 올라가다가 들렀다고 하자, 괴산군수가 식사를 마련해 주었다. 식사를 하면서 괴산군수는 최근 괴산에 관한 이야기를 해 주었다.

식사를 끝내고 괴산 관아를 둘러보는 중에 동헌 가까이 왔을 때, 복장을 특이하게 입은 건장한 사람이 괴산군수에게 다가와 인사를 올렸다. 그의 손과 어깨에는 꿩과 토끼가 올려 있었다. 그 건장한 사람이 말하였다. "오늘 사슴 두 마리를 잡아서 저쪽 모퉁이에 놓았는데, 군수님께 드리려고 가져왔습니다. 관원과 포졸들이 먹기에 충분할 것입니다."

그러자 군수가 "그래, 고맙네! 여보게, 여기 계신 분께 인사를 드리게. 여기 계신 분은 병조판서 이준경 대감이시네. 그리고 여기 계신 분은 승문원에 계시는 심건이란 분이고, 여기 아주 젊은 군관은 근래 훈련원 감독원이 되신 이난이라는 사람이네!"라고 말하며 그자를 정 포수라고 소개했다. 정 포수가 가까이 와서 예를 올렸다. 그러자 괴산군수가 이준경에게 말하였다. "여기 정 포수는 우리 고을에 명사수 사냥꾼입니다. 한번 사냥을 갔다가 오면 반드시 꼭 무엇이든 잡아서 가져옵니다. 한번은 날아가는 꿩 두 마리를 동시에 쏘아 떨어뜨렸습니다." 이에 이준경이 "아주 대단하시군요!" 했다.

그러자 옆에 있던 심건이 말했다. "저기 서 있는 훈련원 젊은이 이난도 활솜씨가 아주 높습니다." 그러자 이준경이 다시 말했다. "저기 서 있는 젊은이 이난은 내가 데리고 있는 사람입니다. 무도 대회를 치르면서 보았는데, 활뿐 아니라 칼솜씨도 아주 상당합니다."

그러자 군수가 웃으면서 말했다. "하하하! 두 사람 명수가 서로 대단하고 우연히 같이 한자리에 있으니, 우리 한번 구경이나 하심이 어떠하신지요? 그러면서 저쪽에 가면 넓은 터가 있고, 활 쏘는 사정이 있습니다. 저기 가서 한번 해 보심이 어떠하신지요?" 그러자 이준경은 이난에게 가서 뭐라고 했다. 그리고 군수는 정포수에게 가서 뭐라고 했다. 그러자 이난과 정포수는 고개를 끄덕이며 인사를 나누었다.

마침내 활쏘기 시합을 겨루었다. 정포수는 10발 중 9개를 맞추고 기분이 좋았다. 다음은 이난의 차례였다. 이난은 활을 쏘았는데 10발을 모두 맞추었다. 정포수가 놀라고 무안해하였다. 그다음은 말을 타고 달리며 활을 쏘는 것이었다. 정포수는 5발을 맞추었는데, 이난은 8발을 맞추었다. 이를 보고 있던 신건과 군수는 기분이 상기되었다.

이준경이 말했다. "이난은 활쏘기뿐만 아니라 칼솜씨도 대단합니다." 그러자 군수가 말했다. "칼솜씨도 한번 보고 싶습니다." 그러자 정포수가 저는 칼을 잘 못 다루니 할 수 없다고 하면서 겸허히 예를 드리며 말하기를, "여기 젊은이는 내가 처음 보는 명수 중에 명수입니다."라며 칭찬하였다. 이준경이 말했다. "이난아, 여기서 그냥 평소에 연습하는 모습을 보여 줄 수가 있느냐?" 그러자 이난이 말했다. "예, 대감어른. 제가 하는 대로 해 보겠습니다."

이윽고 이난의 칼이 공중을 가르고 이난이 솟구쳐 오르면서 한 몸이 되어 칼부림이 시작되었다. 정말 형용할 수 없는 신출한 검무술이었다. 이난은 멈추고 예를 드리고 물러갔다. 이마에는 송글송글 땀이 맺혀 있었다. 모두들 감탄한 가운데 특히 심건이 많이 탄복하였다.

세 사람은 군수에게 인사를 하고 청안으로 향했다. 얼마를 달리다가 이준경은 고개를 갸우뚱하며 다시 방향을 바꾸었다. 그리고 기억을 되살리었다. 향하여 가는 곳은 이준경이 어릴 때 윤경 형과 죽음을 기다리며 한동안 숨 가쁘게 지냈던 곳이었다. 이준경은 점점 그곳에 가까이 가자 기분이 상기되었다. 이준경의 마음속에는 모질게 지냈던 이곳이 그립고 정이 들어 있었다.

저만치 개울물이 흐르고 소나무가 많은 곳을 돌아서자 집채가 하나 보였다. 세 사람은 그곳으로 갔다. 가까이 가서 보니 집은 다 쓰러져 있었고 잡초가 무성히 자라고 있었다. 이준경은 감회가 새로웠다. 아무도 없는 무너진 집을 이준경은 여기저기 살피더니, 제법 큰 돌덩이를 주워 올렸다. 그리고 그 돌을 가슴에 대었다. "이 돌이 아직도 여기에 있었네 그려!" 하며 이준경은 마음이 흡족하였다. 그러면서 말하기를 "이 돌이 내가 서책을 받쳐 놓은 돌이네!" 하며 감탄하였다. 그리고 돌을 가져다가 마당에 있는 큰 나무 밑에 땅을 파고 묻었다.

그리고 나오다가 굵은 포도나무 그루에서 포도 넝쿨이 땅속에서 옆으로 나온 것을 보았다. 그러자 이준경은 포도나무를 쓰다듬으면서 아직도 포도나무가 살아 있는 것이 신기하기만 하였다. 이준경은 고개를 들어 뒤를 올려보았다. 뒤쪽에 저만치 높은 산이 울창한 나무를 자랑하고 우뚝 서 있었다. 심건이 말했다. "대감께서 옛일 생각하고 마음의 감회가 새롭겠습니다." 그러자 이준경이 말했다. "내가 와서 직접 보지 않았다면 나에게 이런 감회가 없었을 테니, 여기 오길 얼마나 잘한 일인가!"

이홍윤의 운명과 위기

해가 바뀌어 1549년 봄, 병조판서 이준경은 큰 고민과 시련을 가졌다. 종질인 이홍윤이 임금께 역행을 일으키다 붙잡히고 고행을 당하면서 곧 역모죄로 처형으로 이어지고 있었다. 이준경은 방 안에 혼자 앉아 깊은 시름에 빠진 채 시간을 보냈다. 이준경은 스스로 자문해 보았다.

'다시는 이런 일이 일어나서는 안 됐는데, 이홍윤은 왜 그런 생각을 했을까? 얼마나 억울했으면 무슨 심사로 홍남이는 홍윤이에게 왜 그런 일을 저질렀을까? 나로서는 그 심정을 이해하기가 참으로 힘들다. 따지고 보면 이홍윤의 잘못만은 아니었다. 그런데 난 지난번에도 관직을 떠나고 싶은 사람이었는데, 높은 관직에 있는 나에게 홍윤이가 내가 족친을 돌보지 않는다고 말했다는데, 솔직히 내가 그럴 만한 여력이 없는 사람이다. 좌의정 이기가 온갖 탐욕스런 심술을 부리며 조정을 유린하고 있어, 온통 이기의 세상이 되어 가고 있다. 이기가 일으킨 양재역 사건으로 홍윤이의 아버지 이약빙이 사사되었는데, 나는 지금 아들 이홍윤, 이홍남에게 미안한 감이 많다. 그런데 나에게는 힘이 없으니, 어떻게

해야 되는가?'

이준경은 마음이 착잡하기만 하였다. 이준경은 그러다가 다시 지난해를 떠올렸다. '지난겨울에 돌아가신 탄수 형님이 살아 계셨다면 얼마나 슬퍼할까? 이렇게 가까운 종손이 저지른 이런 참상을 보게 되었다면 얼마나 마음이 아팠을까?'라고 생각하였다. 또 한편으로는 탄수 형님이 이런 일을 보기 전에 저세상으로 미리 가신 것이 마음의 안도가 되었다. "그래, 맞아. 탄수 형님이 이런 꼴을 안 보려고 몇 달 전에 세상을 떠나셨구나!"

며칠 후, 이준경은 부인과 이야기를 나누었다. 그러자 부인이 이준경에게 말했다. "진술에 의하면 홍윤이가 거사하면 당숙 어른이신 병조판서 이준경을 죽일 것이라고 했는데, 그것이 사실일까요?" 그러자 이준경이 말했다.

"글쎄, 나도 잘 모르는 일이오. 하지만 심하게 형문당하여 실토한 홍윤이의 자백에서 보았듯이 사실인지는 모르나, 내가 거사에 홍윤이의 편이 되지 않는다는 것을 홍윤이는 너무나 뻔히 잘 알고 있었을 것이오. 거사를 하려고 해도 홍윤이가 나에게 접근해서 나를 자기편에 불러들인다는 것도 홍윤이가 아무리 생각을 해 봐도 말이 안 될 것 같으니까 나에게 접근조차도 결코 안 한 것이오. 그런데 내가 오죽 그 애들에게 아무런 도움을 주지 못하면, 나를 죽이겠다는 말이 나왔겠습니까? 내가 힘이 되어 주지 못하니까 견주어 보고서 나를 미워하고 앙심을 품었다고 생각이 듭니다."

이준경은 호흡을 한번 가다듬고는 다시 말을 이었다. "그렇지만 난 홍윤이가 많이 애석하오! 얼마나 울분을 참아 가며 애타게 올바른 세상을 찾고자 했겠습니까? 이제 죽음을 맞게 되었으니 내 마음이 슬프고 한탄스럽소." 그러자 부인이 "나는 대감이 참으로 가까스로 연명하는 것이 기가 막히오. 보기 싫은 좌상 이기 대감이 당신을 죽이고자 계속 벼르고 있는 것 같은데, 대감이 아직 그 자리에 버티고 있는 것도 가상합니다. 이번에 이홍윤과 연루되어서 파직을 당할 수도 있지 않겠습니까?"라고 하였다.

그러자 이준경이 "내가 내 뜻으로 있는 자리가 아닙니다. 난 모든 것을 떠날 준비를 해놓고 있소! 이기가 더 많은 흠집을 나에게 뒤집어씌워서 곧 죽음이 닥쳐올 수도 있겠소이다. 그러니 부인이 많이 걱정이 되오! 부인은 살아가야 하지 않겠소이까? 나를 따라서 죽으면 안 됩니다."라고 말하였다. 이에 이준경 부인이 "여인네는 지아비가 함께 가자고 하면 따라가는 것입니다. 나를 데리고 저세상으로 가고자 한다면, 나는 대감을 기필코 따라나설 것입니다!"라고 했다.

그러자 이준경이 "아이들은 어떻게 하시고 나를 따라나서겠다는 것이오?" 하니, 부인이 말했다. "아이들은 아이들대로 하늘이 내려준 운명이 있습니다. 거기까지 괘념치 마십시오! 내가 대감의 죽음을 따라나서겠다면 저를 받아 주십시오." 이준경은 부인이 안쓰럽고 미안하였다. 그러면서 이준경은 부인에게 말했다. "나는 우리 아이들이 죽는 것을 더 이상 볼 수가 없을 것 같습니다. 선열이가 죽었을 때 나는 하루 종일 방 안에서 눈물을 흘렸습니다. 그러니 내 앞에서 아이들이 죽은 것을 더 견디지 못합니다."

목이 메는지 잠시 있다가 이준경은 말을 다시 이었다. "그리고 그 예전에도 난 윤경 형님의 아들 중열이 조카가 죽는 것도 내 마음이 너무나 아팠습니다. 그때 어떻게든 중열이를 살리고자 하여서 말을 다시금 추고하여 중열이를 설득시켰으나, 그것은 단지 중열이를 위하는 말로만 되어 버렸습니다. 참으로 조카가 죽은 것도 마음이 슬퍼서 내 앞에서는 볼 수가 없습니다!"

그러자 부인이 "대감! 마음을 굳건히 하셔야 합니다. 지금 내 눈 앞의 대감은 한없이 약해 보입니다. 심기를 굳건히 하십시오. 죽음을 헛되이 해서는 안 되지만, 그 누가 어떻게 되어서 죽더라도 너무 마음을 상념만 하고 계시면 아니 되옵니다. 대감! 일찍이 나라에서 내변을 많이 보아 오시지 않으셨습니까? 앞날에 큰 내변이 생겨서 또다시 족친이 몰살당하는 것을 맞이할지도 모르는 일입니다. 그러니 대감은 앞날에 좋은 세상을 위하여 일도 정진하셔서 삶과 죽음을 넘어서서 정심을 가지고 살아가십시오!"라고 했다.

이준경이 부인에게 "부인의 말씀이 참으로 고맙소이다. 그렇지만 지금 내 생각은 이홍윤의 일로 꽉 쌓여 있소! 홍윤이도 가족이 있고 처자가 있는데 어떻게 앞날을 살아가겠습니까? 또한 어머니가 자식이 지금 죽어 가는 것을 보고 어떻게 세상을 똑바로 쳐다보겠습니까? 자식들도 자기 부모가 죽는 것을 보고 항상 마음에 담고 있습니다. 그리고 내 심정은 족친들이 가슴 아픈 일로 헤어나지 못하고 있는데, 내가 어떻게 해야 할지 무척 당혹스럽습니다. 참으로 홍윤이와 홍남이가 일을 크게 만들었으니, 곧 족친 모두가 다치게 되는 일이 일어날 것 같은데 큰일이지 않습니까? 홍윤이가 작은 일을 조급하게 크게 번지게 만들어 버렸습니다. 장차 우리 족친들에게 일어날 화를 어떻게 감당할 것인가!" 하며 크게 한숨을 쉬었다.

그 후로 사건에 관여한 좌의정 이기의 일파는 홍윤이의 일이 사실이 아닌 것에 관계없이 이번 사건을 크게 확대했다. 아예 충주의 이홍윤의 족친들을 뿌리 뽑아 근원을 없애려는 의도가 분명하였다. 조정의 거의 모든 대신들이 이기의 편이었다. 이준경은 이홍윤을 대면할 수 없게 되었다. 이준경을 옹호하는 조정 대신들은 이홍윤이 벌인 일을 사실이 아닐 것으로 본다고 하였지만, 결국 걷잡을 수 없이 종친이 참살되고 많은 사람이 죽고, 관직 자리에서 물러난 것은 이홍윤이 실토를 했기 때문에 아니라, 이홍윤을 강압 신문하여 실토하도록 만들었기 때문에 일이 커진 것이었다.

이준경은 더욱 상처를 크게 만들어 내지 않고자 가만히 침묵하며 냉정으로 지켜보았다. 그런데 이런 형국을 지켜보면서 문정대비는 이준경을 생각하면서 조바심을 갖고 크게 염려하였다. 제발 이준경이 관여되었다는 언사가 조정에서 나오지 않기를 바랐다. 그래서 문정왕후에게 좌의정 이기가 들어와서 이준경의 지난해 가을의 잠적한 행방을 궁금히 여겼을 때, 문정왕후는 이기에게 말했다. "이준경은 내가 잘 알고 그의 지난해 가을 행방도 나하고 상의해서 이루어졌으니 더 이상 관여치 말고, 의문이 있으면 나에게 하문하시오."

결국 이홍윤 사건은 사실이 왜곡되어서 과장되었으며, 어떻게 되었든 간에 이홍윤은 처형되었고, 대신들은 사악한 이기의 뜻에 따라 충주가 거의 역적의 소굴이므로 이를 대비해야 하며 크게 징계하지 않을 수 없다고 명종임금에게 의견을 제시했다. 그리고 왕명으로 충청도를 청홍도로 바꾸고 충주목을 유신현으로 강등하였다.

보은현에 유배되다

인품이 흉패한 좌의정 이기는 모습은 늙은 호랑이와 같아 그의 외모만 봐도 속마음을 알 수 있는 자였다. '진복창'이란 자는 이기의 심복이 되어서 선한 사람을 마구 공격하고 다녔는데, 그 추태와 실상이 참으로 한심스러웠다. 진복창의 권력욕은 그칠 줄을 몰랐다. 진복창의 이러한 실태를 참고 견디다 못해 이준경의 절친한 동료인 구수담은 당대의 실력자인 좌의정 이기의 부정부패를 정면으로 탄핵하고 나섰다.

구수담에 대한 조정에서의 진정한 탄핵이 신망을 얻자 진복창은 구수담을 지지하며 거들고 나섰고, 그런 와중에서도 진복창은 이기를 떨쳐버리고 더욱 안심이 되는 윤원형과 가까이하였다. 미련 없이 이기를 배반한 것이다. 이기는 이것을 그냥 두고 보지 않았다. 이기는 구수담을 역으로 공격할 구실을 만들었다. 이기는 다시 진복창을 꾀어내어 밀계하여서 "구수담이 이준경과 사이가 두터운데 이준경이 큰일을 저지를 것이다."라고 빌미를 만들어 냈다.

즉 "이준경이 을사 때 죽임을 당한 대윤파 윤임을 신구하고 또 이홍남의 고변이 그르다고 하면서, 이를 옹호하는 세력을 만들고 있으며, 이준경이 예전에 명종임금과 조정에서 이홍윤에 대한 이미 척결된 사건을 다시 논란을 일으키고 있다."고 한 것이다. 또한 명종임금은 "외삼촌인 윤원형이 대윤의 윤임을 죽인 죗값을 치른다."는 이기의 말에 크게 황당하였다.

문정대비와 명종임금은 하는 수 없이 조정의 논죄에 따라 이기로부터 탄핵을 받고 있고, 대윤의 윤임 일파로 몰린 이준경을 1550년 5월 보은에 유배시켰다. 이 모든 것이 이기와 진복창이 없는 일을 교묘하게 얽어서 쫓아낸 것이다. 많은 사람들이 놀라며 애석하게 여겼다. 그리고 이미 구수담은 삼수갑산으로 유배되었다가 결국 사사되었다. 이러한 형국에 휘말려서 형님 이윤경도 다른 곳으로 유배되었다.

후에 밝혀진 사실인즉, 구수담을 죽인 것은 진복창이 한 짓이나 다름없었다. 진복창은 은혜 받은 자에게 칼날을 들이대는 흉측한 독사와 같은 자였다. 처음에는 구수담이 진복창을 좋은 사람이라 생각하고 적극 추천하여, 진복창은 높은 관직에 올랐다. 그리고 구수담은 진복창을 감싸 올렸다. 하지만 진복창이 자기 권력을 탐하기 위해 별별 수단을 저지르고 권모술수를 다했다. 이러한 진복창의 악랄한 추태를 느낀 구수담은 진복창을 천거한 것을 후회했다. 그리고 진복창과 상종하지 않았다.

그러자 진복창은 구수담이 자신과 인연을 끊고 지내는 것을 무마하기 위해서 사람들에게 돌아다니면서 겉도는 말로 내색하며 "나는 구수담과 같은 동네에 살면서 친하다."라고 말을 퍼뜨렸다. 그런데 구수담은 파직되었다. 그것은 또다시 진복창 모함 때문에 일어났다. 일이 이렇게 되자, 진복창은 차후에 자기가 구수담을 배신했다는 질책을 모면하고자 구수담의 서용을 올렸다.

그렇지만 구수담이 말하였다. "나와 진복창은 다만 같은 동리에 사는 것뿐인데 그가 어떻게 나의 벗이 되겠는가? 이것은 나의 일생의 수치이다. 이제 이러지도 저러지도 못할 형편이다." 구수담은 입을 악물고 진복창과 관계를 끊고 지냈다. 그런데 진복창은 이준경이 살고 있는 집과도 가까웠기 때문에, 구수담이 이준경과 아주 의리 좋게 가까이 지내는 것을 알고 이준경과 친해지려고 무진 애를 썼다.

한번은 이준경의 친척인 이사증이 잔치를 베풀었는데, 진복창이 이준경의 곁에 앉게 되었다. 이때 진복창은 술에 취해 이준경에게 "왜 구수담이 나 진복창을 저버렸는가?"라며 원망의 말을 했다. 그런데 이날 잔치에 구수담의 며느리 집 여종이 일을 거들기 위해 왔다가 진복창이 하는 이야기를 엿듣고 이 말을 구수담에게 전하였다. 이에 구수담은 "조만간 나에게 큰 화가 닥칠 것이다."라고 걱정을 하였다.

그런데 진복창은 나중에 구수담이 그때에 자신이 한 말을 알고 있다는 것을 전해 들었다. 이것은 필시 이준경이 그 말을 흘린 것으로 단정하고, 구수담과 친한 이준경까지 미워하게 되었다. 그런데다가 이기는 자신을 탄핵한 구수담을 싫어하였고, 이준경 또한 전혀 자신에게 동조하지 않자 구실을 찾아서 제거하려고 벼르고 있다가 진복창의 모사로 구수담과 이준경은 파직되고 유배를 가게 되었다.

이준경은 모든 것을 내려놓고, 정리를 하고 보은으로 떠날 준비를 하였다. 이제 이준경은 다시는 관직에는 발을 들여 놓고 싶지가 않았다. 막상 이렇게 결심하고 모든 것을 버리니 마음이 홀가

분하였다. 저 망측한 이기가 있는 한 궁궐로 돌아오고 싶지 않았다. 그런데 마음속에서 다른 한편으로는 이기가 없다 하더라도 다시는 짓궂고 불덩이 같은 궁궐에 발을 들이려는 생각을 갖고 싶지 않았다.

유배를 떠나기 전에 문정대비가 이준경을 불렀다. 문정대비는 이준경을 보내고자 하니 마음이 안쓰러웠다. 그리고 말했다. "내이 대감을 보내고 싶은 마음이 전혀 없습니다. 그러나 어찌하겠습니까? 조정의 대소 신료들이 거의 한결같이 이 대감을 쫓아내고자 하니, 내 이 대감과 같이 있고자 하여도 어쩔 수 없이 보내야 하는데 마음이 안타깝습니다. 아주 오래전부터 이 대감을 볼 때마다 내 마음이 좋았습니다. 지금 내 심정이 허전합니다. 이렇게 안타까운 내 마음을 건네 드리는 것입니다." 그러자 이준경이 말했다. "대비마마께 너무 심려를 드려서 죄송합니다. 이제부터는 저를 잊으시고 만일에라도 기다리시면 아니 되옵니다. 부디 만강히 계십시오."

이준경은 보은으로 유배 길에 올랐다. 관복을 벗고, 옛날에 입었던 흰색 도포를 입고, 머리를 풀어 내리고 긴 수레를 타고 갔다. 덜그럭덜그럭 끌려가는 수레의 한참 뒤쪽에는 막내아들 덕열이가 뒤를 따르고 있었다. 아버지가 가는 곳을 걱정하고 귀양처를 알고자 하여 따라온 것이다. 하지만 귀양지의 처소 근처에서는 어느 누구도 함께 있지 못하게 되어 있었다. 이번에 귀양은 부득이 한 경우에만 인가를 받아서 찾아온 사람을 만날 수 있도록 허용이 되었다. 이준경은 찾아온 덕열이에게 말하였다.

"너는 앞날에 관직에 발을 들이지 말거라. 그리고 되도록이면 멀리 가서 지내거라. 과거 시험은 접어 두거라. 만일 세상이 한결 나아지면 그때 다시 생각을 할 수도 있을 것이다. 그러나 난 네가 관직에 연연하여 한양에서 지내는 것을 원하지 않는다. 그러니 남쪽으로 내려가서 유경 당숙을 잘 보살펴라!"

이준경은 하루하루 날이 지나감에 따라 마음이 많이 가벼워졌다. 멀지 않은 곳에서 떨어지는 물소리가 간혹 들리곤 하였다. 그 이전에 한양에서 밤새도록 잠을 못 자고 씨름에 잠겼던 때가 있었다. 어떻게 하면 "탐혹하고 흡혈귀 같은 이기 일파를 타파하고 조정을 올바르게 세울 수가 있을까!" 많이 고심을 했었다. 이준경은 조정과 나라의 화평을 원했다. 그리고 백성들이 잘 살고 화평하기 위해서는 조정에서 분란을 미리 막아야 한다는 생각을 거듭하였다.

그러나 서로 마음이 통하는 단짝인 구수담을 잃어버린 뒤에는 혼자 감당해야 할 일을 다른 대신들에게 전가하지 않고자 씨름했다. 내 스스로 비난을 받고 희생을 하더라도 조정에서 어느 누군가 다쳐서 형벌을 받게 하여서 죽게 되는 일이 없도록 해야 한다는 생각을 가졌다. 그런데 점차 이준경에게는 그러한 분념이 많이 사라지고 점점 멀어져만 갔다. 하루하루 마음에 정념을 세워서 집중하고 아무런 잡념의 생각을 갖지 않으니, 무념무상이 가까워졌다.

아무 생각이 없다는 것은 잡된 생각을 버리고 순수한 생각을 갖는 것이라고 여러 번 읽고 배운 적이 있었다. 이준경은 그것을 다시금 일깨우고 추심하여 보았다. 그리고 다시 무념무상에 들어갔다. 그러다가 다시 돌아서 그 상태에서 빠져나왔다. 무념무상에서 다시 빠져나오면 번뇌는 다시 가동되기 시작한다는 것을 직감했다. 무념무상으로 번뇌를 잠시 피하는 것은 완전한 것이 아니라는 것을, 이준경은 다시금 일러 깨우쳤다.

'사람에게는 육체와 정신이 함께 활동하는데, 만약에 인간에게 염상이 없다면 죽음이거나 기절한 경우가 될 것이다. 그러니 사람인 내가 염상이 없이는 살아 있지는 못할 것이다. 그렇다면 염상을 없애려고 노력하는 것보다 올바른 생각을 하는 게 순리이다. 무념무상을 하고 다시 깨어나서 염상을 할 때는 올바른 생각을 하도록 하고, 이런 과정이 번갈아 오고 간다면 사람은 차원 높은 삶을 살아가는 것이 되며, 이러한 것이 사람에게는 시작도 끝도 없는 불변의 진리를 얻는 길이 될 것이다.'라고 이준경은 생각하였다.

어느 날 유배된 지역을 돌아다니다가 저녁에 집에 돌아온 이준경은 다시금 오랫동안의 무념무상을 벗어나고 넘어서서 참선에 들어갔다. 그날은 하늘에 달도 없는 그믐이었다. 자정이 넘어 정적이 고요한 밤, 소백산의 새로운 정기가 다시 나타나는 것을 느낀 이준경은 잠을 청하듯 눈을 감았다. 그런데 사방에서 낯선 이준경을 보기 위해서 잡귀들이 나왔다. 이준경이 잡귀들에게 전했다.

"너희들이 어찌하여 가만히 잠자는 나를 방해하느냐? 나는 너희들이 여기저기 다 보인다. 내가 너희들을 바라보건대 인간사를 괴롭히는 혼귀들이니 가만히 놔두지 않을 것이다. 나를 돕는 것이라면 내가 내버려 두겠지만, 나와 선량한 사람을 해치고 광질하는 너희들 잡귀는 내가 잡아서 햇볕과 뜨거운 불에 녹여 흩쳐버릴 것이다. 나는 너희 같은 하찮은 잡귀들과 같이하지 않는다. 내가 섬기고 믿음으로서 지키는 분은 하늘과 땅, 별과 우주를 돌보고, 저 높이 계시는 유일한 분이시다. 나의 어머니도 그분에게 빌었고 나도 그분에게 나의 뜻을 빌고 있다. 너희 잡귀들이 그분의 뜻을 받들 수 있겠느냐? 나는 그분의 뜻으로 삶과 죽을 택한 사람이다.

너희가 나를 어지럽게 하지 못할 것이다. 그리고 더 나아가서 내가 여기에 머물고 있는 이상 너희 잡귀들을 그대로 가만히 내버려 두지 않을 것이다."

눈부신 아침 햇살에 이준경은 눈을 떴다. 이준경의 온몸이 활활 타올랐다. 그러한 일이 있은 후, 소백산에 거주하는 무당과 점쟁이들은 이준경이 그곳에 있는 한 더 이상 점을 칠 수가 없었다. 그리고 그들은 신통력을 잃고 말았다. 그들은 이준경이 그곳을 떠나기만을 기다려야 했다.

이준경은 산속에 동떨어진 조그만 집채에 유배되어서 지내고 있었다. 스스로 불을 지피고, 먹을 것을 챙기고 방 안과 주변을 정리하며 서책을 읽었다. 간혹 식량과 의복을 갖다 주었으나, 겨우 삶을 연명할 정도였다. 어쩌다가 덕열이가 왔을 때는 많이 걱정하여 챙겨 주어서 마음이 더욱 흐뭇했다. 그러나 이준경은 이런 유배생활을 전혀 못마땅해하지 않고 불평도 안 했다. 서책을 읽다가 다시 주변을 돌아보았다. 그리고 맑은 물이 흐른 곳에서 좌선을 하며 염상을 버렸다. 푸른 산하를 지켜보면서 그는 생각했다.

'산이 없는데 맑은 물이 흐를 수 있을까? 그렇다면 그 물은 둔탁할 것이다. 산과 물은 청경명수가 되어야 한다. 산과 강이 어울려 있을 때 산이 두드러져서 아름다움의 가치가 있고, 서로의 존재의 의미가 있는 것이다. 사람의 가치도 서로 간에 그런 조화 속에서 이루어져야 한다. 그리고 세상에 나 홀로의 존재하는 가치는 있을 수 없을 것이다. 사람은 서로의 존재를 인정하며 만나야 한다. 그리고 만나고 헤어지기를 반복하는 것이다. 남을 대할 때면 남이 자신이라고 서로 생각해 봐야 한다. 우리가 살고 있는 세상이 더 좋아 보이려면 사람의 가치가 존중되어야 한다. 그런 세상이 되어

야 한다.'

　1551년 6월, 이준경은 귀양살이에서 방환되었다. 이제부터 이준경은 자유의 몸이 되었다. 아들 덕열이와 함께 한양의 집으로 돌아왔다. 이준경은 오랜만에 부인과 만나서 재회를 하고 가족들과 만나서 그동안의 못다 한 정을 나누었다. 그러나 이준경에게는 아직 더욱 하고자 하는 일이 있었다.

　가을이 되어 이준경은 더 많이 시야를 넓혀 보고자, 유배되었던 보은 지역을 더 벗어나서 가보지 못한 소백산 주변을 돌아다니고자 하였다. 그런데 뜻밖에 토정 이지함이 찾아왔다. 귀양에서 풀려난 이준경을 위안하며 회포를 갖고자 한 것이다. 이지함은 오랜만에 이준경에게 인사를 드렸다. 그리고 이준경은 이지함을 반기며 술잔을 들며 이야기를 나누었는데, 토정 이지함이 이준경과 오래전에 친분이 있었던 동주 성제원에 대하여 말하였다.

　"내가 공주의 동주 성제원에게 다녀왔습니다. 얼마 전에 성제원이 그의 모친상을 치르고 탈상을 했는데, 공주의 선영 아래의 초라한 초가집에서 살고 있습니다. 동주는 돌아가신 모친의 정에 사무쳐 모친의 묘를 바라보면서 울면서 지내고 있었습니다." 그러자 이준경이 말했다. "참으로 동주가 그러고 지내고 있다니 참으로 안쓰럽고 안됐네!" 그러면서 이준경이 좋은 생각이라도 난 듯한 표정으로 말했다. "우리가 성제원을 위로할 겸 보은으로 가지 않겠나? 내가 보은 현감에 서한을 넣어서 머무를 곳을 잡아두겠네. 동주 성제원을 그곳으로 불러들이세. 내가 마음을 회유하여 주는 계곡에 시원한 청수가 흐르고, 관망이 가슴속을 시원케 해 줄 수 있는 정말 좋은 여러 곳을 알고 있네!" 이에 이지함이 "그것 좋은 말씀입니다." 하자, 이준경은 민첩한 심복을 시켜 서한을 가다듬어 쓴 다음, 보은 현감과 동주 성제원에게 속히 갖다 주도록 했다.

다음 날 이준경과 이지함은 말을 타고 보은을 향하여 서서히 갔다. 그리고 성제원은 이준경과 이지함이 머무르고 있는 보은으로 왔다. 이준경은 성제원을 위로해 주고 마음을 나누었다. 이준경과 성제원은 오래전에 친분이 있었다. 그런데 성제원은 관직을 싫어하고, 성리학을 깊이 연구하고, 지리학·의학·복술 등을 배우며 지냈다. 사람됨이 세상 밖으로 방랑하여 가슴속을 넓히고 어떤 것에도 얽매이지 않았다. 그런데 어머니를 잃고 어머니의 정에 사무쳐서 슬피 지냈다. 어떻게 보면 이준경의 현재의 심정과 일맥상통하였다.

이지함 역시 절친한 친구 안명세가 이기가 사주하여 만든 괴팍한 추론에 걸려 비참하게 죽었을 때, 마음을 의지하고 지내던 안명세를 잃어버리자 이지함은 너무나 황당하고 마음이 아프고 견디기 힘들었다. 그리고 관직을 가진 사람들의 슬픈 종말을 보고 벼슬길에 가지 않기로 다짐하고는 이곳저곳을 돌아다니게 되었다.

세 사람은 서로를 반기며 끊임없이 이야기를 나누었다. 그들은 서로의 현재 처지가 비슷해서 보은 현감이 마련해 준 산야 속의 거처에 은거하면서 성리학의 오묘한 이치를 궁리하며 몸을 수양하고, 오로지 선의를 지켜 나가는 이야기가 통하는 공부를 하였다. 이지함도 그동안에 돌아다니면서 듣고 배운 이야기를 많이 하였다. 이런저런 옛날이야기도 나누었는데, 특히 이지함이 조식을 만나서 지낸 이야기와 몇 해 전에 세상을 떠난 화담 서경덕의 서책에 관한 말을 많이 하였다.

그리고 이지함과 성제원은 이준경을 따라 소백산 계곡의 여러 곳을 쉬면서 돌아보았다. 모처럼 성제원은 보은 지역의 소백산을 구경하면서 돌아가신 어머님 생각에 사로잡힌 마음을 떠나서 한동안 흡족하였다.

한편 대화 내용이 궁궐의 조정에서 악랄한 이기에게 옮겨지면 분통이 나고 "이기를 척결해야 하는데!" 하면서 서로 논의를 하며 한탄하였다. 이지함이 말했다.

"세상에는 인과응보가 있는데, 이기의 생애는 이제 끝나는 날이 올 것입니다. 이기의 마지막 날을 조금 빨리 앞당기는 방안이 있습니다. 이기를 증오하면서 떠돌아다니는 원기를 이기에게 불어넣는 것입니다. 우리가 지금 서로 서로 가까이 지내고 있고, 아직 젊음의 기력이 충분할 때, 우주에 있는 강한 선기를 함께 모아 합하여 앞에 세우고, 이기를 증오하고 떠도는 원기를 모아서 이기에게 돌려 불어서 집어넣는다면 이기는 더 빨리 세상을 하직할 것입니다."

그 후 이기는 몸의 건강 상태가 악화되었다. 그리고 탄핵하라는 상소가 여기저기서 올라왔다. 그러다가 이기는 병상에 누워 궁궐에 더 이상 드나들지 못했다.

이지함과 성제원이 떠나고, 이준경은 어릴 때 고난과 삶의 정취를 불러 주었던 청안으로 갔다. 그리고 옛날에 있었던 곳을 다시 둘러보고 회상하면서 말굽을 돌려서 내려오다가 한적하고 숲이 우거지고 맑은 물이 흐르는 곳을 따라갔다. 그리고 그곳에서 빠져나오자, 눈앞에 펼쳐진 아늑하고 울창한 소나무에 가려진 작은 마을을 발견했다. 조그마한 마을이 참으로 기이하고 평온하게 다른 세상처럼 자리를 잡고 있었다. 이준경은 갑자기 그곳에 머무르고 싶었다. 마을 사람들은 그곳을 '청천'이라고 했다. 그래서 이준경은 부락의 원로인 노인장을 찾아가 인사를 드리고 조금 떨어진 집에 자리를 잡고 도학을 더욱 공부하고 기수련을 한동안 연공하였다.

그런데 이기가 파직되어서 그를 따르던 일파가 힘을 펴지 못하니, 궁궐의 조정에서는 이준경의 복직이 올려졌다. 겨울이 되면서 조정에서는 지중추부사 겸 도총관에 이준경을 서임하여 불려 올렸다. 그러나 이준경은 "직을 거두어 주십시오."라는 서를 올리고 취임에 응하지 않았다. 그렇지만 1552년 3월 4일, 이준경은 문정대비의 독촉에 의하여 형조판서로 관직을 제수 받고 복직되었다.

그리고 이기는 1552년 4월 28일, 갑자기 병세가 위중하더니 병으로 사망하였다. 이기는 참으로 악랄했다. 이기는 끝까지 사악함을 버리지 않았으며, 회개하지 못하고, 한 번도 하늘을 우러러 본 적이 없었다. 이기에게 당한 사람이 손가락으로 꼽지 못할 정도로 많았다. 이기가 죽고 난 후 훗날에, 이기는 언관들의 맹비난을 받았으며, 이기의 묘비가 제거되고 흔적을 거의 지워 버렸으며, 저서와 작품은 대부분 사라졌다. 이기의 아들 이원우가 결혼식을 하는 날에 사악한 이기에게 원한을 품은 누군가가 사람의 목을 베어서 종이에 '이기(李芑)'라는 글자를 써서 붙였으므로 이원우 집의 하녀와 가인들이 이를 보고 기겁을 하여서 기절하였다.

이준경은 임자년에 형조 판서로 일하면서 마음을 새롭게 하고 소신껏 일하였다. 묘시부터 유시까지 관아에 오래 있으면서 밀린 판결을 정심을 다하여 판결하고, 감옥에서 밀려 있는 죄수들을 청문하여 억울한 사람을 해결하여 주었다.

그러던 중에 1552년 봄이 되면서 이준경은 오래전에 평안감사 때 만나서 알게 된 허우를 다시 만났다. 허우를 만나서 이야기를 나누다 보니 매우 반갑고 기분이 상기되었다. 그리고 이준경은 허우의 딸이 아직 혼인하지 않았다는 것도 알게 되었다. 그래서 집에 돌아와서 막내아들 덕열의 혼인을 부인과 상의하였다. 이준경 부인은 그동안 홍윤이 사건 때문에 일어난 어려움과 이준경이 유배를 가게 되어서 막내아들 덕열이의 혼인이 늦어지는 것을 많이 염려하며 지내오고 있었는데, 이준경의 말을 듣고 마음이 한결 안정되었다.

덕열이 에게 어릴 때 만난 허우의 딸에 대하여 이야기를 해 주자, 덕열은 아버지 말씀에 마음이 흡족하였다. 이준경은 덕열이의 혼인 문제를 상의하기 위해 남쪽에 종친 유경 형님에게 서한을 보냈다. 아들 덕열이가 유경 형님의 양자로 되어 있으니, 이 같은 사실을 알리기 위해서였다. 그렇게 덕열이는 5월에 혼인이 성사되었다.

함경도 순변사

1552년 6월, 조선 북방의 이응거도는 두만강 건너편에 있는 섬으로 연결된 여진 오랑캐의 지역이었다. 그런데 그 바깥 변두리는 땅이 비옥하여서 경작을 하면 수확할 수 있는 곳이었다. 그런데 조선의 땅 경흥진 주변은 잦은 수해가 많아 전답이 침몰되니 농사에 극심한 피해를 겪어야 했다.

그러자 조선의 경흥부사는 오랑캐들이 조선 지역으로 넘어들어와서 노략질을 하는 것을 빌미로 하여, 그것을 막을 수 있는 가장 적합한 장소가 오랑캐 지역인 이응거도에 들어가서 자모진을 치는 것이었다. 그렇게 하면 조선인이 그곳 주변에 들어가서 마음 놓고 농사를 지을 수 있는 이득도 있었다.

함경도 병사와 경흥부사는 오랑캐 땅 이응거도에 자모진을 쳤는데, 이것 때문에 여진 오랑캐는 분노와 증오심이 들끓어서 조선 땅으로 넘어 들어와 자주 노략질을 하고 조선 사람을 죽이고 잡아갔다. 그리고 최근에는 조선에 대해서 적개심을 극도로 품고 있는 여진의 골간 추장이 조선인들이 살고 있는 경흥의 서수라 지역에 쳐들어와 불을 질러 죽이고, 조선인 40여 명과 가축을 잡아갔다.

그리고 김가달에게 말하기를 "너희 조선이 이미 두만강을 경계로 해놓고 무단히 우리 오랑캐 땅에다 진을 설치한 것은 무슨 까닭인지 모르겠다. 너희 조선이 이처럼 우리에게 넘어와서 심하게 하지 않았다면 어찌 우리가 이런 변을 일으키겠는가?"라고 하였다. 하지만 조선 조정 내에서는 멀리 북방에서 남쪽으로 내려오는 오랑캐 수가 많이 늘어나면서 오랑캐 여진 부족의 힘이 점점 커지고 있는데, 이러한 때에 훗날의 조선의 북변을 조금이라도 튼튼히 하고자 좋은 위치에 성곽의 보루를 세워 이응거도를 방비하는 것은 모두가 해볼 만한 좋은 계책이라고 하였다.

명종 임금은 이러한 북변의 시비가 끊임없이 일어나고, 오랑캐의 난입과 노략질이 시정되지 않아서 어려움을 겪고 있으니 지중추부사 이준경에게 함경도 순변사를 보임하여 "변방의 형편을 살펴서 속히 분란을 잠재우고, 후한을 없애도록 하며, 서둘러서 조금이라도 오랑캐의 피해를 막는 것을 늦추지 말라. 귀로만 들은 것을 가지고 억측하여 조선 조정에서 관북의 분란을 조처하여 결정하는 것보다 그곳에 가서 몸소 다니면서 눈으로 확인하는 것이 올바르다. 독충 같은 오랑캐 도둑 떼가 몰래 일어나서 우리 변방 백성을 약탈하고 있으니 그 죄를 용서하기 어렵다."고 하였다.

그래서 이준경에게 "경은 옳고 그름을 깊이 검토하여 널리 물어서 상황을 살피고, 이해를 깊이 하여서 참작하여 조처하라. 사슴을 좇아 숲 속으로 들어가서도 안 되겠지만 그렇다고 고지식하여 융통성이 없어서도 안 될 것이다. 부디 조선의 왕인 나로 하여금 다시는 북쪽을 돌아보는 근심을 없게 하여라." 하였다.

1552년 6월, 준경은 함경도 순변사가 되어 떠났다. 종사관 이감과 군관을 두고 병졸 10명을 대동하였다. 이감은 이광식의 아들이

다. 예전에 이준경이 평안도 관찰사로 갔을 때에 이광식이 평안도 절제사로 있었기 때문에 알고 지낸 바가 되었다. 이광식은 준엄하고 의리가 있고, 예의가 있고 사리판단을 잘하고 헌신하는 무관이었다. 그런데 그의 아들 이감은 아버지와 성향이 많이 달랐다. 욕심이 많고, 편협하고 절제가 없는 문관이었던 탓에 아버지에게 꾸중을 많이 듣고 지냈다. 그런데 이감이 종사관으로 따라가겠다고 이준경에게 간청을 하였다. 이준경은 탐탁지 않게 여겼으나 마지못하였고, 결국 조정에서 이감이 종사관으로 선정되었다.

함경도는 험악하고 산적과 들짐승이 들끓는 곳이다. 더군다나 오랑캐들이 침범하여 조선 부락민을 약탈하는 때가 많았다. 이준경은 "북방 여진족 오랑캐는 부락이 늘어나고 점점 세력이 더욱 강성해지고 있다."는 통보를 받았다.

이준경은 함경도 변방으로 가는 도중에 함경도 절제사가 있는 종성으로 급히 서한은 보내었다. 그리고 절제사의 부관으로 나가 있는 이난을 보내 줄 수 있으면 한다고 하였다. 그런데 절제사에게서 상황 통보가 왔는데, 이미 들은 대로 북방 여진족 오랑캐는 최근 부쩍 부락이 늘어나고 점점 세력이 강성해지고 있다고 하며 이를 관찰사를 통해서 주상전하에 올리겠다고 하였다.

순변사 이준경 일행은 거의 오랑캐와 분란이 일어나고 있는 변방 지역에 들어섰다. 앞서 주변 정찰을 나간 병사가 되돌아와서 보고하기를, 오랑캐 7~8명이 조선족 여자를 납치해서 데려가고 있고, 자루에 노략질한 물건을 넣어서 이동하다가 쉬고 있다고 하였다. 이준경 일행은 속도를 늦추고 그들이 있는 곳으로 접근한 후 숨어서 주시하였다. 그들은 보고받은 대로 오랑캐들이었다. 조선인 여자 3명이 손이 묶이고 입이 막혀 있었다. 이를 지켜

본 이준경은 병사들을 내보내서 오랑캐를 쳐내고 구출하라고 지시하였다.

순식간에 병사들이 들어가서 뒤섞여서 칼싸움이 벌어지고 오랑캐들이 쓰러졌다. 그런데 갑자기 어디선가 오랑캐 10여 명이 더 나타나서 합세하였다. 오랑캐들도 쓰러지고 조선 병사도 죽고 부상을 당하여 사태가 불리해졌다. 이준경 옆에 있던 이감이 말하였다. "대감 우리가 수세에 몰려 불리합니다. 빨리 여길 빠져 피신하여 경흥 쪽으로 가시지요."

그러자 이준경이 이감에게 말했다. "이감 자네는 문신이지만 오랑캐를 만나면 맞붙어서 싸울 수 있다고 장담하며 나를 따라나서지 아니했는가? 그런데 도망을 가자는 말인가? 우리 병사가 궁지에 몰려 저렇게 죽게 되었는데 어찌 그런 생각을 한단 말인가?" 이준경은 칼을 뽑고 이감에게 말했다. "자네도 칼을 뽑게! 저들이 이곳으로 몰려오면 싸워야 하네!" 그러면서 이준경은 만만의 태세를 하였다.

그러는 동안 갑자기 어디선가 쏜살같이 말발굽 소리가 들려오더니, 두 명의 병사가 나타나서 민첩한 칼날에 여러 명의 오랑캐들을 삼시간에 쓰러뜨렸다. 그는 이난이었다. 오랑캐들은 도망가가 시작했다. 두 명의 조선 여자를 내버려 두고, 한 명을 데리고 빠져나갔다. 그런데 두 명의 병사는 그들을 끝까지 추적하여, 마침내 그들을 잡아왔다. 그리고 이난이 이준경에게 공손히 인사를 올렸다.

"오랜만에 뵈옵니다. 대감님! 저 이난이옵니다. 그간 소식을 드리지 못하여 송구하옵니다. 이렇게 찾아 주시니 정말로 마음이 기쁘옵니다." 그러자 이준경이 이난의 손을 잡고 말했다. "그래, 잘 있었는가? 나도 마찬가지 마음이네! 이곳을 지나가다 보니 자네가 무척 보고 싶었네 그려. 그래서 꼭 봤으면 하고 서찰을 띄웠네! 정말 와 주어서 다행이네. 자네가 없었으면 큰일을 당할 뻔하였네. 정말 자네가 고맙네 그려!" 그러자 이난이 말했다. "저도 정말로 대감 어르신이 보고 싶었습니다. 그래서 대감을 당분간 보필하겠다고 절제사에게 올려서 승낙을 받았습니다." 그때 조선 군관이 와서 이준경에게 "대감어른! 저기에 잡아온 오랑캐 포로를 어떻게 할까요?" 하고 여쭈었다.

그런데 이준경에게 더 시급한 것은 부상당한 병사를 돌보고 죽은 병사를 처리하는 일이었다. 저만치 멀리서 병사들이 죽은 병사를 묻어 주고 있었다. 이준경은 죽은 병사 앞에서 마음이 많이 애석하였다. 옆에서 지켜보던 이감이 말하였다. "대감! 우리 조선의 병사가 죽었습니다. 저기 사로잡은 오랑캐 놈의 목을 베어 오랑캐 부족에게 돌려보냅시다. 그래야 속이 시원할 것 같습니다." 그러면서 울분을 참지 못했다. 주위의 병사들도 다 같이 분개하였다.

이준경은 묶여 있는 젊은 오랑캐에게 다가갔다. 그리고 오랑캐 말을 잘 알아서 데려온 조선 병사에게 질문을 하도록 하였다. 이것저것을 물어본 다음에 그자가 오랑캐 족장의 아들이라는 것을 밝혀내었다. 그러자 이감이 오랑캐 족장에게 조선 땅을 들어와 노략질을 한 죄를 묻고 본보기를 보이기 위해서 저놈을 죽여야 한다고 했다. 그때 이준경은 며칠 전에 꿈에서 나타난 어머니가 벌레를 잡아 돌려보내는 꿈을 떠올렸다. 그래서 이준경은 젊은 오랑캐를 돌려보내도록 했다.

사실 나중에 밝혀지지만, 오랑캐 족장 아들이 잡아서 오랑캐 땅으로 데려가려던 여자는 아들 자신이 평소에 좋아하는 조선족의 처녀이었다. 그래서 어느 날 조선족이 사는 곳으로 와서 복면을 하고 여자의 집에 몰래 넘어 들어가서 겁탈을 시도했으나 실패했다. 그래서 부락에 소문이 퍼져 조선족 부모와 딸은 수치심과 복수심으로 곤궁에 처해 억울하게 지내고 있었다. 그런데 이번에 다시 넘어와서 납치를 하여 데려가는 중이었던 것이다.

이준경은 오랑캐 족장 아들을 돌려보내고 이응가도가 있는 경흥에 들어가서 부사와 인사를 나누고 상황을 보고받았다. 그리고 대책을 논의하였다.

한편 풀려나서 오랑캐 부락으로 아들이 살아 돌아오자 족장은 기뻐하였다. 그러면서 말하였다. "내 아들을 살려 보내다니, 이제껏 붙잡혀 살아서 돌아온 자가 아직 없었는데……." 하면서 많은 의구심을 가졌다. 얼마 전까지만 해도 변방을 지키는 조선의 무지막지한 군장들은 이리저리 날뛰며 노략질하는 오랑캐를 더 이상 참지 못해 무자비하게 살해한 적이 많았다. 그래도 사실상 오랑캐 족장은 자기 부족 사람들의 이응거도에 대한 불만을 잠재우기 위해서 조선 땅에 들어가서 노략질하는 것을 내버려 두었다.

이준경이 오랑캐 족장에게 서한을 보내며 상면을 요청한다고 하였다. 그때까지만 해도 오랑캐 족장은 당연히 상면을 거부했다. 이에 족장은 아들을 살려 준 사람이 누군가 궁금하여서 받아들였다. 이준경이 오랑캐 부락으로 건너가는 데 곁에서 이난과 군관 서너 명이 함께했다. 그리고 오랑캐와 잘 지내는 역관도 같이 갔다. 이준경은 족장이 마련한 면담소로 들어갔다. 처음에는 서로 대치 상태에서 대화가 이루어졌다.

서로의 상면이 이루어지고 소개가 끝나자, 오랑캐 족장이 아들을 살려 보낸 것을 고맙게 말했다. 그리고 오랑캐 족장은 돌성의 철회를 요청하며, 분개한 모습을 보이고 이준경을 설득했다. 이에 이준경은 서서히 조선 조정에서의 입장을 말하였으나, 일의 매듭이 잘 풀리지 않았다.

오랑캐 족장이 말했다. "내 심히 어긋나서 조선과 끝까지 다툼을 하고 싶지 않소이다. 나도 한다면 하는 자이오." 그러면서 호탕한 오랑캐 족장이 내기를 제안했다. "우리 술내기를 합시다. 내가 이기면 조선은 설치한 돌성을 철회하고, 내 아들이 조선족 아낙네를 좋아하니 보내 주시오. 그러나 조선에서 온 순변사 이준경 그대가 이기면 우리는 조선의 돌성을 인정하고, 나의 부하들이 조선 땅으로 들어가서 노략질하는 것을 멈추게 하겠소이다."

이준경이 대답했다. 그런데 "내가 이기면 족장을 따르는 부족 사람들이 족장에게 역성을 들고 원망할 것입니다. 그러면 족장인 그대가 궁지에 몰릴 것이요. 그러니 내가 그대 부족을 위해서 내가 이기더라도 그대 부족이 실망하지 않는 좋은 길을 만들어 드릴 것입니다. 만일 내가 이기게 되면 한 달에 한 번 일정한 장소에서 조선족과 그대의 부족이 서로 보호 하에서 상호 간에 이익이 되도록 교역을 하는 장을 만들어 주겠소이다."

그러자 오랑캐 족장은 크게 너털웃음을 크게 "하! 하! 하!" 지으면서 "그것 정말 좋소이다." 하였다. 그러면서 족장이 "우리가 내기를 이렇게 하는 것이 어떻소. 한꺼번에 많이 마셔서 빨리 술 단지를 비우는 것보다는 시간도 많은데 야담을 나누며 서서히 날이 새도록 마시는 게 어떻소이까?"라고 하니 이준경이 말했다. "그것도 좋소이다."

이에 오랑캐 족장과 이준경은 서로 한 잔씩 술을 부어 마시며 줄곧 통역을 통해서 만담을 하였다. 족장은 지난 부족의 전투와

우화를 이야기하고, 이준경은 오랑캐 족과 조선족이 예전에 서로 사이좋게 지낼 때의 들었던 이야기를 하다가, 그 옛날 북방의 변화가 있을 때 이 지역에 발해나라가 있었는데, 발해가 세워 질 당시 도움을 주었던 오랑캐 족장의 선조들의 훌륭한 이야기를 꺼냈다. 북방 민족과 힘을 합하여 당나라를 밀어낸 이야기를 끊이지 않고 하면서 여진족의 찬양을 엮어서 감화시켰다. 결국 이준경의 술 단지가 비워지고, 족장은 흐뭇하여 비스듬히 누워 잠이 들어 버렸다.

다음 날 다시 만남에서 족장은 이준경에게 말했다. "내가 죽기 전까지는 돌성에 대해서 묵인으로 인정할 것이다. 그리고 앞으로 내가 관장하는 부족 사람들이 조선 땅으로 넘어가서 노략질을 못하게 하겠다." 이준경은 겸허히 받아들이고, "앞으로 이 지역 사람들의 생활이 서로가 많이 궁핍하고, 살아가기 어려우니 서로가 교역을 할 수 있도록 하면서, 친근하게 지낼 수 있도록 하자."고 하였다.

다시 조선 땅으로 돌아온 이준경은 조선군의 부장과 군장, 부락의 촌장들을 소집하여 모인 자리에서 말하였다. "자칫하면 거의 일을 그르칠 뻔하였습니다. 오랑캐들에게 우리 조선의 위엄과 신의를 보이고 어루만지며 우리 조선 의사를 알려 주어야 합니다. 지금 이 나라 조선의 남쪽에선 왜구들이 자주 침범하여 드나들고 그들의 형세를 알 수 없는데, 북쪽에서는 오랑캐들이 규합하면서 조선의 북방을 어지럽히니, 그들과 크게 대처하게 되면 우리 조선에서 오랑캐들을 막는데 이곳까지 힘이 많이 닿지 아니하니, 장차 오랑캐를 퇴각시키지 못하고 조정에서는 갈피를 잡기가 어려운 형세입니다. 그러니 북방 족과 불화하고 분노를 사는 일이 없도록 하시오."

　그리고 딸이 오랑캐에게 당하여서 생활이 궁핍한 부모를 찾아가서 오랑캐의 족장도 조모가 조선족이었음 설명하며, 족장의 아들과 결혼을 주선하였다. 그리고 덧붙여 말하였다. "결혼이 성사되면 오랑캐 족장이 많은 재물과 전답을 가져다줄 것입니다. 그러니 앞으로 서로 좋은 날이 되지 않겠습니까?" 그리고 그곳에 모인 부락민들에게 떠나면서 말했다. "한양으로 돌아가면 지금 조선과 오랑캐 부족 사이에서 서로가 못마땅한 형세를 취하여 화목하지 못하고 원수지간처럼 지내는 상황과, 끊이지 않고 화근을 불러일으킨 이응거도의 실상을 주상전하께 복명하여 올려서 각별히 해결할 것입니다."

　이준경은 이난에게 말했다. "자네는 언제까지 여기 변방 종성에 있고자 하는가?" 그러자 이난이 대답했다. "저는 이곳에서 자라고 여기가 고향입니다. 부모님께서도 이곳에서 돌아가셨습니다. 제가 앞으로도 있어야 할 곳은 여기입니다. 그리고 저는 이곳 주변의 지리와 우리 지역 곳곳의 조선 사람들의 형편을 잘 알고 있습니다. 그러니 대감님, 너무 심려하지 않았으면 합니다. 대감님의 몸체 건강하시고 앞으로 무강을 빌어드리겠습니다."

　그 후에 궁궐 내에서는 이준경이 술을 잘 마신다는 소문이 나돌았다. 조정 대신 중에 '홍섬'이라는 자는 이준경에게 핑계를 걸어서 간혹 어쩌다가 벌주 내기를 하곤 하였다. 그러나 이준경은 함경도 일을 마치고 돌아올 때 많이 지쳐 있었는데, 홍섬 때문에 술을 더 마시는 바람에 지병이 좀 더 심해졌다.

덫에 걸린 이상과 현실

1553년 2월, 이준경은 다시 병조판서가 되었다. 병조판서로서 일을 보면서 지경 춘추 관사를 겸했다. 이준경은 군사훈련의 강도를 높이기 위하여 청홍도 아산에 있는 방진을 데려오기로 했다. 이준경과 방진은 오랜 친분이 있는 지간이었다.

이준경이 그 옛날 무술년 군기시 첨정으로 있었을 때, 방진을 처음 보았다. 그때 방진은 건장하고 용맹하고 날렵하여 활을 잘 쏘는 명수였다. 그리고 중종임금은 아주 젊은 방진을 제주현감으로 보내었다. 그 옛날 그때 당시에 제주도에 갈 만한 적임자가 마땅치 않아서 젊은 방진이 채택되어서 제주 현감이 된 것이다. 그런데 다시 방진이 활을 제조할 때 활에 대하여 잘 아는 명수라는 소문이 나자 방진을 군기시에 불러들였던 것이다. 그리고 그 후 다시 방진은 보성군수로 나갔다.

세월이 흐른 지금도 방진은 나이가 들었지만 아직도 활의 명수였다. 그래서 이준경은 다시 병조판서가 되었을 때 병사들이 훈련 의식을 높이고, 군사들에게 더욱 알맞은 활을 제조하고자 하여서, 마침내 1553년 이준경은 방진을 불러들인 것이다. 이때 식년문과에 장원 급제하여 홍문과 응교인 젊은 심수경이 관심을 갖고 가끔 들렀는데, 방진의 활 솜씨를 보고 부러워했다. 이때부터 젊은 심수경도 활 쏘는 법을 배웠다. 이준경과 방진, 심수경은 술을 마시다 방진의 활솜씨를 극찬하였다.

이준경은 심수경이 활쏘기 연습을 하는 것을 지켜보았다. 심수경의 실력이 향상된 것을 본 이준경이 심수경에게 "자네의 활솜씨가 매우 향상되어서 놀랐네. 갈수록 실력의 높아져 가지 않은가! 자넨 정말 우수한 사람일세. 아마 이제는 방진의 활솜씨와 견줄 만하네! 나도 많이 젊을 때 활을 꽤 잘 쏘아서 절반 이상을 거의 맞춘 적이 있지만, 지금은 자네만큼은 못하네. 나는 얼마 전에 간신히 절반을 맞추었거든!" 하면서 활에 대한 이야기를 많이 하였다.

가을이 되면서 군사 훈련에 대한 준비와 대책을 강구하고 있었다. 그러나 그러한 구상은 거의 모두 허사가 되고 말았다. 병사훈련을 실시한 지 얼마 안 되었는데, 9월 14일 경복궁에서 큰불이 난 것이다. 불길이 번져서 경복궁 강녕전과 근정전 북쪽 대부분을 태워 버렸다. 궁인들이 변고를 듣고 달려가서 재물을 꺼내려 하였으나 하나도 꺼내지 못하고 서책 몇 궤짝만을 경회루 연못에 있던 작은 배에 내다가 실었을 뿐이었다. 이에 따라 도성에서의 병사들의 훈련은 정지되었다.

화재진압을 하고 나니 화재의 진상규명의 입씨름이 조정에서 오고 갔다. 이에 앞서 유성이 동쪽으로부터 서쪽을 향하고 빛이 한양을 환히 비추었으므로 화재가 있을 것이라는 소문이 있었는데, 얼마 안 되어 이 화재가 발생한 것이다. 결국 화재 원인을 규명하였는데, 환관 박한종이 불을 때어 온돌을 말리다가 일어난 것으로 하였지만 석연치 않았다. 백성들은 탐관오리 윤원형이 부정을 저질러서 하늘에서 경고하고 천벌을 내린 것이라고 하였다. 이에 윤원형에게 불만과 원한을 가진 자가 불을 지른 것이라는 소문이 퍼졌다.

그 후 경복궁 복구의 재건축이 벌어졌다. 대대적인 공사가 되었다. 동원된 인력 부역이 2,200명, 품팔이 일꾼이 1,500명이나 되었다. 이 공사의 최종 주도는 윤원형의 욕심으로 이루어졌다. 복구하면서 생긴 백성들의 고초도 이만저만이 아니었다. 백성들은 윤원형을 탓하며 원성이 자자했다. 그러나 문정대비의 오라비 윤원형은 눈 하나 깜짝하지 않고 그런 소문을 무시하며 공사를 진행하였다. 경복궁 공사로 인하여 국가의 모든 재력이 소모되고, 다른 행사나 활동은 거의 중지되었다. 도성의 병사들은 토목공사에 동원되었으며, 젊은이들이 토목작업에 차출되었다.

1553년 문정대비가 수렴청정을 거둬들였는데, 그 후에도 계속 윤원형과 담합을 하면서 조정의 일을 많이 섭렵하였다. 사실은 조선의 조정과 백성들을 많은 혼탁 속에 더욱 빠져들게 한 것은 문정대비가 '보우'라는 승려를 들여온 때문이었다. 문정대비는 불심을 떼어 버리지 못했다. 보우는 궁중으로 들여와서 선교 양종을 부활시킨 데 이어, 도첩 제도를 들여오고 승려 과거시험을 실시하여서, 많은 국가 경비가 그곳으로 빠져나갔다. 더군다나 흉년이 들어 민중들이 살아갈 수가 없는 현실 속에서 백성들은 더욱 굶주리고 재변이 잇달았다.

이준경은 병조판서의 직을 하면서 군사력을 강화하고자 하는 훈련 계획이 더 이상 활성화되지 못하고, 제자리로 돌아와 버렸다. 현재의 상황에서는 경복궁을 재건하는 일이 매우 중요시되는 시기

였다. 이준경은 모든 것을 뒤로한 채 시름에 잠겨서 당책을 생각
해 보았으나 별로 탐탁지 않은 현실이 되어 버렸다.

그런데 늦가을, 이지함이 오랜만에 찾아왔다. 이준경은 반가
이 맞아들이며 이지함과 함께 술잔을 나누었다. 그러면서 이준경
이 말하였다. "그동안 어떻게 지냈는가?" 그러자 이지함이 답하였
다. "또다시 이리저리 마음을 정하면서 여러 곳을 돌아다녔습니
다. 그런데 대감님! 내가 얼마 전에 못 볼 것을 보았습니다. 대감,
황진이가 죽어서 볏집 가마니 안에 덮여서 길거리 모퉁이에 있었
습니다." 이에 이준경이 "그러한가!" 하며 애처롭고 안쓰럽다는
표정을 지었다. 그러면서 이준경이 "어떻게 황진이가 그리 되었
소?" 하니 이지함이 말했다.

"송도에서 들은 말인즉 황진이가 죽어서 왔는데 죽음에 이르러
서 전한 말이 '내가 죽거든 관을 쓰지 말고 동문 밖 개울가에 시체
를 두어 여인들로 하여금 경계로 하여 주시오!'라고 하고, 고적한
산중에다 묻지 말고 사람들이 많이 다니는 송도의 대로변에다 한
동안 묻어 두었다가 나중에 장사지낼 때에도 곡을 하지 말고, 풍
악에 잡히지 말고 장례를 지내달라고 하였다 합니다. 그래서 저만
치에서 내가 명복을 빌고 왔습니다."

그러자 이준경이 "한세월의 여인이 어찌 그렇게 젊은 나이에 명
이 짧게 간다는 말이오. 정말 무상하기만 하네! 그동안 소식이 없
었더니 죽음으로 송도에 왔으니 말이오."라고 하였다. 다시 이지
함이 말했다. "그러게 말입니다. 이제 사십의 중반을 넘기지도 못
하고 그리 빨리 가니, 살아 있다는 것이 허상일 뿐입니다. 변치 않
는 것은 없습니다. 부모님도 본인도 자식도 다 나이가 들고, 늙어
가며 변모합니다. 언젠가는 젊은 사람도 곧 몇 십 년 안에 누구나

무덤에서 한 줌 흙이 되어야 합니다."

이때 이준경 부인이 술안주로 지치오리를 내놓았다. 이지함은 대감부인에게 인사의 예를 올렸다. 사실 함경도 순변사에서 돌아와서 이준경이 다시 대사헌이 되었을 때부터 지치를 약용하며 먹었다. 순변사에서 돌아왔을 때, 이준경은 몸이 몹시 쇠약해져 있었다. 함경도에 순변사로 있을 때 오랑캐 부족장과 술을 내기하는 바람에 밤새껏 마신 것이 이준경에게 후유증이 되었다고 볼 수 있었다. 집에서 글을 읽을 때도 다른 때보다 더욱 정신을 많이 집중해야 했다.

이지함이 말했다. "그동안 다니면서 많은 씨름을 했습니다. 제가 생각해 봤던 것을 말씀드려 보겠습니다. 다른 사람의 행복을 안고 사는 사람이 있는가 하면, 다른 사람의 불행을 안고 사는 사람이 있습니다. 다른 사람의 행복을 위하여 자신의 불행을 감수하는 사람도 있고, 자신의 고충과 고통을 감수하면서 다른 사람이 행복해하는 모습을 보고 즐겁고 기쁘게 지내는 사람도 있습니다. 그런 사람은 자신이 행복해지고 남이 불행해지면 마음이 괴로워서 결코 견디지 못합니다. 차라리 그 불행을 자신이 떠맡으려고 합니다. 이런 일은 부모의 자식에 대한 사랑에서 나타나지만, 그렇지 않은 상황에서도 나옵니다. 그런 사람에게는 길흉화복이 뭐가 의미가 있고 중요하겠습니까?"

그리고 이지함은 나지막이 목을 가다듬고는 말을 이었다. "흉과 화를 기꺼이 받아들이고 즐거움이 넘쳐 지내다가 죽음을 맞고자 하는 사람에게 내가 '당신은 힘들고 어렵게 살아갈 것입니다.'라고 말하면 그자에게는 그 말이 통하지 않을 뿐만 아니라 픽 웃을 것입니다. 사랑과 희생으로 죽음을 직면하며 굳건히 사는 사람들은 몸과 행동과 생활에 즐거운 생기가 돋아납니다. 그런데 이런 것은 지극히 특정한 경우의 사람에게만 해당하고, 이세상의 거의 모든 사람들은 벗어날 수 있음을 알지도 못한 채 결국 인간 세상의 길흉화복이라는 화살이 가는 통로에 갇혀서 순응하며 한평생을 지냅니다. 그리고 살아가면서 힘들고 어려워지면 자신의 처지가 불행하다고 여기고 탈피하려고 몸부림칩니다."

그러자 이준경도 자신이 품고 있던 생각을 말했다. "나는 요즘에는 내가 누구와 같이 있든 간에 상대가 기쁘고 행복해하는 모습을 보아야 마음이 후련하고 평온해지곤 하네. 그리고 사람들이 곤궁하여 아우성대는 이런 세속에서는 후손이 많은 것보다는 후손이 어떻게 어떤 삶을 지켜서 나가느냐가 훨씬 중요하다는 것을 절실히 느끼고 있네. 또 나라에서는 누구든지 일단 태어난 후에는 그때부터 태어난 사람이 어떻게든 값진 삶을 살아가도록 해주는 것이 더 중요하다고 보네."

그리고 그는 숨을 한번 고르고 말을 이었다. "이 세상에 태어난 사람은 개개인이 일생을 고통 없이, 다른 사람에게 불행을 끼치지 말고 평온하게 살아가야 하니, 나라에서는 그렇게 해 주려고 분주하게 움직여야 하네. 노약자나 병든 자에게는 돌봐 줄 사람이 없으면 불행하니, 그들을 위하여 나라에서 좋은 장려책이 있으면 하네. 모든 사람은 나이가 들어 늙고 병이 들지만, 세월이 흘러서 그때까지 살아가는 동안에 자신이 할 수 있는 힘이 있다면 병든 사람과 노약자를 돕고, 은덕을 베푸는 데서 기쁨을 찾는다면 스스로를 외롭고 불행하다고 여기지 않을 것이네. 한마디로 기쁨과 즐거움을 대가와 보답을 받는 데서 구하지 말고, 성심껏 아낌없이 주고 베푸는 데서 찾는다면 정말 좋은 세상이 될 것이네!"

을묘왜변의 출사와 분투

1555년 5월 11일 아침, 70여 척의 배를 탄 6,000여 명의 왜적들이 일시에 전라도 남해안으로 침입하였다. 왜적들의 수장은 본격적인 침입을 하기 전에 남해안 주변 상황을 샅샅이 살피고 선제공격을 확실히 하기 위해 먼저 열한 척의 배를 이진포와 달량포에 암암리에 상륙시켰다. 그런데 아무런 방어 태세가 없고 조선의 군사는 태만하였다. 그러자 본격적으로 왜적의 본진이 밀고 들어왔다. 일제히 성 아래에 있는 민가를 불태우고, 사는 사람들을 죽인 다음에 달량진 성을 둘러싸고 공격을 할 준비를 하였다.

그런데 이런 상황에서 달량진 성에는 수군첨사가 겨우 50여 명도 안 되는 병사를 데리고 있었다. 조선의 수군첨사 이세린은 수없이 몰려오는 왜적들을 보고 눈이 휘둥그레져서 기겁하여 재빨리 성을 버리고 10리 밖에 있는 두륜산 굴속에 들어가 숨어 버렸다. 그러다가 얼마 후에 다시 그는 생계수단이 어렵게 되자, 군량미가 있는 곳으로 가서 100석을 배에 싣고 몰래 딴 곳으로 피신하려다가 그만 왜적에게 발각되어 그것마저 빼앗기고 말았다.

허망하게 처참히 무너진 달량진 성의 급보를 전해들은 강진지역에 주둔하고 있는 병마절도사 원적은 숨이 가쁘게 군사 200여 명을 데리고 돌진하였다. 이때 전라도 관찰사 김주가 가리포 사태를 막기 위해 장흥부사 한온의 군사를 보내었다. 그런데 한온은 중도에서 병마절도사 원적을 만나고 달량진 성으로 함께 들어갔다. 그리고 영암 군수 이덕견이 급히 재촉하여 달량진 성으로 달려서 왔다. 그런데 모두가 섣불리 하여서 왜적의 꾀에 넘어가 참패하였다.

병마절도사 원적이 달량성으로 진입하고자 했을 때, 텅 빈 성안으로 먼저 들어간 일부 왜적들이 일시적으로 성을 비우고 사라졌다. 그러자 원적은 주변에 왜적이 거의 없음을 알자 안도감을 갖고 성안으로 들어갔다. 원적은 주변에 숨어서 보이지 않은 왜적의 수가 얼마인지를 알아채지 못했다. 곧바로 원적은 엄청난 왜적들의 몰려와서 조선의 총 수장인 자신을 사로잡아 죽이려는 잔꾀에 넘어간 것이다. 원적은 고립되었다. 왜적들이 작은 달량진 성을 빠져나가지 못하게 몇 겹으로 막아섰기 때문이다. 시일이 지나도 원적이 있는 달량진 성을 구원할 군사들은 오지 않았다.

이제는 병사들이 먹을 양식도 바닥이 났다. 원적은 왜적에게 항복을 청하면 조선의 병사들을 살려 줄 것이라고 생각을 하고 요청을 했다. 그런데 왜적들은 성안에 화살이 떨어지고 식량이 없어 싸울 힘이 없다는 것을 알게 되자 무참히 공격을 하였다. 그들은 사다리를 만들어 성벽에 세워 놓고 괴이한 함성을 지르며 성으로 일제히 기어오르며 공격을 하였다. 마침내 달량진 성이 함락되었고, 왜적들은 병마절도사 원적과 한온 등 모든 군사를 처참히 살해하였다.

그런데 이덕견이란 자가 있었다. 그는 왜적들에게 빌미하여 항복하였다. 왜적들은 이덕견을 시켜서 "한양을 침범하겠다."라는 서신을 쓰게 하여서 한양으로 보내니, 조선 조정은 어찌할 줄 몰라 발칵 뒤집혔다. 조선의 조정에서는 각지의 수령들에게 왜적을 방어하고 격퇴하라고 전단을 보냈다. 하지만 모두 참패당하고 패전의 소식만 날아 들어왔다.

계속해서 조선의 군사를 거뜬히 물리친 왜적들은 기세가 그칠 줄 모르고 치솟았다. 그들은 곳곳의 조선군의 요새를 불태우고 노략질을 하고, 조선 백성들을 무참히 죽이며 거침없이 올라오고 있었다. 조선의 마을들은 화염으로 휩싸이고, 조선군들이 허겁지겁 달아나자 왜적들은 군량과 무기 등을 모조리 약탈하였다. 왜적들은 마구잡이로 약탈한 재물을 소와 말에 나누어 싣고 영암성으로 몰려 들어가기 시작했다.

이렇게 왜적들이 민가를 쑥대밭을 만들고 거침없이 북쪽으로 올라오고 있었지만, 조선 조정에서는 이에 대한 아무런 대책도 세우지도 못한 채 속수무책이었다. 사태는 계속해서 긴박하게 돌아갔다. 전주의 전라도 관찰사 김주는 급하게 각 고을에 병력을 소집했다. 거의 각 고을에서 긴급히 강제적으로 배정되어서 갑자기 소집된 병사들이었다. 이렇게 급히 소집된 병력 3,000명을 전라도 관찰사 김주는 전주 부윤 이윤경에게 주어 내려 보냈다. 이윤경을 따라 나주로 내려가는 병사들이 길게 늘어서 산길을 메워 갔다.

전주 부윤 이윤경은 나주에 도착한 후, 다시 병력을 재정비하였다. 병든 자나 노령자나, 싸움에 빈약한 자는 돌려보내고, 나주성에 뒤따라서 도착한 관찰사 김주에게 일부 군사를 남기고 2,000여 명의 병력을 갖고 영암성으로 들어가서 한시적인 수성장이 되어서 수비를 하였다. 하지만 영암성에 도달하였을 때는 이미 싸움을 피하여 달아난 병사들도 많았다.

조선 조정에서는 5월 16일 호조판서 이준경과 김경석 · 남치근 등에게 관직을 제수하고 이준경을 총지휘로 하는 전라도 도순찰사로, 김경석을 우도 방어사로, 남치근을 좌도 방어사로, 조광원을 경상도 도순찰사로, 조안국을 좌도 방어사로 하고, 우선 전라도 방어사 김경석과 남치근을 급히 5월 16일 오후에 각각 병력 200명을 우선 주어서 전라도로 떠나보내고 도순찰사 이준경은 병력을 다시 모집하여서 나중에 내려가도록 했다.

이준경이 나주로 떠나기 전날인 5월 18일, 명종임금에게 아뢰어 미리 각 고을들의 군마의 형편이 어떠한지 정돈하여 대기하도록 하고자 군관 김세명과 정걸을 선발대로 하여 속히 내려 보냈다.

이준경은 한양에서 나주로 떠나는 날 부인에게 말했다. "내가 지금 임지로 떠나서 저 고약한 왜적들을 물리쳐서 끝내지 않으면 돌아오지 않을 것이요. 어쩌면 죽어서 다시는 부인을 못 볼 수도 있소. 그러니 마음을 단단히 하여 주시오." 이준경 부인은 "집안의 일은 마음을 비우시고 부디 건승하여서 돌아와 주십시오."라고 말하였다.

부인과 마지막일지도 모르는 작별을 나눈 이준경은 5월 19일, 병사 550명을 거느리고 남쪽으로 떠났다. 도순찰사 이준경과 함께 가는 보좌 대신은 종사관 심수경, 김귀영 2명이었으며, 병사는 550명이었다. 얼마 안 되는 병사들이었지만 시위병 및 도성에서 뽑아낸 비교적 용맹스럽고 힘 있는 군사들이었다. 이미 앞서서 5월 16일 오후 남치근과 김경석에게 각각 200명씩의 병사가 서둘러 먼저 나주성으로 내려갔다. 하지만 모든 조선 조정에서 지원하는 군사의 수는 왜군의 세력에 비해서는 턱없이 부족하였다.

나주로 내려간 남치근 방어사는 오래전에 이준경과 같이 지낸 적이 있었다. 하지만 방어사 김경석은 파직당한 후 복직한 장수로서 이준경과 서로 간에 소통이 별로 없는 노령이었다.

1555년 5월 18일 영암성

5월 18일, 전라도 남쪽 병영에 있는 조선군의 진지를 무너트린 왜적들은 영암성으로 계속해서 몰려들었다. 오후가 되면서 왜적들이 이윽고 영암성 앞으로 몰려와 성을 포위하고 포로들을 끌고 성아래에 이르러 목을 베어 던지면서 휘파람을 불고 날뛰다가 성갈 퀴로 오르는 모습을 지으니 온 성안이 기가 꺾여, 사람들은 도망하여 흩어지는 것을 생각하므로 이윤경이 몸소 성안을 돌아다니며 나라에 충성을 다하도록 격려하며 이르기를, "나는 원래 여러 번 나라의 은혜를 입은 터이며, 나는 이곳 수성장 성주가 되었으니 이 성과 함께 생사를 같이하리라."라고 하였다.

영암성 밖이 소란스러웠다. 수성장을 맡은 이윤경이 병사들의 주위를 환기시키고 헛되이 활을 쏘지 말라고 하였다. 그리고 기다리자, 얼마 후에 왜구들이 멀리 물러났다. 밤이 되어 이윤경은 촛불을 켜고 대청에 나와 앉았다. 영암성에 닥쳐올 위기와 극난을 어떻게든 대처하여야 한다는 생각에 사로잡혀 있었다.

이때 다시 왜구들의 몇 명이 영암성 가까이 다가와서 소리를 지르며 사로잡은 조선인을 죽이며 시비를 걸고 소란을 피웠다. 이윤경은 어둡고 주변 시야가 흐려 화살의 사정거리가 멀므로 병사들에게 동요되지 말고 공격하지 말라고 말했다. 왜구들은 소란을 피우다 돌아갔다. 이윤경은 성벽에서 지키는 병사들을 위로하고 계속 순시하였다.

1555년 5월 19일 나주 성

남치근과 김경석은 한양을 시급히 출발하여 5월 19일 나주성에 도착하였다. 나주성은 영암성보다 조금 위쪽인 한양으로 가는 길의 중심지였다. 영암성에서 한양으로 갈려면 좀 더 북쪽에 자리 잡은 나주성을 지나가야 했다. 노장 남치근과 김경석은 관찰사 김주로 부터 강진의 병영에 위치한 영암성 아래의 조선군 진영이 5월 18일에 이미 무너졌다는 말을 전해 들었다. 그래서 관찰사 김주와 의논하고 왜구들이 영암성 외곽에 집결한 후에 영암성을 함락하고, 나주성을 지나 한양으로 밀쳐 올라갈 것이라고 판단하고, 큰 길목의 요새가 되는 영암성 수호를 더 강화하기 위하여 곧바로 들어갔다.

5월 19일 나주성에서 영암성으로 떠나기 전에 김경석이 김주에게 말하였다. "영암성의 형세와 위치가 지금 보아 하니 매우 중요한데, 우리가 급히 서둘러 한양에서 데려온 병사는 우리 두 사람이 겨우 합하여 400명입니다. 왜구의 수가 6,000여 명이라 하니 영암성 수호가 어려울 것이오. 그러하니 우선 영암성으로 들어가서 왜적을 막으려면 나주성에 있는 병사를 더 내어서 주셔야겠습니다."

이에 관찰사 김주가 말하였다. "우리 나주성의 조선 병사가 턱없이 적습니다. 영암성에는 전주부윤 이윤경이 각지에서 긴급히 소집한 병사들을 모아 지금 내려가 있습니다. 겨우 2,000명이 되는 병력입니다. 그리고 아직은 왜적이 어느 곳으로 올지 확실히 추정하기가 어려워 이곳 나주성에도 300명이 좀 더되는 일부 군사를 남겼으나, 나도 지금 영암성이 많이 위태하니 염려가 됩니다. 순찰사 이준경이 한양에서 병력을 얼마나 가지고 내려올지 모르지만, 오게 되면 논의해 병력을 더 드릴 테니 갖고 우선 영암성으로 가시오." 그러면서 김주는 아직 나주성에 남은 병력 300명에서 남치근과 김경석에게 200명을 더 내주었다.

그리하여 김경석과 남치근은 나주성에서 받은 군사를 합하여 600명을 데리고 영암성으로 들어갔다. 이미 영암성에는 관찰사 김주가 미리 이윤경에게 딸려 보낸 군사가 있었는데 도중에 사망한 자도 있고, 부상자와 병으로 연약한 자는 돌려보내니 2,000명이 모자라는 군사가 자리 잡고 있었다. 처음부터 영암성에 도달했을 때에도 전투에 견디지 못하고 도망간 병사도 많이 있었다.

1555년 5월 20일 영암성

5월 19일에 방어사 남치근과 김경석은 왜적이 많이 있는 곳을 피하여 틈을 타서 영암성으로 들어갔다. 5월 20일 오후가 되면서 왜구들이 다시 성 주위로 몰려와 싸우기를 내세웠다. 이때 '소달'이란 자가 있었다. 소달은 나이가 많은 노장이었는데, 이준경과 남치근이 아직 한양에 있을 때에 이준경을 찾아가서 영암성의 위기와 소중함을 전해 듣고, 한양에서 군사가 내려오기 전에 별도로 영암성 쪽으로 먼저 가서 싸우겠다고 했다. 소달은 스스로 자청하여서 먼저 나주 주변으로 내려가서 의병 300명을 모집해 주위에 있다가, 남치근이 영암성에 들어왔다는 소식을 곧바로 듣고 영암성으로 들어와서 남치근의 전부장이 되어 군력에 합류한 것이다.

수성장 이윤경은 소달이 노장임에도 불구하고 용맹하고 충성된 기질을 갖고 있어서 매우 안심이 되었다. 그런데 소달은 왜적들이 성 밖에서 조선군을 업신여기고 비냥거리며 아군을 우롱하며 싸움을 걸고 있는 모습을 보고, 아주 괘씸하여서 나가 싸우자고 이윤경에게 말하였다. 그러자 이윤경이 말하기를 "나도 지금 전부장과 똑같은 심정이오. 하지만 왜적들이 계속 몰려들고 있소. 더욱 형세를 지켜보고 같이 나가서 싸웁시다. 지금 왜적의 사기와 세력이 매우 강성해지고 있으니 나가서 싸우는 것은 옳지 않습니다. 지금은 왜적이 이쪽 고군으로 깊숙이 파고들어 왔으므로 오래되면 반드시 어떤 변화가 생길 것이니, 성을 굳게 지키고 그때를 기다리면 승리할 것이오."라고 하였다.

그러자 소달이 울화를 참지 못하고 말하기를 "왜적들이 비록 계속해서 강성해지고 있으나, 더욱 강성해지면 기회를 놓치니 기다리지 말고, 밀려오는 왜적의 후원부대가 아직 확고하게 정착되지 못할 때 쳐들어가면 왜적들이 사기를 잃고, 갈 데를 찾지 못하니 만약 이때 싸워서 이기면 죽어도 한이 없소이다." 하였다. 그리고 소달은 적개심을 더욱 참지 못하여 남치근에게 가서 다시 나가서 싸우겠다고 하였다.

그러자 남치근이 말하였다. "나도 저렇게 왜구들이 우리를 조롱하는 모습을 더 이상 두고 볼 수가 없네! 그러면 우리가 뒤에서 호방을 할 테니 나가서 싸우도록 하시오. 내가 수성장 이윤경에게 전달할 것입니다."

곧 소달은 부하들을 인솔하고 성문을 열고 나가 출전하였다. 이때 소달의 손자가 곁에 있다가 울면서 만류하였으나 소달은 손자를 꾸짖으며 "너는 죽는 것이 그다지도 두려우냐? 전쟁에 임하여 용맹이 없는 장수는 기상이 아니다." 하며 깊숙이 나가서 왜적을 칼로 쓰러뜨렸다. 그런데 소달이 타고 있던 말이 실족하여 소달은 말에서 떨어져 전사하였다. 이 모습을 본 손자도 격분하여 장검을 들고 왜적을 쳐 죽였으나 역시 전사하였다. 소달이 죽은 것은 적진에 너무 깊게 멀리 들어갔기 때문이었다.

소달이 죽자, 조선병사들이 우왕좌왕 하며 뒷걸음을 쳐서 빠져나와 성안으로 후퇴하여 들어가려고 달렸다. 이에 왜적들이 뒤쫓아 죽이려고 달렸다. 먼 거리를 지켜보던 이윤경은 급히 쇠뇌와 마름쇠를 길게 설치하여서 아군은 영암성안으로 들여보내고 적들이 걸려서 더 이상 쫓아오지 못하게 하였다.

이러한 광경을 성에서 지켜본 조선 병사들은 분개하며 소달과 손자의 죽음에 대해 깊은 감명을 받고 의기투합하였다. 너도나도 소달과 손자의 죽음을 안타깝게 생각하면서 싸울 준비를 각오하였다. 사실상 이런 일이 있은 후부터 조선 군사들에게 싸움에 두려움보다는 적개심이 북받쳤다. 이윤경은 군사들에게 "나도 이곳 영암성을 수호하며 전부장과 같은 죽음으로서 이 영암성을 끝까지 지킬 것이다. 병사들은 추호도 동요하지 말라!" 하였다.

노장 방어사 김경석이 소달의 죽음에 대하여 노장 방어사 남치근에게 핀잔을 주었다. 김경석은 남치근의 성급한 과실을 못마땅하게 여겼다. 소달 전부장은 남치근 방어사의 전격 수하인데, 적의 기세가 한창 맹렬한 때에 왜 그렇게 서둘러서 소달 전부장을 내보내어 전사하게 하였다는 것이었다. 그런데 방어사 김경석에게 방어사 남치근은 오히려 되받아 다시 핀잔을 주었다. "김 장군이 너무 소심하여 우리의 전투력을 상실할까 봐 염려됩니다." 남치근과 김경석은 서로 성격상 부합되지 못하고 모호한 사이가 되어서 의기투합이 되지 않았다.

다음 날 5월 21일, 왜적에 대한 분노가 치밀어 오르는 가운데 이윤경은 영암성에 있는 조선군의 사기를 높여 주고자 계책을 세웠다. 이윤경은 다시 쇠뇌와 마름쇠를 길게 설치하였다. 그리고 어제 조선 병사를 죽인 왜적들을 놀려 주기 위해 광대들을 시켜 모두 채색 옷을 입히고 그 위를 뛰놀며 재주를 부리게 하니, 왜적들은 놀림을 당하면서 참고 구경하다가 성질에 못 이겨 사나워져서 날개처럼 벌려서 광대들을 죽이려고 무릅쓰며 달려 들어왔다. 그때 쇠뇌와 마름쇠를 다시 조정하니 적들이 걸려 죽고, 넘어져 감히 들어오지 못했다. 조선군은 이를 보고 통쾌해했다.

1555년 5월 21일 나주성으로 들어가는 길목

도순찰사 이준경이 한양에서 나주로 가까이 내려오는 도중에 곳곳에서는 왜적들은 피하여서 한양 쪽으로 올라오는 수많은 사람들이 줄줄이 길을 잇고 있었다. 사람들이 여기저기 웅성거리는 소리도 들었다. 이대로 가다간 한양으로 왜구들이 침입할 것이라는 내용이었다.

이준경은 나주로 가까이 내려오는 중에 남치근과 김경석이 이끄는 병력이 영암성에 들어갔다는 전갈을 받았다. 이준경은 영암성에 있는 이윤경 형님이 많이 염려되어 글을 써서 전갈을 보냈다.

"한양에서 보낸 방어사 남치근과 김경석의 병력이 이미 영암성으로 들어갔으니, 그들이 이제부터는 영암성의 방어 수장이 될 것이니 형님은 이제 영암성에서 나와서 다시 나주성으로 물러나서 계십시오."라는 내용이었다.

그런데 다시 전갈을 영암성에서 가져온 병사가 이준경에게 아뢰었다. 이윤경 형님이 아직도 성에서 꿈적도 하지 않고 버티고 있다고 하였다. 이준경은 크게 걱정을 하고 낙심했다. "아니, 형님이 어째서 그러하시는 것인가? 형님이 죽음을 작정한 것인가?" 순찰사 이준경의 마음속엔 어떻게 해서든지 이윤경 형님을 구해 내고 싶은 마음이 철떡 같았다. 이준경은 다시 서찰을 보냈다. "형님! 한양의 조정에서 내려온 방어사 무관 두 명이 이미 영암성에 들어가 군력을 정비하고 지휘하고 있으니 일단 나주성으로 형님은 물러서시오."

그런데 다시 이윤경에게서 답장이 왔다. "동생은 내 걱정을 하지 말게. 내 이미 죽음을 결심했네! 내가 계책을 준비하여 영암성 수비를 구축했으니, 날 믿어 주게, 나는 이곳 영암성에서 퇴각하지 않을 것이네! 더 이상 나에게 전갈을 보내지 말게." 이준경은 형님의 답장을 받고 가슴이 쿵하고 척 내려앉았다.

"내가 돌아가신 어머니 말씀을 어기고 형님을 죽게 만드는구나! 아, 이를 어쩌면 좋단 말인가! 윤경 형님이 저토록 완강하시니 내가 형님의 비위를 아니 형님의 자존심을 거슬리게 할 수 없다. 내가 형님의 자존심을 어떻게 만류할 수가 없다. 윤경 형님은 지금 목숨을 버리면서 이 나라 조선과 임금님에 대한 충성의 자존심을 지키겠다는 신념으로 가득 차 있다."

하면서, 이준경은 심단을 하고 더 이상 윤경 형님에게 전갈을 보내지 않았다. 이준경은 생각했다. '아, 이제 내가 어떻게 해야 하는가? 아! 윤경 형님! 부디 굳세게 몸 처신을 잘하십시오! 내 곧 군사를 수습하여서 그쪽 영암성을 지원하여 들어가겠소이다.'

1555년 5월 22일 ~ 5월 23일 오후 나주성

1555년 5월 22일, 이준경은 나주성에 550명의 병력을 갖고 도착했다. 전라 관찰사 김주가 그동안 전황 과정을 순찰사 이준경에게 전하고, 나주성을 이준경에게 위임하였다. 그리고 김주는 이윤경이 영암성으로 주력병력을 데려간 후, 나주에 남아 있는 병사 중에서 부상병과 병약한 자들은 전투에 도움이 안 되기 때문에 그들 100여 명의 데리고 전주의 관아로 되돌아갔다.

이준경은 일단 군사를 정박하고 나주성의 주변 형세를 살폈다. 많은 곳에서 조선 병사들이 패하여 돌아왔고 나주성안으로 계속하여 들어오는 부상병들이 허름하게 설치된 막사에서 치료를 받고 있었다. 그들에게서 들리는 소리는 패전했다는 말뿐이었다. 대부분의 남쪽 아래의 성주들이 달아났다고 했으며, 밀려든 왜구들이 너무 포악하여 여기저기 날뛰고 조선 백성들을 유린하고 있다고 했다.

아무튼 5월 22일 이준경이 나주성에 도착했을 때는 이미 김경석과 남치근이 모두 영암성으로 들어가 있었다. 이준경이 영암성의 군세와 제장들을 파악하여 보았다. 그리고 방어사 남치근의 전 부장이었던 소달과 손자의 죽음을 전해 받고 이준경은 마음이 애처롭고 착잡하였다. 그런데 영암성에 들어간 남치근과 김경석은 나이가 60을 바라보는 노장들이었다. 그들이 서로 괴팍한 성격 때문에 서로 간에 불협화음이 있다는 소식도 전해 듣게 되었다.

이준경은 예전부터 남치근의 급박하고 독단적인 성격을 많이 알고 있었으므로 생각하기에 두 노령의 장수 남치근과 김경석이 같이 영암성에 함께 있으면 서로 간에 협력하여 응원하는 성세가 없어서 온당치 못하겠기에 5월 23일 아침에 일찍 전령을 보내어 방어사 남치근에게 군사를 거느리고 영암성을 나오도록 하여 왜적이 아래쪽에서 영암성으로 들어오는 후방을 진입하여 막도록 하였다.

5월 23일 점심때가 되자, 전라병사 겸방어사 조안국이 병력 200명을 데리고 나주에 도착하였다. 하지만 방어사 조안국의 병력도 턱없이 부족하였다. 이준경의 전략은 조안국의 병력을 투입하여 영암성에서 나주성으로 가는 진입구로 가까이 들어가서 왜적을 후미에서 치고자 하였다. 그래서 이준경은 조안국에게 오후에 5월 23일 병력 300명과 장비를 조금 더 내주어 나주로부터 영암으로 들어가 구원하도록 하였다.

그런데 조안국은 영암성 쪽으로 나아갔으나 도착하지 못하고 되돌아왔다. 영암성에 들어가는 입구에 엄청나게 많은 왜구들이 계속 몰려들고 있다는 것이었다. 그래서 조안국은 다시 나가서 영암성 입구 쪽에서 방어할 곳을 찾아 진을 치고자 하였으나, 중로의 모산리에 왜적들이 있다는 소식을 듣고 달려가 수색하느라 날이 저물어서 영암에서 20리 지점에서 진을 치고 유숙을 했다.

한편 방어사 조안국이 5월 23일 나주에서 영암으로 가는 사이에, 남치근은 이준경의 명을 받고 처음 한양에서 내려올 때 처음 배정된 200명의 병사를 데리고 5월 23일에 오전에 틈을 타서 영암성에서 나와서 왜적이 있는 곳을 우회하여서 아래의 산기슭을 돌아 나주성 쪽으로 나오고 있었다. 그때 다른 정황이 발생하였다. 이준경은 마침 왜적들이 장흥으로 들어갔다는 전갈을 받고 영암성에서 나오고 있는 남치근에게 장흥으로 가서 구원하게 하였다. 그런데 남치근이 5월 23일 오전에 영암성에서 나온 후 나주성 근처에 병력을 주둔시키고 이준경에게 면대하여 의논할 일이 있다고 하면서 장흥으로 가지 않고 먼저 나주성으로 온 것이다.

이준경은 남치근이 명령대로 따르지 않은 것 때문에 몹시 화가 나서 입견을 허락하지 않고 엄중 힐책하였다. 그래도 남치근이 면대하여 의논할 것을 굳이 청하며 와서 말했다. "왜적들에 대치하여 데리고 갈 200명의 병사가 너무 적고 약하다." 그러자 이준경은 말했다. "지금 우리군사가 턱없이 너무 부족하네! 병사들의 숫자로만 비교하다 보면 지금 영암성의 상황도 너무 불안하네. 그렇다고 왜적들의 일부가 영암성을 우회하여 한양 쪽으로 올라가도록 내버려 둘 수도 없네. 우리가 죽기로서 이를 막아야 하네. 그러지 않고서 어찌 우리가 조선의 군장이라 할 수 있겠는가! 왜적들이 영암성 공격을 포기하고 나주성을 거슬러 한양으로 올라간다면 큰 격변이 생길 것이네. 나는 지금 그것이 큰 우려가 되네!"

그리고 다시 "이곳 나주성의 병사를 남방어사에게 더 내주면 이곳 나주성에 남아서 지키는 군사는 이제 더욱 부족하게 될 것이네. 그나마 지금 나주성에 남는 병사는 전투력이 연약한 자들뿐이지 않는가? 그러하니 왜적들이 만약 나주성의 이런 실제 상황을 안다면 왜적들은 영암성의 공격을 포기하고 이곳 나주성으로 대대적으로 계속 몰려올 걸세. 이 사실을 왜적들이 알아서는 절대로 안 될 것일세. 나는 지금 이러한 상황에서 군사가 거의 없는 나주성의 취약점이 많이 염려가 되네." 하고 이준경은 매우 안타까운 심정을 말하였다.

곧이어 이준경과 함께 온 종사관인 심수경, 김귀영도 이 점을 크게 염려하였다. 하지만 이준경은 이런 상황에도 불구하고 한양에서 나주성으로 데려와서 아직 남아 있는 250병사 중에서 남치근에게 200명을 더 주고 주야로 치보하게 하였다. 이준경은 방어사 남치근을 왜구들의 일부가 노략질하면서 올라오고 있는 장흥으로 가게 하였다. 그래서 남치근은 우선 장흥으로 가는 길목인 남평을 향하여 출발하였다.

그런데 5월 23일 오후가 지나면서 영암성의 왜적의 군세와 동태가 크게 변하였다. 영암성 아래에 수많은 왜구들이 더욱더 군집하여 몰려들고 있다는 전갈이 다시 들어온 것이다. 왜적들이 넘쳐서 영암성에서 나와 나주 쪽으로, 그리고 한양으로 밀쳐 올라올 것이 크게 우려되는 상황이었다. 그러한 큰 위기가 닥치자, 이준경은 남치근에게 장흥으로 더욱더 많이 아래쪽으로 내려가지 말고, 남평으로부터 나와서 영암성 쪽으로 가서 구원하라고 하였다.

1555년 5월 23일 오후 영암성

한편 남치근의 병력이 5월 23일 일찍 영암성을 빠져나간 후 영암성에서는 오후가 되었는데 성 밖에서 영암성으로 전갈이 왔다. 양달사가 이끄는 의병이 영암성 남쪽에서 영암성로 들어가는 한쪽 길목의 중간을 차단하고 복병을 치고, 아래에서 올라오는 왜구들을 괴롭히고 무찔렀다는 소식이었다.

양달사는 적은 병력으로 주변에서 왜구들을 공격하여 왜구들의 목을 베고 영암성 부근 가까이까지 들어왔다. 하지만 수많은 왜구들이 향교에 집결하여 있었으므로 수세에 몰려 방어선을 치고 왜적의 동태를 살피고 있다는 것이었다. 그런데 양달사가 이끄는 의병들은 많이 지쳐 있고 식수와 식량이 없었다. 우선 급하게 마실 물이 필요했다. 양달사는 주위에 물을 찾다가 이상한 지점을 발견하고 칼을 꽂아서 물을 쏟아 나오게 했다. 그래서 병사들이 환호를 올렸다는 것이었다.

이 소식을 들은 수성장 이윤경은 방어사 김경석에게 왜구의 군세가 조직화되고 더 강화되기 전에 산 아래 양달사가 있고, 조안국과 남치근이 멀리 있지만 뒤쪽을 막고 있으니 지금이 가장 왜적을 물리칠 수 있는 기회라고 생각하여 나가 싸우자고 하였으나, 방어사 김경석이 거절하였다.

1555년 5월 23일 밤 나주성

5월 23일, 날이 어두워지면서 나주성에는 이준경이 남치근과 조안국에게 그나마 남은 병력을 내주어서 겨우 성을 지키는 연약한 병사 50여 명만이 남아 있었다.

그런데 설상가상으로 5월 23일 밤이 되자, 동쪽의 높은 산을 넘어서 몰래 숨어서 나주로 들어온 왜적 50여 명이 나주 민가를 습격하여 사람을 죽이고, 노략질하고 달아났다. 이준경은 분노가 치밀었으나 그들을 쫓지 않았다. 나주성을 지키는 적은 병력으로 추적하다가 나주성의 부족한 병력의 실상이 탄로되고, 그들에게 나주성의 빈약한 정보가 들어가면 오히려 크게 역습을 당하는 처지가 되어 수많은 왜적들이 나주성으로 몰려드는 것을 우려했기 때문이다.

이준경은 궁리를 하였으나 어떻게 할 방도가 없었다. 나주성 밖의 아우성 속에 도망 나온 민간인들은 나주성에 있는 군관들과 이준경을 원망하였다. 마을이 불타고 사람이 죽어 가는데 나주성의 군사들이 어찌 출동하지 않았는지, 순찰사의 이준경의 직분을 크게 의아해하고 울분을 터뜨렸다. 하지만 나주성 밖 민가를 노략질을 한 후 나주를 빠져나간 왜구들은 방어사 조안국이 지키는 영암 쪽으로 도주하여 가지 못하고 영원고을 쪽으로 가는 도중에 남평에서 영암으로 가는 길목에서 남치근을 만나고 추적당해 10명 이상이 죽어 목이 베이고 사방으로 흩어졌다. 그래서 남치근은 시간이 지체되자, 10여 급을 베어 가지고 돌아오다가 더 이상 가지 못하고 창흘원에서 유숙했다.

그런데 5월 24일 아침, 하룻밤 사이에 왜적은 영암성으로 엄청나게 집결하였다. 그러한 군세라면 만약 왜구들이 영암성의 전투를 포기할 경우에 나주성으로 몰려들어 오는 것은 아주 자명하였다. 그것이 아니라면 영암성은 크게 위험에 처해 무너질 것이 뻔하였다. 하지만 그때까지만 해도 남치근과 조안국은 왜구들이 영암성의 함락에 집착하여 큰 공격의 접전이 벌어질 것이라는 것을 처음부터 미리 예측하지 못하고 떠났기 때문에 나주로 들어오는 왜적들을 방어에만 집착하였고, 남치근과 조안국은 5월 25일 당일에는 서로 연락을 하지 못하였다.

1555년 5월 24일 나주성

나주성에서 조금 아래에 위치한 영암성에는 수성장 이윤경과 방어
사 김경석이 들어가 있고 2,000여 명 정도의 병력과 김경석이 나
주성에서 더 가져간 600명의 군력이 있었다. 그런데 나주성에는
불과 50여 명의 병력이 지키고 있었다. 그런데 5월 24일, 방어사
조안국에게서 전령이 왔다. 왜적 1,000여 명이 조안국이 토벌군
을 이끌고 들어가려던 곳에서 영암 쪽 길을 막아 버렸다는 것이었
다. 조안국은 더 이상 들어가지 못하고 입구에 진을 치고 상황을
살피고 있다는 전갈이었다.

밤이 되어서 이준경과 종사관 김귀영, 심수경은 나주성에 불을
밝히고 전망을 살피고 있었다. 5월 24일 밤에도 계속해서 난민들
이 북쪽으로 올라가고 있었다. 그리고 전운이 깊게 깔리고 있다는
것이었다.

5월 24일, 밤이 깊어지면서 적막이 흘렀다. 이준경은 병막에 들
어가서 병사에게 방문 밖을 지켜서 들어오지 못하게 하고 방 안에
휘장을 다시 쳤다. 더욱 밤이 깊어지자 바깥은 사방이 캄캄하였
다. 그런데 갑자기 시끌벅적한 소리가 나며 성안 사람들의 일부가
겁에 질려 몰려와 소란을 피웠다.

도순찰사 이준경이 머무는 객사당의 침장 앞에서 막관들이 와
서 아뢰기를, 성 밖에 왜적들이 많이 있다는 것이었다. 그래서 이
준경은 몰래 종사관을 보내서 살피게 하였다. 그리 많지 않은 왜
구들이었다. 그런 정도의 왜적의 수는 지원 병력을 요청하여 더
많이 오기 전에는 성 밖에서 나주성안으로 넘어 들어오기에는 힘
겨운 숫자였다.

이준경은 생각했다. 지금 상황에서는 성안 사람들을 깨워서는 아무런 소용이 없다. 캄캄한 밤에 어디로 피신하여 갈 수 있는 것도 아니다. 이준경은 코를 골며 잠자는 시늉을 했다. 그리고는 종사관들에게 나가서 이렇게 말하도록 했다. "현재 도순찰사 대감이 어제 일에 너무 지쳐서 잠이 깊이 들어 있습니다. 그러니 대감을 계속 불러서 찾지 말고 우리가 상황을 보면서 지켜볼 테니 막관들은 돌아가서 기다리시오."

그런데 왜구들은 성 밖에서 소란을 피우다가 시간이 지나자 조선군 수장되는 자가 태평히 잠자고 있다는 것을 조선 군관으로 부터 외치는 소리를 전해 듣고, 왜적들은 성의 대한 방비가 매우 튼튼하다고 간과하였다. 그리고 성안에서 대응도 하지 않고 반응이 없자, 한참 있다가 가 버렸다. 이준경은 다시 일어나서 그리고 촛대에 7개의 촛불을 켜고 정심을 다하여 밤을 지새우며 하늘에 빌었다.

'무엇보다도 영암성이 큰 근심과 불안이었다. 그리고 윤경 형님도 그곳에 계신다. 영암성의 위급에서 살리고 형님에게도 어떻게든 힘을 보태어 드려야 한다.'는 생각으로 마음이 휩싸였다. 이준경은 촛불을 7개를 한 줄로 켜서 놓았다. 그리고 눈을 감았다. 그 옛날에 파직하여서 연화방 산 아래 정자에서 어느 가을밤에 촛불을 켜 놓고 글을 쓰며 읽다가 머무르고, 귀인에게 혼을 내보냈던 것과 같은 형신으로 들어갔다. 촛불에 하나씩 기운을 담았다. 마음의 정심을 잡은 곳에는 촛불이 흔들리지 않았다.

이준경은 꼼짝도 않고 혼신을 통일하여 사귀를 붙박고, 온 힘을 바쳐 기운을 한데 모으고, 역신을 가져다가 쓰러질 때까지 큰 하늘에 빌었다. 그리고 5월 25일, 아침이 밝아 오고 있었다.

1555년 5월 25일 영암성 전투

5월 25일, 날이 밝아 오자 영암성에서 대대적인 전투가 벌어질 것이라는 전갈이 나주성에 도착했다. 나주성의 이준경은 긴 호흡을 하고는 마음을 단단히 하고 준비하여 막사 밖으로 나갔다. 긴급한 위기에 처해 있는 영암성의 형세를 알아보기 위함이었다. 영암성을 지원할 방도를 찾고 있었다.

그리고 돌아온 이준경은 크게 고심했다. "아, 영암성이 이제 막 위태로울 지경에 온 것인가! 지금 어떻게 해야 하는가! 그리고 윤경 형님의 목숨이 위태롭다. 나는 내 앞에서 형님이 죽는 것을 먼저 볼 수 없다. 우리 가족이 또 함께 죽음을 당하는 일이 다시 있어서는 안 된다."

돌아가신 어머니의 그때의 생각을 떠올렸다. "너희들은 서로의 생사를 도와야한다. 너희들은 선친의 형제처럼 덧없이 운명하여서 나처럼 삶을 처절하게 하도록 하지 말라."

"아! 어머니 지금도 저는 어머니가 보고 싶습니다. 어머니 내가 지금 덧없는 죽음은 아닐 것입니다. 그러나 윤경 형님이 영암성에서 저렇게 죽는 것은 나의 불찰이 너무 큽니다. 내가 영암성을 구원 지원할 방도가 더 무엇인가요?" 이준경은 다시 막사로 들어갔다. 촛불 3개를 켜고 사방 사귀에 혼을 넣고 정심을 가다듬었다. 하늘에서 내려주는 뜻을 기리고 기운을 모아서 영암성에 집중하며 하늘에 빌었다. 이준경은 신체를 이탈하여 무념에 들어갔다.

왜적은 영암성 동문 앞에 5,000여 명의 전 병력을 집결시켜 총 공격을 개시할 태세에 들어갔다. 그러자 영암성내의 조선군 측에서도 궁술에 뛰어난 병력을 동문 일대에 집중 배치하여 왜적의 공세에 대비하였다. 적장이 성전의 교의에 걸터앉아 누런 깃발로 지휘하자, 왜적들이 창과 검을 뽑아들고 손뼉을 쳐서 소리를 내는데 그 소리가 천지를 뒤흔들었다.

이윤경은 상황의 시급함을 김경석에게 알리었다. 방어사 김경석은 그제야 자신이 데려온 군사를 내주었고 김경석은 나오지 않았다. 영암성에 있는 군관과 장사들은 이윤경의 지시에 따라 열성적으로 영암성 수비 태세를 갖추었다. 이윽고 왜적들이 공세를 개시하자, 성내의 군민들은 성으로 기어오르는 왜적에게 시석을 퍼부으며 사력을 다해 등성을 저지하였다. 그런데 이때 잠잠하던 날씨가 갑자기 서풍이 거세게 불어 왜적의 진영을 휩쓸었다. 이윤경이 궁수들에게 이 기회를 놓치지 않고 적진을 향하여 화전을 집중적으로 퍼부었다. 많은 불화살이 멀리 있는 왜구의 진영에까지 날아가서 왜구의 진영은 온통 화염에 휩싸였다. 이윤경은 활을 잘쏘는 자를 시켜 왜적의 편전을 쏘아 적장의 왼쪽 대퇴부에 적중시켰다.

왜적의 전열은 걷잡을 수 없는 혼란에 빠져 뭉그러지기 시작했다. 영암성내의 조선군민은 이 기회를 놓치지 않고 일제히 추격전을 감행하였다. 이윤경이 성문을 열고 군사를 이끌고 출전했다. 영암성 밖 향교에서 왜적과 맞붙었다. 이윤경이 명을 내렸다. "앞으로 전진하는 자는 살고, 퇴각하는 자는 죽을 것이다."라는 말에 조선의 용맹한 군사들은 왜적과 붙어 수없이 많은 적군의 목을 베었다.

조선군의 용맹하고 열렬한 기세에 왜적들은 혼비백산이 되어 후퇴하였다. 그때 다시 성에 남아 있는 조선군민들이 성 밖으로 나와서 흩어진 왜구의 후미를 엄습하였다. 양달사가 이끄는 의병이 전투에 합류했다. 양달사는 왜적들이 있는 깊은 곳까지 들어가서 칼을 휘두르며 이곳저곳에서 많은 왜구를 베어서 죽였다. 하지만 그 자신도 깊은 상처를 입었다.

이윤경의 군사가 수없이 왜적을 참수하고 왜적의 진영이 무너지자, 왜적들은 식량과 물자를 버리고 서둘러 달아나기 시작했다. 이윤경은 향교 밖까지 왜적들을 쫓아가서 적들의 목을 베었다. 하지만 더 이상 쫓아 나가지 않았다. 영암성과 성 밖이 왜적 시체와 부상병으로 온통 쌓여 있고, 그야말로 아수라장이었다. 이윤경은 조선군민들을 모두 한곳에 모았다. 그리고 서로 부둥켜안고 "대조선국 천세!"를 불렀다.

이윤경은 성에 있는 방어사 김경석에게 시급히 말을 타는 병사를 소집하여서 달아나는 왜적를 소탕해야 한다고 말했다. 방어사 김경석은 그때서야 나와서 병력을 곧바로 다시 정비하여 왜적을 추적하였다. 왜적들이 영암성에서 무너졌다는 소식을 접해 들은 조안국은 곧바로 퇴각하는 왜구들을 추적하며 왜적들을 소탕하기 시작하였고, 조선군의 기세는 이제부터 계속 꺾이지 않고 드디어 왜적들을 몰아내기를 위해 혈전을 벌였다. 그리고 마침내 끝까지 위태로운 영암성을 뺏기지 않고 보전할 수 있게 되었다.

한편 이 소식은 나주성의 이준경에게 곧바로 전해졌다. 전령이 달려와 알리었다. "왜적들이 혼비백산하여 달아나고 있습니다. 순찰사 영감님!"이라고 말하자, "정말 그게 사실인가?" 하며 정확히 자세히 알아보라고 했다. 곧바로 또다시 전갈이 왔다. 이준경은 군사 도포를 입고 칼을 허리에 차고 나갔다. 그리고 몇 명의 병사들과 영암성으로 전투가 벌어지는 곳을 향하여 달렸다. 이준경은 남평 쪽에 있는 남치근을 영암으로 통하는 길목의 영산진으로 가서 조안국과 합세하여 왜적을 쫓아 진격하라고 급보를 전했다.

그런데 얼마 후에 다시 전갈이 왔다. 정말 반가운 전갈이었다. 영암성이 승리하였다는 것이었다. 윤경 형님이 적들을 거의 물리쳤다는 소식이었다. 이준경은 윤경 형님께 감사를 했다. "형님이 정말 잘해 주셨습니다."

이제 왜적의 기세는 한풀 꺾였다. 왜적들은 영암성 주변에서 빠져나가기 시작했다. 그러나 쫓겨서 퇴각하는 왜적은 퇴로가 막히면 최악의 발악을 한다는 생각을 했다. 그래서 이준경은 마을 사람들에게 도망친 왜적이 오기 전에 멀리 피신하라고 했다. 그리하면 "왜적들은 도망가기에 바빠서, 자기들을 피하여 멀리 가고 있는 조선 백성들을 일부로 쫓아가서 죽이지 않는다."고 하였다.

한편 이준경의 통보를 받은 남치근은 곧바로 진격에 들어갔다. 남치근이 영산진으로 향하다가 영암성에서 남평 쪽으로 내려오며 집결하는 많은 왜적들을 무참히 크게 쳐 밀었다. 저 멀리 다른 한쪽에서는 조안국의 병사들이 왜적 잔당들과 전투가 벌어지고 있었다. 칼과 창이 부딪치는 소리가 천지를 흔들며 요란했다. 왜구들은 계속 후퇴하며 달아났다. 이준경이 군관과 병사를 데리고 전투장 근처까지 다가갔다. 왜적들은 계속 달아나고 있었고, 아군의 병사들도 피해가 늘어났다. 그러한 가운데 계속해서 영암성에서 나온 조선 병사들은 우측 성 밖으로 나와 퇴각하는 왜적의 잔당들을 뒤쫓아 쳐내고 있었다. 왜적들도 반격이 컸다.

어느 정도의 시간이 흘렀을까? 영암성 주변의 전투가 잠잠해지고 여기저기 시체들과 신음소리가 뒹굴었다. 멀리서 전투하는 소리가 아직도 이따금씩 들렸다.

이준경은 영암성으로 들어갔다. 성안은 온통 수라장이었다. 연기가 치솟고 시설들이 뒤섞이고 파괴되어 있었다. 여기저기서 조선 군사의 부상자들을 나르고 있었다. 이준경은 윤경 형님을 찾았다. 이준경 옆에 있는 호위 병사가 물었다. "수성장 영감 어디 계시냐?" 하자 성의 병사가 대답했다. "동쪽 성문 밖에서 성 주민들을 위로하고 군무를 처리하고 있습니다." 이준경은 그곳으로 발걸음을 재촉했다.

윤경 형님이 부상자들이 있는 곳에서 다친 상처를 돌보고 있었다. 준경은 윤경 형님에게 다가갔다. 형님은 다가오는 준경을 바라보았다. 준경은 "형님!" 하고 부르며 달려가 형님 손을 잡았다. "형님께서 큰 고생을 하셨습니다. 이 나라 조선의 병란을 형님께서 막으셨습니다. 참으로 잘해 주셨습니다." 이에 이윤경이 대답했다.

"내가 한 일만이 아니다! 성안의 병사와 군민들이 모두 힘을 합하여 필사적으로 왜적을 막은 것이다. 그런 단결이 없었다면 아마 벌써 영암성은 지금 초토화되어 왜적들의 본거지가 되었을 것이다. 그리고 준경아! 나를 생각하는 너의 마음을 내가 안다. 그렇다고 내가 그땐 어쩔 수가 없었다. 내가 너의 뜻을 따를 수가 없었다. 이 영암성을 지켜야 한다는 생각만 하고 있었다. 그러니 내 잘못을 용서해다오. 이제부턴 내가 너의 뜻을 따를 것이다."

그러자 이준경이 "천만에요! 잘못이라니요? 형님! 전 형님이 이 수난을 잘 막아 주신 것만 생각해도 너무나 벅차고 감사하고 내가 형님에게 크게 부족한 것입니다."라고 대답했다. 이윤경이 "자! 지금은 이럴 때가 아니라고 생각한다. 영암성이 정비되는 대로 다시 만나기로 하자. 지금 어두워지니 왜적을 쫓는 병사들이 돌아오고 있다고 한다. 다시 성안이 정비되면 다시 기별을 넣을 것이다."라고 말했다.

"형님! 그러시지요." 하며 이준경이 "우리 군사의 희생자도 많고 군병들이 많이 지쳐 있을 것입니다. 우선 수습을 서둘러 하셔야지요. 그때가 되면 내가 다시 오겠습니다." 하며 성 밖으로 빠져나왔다. 이준경은 남치근과 조안국에게 전령을 보냈다. 왜적을 끝까지 계속 추적해서 소탕하라는 전갈을 내렸다.

하지만 남치근과 조안국이 이끄는 병력은 많은 수가 아니었다. 왜적들은 퇴각을 하고 있지만 아직도 상당한 수가 남아 있었다. 그들은 강진을 통해서 달량진을 향하여서 몰려가고 있었으며, 이리저리 흩어진 왜적들도 상당히 많았다. 그런데 왜적들이 물러나고 있는 길목에는 조선군의 복병이 준비되지 못하여 퇴로를 막을 수가 없었다. 이미 처음에 왜적이 쳐들어왔을 때 남쪽 군사지역의 성주들이 참살된 데다가 많은 군관과 군졸들이 달아났고, 의병들의 지원전투가 없어서 왜적들이 돌아가는 길목은 텅텅 비어 있었다.

그래서 왜적들은 계속 밀려서 쫓겨 나가면서 다시 몰려 뭉쳐서 장흥에서 강진으로 들어가는 입구로 집결하였다. 강진 입구에는 곳곳에서 빠져나온 왜적들이 다시 진을 치기 시작하여 전열을 가다듬었다. 그리고 왜적들은 다시 재조직을 하고 반격 태세를 갖추었다. 그다음에 그들은 강진의 성으로 밀어서 들어가고자 했다. 그때까지 계속 밀어붙이던 조선 군사들은 더 이상 나가지 못하고 그곳에서 머뭇거리게 되었다. 남치근과 조안국, 김경석의 군사들도 주위에 진을 쳤다. 하지만 남치근의 군사는 80여 명으로 줄었고, 조안국의 군사도 300명 정도였다. 김경석의 200명의 군사를 합치면 600명이 채 안 되었다. 다시 모여 집결한 2,000명이 넘는 왜적들과 대결하기는 어려운 형세였다.

조선의 수장들은 모여서 대진 전략을 세웠다. 전라 병사 조안국이 "내가 아는 왜적의 특성을 대개 그렇소이다. 왜적들은 조그만 싸움이라도 자기들이 이기면 곧바로 기세가 강성하여져서 전투력이 아주 등등하여져서 날뛰고, 싸움에 지면 곧바로 시들하여져서 뺑소니치는 격이요. 그러니 우리가 이렇게 적은 군사로 섣불리 쳐들어갔다가 우리 병사들이가 많이 다치게 되면 왜적들이 기세등등하여 세력을 높여 다시 역공격을 하고 올라올 것이오. 그러면 잘못 당하여 다시 여기서 후퇴하여야 합니다. 그러니 기다리면 왜적들이 스스로 기다리다 지쳐서 풀이 꺾여 오래 버티지 못하고 다시 퇴각할 것이니 조금 기다립시다."라고 말하였다.

그러자 남치근이 "기다리다니요? 한시 바삐 왜적들을 몰아붙여야 합니다. 왜적들이 전투 조직을 더 강화하기 전에 쳐들어가야 합니다." 하고 크게 말했다. 이에 방어사 김경석이 "난 조안국 병사의 말이 타당하다고 생각하오. 어차피 왜적들은 이제는 퇴각하게 되어 있소. 기다리면 기세가 무너져서 오래 있지 못하고 타고 왔던 배로 도망갈 것이오. 싸움을 걸어서 우리 군사를 다치게 할 필요가 뭐가 있겠소이까?" 하였다.

그들은 조금 더 상황을 기다려 보자며 전투를 머뭇거렸다. 모두 다 나이 많은 고령의 노장 군장이라 싸움에 나서지 않고 피해를 줄이는 궁리만 살피고 주장된 자로서 전투력을 아끼고 있었다. 왜적들은 계속 모이게 되자, 다시 강성해졌다.

그런데 강진의 성에는 이희손이라는 자가 관찰사 김주가 다시 후원하고자 급하게 여기저기서 모집하여 보낸 군사 1,000여 명을 지원받은 후 명을 받아 강진 성을 지키고 무너진 곳을 보수하고자 직전에 들어와 있었다. 그러던 중에 얼마 안 되어 또다시 2,000명이 넘는 왜적들이 강진 입구에 집결하여 전투태세에 들어가는 것을 지켜본 이희손은 기겁하여 조급히 도망까지 하였다. 그러하니 왜적들은 강진성에 거리낌 없이 들어가 차지하고 앉았다.

강진성으로 입성한 후 왜적들은 확실히 다시 전투력을 강화하고 있었지만 시간이 조금씩 지나자 많이 기력을 상실한 상태가 되었다. 그러자 그들은 곧 얼마 후에 조선군이 대대적으로 각지에서 몰려온다는 것을 알아차리고 왜적들이 타고 온 배로 철수하기로 하였다.

강진성에서 빠져나와 퇴로하는 왜적들의 형세를 살피고 김경석, 남치근과 조안국이 함께 논의했다. "왜적들이 다시 여러 패로 나누어 그들이 타고 온 배로 가고자 하는 것이 분명할 것입니다. 우리가 지금 이 상황에서는 저 많은 왜적을 정면으로 상대하기는 어려울 같소. 그러니 더 많이 기다리다가 저 왜적들이 패로 나누어서 가는 길목에서 한쪽의 왜적들은 공격합시다."라고 했다. 왜적들이 천관산을 지날 때 나누어진 패들의 한쪽을 공격하려는 것이었다. 마침내 조선군은 왜적의 일부가 천관산를 지날 때 협공하여 거의 많은 왜적을 사살했다.

한편 이때 강진에서 해남을 통하여 달량진으로 가는 길목에서는 현감 변협이 왜적 잔당들을 맹추격하며 두륜산 아래의 달량진 바닷가로 빠져나가는 왜적들을 섬멸하고 있었다. 변협의 군사는 소수의 병력이지만, 해남성을 수비하며 때때로 성 밖으로 나가서 분산된 왜적들이 도적질을 하면서 처음 타고 온 배가 있는 곳으로 향하는 무리들과 싸우고 잡았으므로 왜적들이 무서워하였다. 하지만 사실상 왜적들이 타고 온 배로 거의 향하고 있는 길목에는 조선의 남쪽 지역의 상황을 볼 때에 그 밖에 다른 복병이 없었다. 도망 가는 많은 왜적을 추적하여 섬멸하려고 했으나, 이희손이 도망간 후에는 조선군의 적은 병력을 지원하기 위하여 다른 지역에서 온 의병이나 관군이 거의 없는 상태였던 것이다. 다만 김경석, 남치 근과 조안국의 적은 조선군사가 2,000여 명의 왜적을 뒤에서 계속 몰아붙이고 있었다.

왜적들이 다시 달량진 해변 근처로 몰려들자 최후의 발악을 하고 있었으며, 자기들이 타고 온 각자의 배를 찾아서 달아나고자 필사적이었다. 이미 배 근처에는 일찌감치 앞서서 다시 돌아온 상당수의 왜적들이 배를 지키고 있었다. 그리고 왜적들은 처음 도착해서 영암성과 나주성을 향하여 올라갈 때 왜적장이 지휘하여 왜선 70척 각각에는 여러 명의 잔류 왜적을 남겨 두어서 배를 지키게 하였었다.

배를 지키는 왜적들이 나와서 호위하며 군데군데에서 조선군을 향하여 화살과 화총을 쏘았다. 결국 배 안에서는 방비를 하고, 배에 올라타려는 왜적들은 몰려서 서둘러 배 안으로 들어갔다. 배를 미리 불태우지 못한 조선군의 지략이 부족했다. 조선 군사들은 더 이상 배에 가까이 다가가지 못하였다. 그리하여 왜적 2,000여 명이 그대로 배를 타고 돌아갔다.

을묘왜변의 큰 위험의 소용돌이가 어느 정도 지나자, 조정에서는 이준경의 자급을 삭탈할 것을 논의했다. 모든 것은 순찰사로 내려간 이준경의 총 책임이었다.

이준경에 대한 문책의 내용은 왜적이 처음에 육지로 올라와서 깊숙이 들어왔는데도 막아 싸우거나 추격하여 왜적의 사기를 꺾는 조선의 군장이 한 사람도 없었기 때문에 왜적들이 마음대로 돌격하여 군량과 무기를 다 실어 갔고, 후에 왜적이 관아와 순찰사가 있는 나주성 밖 근처의 민가를 모조리 불태워 노략질을 했는데도 아무런 대응도 하지 못하여서 왜적들의 기세는 더욱 커졌으며, 조선 군사는 기가 꺾였다고 하였다.

또한 이준경은 원수의 책임을 맡고 있으면서도 호령을 시행하지 못하여 여러 장수들이 겁을 먹고 늑장을 부리며 움츠리고 있게 했으며, 장수들을 군법으로 처벌하지도 않았다는 것이었다. 이것은 이준경이 국가의 위급함은 망각하고 뒷날의 참소와 비방을 면하려고 한 것이다. 대저 성공과 실패는 모두 대장에게 달린 법인데, 남아있는 왜적들이 배를 타고 도주를 하는데도 이준경은 아무런 방책을 만들지 못했다고 했다.

사헌부의 상차를 받은 조선 임금 명종은 대왕대비인 문정왕후에게 자문을 받으러 대비전을 찾아가서 뵀었다. 명종임금은 대왕대비에게 말씀을 올렸다. "어마마마! 이준경과 이윤경이 영암전투에서는 크게 선전하여서 왜적들을 대패시켜 이 나라가 초토화되는 난국에서 구원했습니다. 하지만 도주하는 왜적들을 모조리 섬멸하지 못하고, 그대로 도망을 가도록 머뭇거려서 관신들에게 힐책을 받고 있습니다. 이준경이 총 원수로 내려갔으나 아무런 대응과 계책을 못 만들었고 책임을 다하지 못하였으니, 이준경을 체직하고 자급을 삭탈하라는 비난이 계속 나오고 있습니다. 이준경의 체직을 말씀하여 주십시오."

문정대비가 말했다. "주상! 이준경은 최선을 다하는 사람입니다. 그는 지금까지 주어진 일이 항상 정성과 최선을 다해 왔습니다. 그런데 이번에 그가 순찰사로 내려가서 처리한 일 중에 방어사들 사이에서 태심이 생겨서 서로서로가 통하지 않아서 실책을

야기했고, 왜적을 완전하게 척결하지 못하여서 이를 바라보는 백성과 대신들에게 많은 실망을 가져온 것입니다. 이준경의 전략은 그 상황에서 형세가 그리하여서 그렇게 된 것입니다."

문정대비는 안타까워하며 말을 이었다. "내가 아는 이준경은 일이 주어지면 모든 일에 최선을 다하지만 관직에 욕심이 없습니다. 그는 높은 벼슬을 주어도 별로 달갑게 생각하지 않습니다. 그저 그는 삭탈되면 돌아가서 심성이 초야를 더 많이 좋아하고 서책을 즐기는 사람입니다. 그러니 지금도 이준경은 저기 멀리 전라도에서 직책을 져버리지 않고 자신의 몸도 돌보지 않고 열성을 다하고 마지막으로 바다에서 도주하는 왜적을 물리치고자 기략을 다 세우고 있을 것입니다. 그 사람은 누구에게나 공정히 일을 해결하려는 자입니다. 일을 다해내었어도 상평을 받지 않으려고 조용히 하고, 숨어 지내고 피해서 나타나지 않습니다. 그는 재물에도 욕심이 없습니다. 가진 재물이 없어도 굶주리고 모자란 사람을 도와주고 있습니다. 내가 보건대 이준경을 힐책하여 체직하는 것보다는 주상이 더욱 아껴 줘야 합니다. 주상이 차후에 어려울 때 큰 보탬이 될 자이고, 정사의 실태를 공정하게 하려고 하고, 판단이 바르고, 설득력이 있기 때문에 장차 이 나라 유생들에게 좋은 지침을 가져다주는 자가 될 것입니다."

문정대비는 아들인 명종임금에게 이렇게 말하면서도 그 옛날 이준경의 모습을 떠올리고 애처롭고 안타까워했다. 명종임금이 어머니 문정대비에게 말씀을 올렸다. "소자가 어마마마 훈언을 잘 새겼습니다. 어마마마의 뜻과 저도 같은 심정이었습니다."

그 후에 조정 공론에서 명종임금은 이준경의 자급을 삭탈하는 것은 지나치니, 준엄한 말로 문책하는 것이 옳겠다." 하였다.

비우는 마음, 통하는 마음

1558년, 이준경은 좌찬성이었다. 이준경은 좌찬성으로서 미흡하나마 의정부와 대소 국정 논의에 조언을 할 수 있었다. 의정부에서 하는 문선과 무선·병정 등을 맡아 이조·병조를 지휘하는 실질적인 기능에 도움을 줄 수 있었다. 사실 좌찬성은 을묘왜변이 끝나자 다시 실질적이 기능은 축소되었으나, 그대로의 역할을 많이 하는 직무였다.

이준경은 을묘왜변을 겪은 직후에 조선에서 취약한 수군의 전선을 잘 알고 있었다. 그래서 의정부에 장차 다가올 수도 있는 왜적을 대비하여 적정한 규모의 군사를 길러서 나라를 튼튼히 해야 하는 견해를 올렸으나 통하지 않았다. 그래서 성급해하지 않고 마음을 비우고 있었다. 그런데 한동안의 시일이 지나자, 이번에는 오히려 의정부 비변사에서 주상전하께 조선 수군의 부실한 점을 개선하고자 하여 재촉을 하고 있는 것이다.

을묘왜변 이후 두 해가 지난 지금까지도 조선의 병선의 실정은 정말로 취약했다. 조선에서는 수군이 사용하는 전선을 완전히 보유하고 있는 곳이 드물며, 거의 낡고 부서져서 형체만 갖추고 있었다. 수리와 보수가 제대로 이루어지지 않아서 폐기하거나, 수리를 위한 재력이 없어 손을 쓸 수가 없었다.

이준경은 그리하여도 조선의 바다와 전선에 대하여 많이 아는 사람은 남치근이라는 생각에, 남치근을 지금 주사대장이 되도록 의정부에 건의하였다. 그러나 남치근이 성품이 잔혹하여 전라 방어사로 있을 때 군민을 많이 죽였다는 이유로 상당히 조정에서 일을 맡기기에 주저하였다. 그러나 이준경은 남치근을 많이 생각하고 의견을 같이하고자 하였다. 군사무기에 대하여 그 예전에도 남치근이 건의를 올렸을 때, 이준경은 그 뜻에 동참하였다.

사실상 을묘왜변이 거의 끝났을 당시에는 왜적이 만든 함선이 매우 강하여 화살로 깨뜨리는 데 많은 힘이 들었다. 그래서 적선을 부술 수 있는 무기로서 대장군전을 만들어야 하는데, 대장군전의 총통을 주조할 많은 놋쇠를 준비할 방법이 없어서 이준경이 서계를 올렸다. 총통 주조를 하기 위해서 쓰이는 부족한 놋쇠를 보충하려면 여러 불교의 사찰에 남용되는 종을 거두어서 총통을 주조하고자 하였다.

하지만 그런 일은 명종임금의 승낙을 받지를 못하고 좌절되었다. 문정대비는 "비록 내원당의 물건은 아니라 하더라도 모두 사찰의 물건이니 써서는 안 된다."라고 한 것이다. 그리고 오래된 종은 신령스러우므로 총통 주조에 사용할 수 없다고 정원에 지시를 내렸다. 그래서 이준경은 건의가 받아들여지지가 않자 그것에 성급히 독촉하고자 애태웠으나 끝내 이루지 못하였다. 그래서 마음을 버리고, 모든 일에는 때가 있고 기다려야 한다고 생각을 하고 마음을 비워 두기로 했었다.

하여튼 조선 수군이 바다를 지키기 위하여 필요한 전투용 선박을 개조하여 만들어야 한다는 생각을 하고 건의를 올린 지 몇 해가 지나서 오히려 의정부에서 일어서서 재촉하고 나선 것은 정말 좋은 상황이 되었다. 어느 누가 보아도 조선의 수군이 사용할 배는 한심스러웠다. 그런데 막상 조선 수군의 배를 개선시켜 만드는 직무의 주사대장으로서 남치근이 직무에 오르자, 만만치 않은 백성과 지방 군관들의 반감들이 여기저기 오고갔다. 남치근을 싫어하는 개성도사 권이평은 병을 핑계 대고, 바다가 무섭다고 나타나지 않았다.

하여튼 이준경이 계속 재촉을 하지 않았는데도 남치근에게 주사대장의 직무를 수행하라는 명이 내려졌고 그 직무를 서둘러하고 있었다. 그리고 이준경은 우선 조선의 병선을 새롭게 개선한다는 큰 뜻을 세우고 남치근에게 도움이 되는 새로운 조선의 병선 구조 설계에 참여하였다.

그런데 이 무렵에 퇴계 이황이 관직을 떠났다. 이황은 본디 성품이 조용하고 겸손하며 기질이 미약하므로 번거로운 일을 싫어하고 한가하고 고요한 것을 좋아했다. 이황은 차분하고 욕심이 없어 세리를 영화로 여기지 않아, 관직에 오르는 것을 마음에 두지 않고 오직 학문에 마음을 두는 것을 즐기는 사람이었다. 그래서 그는 학구적으로 논하는 것을 열심히 하였다. 그런 뜻에 의하여 이른 봄에 나이가 많이 어린 율곡이 멀리 있는 이황을 기회를 갖고 찾아가서 학문의 여러 가지 문제와 철학을 논하고 시를 짓고 토론한 적이 있었고, 기대승과 사단칠정론으로 인간의 본성에 대한 논쟁하였다.

하지만 이준경은 그런 논쟁에 더 이상 빠지지 않았다. 이준경은 도학에 관련하여 선학에 많이 심취하였고, 인간이 하늘의 뜻을 받으며 열심히 일하며 살아가면서, 몸과 정신의 기운이 최상에 달하면 신성해질 수 있다고 보았다. 이기이원론 논쟁은 더 이상 중요한 것이 아니었다. 이 세상에는 마치 사람의 가치만이 최고인 양하는 이황과 기대승의 논쟁은 접어 두기로 했다. 이준경은 어렴풋이 생각했다.

'이 세상에는 눈에 안 보이는 것도 있다. 눈에 안 보이는 것도 존재할 수 있다. 인간과 함께하는 신선한 자연 속에서 더불어 사는 것도 중요하다. 논쟁으로 흘러가는 시간을 붙잡을 수 없다. 빨리 인간이 보다 나은 삶을 살아가는 데 나아가야 할 방향을 정하는 것이 더 좋다.'

마침내 1558년이 되어 명종임금은 다시 이황에게 다른 관직을 주어 서울로 올라오게 하였으나, 이황은 자신을 부르는 뜻에는 감사히 여겼지만 끝내 응하지 않았다. 그런데 그 이전에 이황이 관직을 조정에서 갖고 있을 때에 이준경은 이황과 이따금 만나서 이야기를 나누고 지냈으므로 이황이 그만두고 낙향하여 내려갈 때에 이준경은 이황이 떠나는 것이 섭섭하였다. 퇴계 이황이 관직을 그만두고 떠날 때, 이준경이 퇴계를 찾아갔다.

"퇴계 양반! 주상전하가 이 나라가 살아 나가는 데 귀공의 힘과 뜻이 많이 필요한데, 더 많이 조정대사를 위하여 일하지 아니하고 떠나다니 내 많이 마음이 매우 아프고 섭섭합니다. 그간 참으로 그대를 잘 보고 마음을 훈훈하게 지내왔소이다." 그러면서 이준경은 이황에게 정성스레 쓴 서문을 건네주며 "퇴계공! 내가 참 마음이 안쓰럽기가 그지없지만 서로 마음이 통하고 이따금 연락을 했으면 좋겠소. 이 글을 간직하고 있다가 나와 마음속에 담아둔 할 말이 있다고 생각하면 자정이 지나서 내가 주는 서찰을 펴놓고 아니면 가슴에 품고 주무시구려! 그러면 어쩌다 간혹 드물게 나와 심통할 때도 있을 수도 있을 것이오. 하지만 지금 개봉하여 읽지 말아 주시오. 고향에서 마음이 편할 때 개봉하여 주시오."

이준경이 건네준 서찰은 단단히 밀봉되어 있었다. 이황은 이준경이 건네준 서찰을 받으며 말했다. "동고 자네의 표정을 보니까 이전과 달리 건네준 이 글이 참으로 뭔가 심중하고 소중하게 보이오. 내 그렇게 하리라."

그 후에 이황은 고향에 내려가서 잠을 잘 이루지 못할 때 간혹 갑자기 이준경이 생각날 때면 서찰을 펴보았다. 거기에는 이렇게 이준경의 친필로 쓰여 있었다. "연화방 홍련이 기문을 열고 퇴계 거소의 달빛을 찾아가도록 마음을 간절히 바라고 정신을 하나로 하여 주십시오." 이황은 그 글을 펴 놓고 어쩌다가 심상하게 이준경의 모습을 그리다가 잠이 들었다.

그러던 중에 사흘째 되는 날, 이준경이 꿈속에 나타났다. 이준경이 말했다. "잘 있었는가! 나도 퇴계 자네를 만나려고 보름 동안이나 마음을 잡고 구음(久淫)을 드나들었네! 그래, 건강은 어떠한가? 요즘 마음에 두고 무슨 걱정거리라도 있는가? 요즘에 기대승과 오고가는 변론도 어찌하는가?" 하자, 이황이 "그래, 잘 와 주었네! 기대승과는 서로 상반된 변론을 지금도 계속하고 있네. 그 자는 일원론에 많이 심취해 있네." 하였다.

이에 이준경이 "이 세상에는 인간만이 능사가 아니네! 인간은 모든 만물과 더불어 살아가고 있소. 인간과 자연은 서로 상생을 해야 한다고 보네. 인간이 자연을 버리면 그것은 죄악이 될 것이오. 나는 만상을 다스리는 큰 힘을 가지신 분이 하늘에 계신다는 것을 알고 있소. 그분의 뜻을 거스르면 큰 재앙이나 괴멸을 불러일으킨

다는 것을 압니다. 이승과 구천을 떠도는 잡귀들도 그분에게는 꼼짝 못합니다. 우리 인간은 선하게 서로를 아끼고 돕고, 사악한 말이나 행동을 하지 않아야 합니다. 만약 그런 생각이나 행동을 하면 곧바로 하늘에 그분은 바로 알고 계십니다. 그리고 우리는 마음을 정갈히 하고 심성을 바치고 회개하고 그분에게 뜻을 빌어야 합니다. 감당하지 못하고 어려운 일이 있으면 빌어서 감천해야 합니다. 그리고 인간으로서 최선을 다해야 합니다. 하지만 감천을 우리는 알지 못합니다. 모든 것은 인내하여 구하고 이루고자 계승하면, 그분은 원하는 대로 이루고 만들어 줍니다. 만약 우리가 그렇게 하지 않으면 어찌 살아가는 마음과 생활이 편안할 수가 있겠소이까? 퇴계공의 기대승과 번론은 서로 사리가 잘 맞소이다. 하지만 나는 멀찌감치 지켜볼 뿐이지, 개입하여 귀결에 도달하고 싶은 마음이 없소이다."

1558년 11월, 이준경은 우의정이 되었다. 그때까지만 해도 이준경은 좌찬성으로서 세자이사를 맡고 평온한 마음을 갖고 지내고 있었다. 그런데 안현이 지난달에 몸이 불편하여 우의정을 사임하겠다고 명종임금께 체직을 청하였는데, 오히려 안현에게 좌의정을 제수하고 이준경을 우의정으로 하였다. 이준경은 뜻밖의 명을 받고 세 차례나 사직을 청하였으나 끝내 윤허하지 않았다.

나라가 안으로 불리하고 조정에서는 사리와 탐욕 속에 관직을 얻으려는 자들이 우글거리고, 외방에서는 평안도와 황해도에 임꺽정이라는 도적들이 등장하여 소란하였다. 북방의 접지에도 관직을 받은 문신과 무신들의 기강이 흐트러져있는 시기였다. 그러나 조정안에서는 반목이 심하여 대책도 강구하지 못했다. 이준경은 많은 고심을 하고 주상전하께 사직의 간청을 올렸지만 허사가 되고 말았다. 이준경은 되도록 문밖출입을 줄이고 글을 쓰면서 사적을 정리하며 아들 덕열이에게 편지를 쓰고 겨울을 보내었다.

　그러던 새봄이 돌아오는 어느 날, 청홍도 관찰사로 나가 있는 심수경에게서 서한이 들어왔다. 서한의 내용은 이러하였다.

"우의정 대감께 문안드립니다. 제가 금년 2월에 청홍도 감사로 나가면서 청홍도가 몇 해 전 을묘 년에 왜변을 막기 위해 대감을 모시고 함께 출정을 했을 때와는 많이 달라진 모습을 보고 감회가 많습니다. 다름이 아니오라, 제가 얼마 전에 아산현감 관아에 들러 청문을 갖던 중에 대감님과 절친하게 지내시고 저와도 인연이 깊은 방진의 사가댁에 변을 알리고자 합니다.

지난해 추수가 끝나고 늦가을 방진의 사가댁에 화적이 들어서 변을 당했다고 하여 방진의 사댁을 찾아가 뵈었는데, 참으로 극도의 순간을 모면하게 되고 무사하여 다행입니다. 그 내용을 좀 더 말씀드리면, 방진의 사가는 선대를 이어 아산에서 살아오면서 집안이 가난하지 않고 아주 넉넉하게 지내는 형편으로 방진은 외동딸과 함께 살고 있습니다. 그런데 방진은 기특하고 참한 딸을 두셔서 화적들로부터 큰 화를 당하지 않았다고 합니다. 딸의 나이 겨우 12세인데, 작년 늦가을 밤에 방진의 집을 잘 아는 화적들이 작당하여 침입하여 들어왔습니다. 여러 대를 거쳐 내려온 방진의 대갓집이니 가져갈 만한 귀중품이 많으리라는 추측에서였을 것입니다.

화적들은 모두 무기를 들고 방진의 집으로 들어왔습니다. 별안간 놀라 일어난 방진은 활을 찾아들고 건너 쪽 다락 위에 올라가서 화살을 당겨 들어오는 적을 향해 쏘았습니다. 화적들은 소문을 들어서 방진이 활을 잘 쏘는 것을 이미 알고 있었습니다. 그래서 그 날아오는 화살이 모두 사용하여 떨어지기까지는 무서워서 들어오지를 못하였는데, 급히 숨어들어온 화적은 벌써 그 화살에 맞아 크게 다치고 쓰러졌습니다. 그러나 방진의 화살이 더 이상 날아들지 않자, 화적들은 화살을 모두 사용해 떨어진 줄 알고 집 안으로 뛰어 들어왔습니다. 실제로 방진은 화살이 다 쏘아서 없는 상태여서 시종을 불러 자신의 방에서 화살을 가져오라 명했지만, 그중 화적들에게 매수된 자가 있어 화살은 없었습니다.

위기일발이었는데, 그때 12세 소녀 방진의 딸이 부친에게 알리길 '화살이 아직 방 안에 많이 있어요.' 하고 베틀에서 사용하는 잡죽 뭉치를 던져서 부친이 있는 곳에 떨어지니 그 소리가 화살뭉치 소리와 같았습니다. 화적들은 그 바닥에 떨어지는 화살뭉치와 같은 큰 소리를 듣고 화살이 많이 남아 있는 줄로만 알고 도망쳤다고 합니다. 무남독녀인 딸의 계책으로 방진일가가 화를 면했는데, 방진의 딸은 참한 용모를 지니고 지혜와 덕행이 있고, 일찍이 학문을 익혀서 주위에 촉망받고 있습니다."

이준경은 곧바로 방진에게 답장을 하며 안부를 전하였다. 내용은 이러하였다.

"그동안 연락을 못하고 지냈으니 송구할 따름입니다. 청홍도 감사로 있는 심수경에게서 전갈을 받고 알았습니다. 큰 봉변을 당할 뻔했다는데 참으로 다행입니다. 기특한 따님 때문에 도적으로부터 화를 면하셨는데 따님이 부러울 따름입니다. 활솜씨는 아직도 변하지 않고 출중하시니 놀랍기만 합니다. 내가 심수경 감사에게 이르러 달아난 도적들이 다시는 방진 댁에 못 들어가게 부탁을 할 것입니다. 요즈음 내사가 어지럽고 황해도에 도적들이 나타나고 천기와 일기가 심상치 않으니 각별히 몸조심하시고 때가 되어 올라오시면 들르시어 상면하고 편하게 술잔을 기울여 봅시다."

이준경은 방진에게 안부를 전한바와 같이 그때에는 도처에서 도적이 발생하였다. 특히 황해도에는 임꺽정이라는 도적이 나타다 관아를 습격하고 노략질을 하였다. 흉학한 도적들의 수가 점점 불어나고 있고, 황해도 선민들의 피해가 커져만 갔다. 그런데도 누구도 도적을 소탕하는 데 앞장서서 도적을 진압하는 자가 없으니, 한심한 일이 아닐 수 없었다.

특히 관찰사 신희복은 황해도에서 도적을 잡기는커녕 도적의 본거지가 있을 만한 곳에 부모의 무덤과 밭곡식이 있기 때문에 도적을 잡다가 실패하면 부모에 대한 보복이 두려워서 군병사관으로 있는 황해도 절제사에게 추격 명령을 내리지 못하고 전전긍긍하는 나약한 관찰사였다.

한편 조선 조정의 상황은 엇박자를 놓고 있었다. 명종 임금은 외척인 이양을 등용하여 이양의 말이라면 무조건 받아들이며 이양을 크게 신임하는 계기를 만들어 나가고 있었다. 이양은 명종임금의 정비인 인순왕후 심씨의 외삼촌으로서 조선 왕족이었다. 명종임금은 어머니인 문정대비를 배경으로 세력이 커져 있으며, 현재 온통 권력을 쥐고 탐욕을 불사르고 조정의 일을 휘두르고 있는 문정대비의 오라비 윤원형 일파를 견제하기 위하여 이양을 중용한 것이다.

그래서 이양은 관리 승급의 차례를 밟지도 않고 조정의 요직을 차지하고, 명종임금의 신임을 배경으로 조정의 정사와 인사에 큰

영향을 끼쳤다. 1559년 승정원 동부승지가 되었다. 이준경은 이양을 가까이에서 보는 순간, 말문이 막혔다. 이준경이 명종임금에게 올리고자 하는 진상을 이양이 막고 따돌려 걸림돌이 되는 형상을 이루고 있었다.

봄의 기운이 무르익을 무렵, 이준경 집에 윤두수·윤근수 두형제가 문안드리러 방문하였다. 윤두수·윤근수는 이준경의 먼 척숙이었다. 두 형제는 나란히 지난해 무오년에 과거에 급제하였는데, 집으로 방문하는 일은 처음이었다. 두 형제는 모습이 준엄하고 사리에 맞는 행동을 하며 성실하였고, 젊음의 패기가 넘치고 의기가 깊었다. 그들은 이준경과 다과를 나누면서 이야기하였다.

"조정과 바깥세상이 혼란해 보입니다. 그런데 주상전하께서 아무런 상책도 없이 지내시는 것 같습니다. 대감께서 진언을 글로서 주상전하께 드린 것으로 알고 있습니다. 그런데 아무런 힘도 미치지 못하고 소용이 없나 봅니다. 그러니 대감께서 상심을 하시지 않으시겠습니까?" 하고 윤두수가 말하자, 이준경이 답하였다.

"지금 주상전하께서 이양이라는 자와 너무 관계가 깊으니 모든 하문을 그자와 상의를 많이 한다. 내가 보건대 그자의 기세가 너무 커서 주상전하의 시야를 가릴 수 있다. 하지만 언젠가는 다시 형안을 갖고 돌아오실 때가 올 것이다. 그때까지 기다려 한다. 설불리 임금님께 진언을 올렸다간 일의 성사도 얻지도 못하고 큰 화를 당할 것이다. 너희들은 일을 오히려 자초하지 말고 묵묵히 참고 기다려야 할 것이다. 나도 마음에 화를 누그리지 못하고 말을 하는 경향이 있다. 그러니 마음을 너무 내보이지 말고, 말을 많이 내보는 일을 삼가라. 그 옛날 나에게는 그런 때가 있어서 좌초를 불러일으켜서 파직을 당하고 귀양을 가게 되었다. 그 후에도 혹독하고 탐욕이 많은 이기와도 나는 정적을 벌인 적이 있었다. 하지만 그 이기의 탐욕스런 행세도 오래가지 못하고 고별을 하였다. 아마도 곧 머지않아 다시 올바르게 돌아서서 조정의 대사가 올바르게 풀릴 것이다. 그러니 그때가 반드시 올 것이다. 하늘은 그 뜻을 올바르게 세우고 순리를 기다리는 자에게 보답을 하여 준다.”

　그런데 1559년 가을이 끝나갈 무렵, 이준경에게는 뜻밖에 슬픈 일이 일어났다. 이준경에게는 참으로 마음이 아프고 몹시 괴로운 일이었다. 이준경에게는 아들이 셋이 있고, 그 옛날 파직을 하고 다시 복직을 하여 시강원 문학을 지낼 때 낳은 딸이 하나 있었다. 그때 이준경은 부인이 낳은 딸을 보고 너무나 기쁘고 기분이 좋았다. 하지만 둘째 아들 선열이가 어려서 아파서 갑자기 죽어 참으로 마음이 슬펐는데, 이번에는 몇 년 전에 혼인을 한 딸에게서 태어난 어린 큰아들 외손자가 죽었다.

　오래전에 딸이 찾아왔을 때 그 아이가 걷고 재롱을 피우는 모습을 보고 정말 귀여웠는데, 그만 죽고 만 것이다. 이준경은 마음이 참으로 많이 아팠다. 그리고 슬픔에 젖어 애통해하는 딸을 많이 애석히 여기고 사려 깊게 위로해 주었다.

젊은 총각 이순신을 관망하며

1560년 6월 11일, 이준경은 좌의정이 되었다. 가을이 되면서 9월에 명종임금은 서총대에서 곡연을 행하였다. 명종임금은 어제를 내려 좌우 대신들에게 명하여서 시를 지어 올리게 하고, 또 무신에게 명하여서 관역을 쏘게 하여 차등 있게 상을 내렸다. 그리고 술을 돌리어 마시게 하였다. 그런데 이날 우의정 심통원은 술을 많이 마셔 취해서, 더욱 오만 방자하고 특이하게 불공스러웠다.

심통원은 이준경보다 술을 더 많이 마실 수 있다고 장담하였다. 하지만 그는 벌써 마음이 흐트러져 가누지 못하니 말로만 술타령이었다. 명종임금은 이어서 술 잘 마시는 사람 몇 명을 가려서 큰 잔으로 마시게 하였다. 또 종자기에다 따르게 하여 좌의정 이준경에게 권하도록 명하고 이르기를 "경이 지난해 취로정의 연회에 병 때문에 참석하지 못하였으므로 이로써 경을 벌주는 것이다." 하였다.

곡연에서 대신들이 술을 많이 마신 것은 흔치 않는 일이니, 백성의 이목이 되는 대신들이 기강이 흐트러짐을 보였다. 이준경 마음을 가다듬고 술을 마셨지만 옛날 장인어른 김양진에게 배운 술

실력 때문에 많이 취하지는 않았다. 하지만 명종임금이 잔을 권하여서 술을 많이 마셨다. 그렇지만 또다시 술잔을 대신들이 서로서로 권하여서 그날은 예전 어느 때보다 대신들이 술에 많이 취하였다.

이준경은 그 예전에 함경도 순변사로 갔을 때 이후로 이렇게 술을 많이 마신 적은 없었다. 이준경은 술에 취해 집에 돌아왔다. 다행히도 다음 날은 조정에 일이 없고 쉬는 날이었다. 아침에 늦게 일어난 이준경은 목욕을 하고 조반을 마치고 동지중추부사인 윤경 형님을 만나기 위해서 나갔다. 윤경 형님은 어제 몸이 불편한데도 명종임금 앞에서 대간 신료들이 모두 술을 마셔야 했기 때문에 부득이 하게 술을 많이 마셨다. 이준경은 형님이 몸이 많이 아프기 때문에 형님의 건강이 매우 걱정되어서 아침에 형님을 집으로 찾아가 뵙기로 한 것이다.

사실상 윤경 형님은 함경도 관찰사를 다녀온 후에 병환을 얻었다. 그전에도 다른 도에서의 관찰사직을 받아 다녀온 적이 있지만, 함경도 관찰사가 큰 고난이었다. 여러 곳을 돌아다니느라고 몸을 돌보지 못했다. 함경도관찰사에서 돌아왔을 때 명종임금은 윤경 형님을 도승지에 임명하였다. 그러나 윤경 형님은 건강상태가 매우 좋지 않아 명종임금께 사직을 올렸다. 그런데 명종임금은 오히려 윤경 형님을 병조판서로 이직을 시켰다.

윤경 형님은 간혹 마음도 많이 아파했다. 그 옛날 큰아들 중열이가 이기의 거칠고 음험함을 규탄하였으므로 이기가 깊이 원망을 했었는데, 그 후에 모증을 받는 사건이 벌어져서 윤경 형님까지도 파면에 이르렀지만 간신히 모면하였다. 그때의 사건으로 인하여 이기 일파는 한동안 형님을 견책하고자 계속 따라붙고 다녔다. 지금은 명종임금이 윤경 형님을 매우 가까이 신임하고 있었다. 하지만 그때 큰아들 중열이가 귀양을 가서 갑산에서 죽었는데, 그 후부터 윤경 형님은 중열이 생각만 하면 마음이 사무쳤고, 요즈음 병이 많이 커졌다.

그렇게 지내다가 윤경 형님은 이제는 탐혹한 이양이란 자와 함께 동지중추부사 직무를 같이하게 되었다. 윤경 형님은 자만하고 권력남용과 사리사욕이 넘치는 염탐꾼 이양이라면 굉장히 질색을 했다. 이양은 명종임금의 왕비의 외삼촌이지만, 명종임금을 끌어안은 권력을 막무가내로 휘둘렀다.

사실 이준경도 이양을 너무 싫어했다. 하지만 이준경은 기다리고 참고 때를 기다리고자 하였다. 그에 반해 형님은 어릴 때도 그러하였지만 한번 옳다고 생각하여 곧은 마음을 먹으면 재촉하여서 결단코 일을 해치우는 성격이었다. 또한 설득력이 있는 마음과 기백이 높아 을묘년 왜변에서 커다란 전공을 세우시지 않았겠는가! 그러니 지금의 조종에서 일어나는 상황을 보면 오죽 답답하겠는가! 돌아가신 어머니가 형님이 많이 아프신 것을 안다면 내가 나중에 저세상에서 어떻게 어머니를 찾아뵙겠는가! 이준경도 윤경 형님을 생각하니 마음이 아팠다.

이준경은 윤경 형님 집으로 들어갔다. 형수님과 가족들이 나와서 인사를 했다. 이준경도 형수님께 정중히 인사를 드렸다. 형수님이 조반을 드셨느냐고 물었다. 이준경이 대답했다. "아침을 늦게 먹었습니다. 내 형님이 많이 걱정이 되어서 찾아왔습니다." 그러자 형수님이 "형님께서 지금 건너 안채에 누워 계십니다." 하며 안내를 하였다. 이준경은 기침을 하고 문 앞에서 말했다. "형님! 저 왔소이다." 그러자 형님이 방에서 대답했다. "동생 왔는가? 빨리 들어오게!"

준경은 방 안으로 들어갔다. 형님이 이브자리에 누워 있다가 일어섰다. 이준경이 "형님, 그냥 누워 계세요." 하면서 형님을 다시 눕혀드렸다. 그리고는 말했다. "어때, 몸이 어떠신가요? 어제 약주를 많이 드시지 않았습니까?" 윤경 형님이 대답했다. "그래, 걱정이 되어서 왔는가? 난 아직 죽을 날이 많이 남아 있는 것 같으니 걱정하지 말게! 어쩔 땐 많이 아프다가도 괜찮을 때가 있거든. 어제 저녁에는 많이 아팠는데 아침에는 많이 나아졌다. 그러니 내일은 궁중으로 등청할 수 있을 것 같다."

이에 이준경이 말했다. "그렇게 몸을 혹사하시면 안 됩니다. 우선 크게 회복을 하는 것이 중요합니다. 임금님께서도 형님을 병환을 잘 알고 계시니 나가시지 않는 게 훨씬 좋습니다. 형수님께서 약탕을 끓이시고 계시니 계속 드셔야 합니다. 우선 몸체를 지키시는 게 저의 바람입니다. 돌아가신 어머님이 살아서 형님을 보면 얼마나 가슴이 아프시겠습니까? 제발 형님의 몸을 소중하게 하십시오. 형님이 편찮으시면 저의 마음도 무겁고 아파서 하루가 어수선하고 잠을 잘 수 없습니다."

이준경과 형님 이윤경은 다른 이야기를 하다가 형수님이 약탕기를 가지고 오시자, 이준경은 형님이 약을 드시는 것을 보고 형수님께 말씀을 드렸다. "형님께서 몸이 불편하시니 형수님의 애로가 많으시겠습니다. 그리고 형수님께서도 건강하셔야 모든 가사가 화목합니다. 부디 몸조리를 잘해 주십시오." 그러자 형수님이 이야기했다.

"오랫동안 살아오는 동안에 저는 형님 대감님의 성품을 잘 알고 있습니다. 형님께서는 제가 건네 드리는 이야기는 많이 들으시지를 않습니다. 우선 일을 정하면 몸이 불편하셔도 그 일을 해내야 합니다. 성정이 높으셔서 가족이 모두 형님의 뒷일에 힘을 쏟아서 도움이 되어야 합니다. 그런데 동생 대감께서는, 동서가 말하기를 대감 곁에서 건강을 염려하며 일에 참견하며 가까이 하고자 하면 결단코 금단하신다고 했습니다. 그러니 형님 댁하고는 서로 많이 상이하네요! 그래서 그런지 내가 동서에게 요즈음 동생 대감님께서 하는 일과 마음이 어떠시냐고 물어보면 많이 몰라 하였습니다. 다만 동생대감의 건강이 많이 염려스럽다고 했습니다."

그러자 이준경이 대답했다. "아하! 내가 그랬습니까? 그런 것 같습니다. 저는 요즈음에는 내가 정사에서 염두에 두며 마음에 담은 일을 내색하지 않고 닫고 지냅니다. 그러니 소통이 안 되고 답답하지 않겠습니까? 그리고 제 집 안사람은 지금 예열이와 덕열이 일 때문에 그곳에 마음을 많이 두고 있습니다." 그러면서 이준경은 좀 더 이야기를 하다가 윤경 형님과 형수님이 있는 자리에서 나와서 집으로 돌아왔다. 집에 돌아와서 이준경은 글을 쓰고 아들 덕열이에게 편지를 썼다.

다음 날 궁궐의 조정회의에 윤경 형님이 나오셨다. 그런데 문안을 드리고 서 있는 자리에서 조금 있다가 형님은 기침을 하고 비틀거렸다. 명종임금은 형님에게 말했다. "동지중추부사 몸이 아직 온전하지 않으신가 봅니다. 딱하군요! 내 보기에 오래 나와서 자리를 잡고 일하기가 어려울 듯합니다. 그러니 댁에 가셔서 오랫동안 쉬고 계십시오. 몸이 많이 가벼워지면 그때 나오세요!" 하였다. 윤경 형님은 명종 임금께 절을 하고 성은에 감사를 표하였다.

윤경 형님은 그 후에 며칠간 집에서 지내며 병환을 치료하였다. 윤경 형님의 병은 며칠씩 지속되다가 한층 가벼워지고 다시 달포가 지나면 서서히 증세가 나타났다. 그전에 탄수 이연경 형님이 돌아가셨을 때도 많이 몸이 편찮으신 적이 있었다. 하지만 몸이 가벼워지면 벼락같이 일에 매달리셨다. 일에 대한 집념이 크셔서 윤경 형님은 일이 주어지면 자신의 몸을 돌보지 않고 지극정성으로 매달리는 성품을 지녔다.

이준경은 윤경 형님이 사실상 이준경 자신보다도 돌아가신 어머니의 성품을 더욱 닮았다고 생각했다. 그런 생각을 하다가 어머니가 문득 보고 싶어졌다. 그리고 어머니 얼굴을 떠올리고는 '아! 어머니!' 하면서 눈물이 났다.

이준경은 궁궐일이 끝나면 며칠간 형님 집으로 갔다. 형님을 찾아뵙고 형님의 건강이 어떠신지 보고 싶었다. 윤경 형님 댁에 갈 때마다 윤경 형님과 지나간 옛날이야기를 이리저리 많이 하였다. 돌아가신 어머니의 모습이 생각나서 이야기도 하였다. 그리고 그 옛날 어릴 때를 떠올리며 함께 재냈던 장면을 이야기할 때마다 서로 한바탕 웃고 하며 재미있게 시간을 보냈다. 그리고 또 윤경 형님은 최근에 관찰사로 있을 때의 우스웠던 이야기도 많이 하였다.

1560년 10월의 화창한 가을날, 이준경은 윤경 형님 댁에 갔다가 오는 길에 날씨가 좋아서 주변 동네를 지나가며 둘러보기로 했다. 이준경이 이웃 동네에 들어설 때 조그마한 서당 앞을 지나가다가 큰소리로 통감 문장을 해석하면서 틀렸다고 비판하고 다시 올바르게 해석해야 한다는 훈장의 목소리가 들렸다. 이준경은 걸음을 멈추고 말하는 내용을 들어 보니, 과연 말하고 있는 훈장의 뜻이 올바르다는 것을 알게 되었다. 이준경도 어릴 때 외조부에게서 배웠던 이야기였지만, 그렇게까지 정확한 해석은 들은 적이 없었다. 그 내용은 사실상 『통감삼권』에서 다음과 같았다.

한나라 여태후가 척부인의 팔다리를 끊은 뒤에 뒷간에 집어넣고 부르기를 척부인을 '사람 돼지'라고 하였다. 아들이 어머니 여태후에게 간청하기를 이것은 '사람이 할 바가 아닙니다.'라고 하였는데, 그 뜻이 '사람이 아닌 어머니로서 그런 일을 하셨다.'라는 표현이 되었다.

그런데 훈장은 "이것은 사람에게 할 바 아니다."라고 말하며 바꾸어서 가르치고 있었다. 이 말을 들은 이준경은 자신도 '사람이 할 바가 아니다'라고 배운 터지만, 생각해 보니 '사람에게 할 바가 아니다'가 더욱 맞는 해석이었다. '어머니가 사람이 아니다'라는 표현이니 불경불효가 되는 셈이었다. 이준경은 황연히 깨닫고 크게 감동하여 그곳으로 들어가 보았다.

아이들을 가르치던 15세 정도의 아주 젊은이가 아이들 앞에서 글을 바닥에 펼쳐 놓고 말하고 있었다. 이준경이 들어서자, 젊은이는 정중히 인사를 드린 다음에 이웃 어른처럼 편안히 앉으시기를 권하고 이어서 계속 학생을 가르치고 있었다. 이준경은 가르치는 모습을 조금 더 지켜보았는데, 젊은이의 부친이 나오셔서 서로 인사를 나누었다. 그때서야 젊은이는 "이순신입니다."라고 말하며 "알아 뵙지 못해서 죄송합니다."라고 하고 이준경에게 다시 큰절을 올려서 인사를 다시 했다.

이준경은 아주 젊은 이순신의 통감 해석이 기특하여 찾아왔지만, 이순신의 예절 바른 인품을 보고 크게 마음에 들었다. 그뿐만 아니라 이순신의 풍채가 깊고 범상하여서 이준경은 감탄하였다. 그리고 소년 같은 젊은이 이순신이 총명하고 앞날의 희망이 무척 크게 엿보였다. 이준경은 이순신이 장차 큰 인물이 될 것이라는 생각이 들어 이순신에게 칭찬과 격려를 하며 나라에 큰 일꾼이 되어 달라는 말을 당부하고 그곳을 나왔다.

이준경은 돌아오는 길에 이순신의 가르치는 말이 자꾸 기억에 떠올랐다. '이'와 '에게'의 차이가 그렇게도 뜻이 다르다는 것을 알게 되었다. 말의 뜻을 잘 살피지 않으면 우리는 습관대로 넘어가기 쉬우니, 전달의 말에 더욱 유념을 하여야 한다는 생각을 했다. '이순신이 참으로 영특하구나!' 하는 생각을 하며 마음속에 담아 두었다.

이준경은 집에 돌아와서 마음이 한적하였다. 마음의 모든 고심을 비우고자 글을 쓰고 시를 쓰고 책을 읽었다. 그동안에 적어 놓고 모아 둔 문헌들을 정리하고 보고 지낸 경험을 바탕으로『조선풍속』이라는 서책을 쓰기 시작했다.

그러던 어느 날, 남치근이 이준경의 집으로 찾아왔다. 남치근은 한양의 포도대장으로 직무를 하고 있었는데, 임무를 소홀히 했다는 이유로 체직되어 추궁을 받다가 이제야 해명을 받고 나와서 아직 직무를 받지 못하고 그저 한숨을 쉬며 나날을 보내고 있었다. 좌의정 이준경의 집은 그저 안마당만 약간 크고 거처하는 집은 구색이 볼품이 없었다. 집이 찌그러진 것 같이 보였고, 낡아서 창고처럼 보였다. 이준경이 머물고 있는 건넛방도 서책으로 많이 채워져 있으며, 세간이라고는 초라해서 다른 대감댁과는 아주 딴판이었다.

이준경은 남치근이 오자, 그래도 반갑게 맞아드렸다. 남치근은 술을 마시는 것을 좋아했다. 그리고 성격이 직선적이고 급하였다. 일단 자신이 결정을 내리면 아래 군관 부하들에게 상의하는 것을 좋아하지 않았다. 이준경은 누누이 예전에 남치근에게 말한 적이 있었다. "적병을 맞아서 일을 도모할 때는 충분히 논의할 필요도 있고, 군관들을 설득하는 것이 중요합니다." 하지만 남치근은 본래의 성정이 때로는 불화 같은 면이 있어서 낯선 부하들이 접근하는 것을 신중히 하였다.

그러나 이제 남치근도 노령에 접어들었다. 이런 나이에 아직도 무관 대신으로서 임무를 수행하는 데는 쉽지는 않았다. 그러나 노장을 과시하는 모습도 여전했다. 남치근은 이준경을 만나서는 그래도 말을 상당히 다듬어서 정중히 애를 써서 말하였다.

사실 남치근은 이준경에게 자신의 불만을 하소연하기 위해서 왔다. 남치근의 답답한 마음의 이야기를, 이준경은 다 들어줄 수 있는 사람이었다. 남치근은 술을 들이키더니 이준경에게 술을 권하고 몇 잔을 또 들이마셨다. 이준경도 남치근이 따라 준 술을 계속 받아 마셨다. 남치근이 말하였다.

"좌상 대감께서 내 말을 좀 잘 들어 주시오. 내 지금 많이 마음이 상하여 있다는 것을 아셨으면 합니다. 내가 주상전하의 부름을 받고 한양에 와서 포도대장을 받았는데, 그 일을 내가 받은 것이 석연치도 않았지만 그래도 저는 열심히 뜻을 바쳐 일을 다 하였습니다. 그런데 지난번에 자칫하여 그런 사건이 터졌습니다. 저는 게을리 하지 않고 도적들을 잡으려고 무척 애를 쓰고 다녔는데, 경기도 경계 지역의 도둑들을 포위하여 다 잡으려는 차에 그들에게서 온 첩자가 우리 편에 드나들어 들통이 났습니다. 그런데 그놈의 첩자는 윤원형 대감을 미워하는 예전 하인이었습니다. 한양의 소식을 많이 잘 알고 있는 자이니, 내 어떻게 속지 않을 수가 있었겠습니까? 내가 책임을 회피하고자 하는 것은 아닙니다만 그런 사실을 입에 내지도 못하고 쉬쉬하며 지내니, 백성들이 호응을 하지 않고 한양 군민들이 그들 도적을 옹호하니 군기가 흐트러졌

습니다. 내가 화를 참지 못하여 군관을 혼냈는데, 혼이 난 군관이
불심을 갖고 일을 더 소홀히 하다가 피하지도 못하고 용기를 잃고
대적도 못하여서 도적들에게 사살 당했습니다. 변방으로만 돌다
가 한양에 온 내가 아직 포도대장으로서 군율을 아직 잡기도 전에
일이 터졌는데, 아직 내가 무슨 힘이 펼칠 수 있겠습니까?"

  이준경이 말했다. "남 대장의 말을 내가 다 이해하고 알겠소이
다. 허나 일처리가 이렇게 되어 버렸으니 다시 일을 추슬러야 할
것이요. 천만다행으로 남 대장이 파직되지 않은 것이 아직 다행이
오. 내가 예전에도 말했던 것 같은데, 남 대장은 너무 곧바로 결정
을 내리는 것이 성급하오. 부하들에게 상황을 잘 설명하고 설득과
훈전을 베풀고 기강을 타당하게 해 주시오."

  그러자 남치근이 말했다. "내가 앞세우는 것만 먼저 하려고 한
다는 것을 알고 있습니다. 사실 그게 내 성미에 잘 안 될 때가 있
다는 것을 알고 있습니다. 그런데 그게 잘 안 됩니다. 그래서 좌상
대감을 찾아와 마음을 풀려고 한 것입니다. 내 오늘은 대감과 술
을 잘 마시고 집에 가서 마음을 다스리고 다시 또 찾아뵙겠습니
다. 자, 술을 드십시오." 이준경과 남치근은 이야기를 나누며 술
을 많이 마셨다.

  그 후에 남치근은 이따금씩 이준경을 찾아왔다. 아예 이준경과
술을 마시고자 찾아온 것 같았다. 남치근은 술을 마시고는 하소연
을 되풀이하곤 했다. 남치근은 부인이 두 명이었다. 하지만 첫째
부인과 아들들은 남치근이 아주 옛날에 제포첨사로 가기 전에 모
두 죽었다. 남치근이 무과에 장원으로 합격하여 경상도 병영에 있
었을 때 그 당시 부인과 아들이 왔었는데, 아들이 남치근의 성격
을 많이 닮아서 사냥을 나갔다가 그날 뱀에 물려서 죽었다. 그리

고 그 후에 부인과 둘째 아들은 기근이 들고 질병이 퍼졌을 때 죽었다.

그 후에 남치근은 둘째 부인을 두었다. 그 당시 남치근은 마음이 몹시 상하여 실의에 빠져 있었는데, 오랜 선배인 첨정 허연을 만나고 다시 정신을 되찾았다. 둘째 부인은 허연의 딸이었다. 허연은 남치근 가족의 죽음에 대해 애석해하였고, 남치근의 무예 실력과 건장한 모습이 마음에 들었다. 그리고 허연은 아직 젊은 남치근이 술을 공손히 마시는 모습에 마음에 들어 남치근에게 딸을 내주었다.

그 후에 남치근의 둘째 부인에게서 딸이 태어났다. 이준경과 남치근은 술을 마시면서 남치근은 딸 이야기를 많이 했다. 남치근은 태어난 딸을 참으로 귀여워하고 소중히 하였다. 세월이 흘러 남치근의 딸이 자라서 을묘왜변이 일어나기 일 년 전에 시집을 갔는데, 사위가 좌참찬 조사수의 아들이었다.

그런데 남치근은 딸이 많이 염려되어 사위를 만날 때마다 핍박을 하였다. 내년에 생원시험이라도 합격하였으면 좋겠다고 말하고 딸을 많이 걱정하고 있었다. 술을 마실 때마다 딸과 사위 이야기를 많이 했다. 하지만 남치근은 측실이 있었다. 남치근이 고향에 갔을 때 후손 아들이 있어야 한다고 하여 측실을 두었는데, 측실에서 태어난 아이들이 성격이 난잡하여 많이 돌보지 못해 고민을 하고 있었다.

남치근은 이준경과 술을 마실 때면 술이 취하면 소리를 높이고 취기를 내세웠다. 이준경은 남치근에게 말했다. "지금 이광식 대감은 남대장의 무관으로서 선배 형님이 되시는 분인데 병환이 심하여 입궐이 어려울 정도로 누워 계신다고 들었소. 그런데 그의 아들 이감이 이광식 대감의 속을 많이 태워서 더욱 마음도 편하지 않으니, 자식들이 다 무엇에 쓸 만하겠소이까? 자식이 항상 그늘이 되어 앞을 가로막고 죽을 날을 기다리고 있으니, 그 옛날 날렵하고 용맹하여 호령하는 총기도 이제는 모두 다 사라지고 지나간 한순간이요. 이광식 대감도 옛 시절에 술을 많이 드신 것으로 알고 있습니다. 나와도 한때 만나서 술을 같이하였습니다. 하지만 이제는 아니지요. 남 대장도 이제 나이가 환갑을 넘겼으니 술에 대한 인연을 많이 버리시오. 나도 몸이 예전과 같지 않아서 지금 술을 많이 삼가고 있소이다."

그러자 남치근이 이준경에게 말했다. "대감, 너무 내 걱정을 해주셔서 고맙습니다. 내가 어디 술을 떠나서 살 수 있겠습니까? 마음이 정화되지 않고 심사가 돌아가니 내 술로 인연을 갖고 삶을 마치겠습니다."

그 후로 얼마 안 되어서 1560년 11월에 남치근은 한성부 판윤이 되었다. 남치근은 이전에 한때 한성부에서 좌윤을 한 적이 있었으나, 얼마 가지 않아서 조선의 배를 새롭게 개조하는 주사대장으로 이직되기도 하였다. 그러다가 이번에는 한성 판윤이 된 것이다. 하지만 남치근은 덕망을 갖고 사람들을 다스리고, 문서를 이해하고 해명하며, 한성의 민간의 피해를 살피는 일에 적임이 아니었다. 그래서 한성 좌윤이 되었을 때에도 조정에서는 큰 걱정과 우려가 있었는데, 곧바로 좌윤에서 바다에서 조선의 함정을 새롭게 만드는 일에 적임자를 찾던 중에 남치근이 그곳으로 임명되었던 것이다. 그런데 이번에는 남치근이 한성부 판윤이 된 것이다.

명종임금은 남치근의 성격과 허물을 잘 알면서도 용인해 주었다. 그런데 남치근은 윤원형 대감에게 밀어서 힘을 받고, 또 남치근을 탐탁하게 여기지 않고 있는 이준경에게 찾아가서 인정을 하소연하고 더욱 주상전하와 조선 백성을 위해서 열심히 하겠다는 의지를 내세웠다. 좌의정 이준경도 남치근의 타고난 성질과 그동안 과실을 알면서도 더욱 잘할 수 있는 기회를 만들어 주고자 어쩔 수 없이 격려하였다.

한성판윤으로서 남치근은 도성 안에서 일나나고 있는 일을 처음에는 잘 척결하려고 노력하였으나, 한성의 민심은 거꾸러지고 도적들이 빈번하게 발생하고 있고, 남치근은 별로 신통 있는 해결책 없이 시간을 보내고 있었다. 이준경은 남치근을 만나서 근래에 벌어진 일을 이야기하였다. 하지만 남치근에게는 뚜렷한 계략이 없었다.

1560년 겨울이 되자, 이준경은 몸이 쇠약하여져서 병환이 났다. 하지만 예전에 한때 아픈 적이 있었기 때문에 그 정도로는 참고 지낼 만하였다. 그러나 이준경에게는 커다란 운명에 직면해 있었다. 그것은 이양이란 자 때문이었다. 명종임금의 총애를 받은 이양은 지금 조선에서 권세가 너무 치성하였다. 온 조정의 사람들이 남에게 뒤질세라 이양을 추종하여 그의 집의 문전에는 그에게 힘을 받고 관직을 얻으려는 자들로 쇄도하였다. 그때 꼿꼿이 서서 이양에게 굽히지 않은 사람은 겨우 서너 명뿐이었다. 이준경은 이양을 마음에 두지 않고 절대로 가까이 하지 않았다. 사실상 이준경은 강건하고 의연하여서 이양 같은 자를 좋아하지 않았다.

이양은 왕족이면서 명종임금의 왕비인 인순왕후의 외삼촌이라는 신분으로서 권세가 대단하였는데, 그는 김명윤과 깊이 결탁하였다. 그런데 이양을 추종하는 조정 대신의 밀담에서 나온 외부의 소문에 의하면 "이양이 이준경을 내치고 김명윤을 정승으로 삼고자 한다."는 것이 이준경에게 들려왔다. 이준경은 상심을 하였으나 크게 마음을 바꾸었다. 이준경은 관직에 연연하지 않았다. 주상전하의 뜻이 내려진다면 언제든지 떠날 준비가 되어 있었다.

1560년 섣달이 되어 지금이 적기라고 생각을 하며 이준경은 주상전하를 찾아뵙고 사직을 청하였다. 명종임금은 윤허하지 않았다. 한 달이 지나고 해가 바뀌어서 1561년 1월, 이준경은 다시 각오를 하고 명종임금께 사직서를 올렸다. 하지만 명종임금은 핀잔 같은 여운의 말씀을 하며 이준경의 사직을 윤허하지 않았다. 이준경은 마음을 다시 바꾸어 직무를 수행하기로 하였다.

그런데 이준경은 건강이 많이 안 좋아졌다. 이준경은 윤경 형님의 병환과 자신의 병을 짚어 보았다. 형님은 심폐가 좋지 않아서 고생을 많이 하고 계셨다. 하지만 이준경은 다리에 한습이 퍼져 몸을 자유로 움직이기가 쉽지 않고 부자유스러웠다. 형님과 같은 증상이 아니고 치유하는 방법이 다르다고 생각을 하였다. 이준경이 아픈 몸을 지탱하면서 일을 하였다.

그러던 어느 날, 남원에 살고 계시는 종친 유경 형님이 아들 덕열이를 통하여 치료를 위하여 지치라는 약초를 많이 보내왔다. 전에도 가끔 이준경은 지치를 다려서 먹었으나, 이번에는 많이 다려 먹으니 이준경은 몸이 조금씩 가벼워졌다. 하지만 몸이 쇠약해진 것만은 사실이었다.

1561년 새봄이 오고 4월 되자, 조정에서는 관직의 이동이 시작되었다. 1561년 4월 12일 김개가 한성판윤으로 자리를 옮기고, 이양이 평안도 관찰사로 명을 받고 떠났다. 그리고 남치근은 한성 판윤에서 함경도 병마절도사로 이직이 보류되어 대기하고 있었다.

임꺽정의 행방과 남치근의 훈벌

남치근이 함경남도 병마절도사로 이직되어 가도록 되었는데, 조정에서는 언쟁이 일어났다. 이전에 남치근이 전라도 방어사로 있을 때 성질이 난폭하여 사람들을 고통스럽게 만들어서 원망을 산 적이 있었는데 다시금 그런 일이 벌어진다면 잘못된 처사가 발생될 수도 있다는 것을 크게 염려하였다. 그래서 남치근은 처음에는 대기 상태에 놓였으나 열흘이 지나서 간원이 1561년 4월 21일 남치근을 함경남도로 보내지 말고 한성에 머물게 할 것을 청하였다.

간원들이 언급한 것을 보면, 남치근을 한성판윤으로 자급을 올려 주어 명망을 기르게 한 것은 남치근을 더욱 큰일에 쓰기 위해서라고 하였으나, 그러한 말은 사실상 명목을 잃고 있었으며, 남치근의 지난 과거의 행로를 두고 견주어 보았을 때, 체직된 상태에서 더 이상 관직을 얻지 못하고, 그대로 계속 한성에 머무르며 자숙하며 생활을 할 수밖에 없게 되었다.

남치근은 한성에 있으면서 칩거생활을 하며 시간을 보내고 있었다. 그러면서 어쩌다가 가끔 이준경을 찾아갔다. 그리고 술잔을 기울이며 똑같은 자신의 하소연을 하였다. 이준경도 남치근의 말

조선 3대 정승으로 꼽히는 청렴결백한 선비 이준경의 생애

294

을 마지못하여 들어 주기만 하였다. 이준경이 "남 대감의 뜻은 내가 다 알고 있소이다. 그런데 더 무엇을 할 수 있단 말이요? 남 대감의 연수가 노령이니 이제는 무관으로서 명목이 많이 부족하오. 그러니 마음을 편하게 하시오. 그리고 가사를 다스리고 잘 돌보시오. 이제는 그것이 후안에 좋을 것이요."라고 말하였다.

그러자 남치근이 "좌의정 대감, 어찌 그렇게만 생각해 주십니까? 내 이미 환갑을 넘었소만, 나라를 위해서 뭔가를 해야겠다는 마음은 항상 마음에 담고 있습니다. 나에게 주상전하께서 길을 내주신다면 꼭 해 보고 싶습니다." 하니, 이준경이 대답했다. "나는 관직을 떠나려고 하여 주상전하께 상신이 올려져 있고, 그리고 앞으로 나는 항상 기회가 되면 벼슬길을 떠날 걸세. 나는 어떤 권한을 갖고 청탁이나 간청을 가질 수가 없네. 그리고 그런 것은 내가 할 바가 아니니 그저 남 대감에게 말이나 듣는 것으로 족하네. 그러니 나에게 힘입어 청탁을 하려면 찾아오지 말아야 하네. 어느 누구라도 나에게 어떤 인사차 와서 청탁으로 금품을 내놓은 것이면, 나는 아직까지 아무것도 받아들인 적이 없다는 것을 말하고 싶네. 어쩌다 말이나 듣고 나누고자 하면 괜찮을 것일세."

그러자 남치근이 말했다. "좌의정 대감은 내가 바로 보고 알고 있소이다. 나도 그런 말을 앞으로 삼가겠습니다. 그저 이따금 오래간만이면 술이나 한 잔 드시지요!" 남치근은 이준경의 집이 초라하고 하객들이 찾아오지 않는다는 것을 잘 알고 있었다. 그래서 그렇게 대답하였다. 이준경은 남치근의 의기와 생각이 안타깝게만 느껴졌다.

그 이후로 날이 지나고 계절이 바뀌면서 남치근은 윤원형의 집을 간혹 드물게 드나들었다. 그러한 가운데 임꺽정 일당의 도적들

청풍신명 | 295

은 이곳저곳을 다니면서 약탈을 하고 비행을 저질렀다. 간간히 여러 곳에서 백성들이 피해를 당한 상황과 소식이 들려왔다. 이준경은 많은 생각을 하였다.

'임꺽정 도적들이 황해도와 평안도를 넘어서 도성에까지 와서 여기저기서 약탈을 하고 있으니 큰일이다. 하지만 도성 안에서는 윤원형과 이양이 패를 나누어 재물 쌓기에 탐욕을 누리고, 눈이 어두워 국록을 파탄내고 있고, 다른 권문세가들은 그들 밑에서 아첨을 떨며, 관직을 얻고자 줄을 서고 있으니 조정의 기강이 참으로 많이 흐트러져 있다. 주상전하께서는 문정대비의 오라비인 윤원형의 큰 세력을 견제하고자 하여 왕비 심씨의 외숙인 이양에게 너무나 큰 힘을 실어 주고 신임을 온통 쏟고 있었다. 이러한 판세에 내가 나서서 어떻게 힘을 쏟아야 하는가? 이양은 이미 예전부터 틈만 나면 나를 배척하고 논죄하려고 하고 있지 않은가?'

이준경은 아무리 궁책을 생각해도 속 시원한 해결 방안이 모색되지 않았다. 그저 입을 악물고 참고 있으니 마음이 서러웠다. '임꺽정은 이러한 현실에서 나타난 백성의 심정을 나라에 알려 깨우치게 하는 의인 도적이 될 수도 있다. 얼마나 백성들이 허덕이고 도탄에 빠져 있고 나라의 기강이 흐트러져 있으면, 백성들이 임꺽정을 자랑하는 말을 하고 다닐까?' 이준경은 크게 한숨을 쉬었다.

'이 나라 조선에 처음부터 도적이 어디가 있겠는가? 배가 고파 허덕이면 어쩔 수 없이 도적질을 하게 된다. 나도 어릴 때 배가 고파서 복숭아를 따먹었다. 어머니가 그것을 아시고 큰 벼락을 내리셨다. 그런데 지금 임꺽정은 도적의 한계를 넘어서 사람들을 죽이고 큰 무리를 일으키며, 백성들이 공포를 느끼고 있으니, 나라에서는 도적을 잡아 나서야 한다. 임꺽정은 도적의 한도를 넘어서 약탈을 강행하고 있다. 그런데 어디 임꺽정의 잘못만을 따져야 하는가? 절박하여 하루도 살기가 어려워 잠시라도 연명하려고 도적이 되었다면, 도적이 된 원인은 정치를 잘못하였기 때문이요, 그들의 죄가 아니다. 어찌 불쌍하지 않은가? 이 나라를 다스리고 나랏일을 하는 우리 모든 사람에게 책임이 있다. 이러한 상황에서 임꺽정을 잡으면 또 다른 임꺽정이 계속 나올 수밖에 없다. 그리고 백성들 중에는 임꺽정의 편을 들어주고 따르는 자가 많지 않은가? 임꺽정을 잡으면 관련된 자를 모두 족치게 될 것인데, 한바탕 형신에 큰 소용돌이가 벌어질 것이다.'

피바람이 불 수도 있는 것이었다. 이준경은 임꺽정의 행보와 백성들에 대한 처세를 많이 염려하고 해결책을 모색하였다.

그런데 1561년 가을이 되어 10월 6일, 황해도에서 도적들이 해주에서 평산 지방으로 들어가 대낮에 민가 30여 곳을 불태우고 많은 사람을 살해하였다는 소식이 들어왔다. 이에 놀란 명종임금은 불안하여 대책을 논의하였고, 한층 높은 임꺽정을 잡는 방안을 강구하였다. 그때까지만 해도 임꺽정을 잡는 데는 서림이란 자에게 많이 의지하였다.

서림은 임꺽정과 동반하고 보좌하는 부장으로서 한성에 잠입하여 계략을 꾸미고, 범행을 저지르려다가 붙잡힌 자였다. 서림은 임꺽정을 변절하였고 자기가 아니면 임꺽정을 잡을 수 없다고 하여서, 자신이 임꺽정을 잡으면 공으로 벼슬을 달라고 하는 자였다. 서림은 임꺽정의 생각과 행동과 거처를 잘 알고 있었다. 하지만 임꺽정도 자신을 추적하는 서림의 생각과 버릇을 잘 알고 있었다. 그래서 이번에 임꺽정은 서림을 따돌리고 대낮에 큰 난적 질을 벌인 것이다.

이준경은 많은 생각을 하고 이 일을 안타깝게 여겼다. 그리고 마음에 결단을 내리고 대신들과 상의를 하였다. 나이가 더 많은 영의정 상진은 이준경의 말을 수긍하며 잘 따라 주었다. 명종임금이 대책을 세우고자 모여서 논의하는 자리에서 이준경은 주상전하께 아뢰었다.

"임꺽정을 퇴치하려면 굳세고 용맹스러운 자들을 뽑아서 장수가 거느리게 해야 합니다. 또 각 도에서는 군대를 동원하여 그중에서 도적의 실정을 잘 아는 자를 나누어 지정하여 배치시키고, 그들이 도적의 종적을 알아내는 눈과 귀가 되어서 사방에서 공격하고 포위해야 합니다. 그렇게 하여야 도적을 모두 잡아 살아남지 못하게 하는 것입니다. 그런데 황해도에서 임꺽정 도당을 타진하는 것을 거행하려면 반드시 경기·함경도·평안도·강원도에서도 도망가는 길을 차단하도록 먼저 조치를 취하고, 동시에 모든 일을 준비하게 해야 합니다. 그때에 만일 임꺽정의 근거지가 아직 황해도에 있다면 도성에서 뽑은 장수를 즉시 황해도로 내려 보내고, 그 장수의 통보를 기다려서 이 각 도에서 서로 약속하고 일제히 군대를 일으켜 임꺽정의 행방의 범위를 좁혀 가며 수포하면 도적이 빠져 나가지 못하게 할 수 있습니다."

라고 아뢰고는 총 책임자로서 토포사를 두고 남치근과 김세한을 지정하여 올렸다. 그리고 그들이 용맹한 군관이 되는 장수를 직접 뽑아서 갈 것을 아뢰었다.

이때부터 남치근은 임꺽정 토벌을 지휘하는 토포사가 되었다. 그해 늦가을 11월에 이준경은 남치근이 보낸 몇몇의 군장들과 함께 남치근이 머물고 있는 곳으로 말을 타고 갔다. 이준경은 몸이 많이 쇠하였지만, 말을 타는 기력은 아직 남아 있었다. 남치근과 함께 임꺽정의 본거지인 평산 주변을 둘러보게 되었다. 아직도 그때 도적들에게 불에 탔던 민가가 난잡하게 흐트러져 있어, 도적들이 사람들을 죽인 처참한 장면을 떠오르게 했다. 상처를 입고 측은하게 지내는 자도 있는데 관가에서 별도로 격리를 하고 있다고 황해도 관찰사가 이준경에게 전하였다.

이준경은 남치근에게 말했다. "임꺽정은 멀리 있지는 않을 것이오. 겨울이 되면 산속에서 지내기 힘들고 어려울 것이니 틀림없이 민가로 내려와 몸을 도사리고 있을 것이오. 그러하니 그때를 잘 살펴서 기다려야 할 것입니다."

황해도 토포사 남치근은 정병을 조직하여 개성과 평양의 성내를 샅샅이 뒤졌으며, 한성에서는 동대문과 남대문 등에 수문장의 수를 늘리고 날짜를 정해 새벽부터 일시에 수색이 이루어졌다. 그런데 남치근은 자신의 성미에 맞게 목적을 채우기 위해 온갖 수단을 동원했다. 백성들 중 조금이라도 수상쩍으면 포졸들이 잡아들였고 감옥에 넣었다. 억울한 자의 호곡 소리가 많이 들려왔다.

때마침 임꺽정이 있다는 소식이 들려왔다. 남치근은 임꺽정 무리를 잡기 위해 병력과 장정을 동원해 해주에서 황주까지 인간 띠를 형성해 좁혀 들어갔다. 그러는 사이에 임꺽정은 그곳을 빠져나와서 날쌔고 건장한 자만을 데리고 구월산에 들어갔고, 나머지 무리에게는 요소요소를 지키게 하였다. 군사들이 산을 올라가며 계속 수색하며 남은 무리를 죽이자, 임꺽정은 골짜기를 넘어서 서흥땅 근처의 민가로 도망했다.

병사들이 계속 민가를 수색하자, 임꺽정이 다른 쪽 민가로 뛰어들어 잠적했다는 소식이 들려왔다. 관군은 다시 그쪽 마을을 조여서 들어갔다. 그런데 남치근은 다음 날 평안도에서 관찰사 이양의 연락을 받고서 만나자고 하여 이양이 있는 곳으로 갔다. 이양은 남치근에게 임꺽정을 잡는 것은 이제는 초읽기라고 하면서 크게 염려하지 않아도 된다고 말하며, 자신이 갖고 있는 명종임금의 서장을 남치근에게 보여 주고자 부른 것이다.

임꺽정은 더 이상 갈 곳이 없었다. 그러자 임꺽정은 주인 노파를 위협해 "도둑이야!" 하고 소리치며 나가게 하였다. 그러면서 임꺽정은 마을 사람으로 변색을 하고 칼을 빼고 뛰어나오며 도둑놈이 뛰어 달아났다고 소리쳤다. 군졸들이 술렁거리며 혼란한 틈을 타서 군졸의 말을 빼앗아 타고 달아나다가 서림이 "저놈이 임꺽정이다."라고 소리쳤다. 임꺽정은 끝내 비켜서 달아나려다 창에 찔리고 칼에 맞아 상처를 크게 입고 잡혔다.

임꺽정이 부상이 많이 입어 피를 많이 흘려서 기력이 없었다. 의관을 불러 상처를 싸매고 치료를 하여 호송을 하고 있으나, 도대체 음식과 물도 입에 대지 않았다. 매서운 엄동설한에 부상당한 임꺽정을 포박하여 한양으로 올라가는 길은 그리 쉬운 일은 아니었다. 임꺽정을 살려서 호송하여 한양으로 데려가야 하는데, 의식이 희미한 임꺽정을 어떻게 조치할 수가 없었다. 남치근은 1562년 정월, 서흥에서 군관 곽순수와 홍언성이 임꺽정을 잡았다는 보고를 올렸다. 그러나 한양에 거의 도착하여서 의금부에 도착한 다음날, 임꺽정을 숨을 거두었다.

이때 이준경은 윤경 형님의 병문안을 하고 있었다. 이준경은 형님의 집으로 가서 형님과 이야기를 나누었다. 이준경이 형님 이윤경에게 말했다. "임꺽정을 잡았다는 소식을 들었습니다. 지금 한양으로 오고 있다고 합니다. 그동안 임꺽정 때문에 많은 신료들이 낭패를 당하고 바뀌었습니다. 이제 임꺽정이 오게 되면 추문을 할 것입니다. 그렇게 되면 또 한바탕 관련자를 색출해서 형판이 벌어질 것이 뻔합니다. 어떻게 될 것인지 막막하기만 합니다. 임꺽정이 처음 나타나기 시작한 그때에는 형님께서 병판 대감이셨습니다. 그 당시의 상황을 형님도 잘 알고 계시니, 형님에게 그때에 병사들에 관련하여서 참고를 받고자 연루가 될지도 모릅니다."

그러자 이윤경이 말했다. "임꺽정이 처음 난장판을 피우며 돌아다닐 때 내가 병판을 맡고 있어서 임꺽정의 뿌리를 캐내려고 했지만, 지방의 군수 목사들이 제대로 주민들에게 치정을 하지 않고 많은 군민들이 임꺽정을 동조하고 나서서 임꺽정을 쉽게 찾을 수가 없었다. 그것도 그렇고, 황해도의 각 고을에는 윤원형 대감의 인척이 되는 자들이 수령을 하고 있어서 그들은 자기 욕심에 사로잡혀 도둑을 눈감아 주며 자기 재산만 지키기에 급급했으니, 도적을 잡으려는 병사들도 엄살을 부리며 도적에 맞서지 않았으니 내가 이를 악물고 답답하였다. 조정에서는 대신들이 거의 윤원형 대감의 허수아비이니, 그들은 그런 것들을 알면서도 윤원형 대감의 눈치를 보느라고 그런 사실의 허물을 덮어 주었다. 궁궐에서는 재상이 멋대로 욕심을 채우고, 고을에서는 수령이 욕심을 채워 가면서 가난한 백성을 학대해 살을 깎고 뼈를 발리고 있다. 나도 생각하면 생각할수록 내 마음이 많이 아프다. 그들이 도둑이 된 것은 우리 모두의 잘못이지, 그들의 죄가 아니다."

이준경은 윤경 형님의 뜻을 알면서도 형님의 건강이 많이 걱정되었다. 그러나 얼마 후에 임꺽정이 이미 숨을 거두었다는 소식이 들려왔다. 곧 조정에서는 논공상이 벌어졌다. 남치근에 대한 실책을 비판하였다. 남치근이 토포사가 되어 도적의 괴수가 잡혀 죽기는 하였으나, 도적을 잡기 위해서 병사들이 많이 난잡하여서 죽고 다친 군민의 수가 과연 얼마나 되는지 알 수도 없을 정도였고, 서쪽 지방에서 백성들의 원한과 고통은 이미 극에 달해, 들리는 바에 의하면 그 참혹함은 말로 다 할 수가 없다고 하였다.

그리고 적을 잡을 때에 남치근은 평안도에 있었기 때문에 장수로서 절제한 일이 조금도 없다고 하여 공을 주어서는 안 된다고 하였다. 더 나가서 그에게 책벌은 가하지 않고 오히려 상을 내리는 것은 지극히 온당치 못하니, 그를 파직시켜 잘못을 추궁하라고 하였다. 남치근은 자신의 성격이 과격하고 자신의 목적을 이루기 위해 수단 방법을 가리지 않고, 일을 지시하여 내리고 자신은 경시하는 사람에게 참지 못하며, 윗사람에게는 아부를 많이 하는 편이었으니 그가 가진 심성을 가다듬지 못하여서 일이 이렇게 초래되었다. 차후에 명종임금이 상은 내려 주어졌지만, 자업자득이 되었다.

마지막 형님

1562년 1월 14일에 명종임금이 이르기를 "평안도가 더욱 중요한 곳이니 최상등의 인물을 뽑아라." 하여 평안도로 갈 관찰사를 찾고 있었다. 사실은 명종임금은 어머니 문정대비의 동생인 윤원형의 세력이 너무 커지자 이것을 견제하고자 또 다른 약삭빠르고 탐욕의 기세를 떨치고 지내고 있는 이양을 평안도에서 곧바로 한양으로 또다시 불러들여 조종의 일을 맡기고자 하였다.

그런데 다음의 평안도 관찰사로 이윤경이 첫머리로 천거되었다. 이윤경은 참신하고 명철하여 기강을 굳세게 할 수 있으며 고을 수령들의 사리사욕을 차단하고 민심을 수습하는 인물로서 적합하다고 판단하였다. 그러나 이윤경은 오랜 투병 끝에 극도로 몸이 수척하였다. 그러하니 이준경은 윤경 형님이 무척 걱정되었다. 이준경은 형님을 찾아뵈었다.

이준경이 말했다. "형님은 예전에도 여러 곳을 관찰사로 지내셨는데, 이제 고령의 나이에 관찰사로 보내겠다는 것을 왜 받아들이셨습니까? 형님의 건강이 안 좋으니, 제가 많이 걱정됩니다." 그러자 이윤경이 말하였다. "내 아직 한 호흡이 남았으니, 어찌 감히 일신의 편안함만을 바라겠느냐? 내 평안도에 가서 나쁜 구습 병폐를 씻어 내고 탐관오리를 체직할 것이다. 내가 가겠다는 것은 다시 한 번 나라를 위한 나의 힘을 쏟아 보고자 함이다." 윤경 형 님은 숨을 한번 고르고는 다시 말하였다.

"임꺽정이 바로 얼마 전에 잡혔는데 평안도에는 아직도 민심이 어수선하기만 하다. 황해도는 아직 각 고을 수령들이 술렁거리고 있지 않는가? 그들은 아직도 윤원형 대감의 힘을 믿고 있는 자가 많다. 그리고 평안도에서는 이양이 민심을 많이 흩트려 놓았다. 우선 가서 나는 그동안에 평안도에서 어지러운 민심을 잡을 것이 다. 너는 이곳에서 남아서 끝까지 무너진 조정의 기강을 다시 세 워야 할 것이다. 준경아! 오랫동안 참고 때를 기다려야 한다. 네 가 잘 지탱해 갈 줄 난 잘 안다. 저기 다시 돌아온 흉심한 이양을 조심해야 한다. 문정대비의 병환이 자주 깊다. 대비가 돌아가시면 많은 것이 달라져야 한다."

하지만 이준경은 형님이 평안도 관찰사로 가는 것을 크게 걱정 하였다. 결국 윤경 형님은 건강이 조금 회복되었다고 생각되었을 때 평양으로 떠났다. 부인과 큰며느리 그리고 손자 이사온이 따라 나섰다. 그리고 몇몇 하인과 따르는 호위군관을 데리고 갔다. 이 번에도 평안도 관찰사 부임은 가족이 같이 갈 수 있는 설가 관찰사 였다. 이윤경은 몸이 불편하니 가족을 데리고 가기로 하였다.

차가운 겨울 날씨이니 가는 길이 그리 쉽지만은 않았다. 이윤경 이 말을 타고 가다가 피곤하면 가마를 타고 갔다. 평안도에서는 청렴 검소한 행실을 갖고 강유하고, 엄정한 이윤경이 평안도 관찰 사로 부임한다는 소문이 퍼졌다. 모두들 큰 환영을 하였다. 그전 까지만 해도 비루한 이양이 관찰사로 있으면서 많은 비리를 저지르는 것을 본 평양의 군민들이었다. 이윤경도 평양에 부임하여 특별한 부임행사를 간략히 치렀다. 우선 평안도의 민심을 회복하는 일이 중요하였다.

4월 하순이 되면서 명나라에 성절사로 가는 강사상이 평양에 감사 공관에 들렀다. 강사상은 성격이 곧고 불의와 타협하지 않으며, 예의 바르고 순박한 사람이다. 특히 이윤경처럼 이양을 매우 싫어하여서 그것 때문에 곤궁에 빠진 적이 있었다. 이윤경과는 안면이 깊고 친근하였다. 그런 강사상이 명나라 성절사로 가면서 평양 감사 공관에 들러 하루를 쉬어 가게 된 것이다.

이윤경은 강사상을 대하고 반갑게 맞아들였다. 강사상도 이윤경을 보고 매우 기뻤다. 두 사람은 예를 갖추고 정답게 이야기를 나누었다. 강사상이 먼저 말을 꺼냈다. "감사 영감이 이곳에 부임해서 여러 곳을 돌아다니시면서 사리를 펼쳐 훈찰이 깊고 노고가 많으시다는 소식을 오는 도중에 들었습니다. 몸이 불편하신데 어떻게 그리 거동을 하시고 계십니까?" 이에 이윤경이 대답했다.

"그렇게 알고 계시니 고맙습니다. 사실은 이곳 평양에 와서 몸을 지탱하고 추스르니 많이 힘듭니다. 하지만 내 마음은 그런 것에 크게 관여하지 않소이다. 내 처음부터 와서 짐작하였지만, 이곳에는 예상보다 훨씬 아직도 탐관오리가 많다는 것을 실감했습니다. 그저 그들은 자기 편익만 차지하려고 하는 자들이라서 권세를 쫓아다니고 있습니다. 처음에는 임꺽정의 잔당들이 간혹 남아 있어서 내가 돌아다니면서 그들을 탐문하고 진정시키고자 하고, 수령들에게 안정된 생활을 할 수 있도록 하였으나, 그보다 먼저 해결을 해야 하는 중요하고 급한 문제는 수령이나 관리들 가운데 나를 피하고 만나지 않고 모면하려는 자들이 있다는 것입니다. 내가 이곳에 부임해서 미처 알기도 전에 벌써 평양 판관 이계가 이양에게 아첨하여서 주상전하로부터 당상으로 승진되었다는 것을 나에게 전하였습니다. 그런데 그에 관하여 경과를 비춰 보니 그러한 실상이 반듯하지 않으니, 늦게 부임한 나로서는 그자의 명분을 접어 두고 가린 채 나날이 그자를 대면을 하고 있습니다."

이윤경은 한층 안타까운 목소리로 계속해서 대화를 이어 나갔다. "그뿐만 아니라, 내가 부조리한 일을 처리하고자 기강을 세우고 처리하다 보면 마음이 닿지 않아서 화가 나고 울분이 생기는 것이 한두 가지가 아닙니다. 전임 평안도 관찰사 이양이 이곳에서 어떻게 일을 처리하고 모사를 하여 두었는지 한탄스러워 마음이 편하지 않습니다. 또 다른 하나는 강 대감도 아시고 계시지만, 심통원 대감의 아들 절도사 심뇌 말이오! 얼마 전에 온갖 망령되고 음탕한 일을 벌여 놓고서 아버지 심통원 대감에게 밀지를 넣어서 병을 치료하겠다고 한양으로 가 버렸소이다. 변방의 일을 뒤로 미뤄 두고 명을 받아 가 버렸으니 나로선 한심하기만 합니다."

이윤경은 한숨을 한번 쉬고 말을 이었다. "내가 지난번 절도사 심뇌가 상주했던 위급지역을 다녀왔는데 그쪽이 지금 많이 심상치가 않습니다. 그래서 다시 다녀오려고 합니다. 그동안 평안도의 병영은 행위가 정당하지 못한 사람이 여러 번 있다 보니 군사들도 탐욕의 풍조가 넘치고 있습니다. 이것을 바로잡기를 내가 하고자 하니 어려움이 있을 뿐이외다. 어디서부터 손을 대야 할지, 내 안타까울 따름입니다. 내가 이곳 평안도에 부임하여 온 것을 못마땅하게 여기기는 자들에게서 종종 위협을 받고 있습니다. 요즈음은 외지로 행선을 할 때 내 손자 이사온을 데리고 같이 갑니다. 손자가 내 마음을 생각해 주는 것이 많이 장합니다. 사온이가 얼마 전부터 할아버지인 나를 보호하고 돌봐야 한다는 생각에 무예를 배우고 있습니다."

이윤경은 강사상에게 물었다. "그건 그렇고, 내 동생 이준경은 요즈음 근황이 어떠합니까?" 강사상이 답하였다. "예! 이준경 대감은 지금 천릉하는 일에 절차를 갖기 위해서 매우 고심을 하고 있습니다. 거의 매일 집의를 갖고자 상론을 하고 있습니다. 아주 옛 서책에 따른 예법을 익히고 있습니다." 이윤경과 강사상은 단둘이 늦게까지 담소를 나누고, 강사상은 다음 날 일찍 따르는 일행과 북경을 향해 떠났다.

날이 지나고 심뇌가 한양으로 간 후에 평안도 병마절도사는 계속하여 새로 부임되지 않아, 이에 관찰사 이윤경이 절도사의 일을 같이 병행하게 되었다. 그런데 지난번에는 평안도 영유에서 여자 한 명이 벼락을 맞아 죽더니, 이번에는 평안도 구성에서 소가 벼락을 맞아 죽었다. 이렇게 벼락을 맞아 흉재가 발생하니 인심이 사나워졌다. 이윤경은 가장 인심이 흉흉한 강계부 지역을 순찰하기 위해서 갔다.

강계부 지역은 그야말로 비루한 사람들은 관원에게 들러붙어 있고, 관원들은 백성들의 피를 빨아먹는 형상을 하고 있었다. 가는 곳마다 관원들은 강계부 지역 백성들의 재물을 착취하여 권문귀족에 뇌물로 바치는 것만을 일삼았으므로 백성들이 매우 고통스러워하였다. 강계 부사란 자들이 부임하여서는 담비 잡는 사람 30호를 지정하여 '산장한'이란 이름을 붙여 권문세가에 뇌물로 바칠 담비 잡는 일을 시켰고, 지난번 '이발'이라는 자가 강계 부사일 때 30호를 더 지정하여 엄한 위엄으로 모질게 독촉하여 고혈을 착취하니 불만을 토하는 백성이 태반이었다.

그런데 지금 부사로 있는 김의경도 폐단을 개혁하지 못하고 침탈하기를 전과 같이 행하므로 백성들이 지탱할 수 없어 강계 지역을 떠나가는 등 폐단이 너무 심하였다. 이윤경은 이를 조사하는 과정에서 큰 고충을 겪었다. 그리고 다시 몸이 쇠약해져 있었다.

그러는 가운데 명나라의 성절사로 갔던 강사성 일행이 다시 돌아가는 길에 평양에 들렀다. 관찰사 공관에서 이윤경은 일행을 극진히 맞아들였다. 저녁이 되어 이윤경은 강사성을 별도로 독대하였다. 이윤경은 그동안에 조사해 왔던 각지에서 일어난 부정한 일들을 강사성에게 이야기했다. 특히 강계부에서 드러나고 있는 부사의 비리를 이야기했다. 이윤경이 말했다.

"거의 이곳 평안도의 모든 비리가 전 관찰사 이양과 그 측근들과 결부되어 있습니다. 사실 내가 이러한 비리에 얽힌 사실을 주상전하께 서계를 하려고 하였습니다. 하지만 나의 서계가 주상전하께 올바르게 전달될 것인가를 장담할 수 없습니다. 주상전하의 측근 대신들이 거의 이양의 오른팔이지 않습니까? 오직 강사상 대감만이 이양에게 미움을 받고도 이양을 배척하고 있으니, 내 누구에게 이런 사실을 펼쳐서 알리겠습니까?"

그리고 이어 "지금 이양은 주상전하의 총애를 받고 있으니, 이곳 평안도에서의 관리들의 비리가 드러나기 전에 이양은 손을 써서 무마할 것이며, 서계를 내가 올렸다는 것을 알게 된 이양은 이러한 사실을 오히려 역습을 하여 어떻게든 트집을 잡아서 나와 동생 이준경 대감을 내치는 모략을 세울 것입니다. 그러니 강 대감께서 한양에 돌아가면 시기를 봐서 적합한 조치를 주상전하께 아뢰어야 할 것입니다. 때를 기다려야 할 것입니다. 자칫하다간 대사헌이신 강 대감도 크게 다치는 경우가 있으니 조심을 하셔야 합니다."라고 말하였다. 강사성은 평안도의 탐닉으로 가득 찬 불순한 사람들을 걱정하면서 한양으로 떠났다.

무더운 여름날, 평안도 북방의 접적 지역을 순시하고 오다가 이윤경은 병이 크게 깊어졌다. 그러나 이윤경은 몸을 돌보지 않고 임무를 계속하였다. 손자 이사온이 이윤경이 가는 곳을 항상 따라다녔다. 칠월 하순이 되면서 이윤경은 몸을 더 이상 움직이기가 많이 힘들어져 눕게 되었다. 이윤경의 부인과 이사온은 이윤경을 극진히 간호하였다. 하지만 더 이상 몸을 가눌 수가 없었다.

이윤경은 부인에게 물러가도록 이르고 머리를 동쪽으로 단정히 누운 후, 공관에서 1562년 8월 10일 일생을 마쳤다. 곧바로 부고가 조정에 알려지고, 이준경은 궁중에서 집으로 곧바로 돌아와 있었는데 뒤이어 궁중에서 소식이 날아들었다. 윤경 형님이 세상을 떠났다고 전령이 알리면서 서신을 드렸다.

이준경은 급히 서신을 받아들고서 방으로 들어갔다. 그리고 이준경은 곧바로 "아이고!" 하면서 그대로 방바닥에 머리를 부딪치고 엎어지더니 "아이고! 형님!" 하면서 울음을 퍼부었다. "아! 형님이 어찌 이럴 수가, 아! 형님 가시면 안 됩니다." 이준경은 소리 높여 울었다.

집안의 식구와 하인들이 모두 나와 문밖의 마루와 마당에 엎드려 울기 시작했다. 이준경 부인은 방으로 들어가 이준경을 부둥켜잡으면서 울었다. 이준경이 울면서 말했다. "아! 형님 날 혼자 내버려 두고 먼저 가십니까? 형님 그러시면 안 됩니다!" 울음소리는 계속 멀리 퍼져나갔다. 얼마를 울었는지 모르게 방안에 머리를 대고 이준경은 울었다. 이준경은 울다가 돌아가신 어머님이 생각이 났다. 그리고 "어떤 일이 있더라도 이 세상에서 너희들은 서로 아끼고 보살펴야 한다."라는 말씀이 갑자기 떠올랐다.

"아이고! 내가 형님을 지키지 못했습니다. 아, 형님! 내가 잘못을 했습니다. 내가 더욱 말렸어야 하는데 말입니다. 아, 형님!!! 아직 가시면 안 됩니다." 하고 다시 울기 시작했다. 울다가 지치면 다시 돌아가실 때 옛날의 어머니 말씀을 떠올렸다. "내가 이 세상을 떠나 저 하늘에 가서도 너희들은 끝까지 지키도록 빌 것이다."

이준경은 어머니가 돌아가셨을 때 이후로 이렇게 크게 흐느는 끼는 울음은 거의 없었다. 그 옛날에 어머니가 돌아가셨을 때에 그렇게 많이 울었었다. 그리고 더 어릴 때 어머니에게 형님과 함께 복숭아 때문에 어머니께 혼쭐이 났을 때 어머니에게 매달려 붙잡고, 눈물을 많이 흘렸다. 그것은 모두 까마득한 옛일이었다.

이준경은 생각했다. 윤경 형님이 아픈 몸으로 평양으로 가신가 했을 때, 어떻게 해서든지 평양으로 가지 못하게 조치를 취하여서 말렸어야 하는데 이번에도 한 발짝 늦어서 형님을 보살피지 못했으니, 이준경은 마음속에 죄의식을 느꼈다. 정말로 이준경은 윤경 형님이 평안도로 떠나시는 날에는 그저 나가서 윤경 형님의 손목을 잡고 바삐 떠나는 인사를 나누었는데, 그것이 윤경 형님을 보는 마지막이었다. 이준경은 마음이 너무 한스럽고 안타까웠다.

무더운 여름의 무더위가 거의 지났을 때, 평양에서 이윤경의 상구가 올라오고 있었다. 명종임금은 조정에서 이윤경의 상구가 올라올 때 호송할 일을 각별히 하라고 전하였다. 그리고 임금은 몹시 슬퍼하며 이르기를 "선비 장수요. 늙은 재상이 외지에서 세상을 마치니, 내 마음이 실로 아프다."라고 하고, 정심의 부의를 내렸다. 조선 사람들은 "이윤경은 사람됨이 강유를 겸하고 덕행과 기국이 숙성하였으며, 또 청렴 검소한 행실과 선을 좋아하는 마음이 있었다."고 하였다.

이윤경은 아우 이준경과 이웃하여 살면서 우애를 극진하고 동생 이준경의 마음을 잘 알고 이해하고 지냈다. 이윤경은 하고자 하는 일이 맡겨지면, 소신을 갖고 주변에서 어느 누가 뭐라고 하든 사리판단을 하여 옳은 일이라 생각하면 최선을 다하며, 직성이 풀릴 때까지 곧바로 자신을 돌보지 않고 일처리를 하며, 동료나 주위 사람들 사이에서 의리를 지키는 것을 소중히 하였다.

하지만 이준경은 형만큼 곧바로 직성으로 하지 않고 일을 맡으면 성심을 다하여 열심히 일처리를 해나가면서 사욕이 없으며 앞날을 바라보며 주변을 지켜보았다. 그리고 마음에 둔 성실한 사람이 있으면 염려와 조바심을 갖고, 위험을 초래하지 않도록 걱정을 하지만 시간을 재촉하지 않았다. 앞으로 다가올 일을 많이 생각하며 하늘에 기도하였다.

이준경은 돌아가신 형님의 생각과 뜻을 기리면서 정성과 마음을 다하였다. 그런데 조식이 조문 상을 왔다. 조식은 경상도에서 말을 타고 올라왔다. 조식을 따라온 선비 차림의 일행 두세 명이 같이 있었다. 조식은 멀리서 선비를 통해 이양이나 심통원 일파가 있는가를 살피고, 망을 보고 비교적 한가한 틈을 타서 들어왔다. 오래 머물 수 없는 것을 잘 알고 있었기 때문이다. 이준경은 매우 반가웠다. 조식과는 정말 너무 오래간만이었다. 조식이 윤경 형님의 상에 제배를 올린 다음에 이준경과 다시 마주 앉은 후, 자리를 옮겨서 이야기를 나누었다.

조식은 경상도 남쪽에 머물면서 그동안 한 번도 한양에 오지 않았다. 그도 그럴 것이, 문정대비를 요사스런 불치로 몰아대고 큰

모욕의 상서를 보낸 뒤에는 큰 형벌을 받는 국면에 처했었다. 다행히 넘어갔지만, 그 후로 조식은 한양에는 절대 인연을 끊고 얼씬도 하지 않고 깊숙이 초야에서 후학에 전념하였다. 아직도 다시 조식을 벌하여야 한다고 불쑥 튀어나오면 큰 고난을 겪을 수 있는 상황이었다. 특히 이양과 심통원이 사방에서 판치고 있고 윤원형이 문정대비의 오라비로서 척신이 되어 문정왕후와 함께 권력을 행사하고 있는 지금이 큰 위기를 촉발하는 때라서 그러하였다. 만에 하나 트집을 잡혀 불리한 꼬투리라도 생기면 큰 불똥이 튀어 큰화를 자초하는 파경과 고난을 받을 것이 뻔하였다.

이준경은 조식에게 고맙다는 인사를 하고 조식의 근간을 물어보았다. 조식은 상당히 건강해 보였다. 조식은 약간 반가운 웃음을 띠며 이준경에게 말하였다. "그래, 한양에서 얼마나 고진이 많은가? 내가 다 알고 있음세! 그리고 내가 저 멀리 있어도 준경 대감이 잘하고 있는 것은 내가 다 알고 있네. 윤경 형님이 이렇게 상을 당하였으니 내가 참으로 형님께 망은하네. 그전에 윤경 형님을 한번이라도 찾아뵈었어야 하는데 참으로 송구하기만 하네!"

그러자 이준경이 대답했다. "그렇게만 생각하지 말아 주게. 서로의 가는 길이 달랐으니 상면하기가 여의치 않고 힘들었을 뿐이네. 어찌 큰 위험을 무릅쓰고 이렇게까지 하여서 왔는가?" 하니, 조식이 다시 말하였다.

"내가 선비로서 예가 아니면 아무것도 안 하는 사람이 되었는데 조종의 형세가 그렇다고 해서 윤경 형님의 문상을 어떻게 안 올 수가 있겠나! 내 모든 닥칠 수 있는 어려움을 자초하더라도 이곳으로 왔네. 그리고 준경이! 자네는 그전보다 몸 색이 변한 것 같은데 자네 면상이 상통하고 아직도 시선이 꿋꿋하니 내 마음이 한결 놓이네. 여기 오면서 이준경 대감의 몸과 마음이 어떻게 많이 변해 있을까? 많이 궁금해서 떠올려 봤는데 이제 보니 많이 안심이 되네 그려!"

하자, 이준경이 대답했다. "나도 남명의 풍채가 어떨까 평소에 많이 그려 봤소! 그런데 예상외로 건강하고 뚜렷하니 내 지금 보이니 참 기쁘고 다행이오. 그런데 각별히 몸조심을 해야 하는 처지이니, 많이 행각을 줄이고 언사를 살피셔야 할 것이오. 지금 사학이 경망을 내보인다면 큰일을 당할지도 모르는 때이니, 남명이 후학들에게 각별히 유념시켜야 할 것입니다."

동고 이준경과 남명 조식은 짧은 시간이지만 오래간만에 서로를 확인하고, 남명은 서둘러 떠났다. 남명 조식은 그 옛날 젊은 시절 때보다 훨씬 많이 견문과 학식이 드높아졌고, 많은 인재와 후학들이 그를 뒤따랐다. 그 옛날 한참 곤궁할 때 이준경은 남명에게 『심경』이란 서책을 선사하여 보냈다. 심경은 서로의 마음을 비추고 달래 주는 큰 힘이 되었을 것이다.

이윤경의 시신은 여름에도 싸늘한 가빈터에 놓였으며 가을이 한창인 1562년 10월 20일에 묘소가 세워졌다. 오랫동안 이준경은 궁중에 특별히 가는 일이 없으면 항상 최복을 입고 지냈다. 이준경은 문상을 오는 손님들을 성의를 다하여 공손히 맞아들이며 그곳을 거의 떠나지 않고 매일 기거를 하며 상례를 치렀다. 그러다 보니 몸이 쇠약해지고 눈이 시력까지 약해져서 대낮에도 시야가 어두워지기조차 하였다.

이준경은 그동안 윤경 형님의 상을 치르면서 아무리 생각을 하여 봐도 이양을 따르는 무리들에 대한 울분이 났다. 그들은 돌아가신 형님의 명을 재촉한 자들이었기 때문이었다.

사면초가의 당혹한 생활

윤경 형님이 1562년 8월에 이 세상을 떠나고 지속해서 이준경은
윤경 형님의 기년상을 치르고 있었다. 이제 윤경 형님과 이준경
의 집에는 거의 찾아오는 사람이 없었다. 이준경은 궁궐에 갈 때
면 상복을 벗고 갔지만, 곧바로 돌아와서는 상복으로 갈아입었다.
이준경의 마음은 답답하였다. 이 세상이 온통 불의와 비리에 싸여
사리사욕의 재물을 축재하며, 자기 권력의 추종자들을 심어 두기
에 여념이 없었다.

작년에 평양에서 윤경 형님과 중담을 나눈 강사상도 감히 주상
전하께 이양의 비리와 권욕과 부정을 상차하지 못하고 있었다. 강
사상도 스스로 자신을 급하게 내세우는 성격의 소유자가 아니었
다. 강사상도 참고 견디며 말을 줄이고 사람들과 출입을 닫고 때
를 기다리며 세상을 길고 넓게 바라보았다. 강사상은 이양을 중벌
에 처하라고 올렸을 때 명종임금은 거부하고 이양을 감싸고, 더욱
돈독하게 보호할 것이라고 단정했다. 오히려 이양의 무리에 휘둘
려서 파직을 당할 수가 자명했다.

이양은 강사상과 동갑이었다. 지난날 이양이 강사상에게 자기

편이 되어 달라고 종용하였다. 하지만 강사상은 단언하며 거절하고 침묵하였다. 이 때문에 이양은 강사상을 미워하고 계속 주시하고 벼르고 있었다.

명종임금의 이양에 대한 총애함이 특히 심하였다. 심지어 명종임금은 신무문 밖 백악산 기슭에 이양의 일당을 모아 두고 성대한 연회를 베풀고 가희와 무기를 불러 보아 환락을 다하였다. 명종임금은 후원 높은 곳에서 그것을 바라보며 어주에 있는 진기한 음식을 모두 보내어 그들로 하여금 마음껏 즐기게 하였으니 총애함이 이토록 극심하였다.

이양은 큰 재물을 축적하고 집칸을 새로 지어 방을 늘리고, 밤에는 음탕한 별짓을 다 저질렀다. 그리고 낮에는 틈만 나면 이양은 집안에 새로 지은 높은 누각에 나갔다. 누각 앞에는 화석을 많이 모아 놓고 미녀들을 취해다가 그 속에서 음률을 익히게 하고는 기이한 향을 석가산에 꽂아 두어 향기와 연기가 뜨락을 감싸게 하는 등 그의 모든 자봉이 왕실과 비견되리만치 참람했다.

또한 명종임금으로 하여금 새·꽃·돌 등의 애완물을 좋아하게 하고, 정사에 게으르게 하였다. 마치 혼자 모든 권세를 차지하고 모든 쾌락을 누리고자 하였다. 어찌 보면 연산군의 추잡한 행태를 보는 것이라고 여기는 사람들이 많았다. 이양은 조금도 자기에게 동조하는 기색이 없는 사람은 어떤 수를 써서라도 내치고자 하였으며, 이양에게 불리한 진언은 손바닥 뒤집듯이 쉽게 반전시켰다.

이양은 이준경을 지켜보며 벼르고 있었다. 그는 조금도 자기에게 동조하지 않은 기색을 보이고 있는 정승인 좌의정 이준경을 기회를 엿보아 틈만 나면 금시 넘어뜨릴 계획을 세우고 있었다. 설상가상으로 이양과 윤원형의 사이에 권력을 탐하고 있는 심통원이 있었다. 그는 이양의 세력이 걷잡을 수 없이 커지자, 이양에게 빌붙어서 조정을 농락하고 있었다. 심통원도 비리와 권세가 너무 커지고, 욕심이 끝이 없어 보였다. 심통원은 간사하였다. 이양과 윤원형 사이를 넘나들며 자신의 득세와 이익을 취하고 있으며 사악한 행위를 하여 이양과 윤원형과 나란히 자리를 차지하고 있었다.

이준경은 형색이 곤궁하였고 조정의 어느 곳에다 발을 붙일 곳도 없었다. 울분을 내세워서 화급하게 결단을 만들지 않고, 내세우지도 않고 조용히 지내며, 착잡하지만 마음을 비우고자 하였다. 묵상하며 참고, 정신을 집중하여 책을 읽고 글을 쓰고 있었다.

이준경은 조식에 서한을 보냈다. 지난번 형님의 상을 당해서 조문을 왔을 때 경황이 없었는데 고맙다는 내용과 함께 문하생들에게 조종의 일에 관여되어 참견하거나 언급을 하면 화난을 불러올 수도 있으니, 그런 것은 하지 말고 좋은 산수 속에서 건강한 삶을 지내는 것이 부럽고 좋다는 내용이었다.

그런데 어느 날, 이지함이 찾아왔다. 이준경은 이지함과 대화를 나눈 것이 마음이 후련하였다. 이지함이 말했다. "동고 대감님이 요즈음에 아침에 일찍이 뒤뜰에 나가 하늘에 기도를 하신다고 말을 들었습니다."

그러자 이준경이 "내가 저녁 늦게 글을 쓰고, 서책을 정리하다가 나는 잠이 늦게 들었어도 매일 아침 그 시간이 되면 눈이 떠지네. 나도 모르게 뒤뜰로 발걸음이 가고, 그곳에서 하늘에 나의 뜻을 빌고 내가 아직까지 살아 있어서 할 일을 주시는 분에게 감사함을 드리네. 그렇지만 내가 하늘에 간절히 간곡히 빌어도 하늘에서 나의 뜻을 들어주지 않는데, 그나마 하늘에 빌지도 않는다면 하늘에서 그나마 나를 쳐다보지도 않을 뿐 아니라 내가 이 세상에 존재하는지도 모르실 것입니다. 아마도 내가 하늘에 계신 분께 감사의 기도를 하지 않는다면 하늘에서 보는 나는 그저 굴러다니는 수많은 하찮은 돌멩이에 불과할 뿐이오. 내 마음의 본래 뜻이 그렇습니다. 그 옛날 돌아가신 어머님께서의 뜻이 그리 하셨는데, 내가 지금 어머님을 심성을 받고 그대로입니다." 하였다.

이에 이지함이 "어찌 주상전하께 관직을 그만두시겠다고 하셨습니까?" 하고 물으니, 이준경이 말하였다. "내가 하여야 할 일을 날마다 모색하여 다하고자 하지만, 내가 지금 이러한 상황에서 무엇을 더해야 하는지 막막하기만 하고, 모든 것이 더욱 답답한 지경에 있으니, 내가 궁중에 몸담고 있는 것이 부끄럽소이다. 그래서 그리합니다. 하지만 임금께서는 윤허를 하지 않으셨습니다. 그러니 지금은 지내면서 급박히 화가 나고 분함이 있어도 마음을 차라리 묻어 두고 있소이다. 지금까지도 내 심정은 그리합니다."

이지함이 "대감께서 지금은 아주 잘하고 계시는 것입니다. 조정에 이양의 패들이 넘실거리고, 윤원형 대감이 득세하여 크게 권세를 누리고 있고, 이들을 추종하는 자들이 줄을 서고 있지 않습니까? 주상전하께서는 그들이 주상전하의 친족 간이니, 아무리 그들의 비리를 아뢰어도 다 사실을 알고 계시면서 내치지 않으실 것이니, 오히려 그들에게 대감이 역치기를 당하실 것이 염려됩니다. 그러니 지금 시기에는 화급을 내어서 주상전하께 그들을 몰아치도록 하는 때가 아닐 것입니다." 하고 말하였다.

이준경이 "토정은 인간살이의 역리를 더욱 익히고 터득하니 말해 보고자 하는데, 내가 이양 그자를 보기만 하면 그저 내 말문이 막히는 것을 어쩐 일인가? 내가 그자와 상극을 받은 것인가? 그리고 왜 내 주위에는 온통 그자를 옹호하는 자들로 가득 차 있는가?"

하고 물으니, 토정 이지함이 대답하였다.

"이양은 주상전하의 총애가 너무나 매우 깊으니 이미 그의 권세가 하늘을 가리고 치솟아 있고, 동고 대감의 주위에는 아무도 대감을 뜻을 옹호하는 자가 없습니다. 이양이 저지른 비리나 웬만한 사건은 주상전하께서 모두 덮어 주지 않으십니까? 그러니 이양에게 불의의 말을 걸어서 들추고자 하면 큰 곤란을 당하게 됩니다. 그래서 동고 대감께, 지금 당장은 아무 말을 하지 말라는 뜻으로서, 하늘의 치세가 이양으로부터 당혹한 억압감을 참아내게 하고, 지금이 아닌 차후에 잘 견주도록 하려고, 대감에게 그자와 말을 건네지 않도록 그런 현상이 생기게 됩니다. 그러니 잘하신 것입니다. 아예 전혀 말을 안 하는 것이 좋습니다." 하면서 이지함이 계속 말했다.

"내가 보건대 대감께서는 관직을 아직 떠나시지 못하십니다. 조정에서 돌아가는 형세가 보기 사나워도 분통을 참고 오래 기다리십시오. 절대 화급을 다투시지 마십시오. 섣불리 전말을 처리하고자 주상전하께 진언을 드린다면 아마도 조정에 큰 평지풍파를 자초할 것입니다. 때를 많이 천천히 기다리시고 관망하십시오! 울분이 터지더라도 오래 참고 사림들의 뜻을 기르고 올바른 중지를 모으십시오."

그러자 이준경이 "내가 나의 앞일을 짚어 본 적은 미약하지만 간혹 있소이다. 나의 예지가 토정만큼 아직 깊지가 않은데, 토정은 이 나라에서 사람을 보는 눈이 참으로 명철합니다. 지금 보아도 토정이 참으로 사귀를 보는 눈이 있고 갈수록 이치를 많이 터득한 것 같으니 정말 놀랍습니다. 오랜 시절 전에 내가 탄수 종형 댁에 있었을 때 탄수 형님이 서화담과 중국의 귀곡 선생에 대한 말씀을 가끔 해 주셔서 나도 한때에 천문과 역술에 심취한 때가 있었소이다. 내가 사귀 통로를 내다볼 수가 있다면, 그것이 내 마음을 넓게 해주는 데 도움을 주는 방편이 됩니다. 하지만 나는 사람의 힘으로만 안 되는 일이 많다는 것을 평안도에서 감사로 있을 때에 비로소 알게 되었습니다."

하면서 이준경은 다시 말하였다. "그때 우주의 심려를 내다보고 다스리는 분이 계시다는 것을 깨닫고, 최선으로 모든 것을 다했다면, 그것에 대한 그분의 뜻과 귀결을 당연히 받아들여야 한다는 생각을 하였습니다."

역경 속에 분출된 최후의 척결

1563년 1월 17일, 우의정 윤원형은 영의정이 되어 있었다. 상진이 영의정이었는데 몸이 불편하여 더 이상 몸을 지탱하기 힘들어서 영중추부사로 체직되었다. 좌의정 이준경은 형님의 상을 당하여 기년상을 거의 치르고 있었다. 그리고 윤원형과 이양의 세력은 갈수록 커지고 세어져서 극대화를 이루었다. 이양은 중전마마의 외삼촌이었다. 명종임금의 총애를 받고 젊어서는 조행이 없어 음탕하고 비루하였다. 간혹 잠자리에서 부리는 음욕이 매우 추악하여 듣는 사람들이 겸연쩍어할 정도였다. 이양의 세력은 점차 확대되어 윤원형을 누르는 기세를 갖게 되었다.

이러한 가운데 이양은 권력을 더 오래 지속하고자 별별 수단을 모색하고 있었다. 우선 이양의 눈 밖에 난 아니꼬운 사림의 세력들을 초토화시키고자 하였다. 아직도 조금 남아 있는 사림들이 이양에게 동조하지 않고, 마음속에서 이양을 도외시하고 있다는 것을 잘 알고 있었기 때문이다. 우선 사림의 근원인 조식과 이황을 제거하는 것이 필요하다는 생각을 갖고 있었다.

이양은 자신의 뜻에 반문을 하고 호응하지 않은 자를 제거하는

데 주력했다. 그런데 이양의 외조카인 심의겸이 이양에게 반문을 하며 이양의 형색을 많이 못마땅해 하고 있었다. 심의겸은 지성이 있고 정의와 신망이 있어 심의겸의 말이 옳다는 자들이 여기저기 나타나기 시작했다. 이양은 심의겸을 앞날에 위험한 큰 인물로 판단했다. 그래서 이리저리 궁리를 하다가 사림을 몰살하려는 계획 속에 심의겸을 집어넣기로 했다. 그런데 이러한 모사를 꾸미는 정보가 심강에게 누출되었다. 심강은 임금의 장인으로서 심의겸은 심강의 둘째 아들이었다.

심강은 이양의 모사 사실을 왕비인 인순왕후를 찾아 사실을 고하였다. 그러자 인순왕후는 놀라서 펄쩍뛰었다. "외숙부 이양이 오라비 심의겸을 죽이려고 한다니요? 이를 어떻게 해야 할 것입니까?" 인순왕후는 이러한 진상을 명종임금에게 말하였다. 명종임금도 놀라긴 마찬가지였다. "내가 그토록 신임하던 이양이 그런 불측한 음모를 꾸미다니, 내가 너무 이양의 야심을 밀어줬구나!" 하고 하마터면 큰 사화를 불러일으켰을 것을 직감하였다. 명종임금은 그날 홍문관 부제학인 기대항을 불렀다.

명종임금은 기대항에게 이양의 비리를 낱낱이 적어서 다음 날 상차하라고 일렀다. 기대항은 명종임금의 분부대로 1563년 8월 19일 이양일당을 상차하였다. 그날로부터 이양은 삭탈관직 당하여 유배되었다. 그리고 명종임금은 회유하는 차원에서 당일 기대항을 사헌부 대사헌으로, 강사상을 홍문관 부제학으로 임직을 바꾸었다. 이양의 무리는 기세가 꺾이어 그 힘의 중심을 잃고 모두 파직되었다. 이양은 기세가 끝날 줄 모르고 날뛰다가 결국 그의 권력의 최후를 맞게 되었다.

이양이 없는 궁궐은 그야말로 윤원형과 심통원의 세상이었다.

심통원은 기세를 살피고 대세를 가진 이양에게 은근히 달라붙어서 있었으나, 이번에는 윤원형 쪽으로 회선을 해서 윤원형을 옹호하였다. 그러나 이양은 유배를 갔지만 호심탐탐 다시 궁궐로 나올 기회를 살피고 있었는데, 강사상은 그것이 너무 크게 염려되었다. 그래서 강사상은 9월 6일 상차하여 이양을 중형으로 치죄하지 않고 임금께서 다만 귀양만 보내게 하였으니, 임금의 성은이 너무 관대하다며 거듭 상차를 하고, 나라의 백성들이 이양에 대하여 아직도 크게 분격하고 있다고 했다. 그러던 와중에 1563년 가을이 되고 9월 20일, 순회세자가 세상을 떠나고 말았다. 이에 따라 윤원형은 백관을 거느리고 명종임금께 위로를 드렸다.

이준경은 그동안 윤경 형님의 기년상을 끝내면서 많이 쇠약해져 있었지만, 명종임금을 뵙고 순회세자의 운명에 극진히 위로를 함께했다. 그런데 보름이 지나서 이준경은 몸을 지탱할 수 없을 정도로 병환이 났다. 명종임금은 이준경을 편안히 하라고 전갈을 보냈다. 명종임금은 이준경의 성품과 그동안 앓고 있는 병을 잘 알고 있었다. 그리하여 1563년 10월 30일, 명종임금이 이준경에게 내의원을 보내어 복용할 약을 내렸다.

장례의 날이 지나가도 순회세자의 죽음으로 인하여 계속해서 궁중 모든 일은 통곡에 싸이고 백성들은 슬퍼하였다. 명종임금은 크나큰 상심 속에서 병약해져 있었고, 간신히 정사를 돌보고 있었다. 그러하니 조정대사가 말이 아니었다. 그러자 명종임금의 어머니인 문정대비가 명종임금을 염려하고, 조정의 일을 많이 걱정하였다. 문정대비도 몸이 약해져 있었지만, 병약한 명종임금을 위하여 모든 방도를 강구해야 한다는 것은 어쩔 수 없는 일이었다. 이로 인해 문정대비도 더 큰 병환을 얻게 되었다.

그런데 또다시 얼마 지나지 않아 1564년 윤 2월이 되어 영중추부사 상진이 세상을 떠났다. 계속해서 해가 지나면서 조정은 어려운 국면 속으로 빠져 헤어나질 못하고 있었다. 윤원형의 독재는 하늘을 찔러, 아무도 윤원형을 어떻게 막을 수가 없었다. 윤원형은 정난정이라는 첩을 정부인으로 바꿔서 온통 재물을 쌓아 놓고 별별 행세를 다하고 있었다. 누이인 문정대비를 등에 업은 윤원형은 조정과 궁중대사를 농락하고 있었다. 모든 것은 문정대비와 윤원형의 상호간 대화에서 나왔다.

명종임금은 몸이 불편하여 병환으로 있는 때가 많았다. 문정대비는 명종임금의 옥체가 많이 걱정되어 정사에 많이 관여하다 보니 몸이 더욱 나약해져서 심열이 나고 몸이 편치 못했다. 그런데 감기로 인한 풍열증이 함께 발작하더니, 증세가 악화되고 원기가 너무 약하여져서 부지할 수 없어 죽음에 직면하게 되었다. 이러한 때에 문정대비는 보우란 궁궐승려를 앞세워 양주 회암사에서 무차 대회를 베풀었는데, 다시 4월 5일 내관을 보내어 중지하게 하였다.

애당초 무차대회는 명종임금이 세자를 잃자, 요승 보우가 복을 기원해야 한다는 말을 떠벌려서 무차 대회를 베풀기를 청한 것인데, 문정대비가 그 말에 혹하여서 그대로 따랐다. 승려들이 사방에서 모여들어 몇 천 명이나 되는지 모를 정도였으며, 조각 장식의 물건을 극도로 화려하고 사치스럽게 하여서 옛날에는 보지 못했던 정도였다. 또 붉은 비단으로 깃발을 만들고 황금으로 연을 꾸미고 앞뒤로 북을 치고 피리를 불어 대가가 친히 임어하는 상황처럼 베풀었으며, 또 배위를 마련하여 마치 상이 부처에게 배례하게 하는 것처럼 하였으니, 그 흉패함을 형언할 수 없었다. 창고의 재정이 고갈되고, 곡식과 비단을 내어서 무차대회를 도왔다.

그러나 문정대비의 극성스런 안위를 위한 불심의 여념도 허사가 되고, 문정대비는 병석에 눕게 되었다. 문정대비는 순회세자의 죽음으로 국본을 잃고 망극하던 중에 마음이 상심하여 그대로 심열증을 앓고 있다가 더 이상 지탱하지 못하였다. 문정대비가 돌아가시기 전날 밤, 이준경을 보고자 해서 전갈을 보냈다. 문정대비는 무엇인가를 이준경에게 말하려고 했었다. 하지만 이준경은 대비전에 문전에 가까이 가서 아뢰었다.

"야밤에 하문이 시급하시면 제가 들어가겠습니다. 저의 몸도 불편하니 재차 저를 부르시지요. 그러시면 들어가겠습니다. 하문하지 않으시면 돌아가겠습니다." 하니까 문정대비가 안에서 말했다. "내가 좌상의 모습을 한 번 더 보고자 하는 마음에 부른 것이오. 몸이 불편하신데 내가 심히 오시게 했습니다. 그런데 지금은 다시 내 몸이 구차스럽습니다. 돌아가시는 게 낫겠습니다."

이준경은 집으로 돌아와서 서간에 들어가서 촛불 4개를 켰다. 촛불을 지켜보며 마음을 가다듬고 정성으로 문정왕후의 명운을 하늘에 빌었다. 그러다가 이준경의 눈이 잠시 감겨진 사이에 촛불이 꺼지고 한 개만 흐늘거렸다. 하나의 촛불이 아직도 명맥을 유지하고 있었다. 이준경은 마지막 켜져 있는 촛불 하나를 보고 하늘에 감사를 드리고 새벽 일찍 궁궐로 향했다. 그날 마침내 1565년 4월 6일 사시에 대왕대비는 "세자가 탄생하기를 내가 날마다 바랐었는데 뜻밖에 우연히 이 병을 얻어 장차 보전하지 못하게 되었으니, 오직 조정의 제신들이 상에게 충성을 다하기를 바랄 뿐이요."라는 언서 유교를 내리고 세상을 떠났다.

문정대비의 장례가 진행되면서 나라의 소용돌이가 모두 잠잠해졌다. 명종임금이 불편한 몸을 이끌고 다시 조정에 나가서 모든 대사 일을 나섰다. 문정대비의 장례가 끝나자, 다시 온 나라는 시끌벅적하여졌다. 문정대비가 없는 조선의 세상에서는 영의정 윤원형을 귀양을 보내라는 상소가 여기저기에서 들끓고, 양사와 홍문관에서도 윤원형을 귀양 보내라고 잇달아 아뢰었다.

형세가 뒤집어진 것을 알아차린 좌의정 심통원과 우의정 이명이 의정부 당상 및 육조 판서를 거느리고 명종임금께 아뢰기를 "윤원형은 위복을 제멋대로 휘둘러 나라의 형편이 이미 구제할 수 없게 되었으므로 공론이 일어나지 아니할 수 없습니다."라고 하였다. 이러한 말문을 일으키니 백성들이 심통원의 조속지변을 보고 의아해하였다. 명종임금은 마침내 윤원형을 체직하였다.

윤원형이 체직되고 이준경을 영의정으로 삼았다. 그런데 설상가상으로 이준경은 건강이 안 좋았다. 이준경은 몸을 간신히 끌고는 "신은 다리가 아파서 오랫동안 출입을 못하고 가정에서 칩거하고 있었는데, 지금 뜻밖에 특별히 수상의 직임을 받으니, 명을 듣는 순간 놀라고 당황하여 황공함을 금할 수 없었습니다. 소신은 영중추부사로서 경연관을 겸대하고 있는데 걸어서 입시할 수 없으므로, 사직하도록 하여 주십시오. 전하를 앞에서 맞이하는 곳에서는 남에게 부축을 받을 수 없으니 혼자서 손을 마주잡고 예의를 갖춰 들어가자면 틀림없이 넘어질 것입니다. 여러 가지로 생각해 보아도 결코 직무를 이행할 수 없으니 속히 명하여 체직하소서!" 하고 명종임금의 윤허를 받고자 아뢰었다. 그런데 명종임금은 끝내 윤허하지 않았다. 사실 이준경의 몸은 상당히 안 좋아서 거동을 할 수가 없었다. 그렇지만 간혹 어떤 경우에는 이준경의 몸 상태가 상당히 한동안 호전되는 경우도 있었다.

이준경은 명종임금의 명을 받아 영의정 직을 수행하였다. 계속해서 윤원형을 귀양을 보내라는 상소가 올라왔다. 그렇지 않으면 온 나라가 시끄럽고 안정되는 기색이 없었다. 마침내 이준경은 1565년 8월 27일, 백관을 거느리고 윤원형을 귀양 보내라고 주상전하게 두 번을 아뢰었다. 그러자 명종임금은 "윤원형의 관작을 삭탈하고, 도성 밖에 거주시켜 나가지 못하게 하라."고 하였으나 귀양을 보내는 것은 윤허하지 않는다고 하였다.

그리하여 윤원형은 재상에서 파면되고 모든 관직이 삭탈되었다. 그래도 윤원형은 며칠 동안 머물러 있다가 동문 교외로 나갔다. 성문 밖에는 많은 사람들의 윤원형을 처치하고자 나타나기를 기다리며, 분노가 치밀어서 그치지 않고 더욱 많이 격렬히 모여들었다. 그런데 윤원형은 그동안 축적해 온 가산이 흩어질 것을 염려해 어둠을 틈타서 밤에 교자를 타고 도성 안에서 들어와 집으로 돌아왔다. 그런데 그 후에 그의 첩 정난정과 거처하다가 곧바로 정난정이 견디지 못하고 목숨을 끊었다. 이를 보고서 윤원형도 드디어 분울해하며 죽었다.

이렇게 하여 윤원형의 죽음이 알려지자, 지방의 한 백성이 한쪽 팔만 들고서 노래하고 춤추는 자가 있었는데 사람들이 그 까닭을 물으니, 답하기를 "윤원형은 국가에 해를 끼친 놈인데 지금 쫓아내어 백성의 해를 제거했으니 기뻐서 춤추는 것이다." 하였다. 그래서 한쪽 팔만 들고 추는 이유를 물으니 답하기를 "지금 윤원형은 쫓겨났으나 또 한 명의 윤원형이 남아 있으니, 만약 모두 제거된다면 양팔을 들고 춤을 출 것이다." 하였으니, 바로 그는 심통원을 가리킨 말이었다.

당돌한 꼬마 한음과 부딪쳐서

1566년 추석명절이 곧 지나자마자 늦가을 비가 많이 왔다. 나라에서는 백성들의 농사일과 동향이 염려되었다. 비가 멈추자, 영의정 이준경은 입궁하여 일찍 조회를 끝나고 돌아올 때 여유를 갖고 한양 주변의 마을을 돌아보기로 했다. 이준경은 몸이 쇠약해져서 다리가 아플 때면 의례히 미리 준비하여서 가마꾼을 데리고 다녔다.

이날도 비가 많이 와서 범람하는 한강 주변과 아직 추수를 끝내지 못한 마을을 살피고 집으로 돌아가는 중이었다. 시간이 지체되고 해가 짧아지는 것이 염려되어 길을 재촉하여 빠른 길을 택하여 서둘렀다. 그런데 전날까지 비가 많이 와서 길에 물이 고이고 질척하여 잘 다니지 않은 다른 길을 택하여서 돌아서 집으로 와야 했다. 그 길은 가마가 행차하기에 크게 넉넉하지는 않았다.

길 중간에 들어섰을 때, 어린 꼬마들이 모여서 놀이를 하고 있었다. 하인들이 외쳤다. "대감님 행차시다! 애들아! 길을 비켜라!" 그러나 아이들은 그대로 신나게 놀이에 빠져서 정신이 없었고, 가마 행차를 잘 알아보지 못했다. 그러자 하인이 다시 크게 외쳤다. "물렀거라! 영의정 대감 행차시다." 하니, 그때 아이들 중 하나가 가마 행차 앞으로 뛰어나왔다. 그리고 늠름하게 말했다.

"군자 대로라고 하는데 왜 지체 높으신 분이 어찌 이곳으로 지나가시면서 저희들이 노는 흥을 깨시는 겁니까? 이곳은 예전부터 우리들이 항상 노는 곳입니다. 예절을 아시는 분이시라면 저희의 놀이가 끝나면 지나가시든지 비켜서 가십시오."

이 꼬마의 다부진 소리를 가마 안에서 들은 이준경은 밖으로 나왔다. 그리고 꼬마를 유심히 보았다. 꼬마의 눈에서 보지 못했던 새 기운의 총기를 느끼고 이준경은 감심을 했다. "그래, 너의 말이 옳다. 하마터면 우리가 너희들의 보금자리를 망가뜨릴 뻔했구나! 우리가 잘못되었다." 하며 하인들에게 말했다. "내가 이 나라의 동자들의 즐거운 안식처인 보금자리를 어찌 깨겠는가! 길을 비켜서 가마를 가장자리로 빠져나가도록 하라."

새해가 밝아서 이준경 대감 집에 일가친척들이 세배를 다녀갔다. 그런데 어느 날, 한음의 아버지가 외동아들 한음을 데리고 이준경 대감에게 세배를 왔다. "종숙 어른께 새해 문안 인사드립니다. 지난 가을에 한양으로 다시 이사를 와서 그동안 찾아뵙지 못했습니다." 하니, 이준경이 "하하! 그런가! 어서 오게. 자네가 내 당질 민성인가? 정말로 너무 오랜만일세!" 하였다.

"예, 그렇습니다. 그동안 찾아뵙지 못해서 송구하옵니다." 하며 민성은 이준경에게 세배를 올렸다. 그리고 아들에게 말했다. "세배 드려라. 너의 종친 할아버님이시다."라고 말하니, 아이가 세배를 드렸다. 세배를 받은 이준경은 깜짝 놀랐다. 그 아이는 지난 가을에 한강변에 갔다가 돌아오는 길에서 만난 애였다.

"너의 이름이 무엇이냐?" "제 이름은 덕형입니다." 하고 세배를 올린 덕형은 아버지 옆에 앉았다. 그리고 이준경을 자세히 쳐다본 꼬마 덕형도 마음이 어찌할 줄 몰랐다. 그러자 이준경이 말했다. "애야, 너 아직도 그래 요즘도 그곳에서 동네 아이들과 잘 지내느냐?" 하고 물으니, 덕형이가 말했다. "예! 할아버지, 가끔입니다. 할아버지! 제가 너무 성급해서 그때에 할아버지 말씀을 잘 받지 못했습니다. 할아버지, 죄송합니다."

그러자 옆에 있던 민성이 말했다. "아니! 종숙 어른께선 제 아이를 만난 적이 있으십니까?" 하니 이준경이 "하! 하! 하!" 하고 웃었다. "그렇다네! 그렇고말고, 참 우습고 민망한 일이 있었지. 자네, 이 아이를 잘 키우게. 아마 장차 커서 큰일을 할 것일세! 아주 나의 옛날 일을 보는 것 같네!" 하였다.

이준경은 어린 덕형이를 따로 두어서 설날 음식을 주고, 종질이 되는 이민성과 대화를 나누었다. "민성이 자네는 어떻게 지내는가? 한양을 떠났었는데 언제 돌아온 건가?" 그러자 이민성이 대답했다. "아이의 외가댁 포천에서 지냈습니다. 그러다가 다시 저의 외가댁이 있는 상주로 내려가 있다가 작년에 제가 덕형이의 교육을 위해서 한양으로 올라온 것입니다." 하자 이준경이 물었다. "민성이 자네도 현령을 짧게 그만두었으니 이제는 생활의 근거지를 잡아야 하지 않겠는가?"

그러자 이민성이 말씀을 올렸다. "사실은 아직 젊어서 연륜이 아직은 이르다는 생각을 하는 차에 현령을 그만두었습니다. 수년이 지나서 그때에 다시 마음을 정할 것입니다. 그리고 당분간은 한양에서 지내고자 합니다. 좀 더 하고자 하는 일이 있습니다. 하지만 어렵게 되면 다시 포천으로 가게 될 수도 있습니다."

그 말을 듣고 이준경이 "글쎄! 지금은 생활에 크게 어려움이 없이 지내도 후일을 위해 근간을 마련해야 할 것이네. 자네가 내가 사는 집을 들어와서 보니 어떤가? 아주 보잘것없지 않은가! 그렇지만 나에게 정말 소중한 집이네. 옛날부터 내가 오랫동안 살았던 집이니 더욱 애착을 느끼네. 지금 자네와 내가 앉아 있는 건넛방도 나에게 참으로 정이 들어 있는 곳이라네. 그러니 자네도 이러한 삶의 근간이 되는 곳을 마련하여 정착을 하여야 할 것이네." 하였다.

그러면서 이준경이 "자네의 말을 들으니 다시 포천으로 간다고 했는데 처가집이 포천이라 했는가? 아직은 처갓집이 행세를 하고 재산이 있어 다행이네! 조금은 살아가는 데 도움을 받겠지만, 언제까지 처가에 힘을 받을 수는 없지 않은가!" 하며 이준경이 다시 말했다.

"내가 어릴 때 외조부께서 살아 계셔서 생계에 조금이나마 도움을 받고, 마음에 의지를 하며 살았는데 조금 커서 나의 외조부께서 환우가 오고 결국 세상을 떠나시고, 다시 또 어머니께서 돌아가시니, 그때 더욱 삶이 처절했었네. 처가맥에 장인이 돌아가시고 환란이 있으면 그러한 삶에 고난이 더욱 찾아오네. 그러니 포천의 처가맥에서 많이는 지내지는 말게!"

그러면서 이번에는 대화의 화제를 돌렸다. "그건 그렇고, 자네에게 처남이 되는 '유전'이라는 사람 말이지, 홍문관에서 일하고 있지 않은가? 내가 지난번에 참으로 유전에게 많이 고마웠네! 예의가 깍듯하고 올바른 말을 하는 성품을 가졌으니 정말 듬직하였네. 지난번에 국사를 그르치고 사리사욕을 자행한 윤원형을 쫓아 내보내는 데 나에게 큰 힘을 보태어 주고, 추상같은 선비 정신의 높은 기상이 참으로 돋보였네. 정말로 장한 선비의 모습이었네. 그런데 그런 삶이 정말로 올바른 것인데……." 하면서 이준경은 말을 하다가 잠시 멈추고 호흡을 가다듬었다.

"그렇게 지내게 되면 결국 많이 힘이 든다는 것도 감당해야 할 걸세! 그리고 처남 '유전'이 많이 청렴하고 결백하여 재산이 없으니, 자네 식구에게 도움을 주지 못한다는 것도 자네가 잘 알아야 하네!" 하였다. 그러자 이민성이 말했다. "예! 지당한 말씀입니다. 내가 많이 감수하고, 유념을 하겠습니다." 그러면서 이민성이 다시 말했다.

"윤원형이 궁중에 있을 때에 저의 처남은 참으로 힘든 생활을 하셨습니다. 윤원형이 모든 권세를 누리고 사람들을 억압하고, 국가의 일을 좌지우지하고 권력으로 사람을 농락하니, 감히 두려워하고 겁에 질려서 아무도 대응을 하지 못하였습니다. 심지어 윤원형의 종으로 지낸 자가 위세를 갖고 흉악하여서 감옥의 문을 밀치고 들어가서 죄수를 살해하는데도, 아무 대책도 없이 두려워하고만 있었으니 얼마나 답답하고 안타까운 시절이었습니까? 그런데 이제는 모든 것이 풀려서 제자리로 돌아왔으니, 내가 성심껏 무엇을 하여도 올바르다면 떳떳하게 지낼 수 있게 되었습니다. 모든 것이 정의를 갖고 참으며, 이를 척결하고자 하는 의지를 보이신 대감의 뜻과 저의 처남 같은 처지의 사람들이 살아남아 있었기에 가능하였습니다."

화평을 대비하는 지략

이준경은 제반사항을 정리하고자 명종임금에게 아뢰었다. 차근차 근 모든 일에 문무백관들의 의중을 모으고, 우선순위를 정하여 중 대사를 주상전하께 진언하였다. 모든 일은 먼저 해야 할 일이 있 었다. 아직은 서두를 필요가 없는 성급한 일이 아닌 것을 계속 재 촉하는 자가 있으면, 그자의 마음을 풀어 주기도 하고 더 이상 어 쩔 수 없을 땐 잠자코 인내하면서 서서히 일을 수행하였다. 거의 매일 궁중에 가야 했는데, 몸이 안 좋을 때가 많아서 궁중에 가야 한다면 부축을 받아야 하므로 시종을 데리고 다녔다. 그래도 나이 가 많고 으뜸 하인인 피 서방이 모든 것을 챙겨 주었다.

1565년 8월 중순이 되어 이준경은 조정의 일을 매우 바쁘게 하 루하루 치르고 있었다. 그러던 어느 날, 갑자기 청홍도 아산에서 방진이 올라왔다. 모처럼 영의정이 된 이준경을 축하와 위문을 해 줄 겸하여 그의 무남독녀인 딸의 혼처를 찾아보고자 하여서 한양 으로 올라온 것이다. 기왕이면 방진은 사람 많은 한양에 가서 사 윗감을 찾아보는 것이 가장 좋을 것이라고 생각했기 때문이다.

이준경은 방진을 매우 바쁜 틈에도 반가이 맞아들였다. 이준경은 방진과 지난 이야기를 많이 나누었고, 방진을 자신의 집에 머물게 했다. 방진이 사윗감을 구한다는 말을 듣고 이준경은 아주 오래전에 이순신에 대한 기특한 이야기를 꺼냈다. 방진이 말했다. "내 사윗감이라고 하니 한번 보았으면 좋겠소이다." 이준경은 이순신이 아직도 그곳에 있는지 궁금하였다. 그런데 마침 이순신의 집은 아직 그곳에 있었다. 곧이어 기회를 봐서 방진은 이순신의 얼굴을 보았다. 방진은 이순신의 모습을 보고 아주 흡족하였다. 그래서 이준경은 서한을 써서 방진의 딸에 대한 이야기와 함께 방진의 내력을 이순신의 아버지에게 보내었다. 그리고 혼인을 "쇠뿔도 단김에 빼는 게 좋을 때가 있으니 원하신다면 혼인날을 잡으시지요. 달을 넘기지 말고 이달 말에 식을 올리는 것이 좋을 것 같습니다."라고 하였다.

이순신의 아버지는 방진을 만나고자 하였다. 이준경과 방진과 이순신의 아버지는 면상하고 상견례를 가졌다. 그리고 방진과 이순신 아버지는 흡족히 하여 돌아갔다. 8월 말일, 이순신은 방진이 사는 아산에 내려가 방진의 딸 연희와 혼인을 맺었다. 이준경은 몸이 많이 안 좋아 거동이 불편하였으므로 그들을 축하하는 서찰을 방진에게 보냈다.

문정대비가 없고 조정의 일들이 분주한 가운데 명종임금은 몸이 많이 불편하지만 정사를 살피는 데 많은 것을 알아보고자 하였다. 명종임금은 1565년 12월, 그동안 을사사화 이후 멀리 귀양을 가서 있는 자들을 신원하고자 하였다. 그중에 노수신이 있었다. 이준경은 노수신이 귀양에서 풀려나올 날을 씨름하며 고대하고 많이 생각했는데 '노수신이 이제 나오는구나!' 생각하니 내심으로 너무 기뻤다. 이준경과 노수신은 조광조와 친근한 탄수형님 이연경으로

부터 학문을 배웠다.

　명종임금은 노수신을 비롯한 귀양을 간 자들을 고향 쪽 가까이에 부처한다는 명을 내렸다. 하지만 많은 신료들이 임금을 마구 상박하였다. 명종임금이 내린 단자 글에 '귀양을 간 사람들이 죄인'이란 문구가 있으니 그 문구를 빼어서 지워 달라는 것이었다. 그들은 모두 죄 없이 이십여 년을 귀양지에 버려진 사람들이라고 신료들이 주장했다.

　이준경은 그 말이 정말로 옳은 것을 알고 있었으나 병색이 깊은 임금이 마음이 몹시 무안해하는 것을 걱정했다. 명종임금은 잘 알지 못하고 스스로 내려 적은 문구가 틀림을 자인하게 되어 곤욕스럽고 당황스럽게 여기고 있었다. 이준경은 주상전하의 심정을 알아보고 "주상전하가 내린 천은은 아래에 있는 자로서 간여할 바가 아니다. 이것도 다행한 일이다."라고 말했다. 그러자 주상전하도 마음의 안도를 찾았다.

　사실 이준경은 을사사화로 귀양을 가서 있는 사람들이 죄인이 아니라는 것을 너무나 잘 알고 있었다. 조만간에 언젠가는 그들을 죄인의 명목에서 반드시 풀어 주고자 하였다. 더구나 을사사화가 일어난 처음부터서 오랫동안 지나오면서 이준경에게는 노수신은 정말로 죄인이 아니었기 때문이다.

　해가 바뀌어 1566년 봄이 되었다. 그러던 어느 날, 명종임금은 이준경에게 젊은 인재를 천거하라고 했다. 그때 사마시에 합격한 이원익이란 젊은이가 성균관에 다니고 있었다. 이준경은 평소에 이원익을 눈여겨보고 학담을 나누었는데, 이원익이 키가 매우 작았지만 기백이 넘치고, 명안과 해학을 지닌 청년이라는 것을 알았다. 이원익은 어릴 때 몸이 아파서 자라지 못하고 키가 작지만 눈빛만은 총기가 넘쳐흘렀다. 이준경은 이원익이 훗날 영험한 인재가 될 것을 알아차렸다. 그래서 이원익을 제자로 받아들였다.

그런데 이원익은 몸이 매우 약하였다. 이준경은 이원익이란 유생이 인재라고 명종임금에게 아뢰었는데, "몸이 허약하니 산삼 20근을 먹어야 합니다. 그런데 가세가 너무 빈궁하옵니다."라고 하였다. 그러자 명종임금은 산삼 20근을 내주었다.

어느 날은 명종임금이 성균관에 와서 유생을 모아 놓고 회유를 하는 중에 이준경에게 그때 영상대감이 천거했던 이원익이 어디 있냐고 물었다. 이준경이 아뢰었다. "그자는 키가 너무 작습니다. 그러니 주상전하께서 일어서야만 겨우 눈에 보입니다." 명종임금은 일어서서 찾아보았는데 유생들 사이에서 이원익을 알아차리고 "산삼 20근이 아깝습니다."라고 했다. 그만큼 이원익은 허약하고 키가 아주 작았다. 그러나 그 후 이원익은 건강해져서 벼슬길에 올라 조선의 위기를 지탱하여 주는 참 지인이 되었다.

1567년, 명종임금 몸이 많이 불편하여 정사를 돌보기에 큰 힘이 들었다. 명종임금의 순회세자가 죽은 뒤로 후사가 없으니 큰 걱정을 지니고 계시니 신료들이 많이 안타까워하였다. 명종임금을 이어 나갈 후사 문제에 대하여 여러 가지 말이 오고 갔다. 그러나 명종임금은 신료들이 후사 문제에 대한 말이 나오면 거론을 무마시켰다. 그렇지만 조정 대신들은 후사 문제에 대하여 의견이 갈라져서 자기들에게 편익이 되고자 하는 왕재를 선정하고자 하였다. 그리하여 크게 삼파전으로 갈라졌다.

조정 대신들의 일부는 후사 문제에 대하여 돌아가신 인종임금의 부인 인성왕후가 아직 살아 계시니 후사를 결정해야 한다고 하였다. 왜냐하면 왕실의 최고 어른이 인종임금의 왕비가 되는 인성왕후 박씨였기 때문이다. 그들은 기회를 벼르고 있었다. 또한 심통원의 추종자들은 덕흥군의 첫째 아들을 지지하고 있었다. 명종임금은 그런 것에 개의치 않고, 아직은 때가 아니라고 여기고, 명종임금 자신이 오래 더 살 수 있을 것이라고 생각하였다.

하지만 명종임금이 평소에 덕흥군의 셋째 아들인 '하성군 균'을 왕재로 마음속에 두고 보았다. 그래서 왕비 인순왕후에게 그러한 사실을 넌지시 주지시켰으나 확정을 짓지 않고 신료들에게도 알리지 않았다. 그러던 어느 날, 명종임금은 자리에 누워서 의식을 찾지 못했다. 그리고 명종임금은 후사도 없이 임종을 목전에 두고 있었다.

이를 미리 예감한 이준경은 다른 대신들처럼 집으로 가지 않고 궁궐 안에서 밤을 지내고 일찍이 명종임금의 문전으로 갔다. 그런데 외척인 심통원이 거의 같은 시각에 뒤따라 들어왔다. 만일 이준경이 집으로 갔었더라면 큰일을 놓칠 뻔하였다. 궁궐까지 오는데 시간이 많이 걸렸기 때문이다. 명종임금이 승하할 때 좌의정 심통원과 그 일당만 있었더라면 심통원이 어떤 심통을 부릴 것인가 매우 자명하였다. 의식이 없이 말을 못하고 누워 있는 명종임금 앞에서 이준경은 왕위 승계 문제는 중전 심씨 인순왕후가 결정해야 된다고 생각하고 가까이서 지켜보았다.

예전에 인순왕후는 덕흥군의 셋째 아들인 '하성군 균'을 명종임금의 평소 뜻을 받아 주목하였지만, 지금은 심통원이 앞에 있어서 말을 하지 못하고 그저 눈물만 흘리고 있었다. 그런데 옆에 있는 외척인 좌의정 심통원은 다른 뜻을 품고 있어 하성군을 동의할 낌새가 없었다. 그때 이준경이 심통원에게 일렀다. "주상전하의 목숨이 위급한데 어의가 진맥한 대로, 예전에 복용하신 약이 효험이 있다고 하였으니 좌상대감께서 내의원 별당으로 내려가서 그 약을 좀 가져오는 것이 좋겠소." 외척 심통원은 명종임금의 병환 때문에 약방 도제조를 겸하고 있었다. 그래서 심통원은 가까이 있는 수하를 시켜 이준경의 명을 대행하게 했다. 그러자 이준경은 눈을 부릅뜨고 심통원을 꾸짖었다. "전하의 환우가 심히 불안한 지경인데 상감께 올릴 약을 어찌 아랫사람에게 시킨단 말이오!" 그러자 심통원은 얼른 "알겠소." 하며 손수 내의원 별당 다락으로 올라가 약을 찾았다. 그때 이준경은 다락으로 통하는 문을 잠가 버렸다. 그리고 다급히 명종을 배알하고는 후사를 지명할 것을 주청했다. "아직 나라의 근본이 정해지지 않았으니 하교해 주시기 바랍니다." 숨이 턱에 받친 명종이 간신히 입을 열지 못하고 눈을 떠서 인순왕후를 가리켰다. 장막 뒤 가까이에 있는 인순왕후가 "덕흥군 제삼자"라고 말하니, 이준경이 뒤를 돌아보고는 큰소리로 따라 외쳤다.

주서 황대수가 큰 글자로 받아 적어 등에 대고 나가자, 명종임금은 1567년 6월 28일에 눈을 감았다. 인순왕후의 작은할아버지가 되는 심통원이 가까이 있었다면 인순왕후가 말하기 어려워할 수도 있었다. 이로써 하성군이 왕업을 물려받으니, 그가 바로 선조임금이 되었다.

후일을 생각하면서

명종임금이 승하한 후 선조임금이 등극하고 3개월이 지난 1567년 9월, 막내아들 덕열이가 전라도 남원에서 올라와서 진사시험에 합격하여 한양에 머무르게 되었다. 그동안 덕열은 이준경의 권고로 과거시험에 응시하지 않았지만, 이양과 윤원형의 권세가 끝나고 새로운 선조임금이 등극하자 과거시험에 응시한 것이다. 선조임금이 등극한 지 2년 후인 1569년 10월, 덕열은 문과 병과에 급제하였다.

그 후에 얼마 되지 않아서 아들 덕열이가 홍문관 관리 후보로 올라오자, 이준경은 "내 아들이라서 누구보다 실력이 모자라다는 것을 잘 안다."며 명단에서 빼 버렸다. 이준경은 누구보다도 지난 세월 동안에 불측한 대신 관리들이 부자간에 조정을 탐닉했던 일들을 잘 알고 있었다. 명종임금 때 이준경의 이를 악물게 하고 몸서리치게 만든 이양이 그리하였다.

그가 탐관오리의 비리로서 등극시킨 이양의 아들 이정빈이 얼마나 억측 불경하여 이준경에게 얼마나 핍박을 주었던가! 그 후에 전모가 드러나자, 그들 부모 자식이 서로 연좌되어서 사람들에게 손가락질을 받은 것이 또한 한심스러웠다. 또한 심통원의 아들 심뇌의 관직도 심통원이 사리 탐닉을 통해서 이루어져서 오명을 쓰고 비난받은 절차가 있었다.

이준경은 아들 덕열이에게 그런 우려가 되는 비탄을 처음부터 차라리 주고 싶지 않았다. 이준경은 조금이나마 가진 것이 있으면 없는 집에 가져다주었다. 이준경 부인은 관리의 녹봉이 나오는 날은 집에서 일하는 피 서방을 시켜 생활이 어려운 사람의 집을 미리 알아 두었다가 돌볼 수 있도록 준비시켰다. 그러고 보니 집에는 쌀 한 섬이 없이 지내는 경우도 있었다.

광흥창수를 그만둔 큰아들 예열이의 가족이 찾아왔을 때, 준경 부인은 아무것도 줄 것이 없었다. 그래서 "내 너희에게 줄 식량이 없으니 너희에게 미안하구나." 하였다. 그러자 이준경은 "진솔한 배부름은 신성한 자연에서 얻는 것이다. 사람 사이에서 이득을 취하여서 배부름을 갖지 말고 열심히 터전을 가꾸고 자연의 이치를 터득하여 결실을 얻으면 참다운 배부름을 느낄 수가 있다."고 하였다.

예열은 이준경의 장남이었다. 그러나 이준경은 자식들에게 과거에 응시하는 것을 원치 않았다. 그런데 조정에 이양 등 탐관오리들이 권세를 잡고 나라의 재물관리가 난잡할 때, 관리들의 곡식을 나르는 광흥창을 맡길 사리사욕이 없는 청렴한 사람을 찾고 있었다. 그러자 호조에서 조정대신이 이준경의 아들이 적합하다고 하였다. 하는 바에 따라 광흥창수가 되어서 정성을 다하여 일하였지만, 생활이 넉넉하지 못하였다. 막내아들 덕열이가 관직에 들어서서 일을 하고 있을 때, 덕열이를 격려하며 주지시켰다. "선비는 자신의 일을 마쳐야 한다. 길이 험하고 괴로워도 사명을 내려놓아서는 안 된다."고 하였다.

이준경은 무엇보다도 이준경은 기묘사화와 을사사화의 피해자들을 신원하고자 했다. 그리고 정암 조광조의 관직을 계청하여 복원하였다. 또 노수신은 바다가 있는 멀고 무모한 완도에서 괴산으로 귀양처가 옮겨졌다. 노수신은 완도의 귀양에서 풀리자마자 모든 것을 제쳐 두고 우선 노령이신 어머니를 찾아뵙는 것이 급선무였다. 19년 동안 보살피지 못한 어머니가 보고 싶고 안쓰러움이 너무 커서 죄의식이 마음에 사로잡혀 있었는데, 어머니가 아직껏 살아계시는 것만도 다행이었다. 그 많은 세월에 노수신의 부인이 어머니를 극진히 보살폈으니 얼마나 장한 일인가! 노수신에게는 어머니가 가장 중요하였다. 어머니를 만나 뵙고 눈물을 철철 흘렸다.

마침내 선조임금에게 이준경은 아뢰어서 거두어 임용하라는 명이 있었으므로, 노수신은 귀양에서 풀려 홍문관 교리에 임명되었다. 그동안 노수신이 많이 보고 싶었던 이준경은 노수신을 찾아갔다. 이준경은 노수신을 만나서 기쁨을 감추지 못했다. 그리고 노수신을 위로하고 그동안의 노수신이 무모지에서 참고 지탱하여 준 것에 대해 고맙게 생각했다.

이준경은 노수신에게 말했다. "노수신 자네가 그 옛날의 자네의 꿋꿋한 모습으로 살아남아 있는 것이 정말 대견하네! 정말 자네를 다시 본다는 것이 꿈만 같네!" 그러자 노수신은 "준경 형님, 정말 고맙습니다. 정말 세월이 길고 야속하기만 합니다. 준경 형님도 머리가 다 희어졌으니 그동안 참고 어렵게 지내는 고충이 정말 많으셨습니다." 하였다.

이준경과 노수신은 그동안의 회포를 풀었다. 이준경과 노수신은 탄수 선생 이연경 형님에게 글과 학문을 배웠으나, 16세의 나이 차이가 났다. 이준경이 탄수 형님에게서 떠나서 나온 후에 수년이 지나 다시 탄수 형님을 찾아뵈었을 때 노수신을 만났다. 그때부터 탄수 형님 그리고 아주 젊은 노수신과 해박한 담소를 나누고 깊은 인상을 갖고 있었다.

노수신을 만나고 나오면서 이준경은 노수신에게 말하였다. "선조임금이 이제 등극한 지가 얼마 안 되니 정사에 잘 모르는 부분이 많을 것이오. 그러니 노수신 자네가 선조임금을 잘 보필하여 드리게. 선조임금이 자네를 신임하고 무척 아끼시지 않는가! 나는 이제 곧 관직을 그만둘 것일세. 내가 이 세상을 떠날 날이 얼마 안 남은 것을 알고 있네. 그러니 노수신 자네에게 모든 것을 당부하고 싶네! 앞으로 조정 대사가 좋은 선정이 되도록 만들어 주게."

노수신이 어머니를 상면하고 올라와서 홍문 교리로 있는 동안에도 노수신은 자나 깨나 어머니가 걱정되었다. 노수신이 얼마 안 되어 부제학으로 승진되었으나, 선조임금께 집으로 돌아가서 부모의 봉양을 청하는 상소를 올리니, 노수신의 상소를 보고 듣는 사람이 저도 모르는 사이에 눈물을 흘렸다. 그러나 선조임금은 참신하고 성학이 밝은 노수신을 가까이 두고 싶어서 노수신의 간청에도 윤허를 하지 않았다. 노수신은 참으로 참담하였다.

이에 이준경이 선조임금께 아뢰었다. "지금 효도를 높이 기리는 때이므로 형세가 그 청을 들어주지 않을 수 없습니다마는 주상전하께서 노수신을 조정에서 함께하고자 하시오면 멀리 계시는 노수신의 부모를 잘 효유하여 한양으로 보내게 하고, 아울러 군사를 내어 호송하게 하여서 한양의 집에 있게 하면, 노수신이 부모를 멀리 떠나 있어 보살피지 못하는 걱정을 하지 않게 되고, 경연에서 논의하고 진강하는 일에 전념할 수 있을 것입니다."

이준경은 항상 일을 처리하는 데 급박하지 않고 시기적 단계
와 절차를 준비하고 있었다. 이준경은 기묘사화와 을사사화 때부
터 그동안 차츰 경험하여 오면서 조정에서 성급함이 오히려 찬성
을 거부하는 자들의 반감을 사서 어려움을 크게 만들고 난관을 유
발시키는 것을 염려하였다. 그런데 이 시기에 과거에 급제한 아주
젊은 이율곡이 명석하고 학식이 뛰어났으며, 자신만만한 기세가
하늘 높이 치솟았다.

이율곡은 선조임금을 독촉하여 개혁을 일으키고자 하였고, 선
조임금이 그것을 할 수 있다고 보았다. 그리고 자신이 동참하여
강하게 새로운 창업을 펼쳐서 새로운 다스림의 시대를 이행하는
때로 보고, 자신의 뜻과 맞는 사람들과 교류하였다. 그러나 선조
임금은 불과 몇 년 전에 등극을 하여 선정의 경륜이 부족하고, 그
렇게까지 이율곡이 생각한 대로 개혁 의지를 발휘하는 기질을 갖
고 있지 못했다.

그러자 이율곡은 불만을 느끼고 선조임금이 개혁 의지가 없으니
내가 조정에 있을 필요가 없고, 사림으로 가서 후진을 기르겠다고
했다. 율곡 이이는 이렇게 선조임금을 대하며 조종의 법을 묵수하
는 성품을 갖게 되었다. 그래서 거침없이 미진한 선조임금 앞에서
언설을 토해내 당황스럽게 하였다. 이이의 성격은 너무 급했다.
이것이 아니면 하지 않겠다는 쪽으로 조급히 치우쳤다. 국가적 위
기를 타개하기 위해서는 시대에 맞게 시급히 개혁을 서둘러야 한
다고 계속 주장하며, 선조임금 앞에서 과격히 이준경을 난감하게
매우 신랄히 몰아세웠다.

반면에 이준경은 개혁은 물론 해야 하지만 절차를 갖고 정치적

조선 3대 정승으로 꼽히는 청렴결백한 선비 이준경의 생애

342

상황 고려하면서 어떻든 왕을 도와서 경세를 하며 신료세력들과의 마찰과 분란을 막아야 한다고 생각했다. 그러나 이준경은 이미 고령에 들어서 있었기 때문에 관직을 떠나야 했다. 이제 남은 몫은 누구든지 조선의 앞날을 염려하며 조정 대사를 잘 이끌어 갈 수 있도록 뒷받침해 주기를 바랐다.

이준경은 집에 돌아와서 글을 쓰고 서책을 만들고 정리했다. 그리고 밤늦게까지도 계속해서 글을 읽었다. 조용한 새벽의 차가운 기운이 이준경의 몸을 스치고 지나갔다. 이준경은 촛불을 바라보며 눈을 감았다. 그런데 어머니가 생각나면서 보고 싶어졌다. 어머니의 모습이 눈에 선하였다. 세월이 흐른 지금까지도 이준경은 어머니 얼굴과 모습을 그대로 떠올렸다. "아! 어머니 어디 계시나요?" 이준경은 소리를 내며 신음하며, 그대로 서책을 머리 앞에 두고 쓰러졌다.

왜군이 물밀듯이 몰려왔다. 궁궐이 불길에 휩싸이고 사람들이 여기저기 비명을 지르고 아우성대고 달아나고 있었다. 이준경은 그 자리에 서서 버티고 있는데, 왜군들이 들이닥쳐 이준경에게 조총을 쏘고 칼로 찔렀다. 그런데 이준경은 그대로 그 자리에 서 있었다. 아무런 다친 곳이 없었다. 왜군들은 이준경을 그냥 뻔히 쳐다보고는 옆으로 스치면서 수없이 비켜 지나가기만 했다.

이준경은 그대로 눈을 떴다. 정말 희한한 꿈이었다. 이번에도 몇 번째 똑같은 꿈이었다. 문밖에서 이준경 부인이 "대감!" 하며 소리를 내었다. "대감! 일어나셨습니까?" 하면서 아침에 드실 탕약을 가져왔다고 하였다. 이준경이 대답했다. "예! 들어오세요." 이준경 부인이 방으로 들어왔다. 이준경이 말하였다. "내일부터는 약탕을 가져오지 않아도 됩니다. 내일부터는 궁궐에 가지 않습니다. 내가 궁궐에 갈 일이 거의 없으니 탕약을 먹을 필요가 없습니다. 오늘 임금께서 사직을 윤허하여 줄 것입니다. 내 이제 궁궐에 가지 않으니 탕약을 먹은 것이 나에게는 중요하지가 않습니다."

이준경 부인이 말했다. "대감, 그 말씀을 거둬 주세요! 왜 그런 말씀을 하시는지요? 몸을 앞으로 더 챙겨서 다듬으셔야 하지 않으시겠습니까?" 그러자 이준경이 대답했다. "이제는 탕약에 내 명을 의지하고 싶지 않습니다. 내 명이 다가옴을 알고 있습니다. 사람의 명은 하늘에 있는 것입니다. 마음대로 죽고자 하여도 아니 되는 것입니다. 그동안 나를 내 곁에서 지탱해 준 부인께 너무 고마울 뿐이오."

이준경 부인이 대답했다. "왜 그런 말씀을 하시는지요? 대감이 이제까지 계셨기에 저도 함께 있었던 것입니다. 그러니 몸을 소중히 하셔야 합니다." 이준경이 말했다. "내 부인에게 그동안 힘들었고 많이 미안하오. 그러하였지만 아직까지 지금도 내게 소중한 여인이 있다면 참으로 나에겐 당신과 그리고 내 어머니만 있었을 뿐이오. 그래요! 내가 부인에게 정말 고맙소."

이준경은 부인을 애처롭고 미안한 눈망울로 바라보았다. 그러면서 부인에게 다시 "그러한데 지금 부인에게 전할 말이 하나 있으니 자식들에게 잘 일러 주시고, 피 서방에게도 말해 주시오. 그리고 피 서방에게 예전에 내가 염두하여 일러둔 일을 잘하도록 해 주시오. 차후에 내가 죽으면 묘를 평이하게 하고 묘비를 반드시 십 리 밖에 세우라고 해 주시오."라고 부인에게 일렀다.

이준경 부인이 "왜 대감은 자꾸 그런 이 세상의 마지막 말씀을 하시는지요! 내 마음이 너무 아프고 허망스럽습니다." 그러자 이준경이 "내 해야 할 일이 아직 조금 남아 있으니 당장 내일은 아닙니다. 부인, 너무 많이 슬퍼하지 마시오!" 그러자 부인은 이준경의 모습을 바라보면서 눈물을 흘리며 울먹였다. "대감! 그러면 곧 빨리 저 세상으로 가신다는 말씀이신가요? 아니 되옵니다, 대감!" 부인은 눈물을 더욱 글썽이며 애달픔을 감추지 못하고 돌아서서 고개를 숙이고 방문을 나섰다.

| 참고 자료

· 조선왕조실록

· 국조보감과 연려실기술

· 기재잡기

· 위키백과사전(위키피디아)

· 나무위키백과 사전

· 네이버 백과사전

· 한국민족문화대백과

· 홍익학당

· 이성무의 선비 이야기 (한국일보)

· 이한우의 朝鮮이야기(20)

· 매거진 더 스쿠프

· 인터넷한국일보